在每次初見重逢。

／側側輕寒

目錄

第一章　影

「柳子意，我愛妳，柳子意，我愛妳……」

「柳子意，柳子意，我們永遠不離棄！」

震耳欲聾的喊聲，在廣場上此起彼伏。

這是天后柳子意新專輯的宣傳會。

本市最大的廣場上，已經被人潮圍得水洩不通，瘋狂的粉絲們一個勁兒地往前擠，期待著能和偶像柳子意再多接近一公分。

太陽很好，廣場上人又多，好多歌迷都滿身是汗，甚至有個身體虛弱的女孩子還暈倒了，被抬了出去，使得場面更加混亂。

可是，即使場面失控，柳子意還是沒有出現在臺上。

歌迷們議論紛紛，有人說是還在化妝，有人說是耍大牌，有人說是公司故意為難她……紛紛擾擾。

不知是誰，在臺下拿著擴音器大喊：「柳子意，妳難道一點都不在乎歌迷嗎？我們從昨晚打地鋪等到現在，就是為了見到妳！妳快出來啊！」

歌迷開始暴動，場面徹底失控，唱片公司的人急得滿頭是汗，隔半分鐘就撥一次電話，可無論怎麼催促，她就是不肯來。

接電話的人，換成了助理小瑩。

「柳姊把自己鎖在房間裡不肯出來呀！」助理小瑩急得差點哭了。「前幾天她剛剛接到方圓圓的瘋狂歌迷的威脅信呢，說今天她要是敢上臺，就潑她硫酸……柳姊說了，無論如何，她今天絕對不過去。」

方圓圓是柳子意的死對頭，兩人的歌迷更是水火不容。前幾天方圓圓剛剛爆出緋聞，有人說是柳子意的公司陷害的，方圓圓的粉絲極度憤怒，柳子意接到了一封血書，說會潑硫酸將她毀容，所以她閉門不出好多天了。

唱片公司的副總大吼：「我都親自來了，而且我們已經做了萬全的準備，現場保全兩百多人，難道還怕出問題？」

「柳姊說，不怕一萬，只怕萬一……」

「妳告訴她，合約上寫得明明白白，她要是不聽從公司的安排……我們可以捧的新人多的是。下一張唱片，她等著瞧！」

小瑩敲著緊鎖的門哀求：「柳姊，真的已經頂不住了，求求妳了，趕緊出去和歌迷見面，好不好？」

門內沒有應答。

小瑩一看牆上的掛鐘，還差五分鐘十點，原定九點半開始的宣傳活動，已經延遲了近半小時。

就在她急得團團轉時，手機裡忽然傳來「咦」的一聲，副總的聲音問：「子意來了……妳怎麼沒一起來？」

小瑩莫名其妙地「啊」了一聲，問：「什麼？柳姊已經過去了？」

「妳怎麼讓子意一個人過來了？居然還讓她搭計程車過來！」副總說著，但他也顧不上追究了，立即掛了電話。

小瑩捏著電話，莫名其妙地站在柳子意房間的門口。門猛地開了，柳子意衝了出來。「已經去了嗎？」

「……什麼？」小瑩看著面前的柳子意，又想想剛剛副總的話，真是如墜五里霧中。

柳子意不由分說，打開客廳的電視，開始看直播。記者十分激動地對著鏡頭大吼：「千呼萬喚始出來！天后柳子意，終於出現在了人們的面前！」

從計程車上下來的柳子意，直接從保全們把守的暗門走了進去，一副大牌的模樣，板著一張冷面孔，目不斜視地進了化妝間。

她已經化好了妝，精緻的煙燻妝，挺秀的鼻子，微嘟的豐唇。化妝師只給她的臉頰上補了點粉，她丟下包包，熟練地把外套一脫，穿著無肩帶的內衣，乾淨俐落地站進名家設計的裙子中，往上一拉，雙臂一伸，綴滿羽毛、珍珠和水鑽的華服就裹在了她身上。

服裝師趕緊拿了針，倉促地將腰收住，一邊疑惑地自言自語：「明明昨天試穿的時候還有點緊啊，怎麼今天有點鬆了？」

「我今天早上沒吃飯。」天后冷冷地說，提起裙子下襬，款款地走向舞臺。

她的身影一出現在臺上，頓時萬眾歡呼。

她沒有和歌迷們打招呼，一揚下巴，握住面前的麥克風，直接開始唱歌。

她的聲音還是和以前一樣，柔婉軟綿中帶著一點微微的沙啞，臺下的所有人都沉浸在了歌聲中。

「My love，我要永遠愛你。永遠和你在一起……」唱到這裡的時候，她忽然停頓了一下，低頭向下看去。

歌迷們一看到她低頭，頓時激動地蜂擁到臺前。她俯下身，和他們一一握手，口中的歌詞也變成了「啦啦啦啦……」的隨口哼唱。

站在後臺的副總嘴角抽搐了。「她、她剛剛低頭，是想看下面的提詞板嗎？不會是……忘詞了吧？」

經紀人滿臉黑線。「不可能！這是她的成名曲，她人前人後唱過不下五百次，怎麼可能忘詞！」

話音未落，只見柳子意已經把麥克風轉向了臺下的歌迷，歌迷們對著麥克風的方向大聲合唱，她的臉上也難得地露出了笑容。

一直唱到這首歌的最後一句，她才把麥克風收回來，說：「謝謝大家！」

副總轉頭看經紀人。「妳覺得呢？」

經紀人淚流滿面。「居然真的有人，唱過五百次的歌也能忘詞啊？」

歌唱完之後，柳子意難得放下天后的架子，和粉絲玩了個遊戲。她背向著歌迷們丟花，誰搶到花就可以上臺向她說一句心裡話。

被選上的歌迷很有創意，一上臺就撲通跪在地上，抱著花向她求婚。

柳子意看著她手中的花束，有點為難：「但我們都是女人啊。」

「沒事，我是荷蘭籍的，兩個女人也可以登記結婚！」粉絲用堅定的目光看著她。

柳子意不由得笑了出來，臺下的人也都笑了，連保全都暫時忘記了防護。

就在此時，臺下有個男生一個箭步衝上臺，手中握著一個瓶子，口中大喊：「陷害方圓圓的惡毒女人，妳不得好死！」

副總嚇得大叫：「硫酸！真的有人潑硫酸！」

臺下所有人都驚呼出聲，那個跪地求婚的女歌迷立即抱著頭大叫出來。柳子意卻只是挑挑眉，自言自語：「這麼快就來了啊……」

「啊」字剛到一半，她已經乾淨俐落地一個錯步轉到了男生的身後，抓住他的手腕，狠狠往下一折。

在那個男生的慘叫聲中，瓶子「砰」的一聲落地，臺上鋪的紅地毯立即被倒出來的濃硫酸「嗤嗤」地燒出一個大洞。

還沒等驚愕的眾人回過神來，她的手腕一抖，那男生被她一個過肩摔，重重地撞倒在臺上。

臨時搭建的舞臺，在巨響中轟然倒塌。保全們此時才省悟過來，上前七手八腳地按住了那個男生。

那個男生看起來還是中學生，一邊掙扎一邊大喊：「方圓圓萬歲，方圓圓永遠是我心中的女神！柳子意妳這個賤女人……」

柳子意做了個無可奈何的表情，轉頭看著呆若木雞的工作人員：「宣傳會好像進行不下去了，我是不是可以先回去了？」

副總立即說：「我……我送妳回去！」

「謝了，我還是自己走吧。」柳子意搖搖頭，在工作人員的護送下回到化妝間，打開帶來的包包，從裡面拿出一件外套直接披在演出服外，走出了化妝間。

一個工作人員盯著她衣服上的牌子，喃喃自語：「三隻鳥牌的衣服……」

「什麼三隻鳥？」副總問。

「打折時一百塊錢能買三件的某運動品牌，號稱學生的最愛。」工作人員搖頭道。「天后竟然會穿這樣的衣服，我真的很驚訝。」

而最驚訝的人，還是那個穿著三隻鳥牌外套跑掉的柳子意。

她豎起外套的領子，剛剛從隱蔽的後門走出去，就聽到有人大叫一聲：「柳子意，我們愛妳！」

回頭一看，她頓時目瞪口呆——

成千上萬的粉絲正在向她湧來，每個人的神情都極度興奮驚喜，似乎要上來把她撕成碎片，一人一片帶回家珍藏。

真要命！她在心裡暗叫一聲，提起裙角，轉身就跑。

她自認雖不能飛簷走壁，可是身手絕對靈活——但是現在，身上那一層像蛇皮一樣緊緊包裹著她的禮服，讓她的雙腳幾乎邁不開步子，根本無法逃離。

「有沒有搞錯啊！」她低聲怒吼，彎下腰抓住裙襬，狠狠撕開。

水鑽和珍珠頓時落了一地，她轉身狂奔而去。

歌迷們在她身後緊追不捨，她狂奔到街道轉彎處，忽然有一輛車開過來，和她正面對上。

那是一輛敞篷跑車，開車的人顯然沒料到會有人突然從拐角處衝出來，一時猝不及防，雖然下意識地緊踩煞車，卻也收勢不住，車子重重地撞向了她。

後面所有正在追逐她的人，全都驚叫出來——

車頭離她已經只有幾公分的距離！

在這千鈞一髮之時，她丟開裙角，雙手在車頭引擎蓋上一按，腳尖用力一點，整個人在空中輕輕巧巧地翻身而起，坐在了車蓋上。

車內人愣然地睜大了眼睛，注視著她。

她揚起嘴角，對著這個年輕的男子笑了笑：「喂，幫個忙好不好？」

他愣了一下，問：「什麼？」

「江湖救急呀！」說著，她一抬手按住擋風玻璃，飛身躍起，裙角飛揚，如同一片雲一般，落到了敞篷跑車內，坐在了他的旁邊。

從她身上掉落的珍珠和水鑽，叮叮咚咚地落在他的身上，陽光下光芒流轉，就像一場璀璨的雨，籠罩了他全身。

她抱著那些累贅的裙角，倉促地朝他笑了一笑，就像淹沒在蕾絲中的花朵。

一瞬間，他忽然迷茫起來，覺得這個臉上的妝已經花得不成樣子的女孩子，美得就像春夏之交湛藍的天空，驚心動魄。

她轉過頭，看了看後面的人群。他們在呆了一呆之後，又追上來了。

她立即抬起手肘一撞他，說：「快走！」

他下意識地開動了車子，甩開了那些歌迷，絕塵而去。

半個小時之後，確定甩開了那些歌迷，他方才放慢車速：「應該沒事了吧？」

她鬆了一口氣，點點頭，這才仔細打量這個意外邂逅的人。

他居然是個漂亮到令人目眩的男人，五官完美，氣質沉靜，即使因為剛剛車子開得太快，頭髮有點凌亂，也掩不住他身上的那種光芒。

她幾乎想要深吸一口氣來表達自己的驚豔之情。

他問：「怎麼會有這麼多人追妳？」

她指指自己：「你不認識這張臉？」

他一臉好笑的神情：「誰能認出來才怪。」

她拿出包包裡的小鏡子一看，頓時差點淚奔。眼線暈開，眼影脫落，腮紅抹成了一塊一塊，唇膏都被她蹭到了下巴上，還有頭髮亂七八糟地黏在臉上。最慘的是，眼睛上下沾滿了睫毛膏，搞得她眼睛就像兩隻蜘蛛一樣。

「……我本來還以為你是英雄救美。看來不是，你真是個好人，連像我這麼醜的女人都救。」她一邊說著，一邊趕緊塗卸妝油。

他無可奈何，調轉車頭。「我沒見過也沒聽說過，哪個女孩子會這樣在別的男人車上卸妝的。」

「那怎麼辦？我不能頂著臉上的兩隻蜘蛛回去呀！」她舉著化妝棉擦臉。

他瞄她一眼，見她臉上蜘蛛腳一樣的睫毛膏已經被擦得變成兩大坨黑圈圈，活像隻熊貓。

他忍不住笑出聲：「喂，看起來比剛剛還糟糕。」

「嗚……」她看著鏡中的自己，忍不住一臉想哭的表情。

他同情地看了看她，把車子停在一家酒店前：「到這裡面找個化妝室整理一下吧。我這輩子第一次見到妳這麼狼狽的女孩子。」

她真的不願意跟著一個初次見面的男人進酒店。

但是，穿著一件破衣服，頂著一頭亂髮和兩個巨大的黑眼圈，真的很要命。

而且，她確信自己卸妝之後，這個男人絕對不可能認出自己的，所以她只好委委屈屈地跟著他進了酒店大廳。

中午時分，酒店沒什麼人，大廳裡一排迎賓小姐，看見前面進來的男人都是精神一振，而看見後面跟著他的女人，頓時又目瞪口呆。

「請問有化妝室嗎？」她無精打采地問。

「有的，請往這邊走。」

她轉身按照指示往裡面走去。在她擦身而過時，男人漫不經心地一抬眼，看到了她耳後有一點小小的朱砂痣。

芝麻大小的朱砂痣，在雪白的肌膚上顯得殷紅如血，深深地刺入人心。

不知為什麼，一瞬間他感到自己的心跳驟然亂了一個節拍。

就像她跳上他的車子時，對他笑一笑的模樣，讓他覺得自己在仰望春夏之交湛藍的天空，那種美麗，讓所有看見她的人都快要無法呼吸。

進入空無一人的化妝室，她才鬆了一口氣。將門緊緊反鎖之後，她先將自己手腕上那十七、八個手鐲脫下，又剝掉了身上的衣服，胡亂地把頭髮紮起來。

正在此時，包包裡的手機響了。她皺起眉，取出手機：「柳小姐，妳好。」

電話裡傳來的聲音低沉綿軟，是天后柳子意的聲音：「林小姐，是我，我已經看完宣傳會的現場直播了！」

「哦，請問妳還滿意嗎？」她努力地洗著自己臉上那紅紅綠綠的顏色。

柳子意的聲音激動得都快顫抖了：「很好，很完美，很出色，我……覺得你們非常專業！」

「謝謝您的肯定。既然接了您的委託，我們就一定會做到十全十美。」她的聲音清脆悅耳，和之前假裝柳子意時的柔婉低沉完全不一樣。

「不過我個人覺得啊，就一點妳是不是應該要改進……唱歌的時候，妳忘詞了。」柳子意顯然有點遺憾，居然有人唱不出她的代表作。

她充滿歉意地說：「對不起，柳小姐，我以前沒認真聽過妳的歌。」

柳子意驚訝地說：「但是妳唱得和我真的很像啊。」

「模仿別人是我們的專業，包括對方的嗓音。」她快速換上普通的T恤短裙。「那麼柳小姐，下次有需要的話，我隨時為您服務。」

掛掉電話後，她退了一步，端詳著鏡中的自己。

華麗禮服換成了T恤短裙，披散的捲髮紮成了花苞頭，連細跟高跟鞋都已經換成了帆布鞋。鏡子中，已經是個街上隨處可見的學生妹。

只需要十分鐘，從天后到街頭隨處可見的女孩子，如同洗個澡一樣輕鬆。

再一次審視完自己之後，她把換下來的衣服塞進隨身的大包包裡，打開門輕鬆地走出去。

剛剛救她的那個人正坐在大堂的餐廳內，已經點完了餐，正在等她出來。

她目不斜視，假裝和他完全不認識，腳步輕快地走過。

他回頭看了一眼，並不在意。畢竟，他等待的是一個穿禮服的狼狽女孩子，而不是一個清爽俐落的女生。

可就在她走過他桌邊的時候，他忽然抬頭，看見了她耳後的朱砂痣。

他愕然，這個穿著T恤短裙的女孩子，怎麼看，都無法和剛剛那個穿著華麗禮服的女人扯上任何關係。

只是湊巧，她們耳後都有一顆朱砂痣嗎？還是說，她是女人中最善變的那一類型？善變到卸妝後就像換了一個人？

倉促之中，他不假思索起身抬手，抓住了她的手腕。

她猝不及防，停步轉頭。

清麗的眉，烏黑清澈的雙眼，挺秀的鼻梁，花瓣般的雙唇，小巧的臉頰，下巴尖尖的，就像花瓣的弧度。

素淨的面容不施脂粉，比剛剛年輕很多，帶著少女的嬌豔和明媚，也沒有那種冷傲的氣質。

只是一剎那，他就看出來，她和剛剛那個女子就是同一個人。

就像她跳上自己車時，那種眩目的美麗，她在他面前呈現出一種燦爛的、春夏間蓬勃生機的氣息。讓見到她的人，就像看到春日新萌發的嫩芽和夏日的清風一樣，不知不覺被感染，覺得心情愉悅輕快。

彷彿是窺見了什麼可愛的祕密，他微笑著放開她的手，問她：「收拾好了？」

她眨了一下眼睛，在他面前坐下，臉上浮起笑容：「嗯。」

「不過和傳說的一樣，女人卸妝前後真的完全不一樣，我剛剛差點認不出妳了。」他托著下巴，凝視著她。

「是嗎？你坐在這裡，看起來也和車上不一樣呢。」她心裡升起一種「麻煩來了」的預感，甜甜地笑著敷衍他。

他沒再說話，似乎沒有探究陌生人情況的興趣。

她看著他的手，修長白皙，骨節勻稱，一雙無可挑剔的漂亮的手。再把目光移上一點，她盯著他的腕表和藍寶石袖扣研究了一會兒，在估算了袖扣上那兩顆藍寶石的價格之後，在心裡下了結論——

他和她完全不是一個世界的人，這個人估計也不好惹。

吃完這頓飯，立即撤！

冷盤上來了，她餓極了，說了聲「不好意思」，立即抓起筷子，開始狼吞虎嚥。他坐在她對面，神情平靜，姿態優雅地吃了一點，似乎因為不合口味，所以就停下了。

他皺著眉，看著面前這個女孩子毫無形象的吃相，不過也沒說什麼。直到她幹掉了所有的菜，滿足地靠在椅子上揉肚子，他才問：「妳的名字？」

「柳小意。」她毫不遲疑，脫口而出。

「是學生嗎？」

「不是，我是咖啡店服務生，歡迎到我們店裡來哦，就在百丈東路上。」

「年齡？」

「二十三。」

「看起來不像。」他端詳著她。「好像只有十幾歲。」
「是嗎？被人說顯嫩我好開心呀～」她捧著臉笑咪咪。
「那麼……」他又盯著她問：「一個咖啡店的服務生，化著濃妝，穿著誇張的禮服，被一群人追著跳上我的車，又是怎麼回事？」
她面不改色心不跳，謊話張口就來：「你知道大明星柳子意吧？我是她堂妹。今天她開宣傳會，她每次宣傳會後都會被粉絲纏住，很難脫身，所以叫我假扮成她的樣子，引開她的歌迷……幸好遇到你。」
世界上最難辨別的，就是真假參半的話。
對方貌似有點相信了。「是嗎？」
「當然啦，不然我怎麼會遇到這樣的麻煩呢？我這樣的人，怎麼都不可能變成萬人迷呀！」她的臉上依然掛著那種天真無邪的笑容。
他微微笑著，沒有任何表示。
她看著他的笑容，心裡終於有點發毛，趕緊說：「多謝你請我吃飯，我要先回家了……對了，你家住在哪裡，和我家順路嗎？」
他隨口說：「就在嘉和廣場旁邊。」
「嘉和廣場旁邊？那邊似乎只有名勝古蹟和廣場，原來還有居民社區嗎？」她一邊說著，一邊站起來。「我們住的地方方向剛好相反，那我就不麻煩你了。咦，外面剛好就有公車站，我走啦，拜拜……」
說完，她頭也不回地走出門，直奔公車站。

男人看著她落荒而逃的樣子，無奈地笑笑，抬手示意侍者結帳。

他到地下車庫去開出自己的車，沿著來路返回。

夏天已經快到了，天氣漸暖。

他解開了領口的一顆扣子，又把袖口解開挽起，忽然覺得手臂上有點涼涼癢癢的感覺，他低頭一看，只見從袖子中滑出了一顆小珍珠。

他五指合攏，將它握在了掌心中。

只是一顆米粒大的珍珠，在陽光下，有些微淡淡的暈光。他看著，想起她跳上自己車的時候，散落在她身邊的那些珍珠和水鑽。

估計是那個時候，不知怎麼掉到他袖口裡的吧。

他握著那顆珍珠，目光偶爾瞥見了路邊公車站的女孩子。

她正彎下腰在逗路邊的一隻小狗，手指在空中轉啊轉，那隻小狗就直立起來傻乎乎地繞著她打轉轉，伸著前爪徒勞地在空中撈著她的手。

她像個小孩子一樣笑著，那笑容像水晶一樣乾淨澄澈，彷彿可以折射出陽光所有的顏色，全世界都因為她的笑容，而散發出燦爛光芒。

他的車從她身邊擦過，她和小狗玩著，根本沒注意他。

他本想將那顆珠子丟掉的，但是不知為什麼，他的眼睛一直注視著後視鏡內她越來越遠的身影，只覺得眼前一點眩目的光暈散開來，讓他幾乎看不清前路。

他遲疑了良久，將那顆珠子丟進了打開的置物盒中。

「林淺夏！」
正在和小狗玩著的女生，忽然聽到別人在叫她。
她回頭看了一眼那個叫她的男生。
他很帥，年紀輕，身材好，最重要的是，家裡很有錢，幾乎是個完美的男生——不過在她的眼裡，一點也不可愛。
在這個世界上，估計沒有幾個人會覺得自己的老闆可愛的。
她直起身，仰望他：「老闆大人，你終於找到我啦？」
「有什麼辦法呢？我唯一的員工迷路了，身為老闆，當然要把妳找回來——以後要隨時保持開機讓我定位，知道嗎？」
「不會吧，難道我沒任務的時候也要被你時刻掌握著行蹤嗎？」
帥哥拉開車門，示意她上車：「妳可以關機，但是薪水減半。」
「放心吧老闆，二十四小時開機是我最大的優點！」
帥哥老闆無可奈何地笑著：「林淺夏，財迷心竅才是妳最大的優點！」
「多謝老闆誇獎！」林淺夏一點都不在意，看見車上還有一盒牛肉乾粒，便拿了一顆剝開，趴在車窗上丟給外面的小狗吃。
帥哥把她扯回來，關上窗子：「繫好安全帶！」
林淺夏乖乖地繫上安全帶，打開車上電腦，準備瀏覽購物網站。
「妳這個不敬業的員工，應該先看我們的網站！」他喝斥她。

「可是最近好多東西都在打折呀……」她嘟囔著，打開自己社裡的網頁。

網頁彈出，濃黑的底色上有彩色在流動，組成了三個字——琉璃社。

點擊那三個字，便跳出說明：

琉璃的顏色，變幻無窮，天青、煙灰、黯紫、寶藍、碧綠……它的形狀，也能隨你心意，塑造成千變萬化的姿態。

只要您需要，琉璃社會接受一切委託，我們必將以客戶本人的身分，幫助客戶搞定一切。

「老闆大人……」林淺夏忍不住回頭，對著開車的帥哥說：「雖然已經看了很多遍了，但我還是想說，就憑你這幾句話，我要是客人，絕對不會找上這麼個神祕兮兮的地方。」

「妳看，這就是階級區別。」老闆鄙視地說：「會找我們的那些人，肯定是無聊的人，無聊的人最喜歡這麼神祕兮兮的話，妳知道不？」

「我是不知道，不過要說無聊，天底下除老闆你之外，還有第二個人嗎？」林淺夏雙手一攤。「衛沉陸，黑道上赫赫有名的衛家第五代長孫，居然因為看多了漫畫，所以異想天開地開辦了這個什麼琉璃社，無執照、無營業場所、無工作人員——除了你我之外。我怎麼就加入了這麼一個三無非法公司……」

說著，她乾脆俐落地在電腦裡輸入管理帳號，登入，查看今天的委託。

「看吧，今天又沒有留言、沒有委託。」

「我們做的是高階服務，怎麼可能會天天有委託？」衛沉陸開著車，瞟了她一眼。「而且，我看妳在我這個三無非法公司做得也很開心的樣子嘛。」

「因為我是個窮苦學生，我需要很多錢……」林淺夏隨意地在觸控螢幕上滑來滑去，打開了新聞網站。

頁面跑馬燈的第一條：「因程希宣缺席，程氏收購××公司的計畫推遲。」

林淺夏的指尖滑過去，不小心就打開了這一條。

頁面打開，上面附的照片裡是一個極其漂亮奪目的男人，照片描述裡說他就是程希宣，程氏如今的當家人。

林淺夏愣然睜大眼，盯著照片看了很久，萬分確定——他就是剛剛幫助自己逃離那些人的追逐，又請自己吃飯的男人！

她把新聞頁面草草地拉下，看了一眼，說的不外乎是什麼本來已經全部商定好的收購計畫，因為程希宣無故未到場，只能取消。

專家分析，可能是程家對進軍該行業並無信心，又轉而分析如今程家是否依然走保守路線，本行業前景是否不被看好，之前程希宣未掌控程氏時大家對他風格的猜測是否錯誤等等。

真和他的行事風格沒關係，其實，他是被她中途突然拉走的……

林淺夏這樣想著，又把頁面拉上去，看了一眼那個程希宣。

注意了她好久的衛沉陸終於忍不住，開口問：「覺得他怎麼樣？」

林淺夏盯著那張照片，簡短地下了判斷：「帥。」

「帥到讓妳只看看照片就一見鍾情的地步？」衛沉陸有點鬱悶，抬手指指自己的臉。「我呢？」

她接著簡短地說：「也帥。」

「一點都不誠懇，什麼叫『也』？」衛沉陸有點委屈地看了她一眼。「我覺得我更帥，為什麼妳一看到程希宣，就不把我當一回事了？」

她似乎沒聽見，湊近電腦去看程希宣。

鏡頭比他稍微低一點，所以他看起來是冷漠而高高在上的樣子，他身後的背景失焦，焦點定在他完美而燦爛的面容上，讓看著他的林淺夏，只覺得有種東西砰的一聲就撞進了她的心中，讓她幾乎無法逃離。

和之前所見的一模一樣的面容，只是照片上光線太強，雖然襯出他輪廓完美，卻也顯得他冷淡疏離。而他本人，卻溫煦優雅，令人如沐春風。

林淺夏看著他良久，移不開目光。

衛沉陸瞪她一眼，抬手把那個網頁關了：「林淺夏，妳知道程希宣是誰？」

「知道，是老闆討厭的人。」忽然被關了網頁，她有點鬱悶。

「我倒是不討厭他，但是我也不喜歡他。我從沒見過像他這樣盡善盡美、毫無瑕疵的人。」衛沉陸猶豫了半晌，才終於找到了可以形容程希宣的詞。「完美得讓人覺得可怕，想要離他遠一點。」

「老闆你是羨慕妒忌恨吧？」林淺夏「嘁」了一聲。

「程家的繼承人，劍橋商學院畢業，家世驚人，外貌又讓所有女人一見傾心，氣質高貴溫和，待人接物全都無可挑剔，而且從小到大，從來沒有做過任何讓人非議的事情。妳說說看，他是不是一個可怕的人？」

林淺夏歪頭想了想：「……還真是。」

「不過，對於女人來說，他有一個天底下最大的缺點。」

「什麼什麼？」她八卦地問，臉上浮起詭異的笑容。「難道說，他在某些方面……」

衛沉陸狠狠地給她的後腦杓一巴掌：「妳這個色女，別胡思亂想！是他有未婚妻了！所以，別再看著他的照片眼冒紅心了，你們就是兩條平行線，永遠不可能有交集。」

「誰……誰冒紅心了？」

「那麼剛剛盯著他的照片著迷的人是誰？」

「老闆，你連驚訝和喜歡的眼神都分不出來，我對你的鄙視又多加了一分！」

「那是驚訝的眼神？看見個帥哥就驚訝成這樣，夠沒出息的。」衛沉陸白了她一眼，問：「妳回家去，還是去學校？」

淺夏趕緊一看時間，隨即大叫：「學校！我下午還有三節課！」

「偶爾遲到一下又怎麼樣？」他拐上旁邊的車道。

「會拿不到一等獎學金！」她大吼。

衛沉陸無奈：「是是，A大超優模範生林淺夏同學，妳放心吧，我絕對會在上課之前讓妳趕到學校的！」

雖然衛沉陸的車已經開得飛快，但她在校門口下車時，時間已經到了一點五十五分。而下午第一節課，在兩點整。

她跳下車，拉緊鞋帶，撒開雙腿，以豹的速度衝刺，把正在叮囑她「晚上那個委託別忘記」的衛沉陸迅速拋到了身後。

狂奔到人文學院文科四號樓，她直接用手按在欄杆上，跳進走廊，在樓梯扶手上邁步往上跑，如履平地般直衝三樓，到達第六個教室。

就在她出現在教室門口時，上課鈴聲結束，講臺上的老師咳嗽一聲，翻開點名冊。不偏不倚，分秒不差。

周圍的人紛紛投以敬仰的目光，目送她走進教室。

有個來旁聽的男生，目瞪口呆地看著她的背影，問身邊的人：「那個強悍的女生是誰？」

「水利工程一年級生，以第一名的成績考上全國排名第一的A大水利工程系，並且拿到了最高獎學金——而且是本屆水利工程系唯一的一個女生。」

男生喃喃：「好厲害……」

「還有，如果她快要遲到的話，你就能看到她飛簷走壁的強悍身手——就連外校的跑酷社團，都曾特地來觀摩她驚人的身手！」

「那麼她的名字是？」

「林淺夏，樹林的林，深淺的淺，夏天的夏！」

晚上的委託，在五點半。

第三節課快要下課的時候，林淺夏看看手機上顯示的時間，在心裡暗暗盤算著，估計這次留給自己的化妝時間只有五分鐘。

五分鐘……要把自己完全變成另一個人，這是多麼有挑戰性的工作！

一想到這點，林淺夏都快要流淚了。

可惜老師並不知道她有急事，在臺上慢悠悠地說：「離下課還有點時間，你們把最後那個題目測算一下，下節課來講解。」

一片哀聲中，淺夏埋頭做題，旁邊的男生戳戳她。「妳知不知道那個開寶石來上學的邵言紀？」

「什麼寶石？」林淺夏詫異地低聲問。

「就是那個名車啊，女生一看就尖叫的跑車……」

「保時捷？」

「對對對……學校為了整治校門口亂停車現象，第一個就拖走了他的保時捷。哈哈哈，叫他得意，叫他炫耀！」

另一個男生悄悄地說：「不過傳說邵言紀人還不錯的。」

「可是喜歡他的人有點慘不忍睹是不是？所以學校裡有個說法啊，你長得帥、家裡有錢、開名車又怎麼樣？還不是要被陳怡美追！」

旁邊聽到的人都竊笑出來。

她疑惑地問：「陳怡美是誰？」

「……妳不要說妳不認識陳怡美哦，就是那個圓不溜丟的、矮矮胖胖的大三學姊啊，她可是本校十大花痴中唯一一個女生！」

現在的男生，為什麼也會這麼八卦？林淺夏無可奈何。

「說起這個陳怡美，可厲害了，她風雨無阻、千山萬水一路追著邵言紀。邵言紀都躲到這裡了，還是被她挖出來。她死乞白賴要轉學轉系，因為家裡的關係，居然還真成功了……」

八卦男生正詳細解說那個陳怡美的可怕之處，下課鈴聲響了。

鈴聲響起的一剎那，林淺夏一把抓起桌上的包包，轉身就跑。

八卦男生在後面大叫：「喂，林淺夏，那個陳怡美啊……」

「再見，拜拜，我有急事！」她的吼聲飄散在空中，她的人也在煙塵滾滾中消失在了大家的視野中。

老師站在教室門口，兩眼辛酸淚：「難道我的課真的這麼差？至於下個課像逃難一樣嗎？」

看到前面那個像逃難一樣狂奔出校門的女生，程希宣下意識地踩下煞車。

坐在車內的邵言紀，差點一頭撞在擋風玻璃上。他揉著自己的額頭，倒吸一口冷氣：「程希宣，你這個淡定穩重的男人，開車的時候怎麼這樣？」

程希宣沒回答他，指著前面那個正在狂奔的女孩子：「你看到了嗎？」

邵言紀看了一眼那個風一般消失的背影，頓時大驚：「不是吧，我從沒見過跑得這麼快的女生！」

「我不是指這個。」程希宣把車放慢速度，不遠不近地跟了她一段路，然後看見她鑽進了一間小旅館。

他把車停在路口，問邵言紀：「車被拖走了，要去哪裡幫你領？」

邵言紀無奈攤開手：「交警那裡吧。」

「你要是急就自己先去吧，我可能有點事。」

「你要丟下我，去跟蹤那個女生？」邵言紀眼淚都快下來了。「希宣你一定要幫我！你不知道，我最近被我們班的女生纏上了，而且她也打聽到今天我車被拖走了，現在她不是在校門口，就是在我家門口蹲等，我哪敢出現啊！」

程希宣不由得失笑：「你們班不是只有一個女孩子嗎？怎麼會這麼厲害？」

「就是陳怡美。」邵言紀一臉煩惱地支著自己的額頭。「陳家的那個大小姐，我們兩家有來往，所以不好打發。」

「陳家也不錯，你不如相處試試看。」

邵言紀無奈：「她不是我喜歡的類型。」

程希宣微微皺眉，淡淡地說：「這個世上，並沒有所謂的喜歡不喜歡，只有適合不適合……身為什麼樣的人，就要承認自己有什麼樣的命運。」

邵言紀雙手一攤：「程希宣，我和你不同，我覺得活在這個世界上，一定要有自己認定的那個人，一定要去做自己認定的事……」

話音未落，他們就看見那個旅館內走出一個女孩子。

是一個大約十四、五歲的少女，紮著俏皮的馬尾辮，穿著顏色鮮亮的短裙，走起路來蹦蹦跳跳，青春無敵，可愛甜美。

邵言紀指著那個女孩子，有點詫異：「咦，她好像是陳怡美的堂妹，那個叫齊娜娜的嘛，怎麼會從大學旁邊的小旅館中出來？」

「你認識的女孩子還真多。」

「她陪陳怡美跟蹤過我。」邵言紀沮喪地說。

程希宣沒理會他話中的血淚，指著那個女生問他：「你看見沒有？那個齊娜娜手中那個像麻袋一樣巨大的包包，就是剛剛進去的那個女孩子背的。」

「……我看女孩子從來不看包包。」邵言紀說著，想想又有點詫異。「那個女孩子的包包怎麼會在齊娜娜身上？」

程希宣看看前面，見那個女孩子站在一家麥當勞門口等人，便讓邵言紀先盯著，自己下了車，走進了那個旅館。

他來到小小的、幾乎稱不上大廳的前臺，假裝漫不經心地問旅館的員工：「剛剛那個女孩子真奇怪，我覺得她好像才走進來不久，怎麼就退房出來了？」

那兩個服務員正在爭論，一看見他，其中一個立即笑得跟花似的：「是呀是呀，我們也很奇怪，她十分鐘不到就退房了，可能有急事吧……」

另一個服務員嘟囔：「不過不知為什麼，我總覺得她有點怪怪的……她進去後換了衣服和髮型，整個人好像也不一樣了……不過之前她到底長什麼樣，你有仔細看嗎？」

「一個女生，我盯著人家細看幹麼啊？」另一個女孩子搖頭回答，一邊盯著程希宣看。

程希宣又問：「在辦理手續的時候，你們會仔細看客人和身分證嗎？」

正在盯著他看的那個女孩子立即低下頭，紅著臉說：「對不起……不過你要是沒帶身分證的話，報個號碼也沒關係……」

「不，不需要了，謝謝。」他微笑著說，轉身就走。

邵言紀見他出了旅館就往那家麥當勞走去，趕緊下了車：「希宣，你去哪裡？不等那個跑得飛快的女孩子了？」

程希宣沒回答，只問：「那個女生呢？」

「齊娜娜嗎？和一個男人進麥當勞了。」

程希宣示意他一起過去：「走吧，我請你吃甜點。」

「……你居然愛吃麥當勞？」邵言紀睜大眼睛。

「不，我只是覺得可能會有好玩的事情發生。」

他說著，把自己的西裝外套脫掉，扯掉領帶，向著麥當勞走去。

邵言紀不明就裡，莫名其妙地跟著他走進門。

今天晚上的委託十分簡單。

一個要見網友的富家女，因為很喜歡對方，又擔心對方是個壞蛋，所以先讓林淺夏扮成她的樣子去和網友見面；如果對方不是壞人的話，就親自上陣去和他正式戀愛。

「簡直是閒著沒事幹嘛。」林淺夏一邊往麥當勞走去，一邊嘟囔著。

委託人要去見的是一個陌生人，所以比較好掩飾。但林淺夏還是想認真地去對待。她和那個女孩子齊娜娜在網上聊了幾次，又看了她自己拍的一些VCR，熟悉了她的體型、習慣性動作和口頭禪，並且拿到了她的手機SIM卡。

她很敬業地只遲到了五分鐘，在走近麥當勞時，她看見齊娜娜躲在他們見面的麥當勞門口的一個角落，雖然戴了墨鏡和帽子，但是憑著淺夏的專業素養，還是一眼就看出來了。

看著她緊張的樣子，淺夏暗暗好笑，卻沒有戳穿她，只是像約定的那樣，手中捏著手機等待著。

不多久，電話就響了，她接起來，就看到對面邊打電話邊向她走來的那位大叔，不由得滿臉黑線。

這地中海半禿頭，這滿臉的鬍碴，這夾著香菸的黃指甲……即使他故意穿著一件很學生味的白色上衣，也掩飾不了他是個四十來歲猥瑣大叔的真相！

她嘴角抽搐著，偷偷地瞥了一眼角落裡的齊娜娜。

齊娜娜已經一臉痛苦地捂住了臉，蹲在地上，好像想哭的樣子。

大叔朝林淺夏笑著說：「甜甜公主妹子，哥總算見到妳了，妳比妳給我看的那張照片上還要漂亮……來，哥請妳喝可樂。」

林淺夏假裝一臉茫然，被大叔推進了麥當勞，迷迷糊糊地和他面對面坐下。

大叔端來兩杯可樂，一杯放在她面前，一杯放在自己面前。

林淺夏雙手握著可樂杯，一副受驚的純潔小羊的模樣：「西……西蒙王子，你不是說你是二中的學生嗎？」

「是啊，我真的是二中的學生，十八年前畢業的。」

這也行？她在心裡汗了一個。

「妳喝可樂嘛，喝嘛。」

「我不喜歡可樂……」

「這是我的心意啊，妳一定要喝！」

「嗯……好吧。」淺夏猶豫著喝了一口，舉起杯子，和他碰了一下。「王子，你也喝呀。」

西蒙王子一口氣喝了半杯，然後笑嘻嘻地看著她：「小妹妹，妳長得真是可愛，我最喜歡妳這種類型的女孩子了。」

林淺夏暗地裡翻翻白眼，端起可樂問：「西蒙王子，你上次發來給我的照片，為什麼跟你現在一點都不像呢？你照片上的人很像現在最紅的偶像明星王小明的……」

「那就是王小明的照片。」大叔面不改色心不跳地說。

「你為什麼要騙我啊？」淺夏一臉委屈地噘起嘴。

「因為哥喜歡妳，想要對妳幹、壞、事啊！」大叔嘻嘻笑著湊近她。「是不是感到有點暈？」

「暈？」淺夏扶著自己的太陽穴。

「是不是眼前有點發黑？」

「黑……」她眼神渙散。

「嘿嘿嘿嘿，那跟哥去休息一下好不好？哥帶妳去旁邊的酒店。」

「那，大叔，你暈不暈啊？」淺夏眨眨眼問。

大叔愣了一下，覺得自己的頭真的有點暈。

「是不是眼前有點發黑？」她又笑咪咪地問。

大叔扶住自己的太陽穴，迷迷糊糊道：「有……有點……」

「大叔，你難道不知道，陌生人請你喝茶吃東西的時候，你最好悄悄地把自己的東西和他的換一下嗎？」淺夏笑著用吸管敲敲自己面前的可樂杯。「所以我就在和你說話的時候，調換了一下我們的可樂。你暈嗎？你眼前發黑嗎？你需要休息嗎？」

藥力發作，大叔已經暈眩了，他茫然地點頭。「要……要休息……」

「休息，休息你個頭！」淺夏一把掀掉了面前的餐盤，可樂、薯條和番茄醬沾了大叔滿臉。

猥瑣大叔抬手想要去擦，撲通一聲滑倒在了地上，抱著椅背看著她，嘟囔：「妳，妳敢……」

「敢你個頭！」淺夏抄起身旁的餐盤，往他臉上狠狠地拍過去。塑膠盤打在他肉嘟嘟的臉上，啪的一聲，響徹了整個餐廳。

坐在角落裡觀察她的程希宣，捏著手中的紅茶，嘴角抽搐，邵言紀口中的可樂全都噴了出來。

林淺夏抓住那個猥瑣大叔的衣領，一把將他提了起來：「大叔，甜甜公主早就跟你說過，她只是個剛過了十五歲生日的小女孩，你對跟自己女兒一樣大的小女孩也想下手？你這個混蛋、敗類、人渣！」

大叔搖搖晃晃地向她撲去：「敢打我？妳敢打我……」

看著那肥胖的身軀向自己壓下來，林淺夏下意識地退了一步，踩到了剛剛摔在地上的番茄醬，頓時腳下一滑，身子向著後面倒了下去。

就在她的後腦杓要和大地親密接觸時，程希宣非常迅速地撲上來，一把扶住了她。她的腰纖細，手臂柔軟，烏黑的頭髮紮成馬尾，露出了耳朵。

他又看見了她耳後那一點朱砂痣，就像一點殷紅的血凝結而成，藏在這麼隱密的地方，不為人知。

就在他一錯神時，林淺夏已經抬起頭來了。因為剛剛脫離險境，她還是驚慌失措的神情，一雙清亮的眼睛，睜得大大的。

在看見他的時候，她驚慌的神情在瞬間變成了錯愕。

在那個中午，短暫邂逅卻深深印入她記憶的容顏，居然會在這個時候突然出現在她的身邊。

她靠在他懷中，一時忘記了動彈，像是被他奪目的容顏在剎那間奪去了意識，愣了許久。

他抱著她小小的身子，低聲問：「沒事吧？」

他聲音輕柔，就像微風吹過耳畔。她這才回過神，恍然想起自己身在何處。

意識一清晰，她就完全恢復了陌生人的樣子。她現在是齊娜娜，所以她立即收起了那副愕然的神情，像個真正十四、五歲的少女一樣，用羞怯而急促的聲音輕聲說：「謝謝大哥哥！」

程希宣啞然失笑，放開了她。

敬業的淺夏回過頭，立即充滿鬥志地再度衝向那個猥瑣男，一腳就把猥瑣大叔絆倒在地。撲通一聲，大叔先撞在桌角上，再坐倒在地上，痛得齜牙咧嘴。

她一揚拳頭，抓住他的衣服，還想繼續。麥當勞的員工撲上前阻攔她：「小姑娘，有話好好說……不能在公共場合打人呀！」

在被人拉開的百忙之中，她還抬起腳，向著那個壞蛋的肩膀狠踹了一腳。

邵言紀看得目瞪口呆，自言自語：「好強悍……」

程希宣一臉鎮定，只是嘴角在微微抽搐。

藥性發作的猥瑣大叔，癱在地上只能抬手擋住自己的臉。

「你擋著自己的臉幹麼？你還要臉嗎？你這個人渣！」林淺夏怒吼著，指著猥瑣大叔，對旁觀的眾人說：「這個人，年紀都這麼大了，還在網上謊稱自己是高中生，專門欺騙國中女生，一看見我的照片，就說一大堆甜言蜜語約我在這裡見面，還在我的可樂裡下藥，想要迷昏我對我下手！請大家幫我報警，讓員警叔叔來處理這個壞蛋吧！」

周圍所有人聞言大譁，有人立即打一一〇：「有人在麥當勞下藥，想要迷昏未成年女生！」

另外還有人趕緊拿出手機拍照，準備傳到論壇上去。

淺夏擋住自己的臉，避免被拍到，趁亂偷偷地抓起自己那個大包包，悄悄地擠出人群。麥當勞內一群鬧哄哄的人基本上都在譴責那個中年男人，沒發覺她已蹭到門口。等到她背上大包，深吸一口氣，準備要逃離時，手腕忽然被人一把抓住。

她嚇了一跳，猛地轉頭。

天色已經微暗，但在朦朧的光線中，她依然可以看到面前這個人好看到幾乎眩目的容顏。

真是流年不利，做這行的最怕熟人了。

雖然這個人真的很好看。可是再帥的帥哥，也不能讓她砸飯碗啊！

程希宣抓著她的手腕，微笑著問：「柳小意，員警還沒來，妳上哪兒去？」

她欲哭無淚。「大哥哥，你認錯人了，其實我不叫柳小意……你看，員警叔叔要是來了，我可能得去派出所做筆錄，到時候我爸爸媽媽就會知道的，我的學校也會知道的，那我就完蛋了呀……」

程希宣「嗯」了一聲，抬起下巴，示意她上車。

林淺夏委委屈屈地看著他：「大哥哥……不要這樣欺負我一個小女孩嘛，我真的不認識你們，老師說不能跟陌生人走的……」

邵言紀在車上看著這個剛剛還剽悍無比，現在又一臉怯生生的女生，頓時滿臉黑線，不知道自己是不是應該佩服她。

彷彿怕自己一鬆手她就化成另一個形狀消失了似的，程希宣並沒有放開她的手：「柳小意，妳別裝了，我早就看見妳走進那間旅館換裝了。」

這下有點難辦了……林淺夏悄悄往後退了一步，企圖以自己無敵的奔跑速度甩開他。

可誰知，就在她剛剛抬起腳後跟，程希宣忽然低下頭，在她的耳邊輕聲說：「警車來了，妳想跑的話，我就把妳送到警察局去。」

林淺夏聽著越來越近的警笛聲，只好無奈地翻翻白眼，放棄了反抗和裝可憐，主動走到車邊。

程希宣很有紳士風度地主動替她打開車門。

她問：「怎麼今天不開敞篷車了？」

「我擔心再有一個人從天而降，落到我車上。」他說著，充滿勝利感地一揚手，關上車門。

邵言紀就算再笨，也早就看出這個女孩子不是齊娜娜了。他在副駕駛座上轉身，仔細地端詳著她：「真的挺像的。」

雖然覺得他很帥很無辜，但林淺夏還是給了他一個白眼：「像什麼像？」

邵言紀好脾氣地笑咪咪說：「妳很像我以前見過一面的一個女孩子。」

「只見過一面是很會誤導人的，尤其是你們男生。只要我弄個金色長髮，你就會覺得我看起來胸大無腦；只要我弄個波浪頭，你就覺得我是走妖媚路線的；只要我梳個清純長髮，你就會覺得我看起來很小很可愛……是不是？」

邵言紀在心裡認真地想了一下這三種類型，若有所思地點頭道：「好像是的……」

她聳聳肩：「所以，說不定你看見的那個女生只是和我梳了一樣的馬尾，穿了差不多的衣服而已，畢竟你只見過她一面，和我、和她都是陌生人，根本說不上認不認得出，對不對？」

「……有可能。」邵言紀被她言之鑿鑿的話打動，開始懷疑自己的記憶力了。「這麼一想的話，齊娜娜的模樣，我現在想來也有些模糊……」

程希宣見邵言紀輕易就被她折服，只能無奈打斷他們的話：「柳小意……妳是叫柳小意嗎？」

「是呀，我是柳小意，柳子意是我的堂姊。」

「妳今年多大？」

「我呀，二十三歲。」

邵言紀忍不住插嘴：「騙人，妳看起來明明只有十四、五歲，還是國中生！」

程希宣和林淺夏都沒理他，程希宣繼續他的審問：「妳是學生嗎？」

「我是咖啡店的員工，我們咖啡店很有名的哦，就在百丈東路上……」

邵言紀又忍不住問：「咖啡館僱用在校童工？」

「我都說了我二十三歲了嘛。」林淺夏話音未落，程希宣卻冷冷開口，說：「柳小意，妳上次說你們的咖啡店在百丈西路上。」

「呃……」林淺夏張張口，愣了一下，然後才說：「哈哈，是嗎？我剛剛一時口誤啦，其實我是在百丈西路……」

「騙妳的。」程希宣又說。

林淺夏「啊」了一聲，瞪大眼看他。

「其實妳上次說的也是百丈東路。」程希宣一邊開車，一邊微微揚起嘴角，問：「原來妳在哪家咖啡店打工，妳自己都不清楚嗎？」

林淺夏沉默地握緊拳頭，為了人身安全著想，她極力控制想要撲上去狠踹他一腳的衝動——畢竟，車子還是他在開。

邵言紀在旁邊莫名其妙地看著他們兩人，不明白這到底是什麼對話。
程希宣聲音平靜：「姓名？」
「劉莉莉。」她鬱悶地說。
「今年多大？」
「二十一。」
「身分？」
「咖啡店打工的……不過是在環城西路上。」
「劉莉莉是誰？」程希宣不動聲色地問。
「是……我！」她差點咬到自己舌頭。
程希宣微微笑出來：「這樣吧，我有點事要和妳商量，妳跟我去我家。」
林淺夏鬱悶地把臉轉向窗外：「不去！」
「為什麼不去？」
「我和你又不熟。」她很踐地揚起下巴說。
程希宣啞然失笑：「柳小意，我覺得我即將說的這件事，妳肯定願意聽。」
「我叫劉莉莉。」她說。
邵言紀在旁邊插嘴：「還是柳小意比較好聽吧？」
林淺夏瞪了他一眼，憤怒地大吼：「你們這是綁架！」
邵言紀被她瞪得有點心虛，看了程希宣一眼，喃喃：「確實有點像綁架……」
「邵言紀，你就別添亂了，這是我和她的事。」程希宣說。
林淺夏覺得邵言紀這個名字有點熟悉，不由自主地念叨了一下：「邵言紀……邵言紀？」

A大三年級，那個保時捷被拖走的學長？

「對啊。」邵言紀有點詫異。「妳認識我？」

「沒有啊，第一次見面。」她說，這次是實話。

「不對不對，妳一定知道我，因為妳一聽到我的名字，就一臉很仰慕我的樣子！」他立即說。

林淺夏鄙視地看著他，舉右手發誓：「我柳小意，根本從沒聽過邵言紀的名字，也從來不認識他！」

反正她也不叫柳小意。

「一點都不誠心……」邵言紀也不笨，鬱悶地念叨：「妳剛剛明明說自己叫劉莉莉。」

「好吧，我劉莉莉，從沒聽過邵言紀……」

「算了算了。」邵言紀更鬱悶了。

程希宣見邵言紀不再開口，便又說：「這樣吧，等一下就到我家了，妳可以先把假髮和化妝弄掉，我們慢慢談。」

林淺夏眨眨眼：「可是我……我不太想以自己的真實面目見人呢。其實上次你在酒店裡和剛剛在街上見到的，也不是我的原來模樣。」

邵言紀眨眨眼，詫異地問：「什麼？什麼原來模樣？」

程希宣淡淡地說：「她是一個傑出的化妝師。柳小意，我不相信妳才二十來歲，以妳的專業水準，妳應該年紀不小了吧。」

邵言紀頓時愕然地瞪大眼：「哇，厲害了，妳現在看起來真的就像十四、五歲的樣子，難道妳已經三、四十歲了？」

「哎呀，真不好意思，女孩子的年齡怎麼可以隨便告訴人呢？」林淺夏故作嬌羞地抬手擋住臉。「不過我可以悄悄告訴你們哦，我的年紀，其實比你們兩個人加在一起還要大。」

「是嗎？」單純的邵言紀頓時瞪大眼。

「是啊……咦，那個是什麼？停車，快停車！」她忽然指著窗外大叫出來。

程希宣聽她叫聲惶急淒厲，下意識地踩下煞車：「什麼？」

話音未落，她一把拉開車門，跳起來衝了出去。

邵言紀「啊」了一聲，趕緊撲出去想要抓住她。誰知她反應極快，抬腳就踹，一下就將他的手踩到車門上。

邵言紀痛得甩手直吸冷氣，喃喃：「不是吧，太狠了……」

程希宣已經將車門打開，追了出去。

林淺夏抓著那個大包包，身輕如燕地翻過欄杆，直撲街心公園。一個急轉彎，在路燈之下，轉眼消失了蹤影。

程希宣和邵言紀兩個人站在車邊，遙望著她消失的地方，目瞪口呆，幾乎都忘了吸氣。

良久，邵言紀才喃喃地說：「她絕對不是四、五十歲的女人。」

程希宣贊同：「對，四、五十歲的人哪有這麼好的身手，跑得這麼快？」

「不是說這個，我是說……」邵言紀捧著自己紅腫的手，若有所思。「她剛剛踢我的時候，我看到了，她的腿很細很白很勻稱很修長，絕對不是中老年婦女的樣子……」

「你眼力真好，這麼一剎那就能看見這麼多。」程希宣嘴角抽搐，轉身就上車了。「走吧……我相信，我和她總能再見面的。」

林淺夏狂奔出足足有三條街，直到身處一個擁擠的夜市，確定這裡是無論如何也開不進一輛車的——哪怕是自行車，才鬆了一口氣，靠在電線杆上大口喘氣，好不容易才平復了呼吸，撥了電話給齊娜娜。

電話那邊是帶著哭腔的少女音：「林姊姊，謝謝妳……多謝妳……」

「呼，沒事啦沒事啦。」她說著，想想又問：「我走了之後，那邊員警就過來了吧？」

「嗯，警車開過來帶走了那個猥瑣大叔，我還在外面看到一群人向員警講述了剛剛發生的一切，員警還把那杯可樂拿走了，聽說是做物證用的。」

林淺夏確定沒事後，才說：「今天的事妳也看到啦，所以小妹妹，妳還是好好讀書吧，等長大了再戀愛。現在妳還不知道怎麼保護自己、珍愛自己，等成熟一點，妳才會懂得。」

「嗯。」齊娜娜聲音哽咽。

「把錢轉到我們公司的帳上吧，記得在網上給我寫客戶回饋，親，給個好評哦！」

「嗯，姊姊我一定會的……」

眼看那邊的女孩子就要開始崇拜她了，淺夏立即說：「好，以後有事請再在網上聯絡我們，或者直接找我們老闆哦，再見，拜拜～」

掛掉了手機，她直接關機，把卡拿出來，放進事先準備好的信封裡，撕開封口上早已貼好的雙面膠，把信封好，丟進路邊的郵筒，寄還給齊娜娜。

身分需要嚴格保密的她，早就已經學會了如何迅速地和客人斷絕關係了。

程希宣本來是從不看那種家長里短的社會新聞的。

吃早餐的時候管家把今天的報紙放在他手邊，經濟新聞在最上面，外文報在中間，後面的一般都是無關緊要的時事。

今天的本地報紙頭版居然就是一個猥瑣男在網上騙未成年少女，結果自食其果的新聞。報紙囑咐家長，暑假即將來臨，一定要注意未成年人的網上動態。

「無聊。」他在心裡這樣想著，隨手將那張報紙翻了過去。

但隨即，他又把報紙翻了回去，看著上面的熟人。

照片上那個癱在地上的猥瑣中年人，他自然沒興趣看，他注意的是，那個被人拍到的，機智脫險並且教訓了色狼網友的女孩子。

照片只拍到她的半個後背，圓潤的肩膀，修長的脖子，紮起來的頭髮在耳後俏皮地打了個捲，剛好露出耳垂，還有耳垂後，那一點米粒大的朱砂痣。

那個伴著珍珠與水鑽，落在他車上的女孩子。

昨晚千鈞一髮之際，從他車上跳下逃離的女孩子。

他不由自主地將報紙舉到眼前，將她和自己以前印象中的女孩對比了一下。

一點都不像。

報上的女孩子，臉頰微圓，有點鼓鼓的腮幫。即使只從後面看到一點，也完全是一個十四、五歲小女孩的模樣。

而他記得的她的模樣，尖尖的下巴，有點瘦，就像春夏之交的天空，明豔動人。看起來彷彿平常，但要是注視久了，卻會讓她那種灼目的光彩刺痛眼睛。

她到底是怎樣，在十分鐘不到的時間裡，讓自己完全變成另一個人的？

看來，她是個十分專業的人士，對於他接下來的計畫，一定非常有利。

只是要將她誘入自己的圈套，可能需要費一點精力。

他心裡想著，盯著她耳後那顆痣看了良久，才把報紙放下，轉頭問管家：「未艾那邊，最近怎麼樣？有什麼消息嗎？」

「沒有。」

他微微皺眉，管家趕緊又說：「少爺，我覺得……方小姐現在，沒有消息就是最好的消息。」

「嗯。」他點點頭，然後將那些報紙都推到一邊，轉頭看了旁邊桌上的相框一眼。

相框內的照片上是一個女孩子，她綻放著恣意的笑容，站在臺階最高處，微微俯視著下面拍照的人，她身後是晴空萬里，陽光刺目。

方未艾，方家王朝的公主，青春美麗的容顏上洋溢著驕傲無比的神情。

方與未艾，繁華無盡，她該是這個世上，最完美的人。

程希宣抬起手，輕輕地拂過相框，注視了她良久。

「放心吧，妳應該，很快就能回來了。」

「現在、立刻、馬上、快——！」電話那頭傳來柳子意歇斯底里的叫喊聲。

林淺夏乾脆俐落地回答：「給我半小時！」

柳子意的演藝生涯，即將毀於一旦。

她和有妻有子的著名導演在美國被人拍到親密照，眼看就要曝光在各大媒體上，成為人人唾棄的小三。

解救委託人於水火之中，是林淺夏義不容辭的責任。

半個小時後她出現在某購物廣場，雖然戴著墨鏡，但是明眼人一看就覺得她是欲蓋彌彰——在她踏進大門的第一刻，就有人指著她大叫出來：「柳子意！」

她面無表情，把臉上的超大墨鏡稍微往上托了一下，露出整張臉來，冷淡地向那個人點點頭，天后架勢十足。

旁邊的人紛紛拿出手機拍照，迅速地發到微博上、論壇上。

她的手很小幅度地揮了一下，就像擰電燈泡似的。

粉絲們沸騰了，瘋狂了，一直跟著她走進裡面逛街。她進了哪家店，哪家就擠得水洩不通，她還嘗試著問店長：「可以給我打折嗎？」

「當然當然，妳是我們的貴賓！」店裡的人受寵若驚。

她刷了卡，簽名的條子差點被人搶去，簽名當然和柳子意一模一樣。

她是個專業的替身，什麼都要做到完美。

唯一不完美的事情，是在出門的時候，原定來接她的衛沉陸，居然沒出現在門口。

身後拖著一條長尾巴的她暗暗叫苦，看到正在緩緩關上的電梯門，不管三七二十一，立即撲了過去。

後面跟著她的粉絲，沒料到她穿了跟那麼高的鞋子，行動還這麼迅速，頓時都呆住了。等到他們回過神衝上去的時候，電梯門早已關上了。

穿著高跟鞋撲電梯，是個錯誤。

即使是個強悍無比的跑酷高手，林淺夏那十公分的超細高跟鞋，在進電梯的時候，也讓她立即撲倒，呈大字形狠狠地撲向了電梯內的一個人。

那個人猝不及防，抬手想要扶住她，誰知她另一腳踉蹌著踩進來，尖細的高跟重重地踩在了他的鞋上。

於是，那個人也悲慘地低嗚一聲，硬生生地被她撲倒。兩個人倒在一起，咚一聲撞在了電梯內的玻璃上。

她痛得齜牙咧嘴，深吸一口冷氣，趴在對方身上揉著自己的額頭，下意識地道歉：

「對……對不起啊，我實在太匆忙了……」

話音未落，她看清了被自己壓在身下的人，頓時瞪大了眼睛。

命中註定，冤家路窄，狹路相逢，有沒有搞錯……

程希宣有點無奈地看著壓在自己身上的女孩子，她睜著那雙眼影濃重又戴了假睫毛的大眼睛，墨鏡歪在一邊，口紅擦到了下巴上——不知為什麼，讓他一下子又想起了某個人。

不過……難道真的會這麼巧？

兩人正在互相不敢置信地看著對方，電梯叮的一聲開了，林淺夏這才驚醒過來，撐著他的胸口準備要站起來。

誰知人倒楣了喝涼水都會塞牙，外面推進來的竟然是一大堆紙箱子。本來就搖搖欲墜的紙箱子，此時被她猛站起來一撞，頓時嘩啦一聲，鋪頭蓋臉向著他們傾瀉下來。

她被紙箱子一撞，本來已經起來的半個身子頓時又被壓了下去，再度重重地壓在了程希宣的胸口。他發出悲慘的低叫，覺得肋骨劇痛，差點沒命。

還來不及思索，又有一個箱子砸下來。他下意識地將林淺夏一拉，把她推到電梯的角落，緊緊地護在胸前，用自己的背幫她擋住了後面砸下來的箱子。

箱子裡面裝的是打包好的衣服，撞在身上頗有重量。他被箱子角砸中，痛得整個人都顫抖了一下。

林淺夏感覺到了他的異樣，緊張地問：「怎……怎麼了？」

他朝她搖搖頭，沒說話，只是扶著電梯內的扶手站了起來。

那個推箱子的人緊張地走了進來，結結巴巴地道歉：「對不起、對不起，先生您沒關係吧？」

程希宣揉揉肩膀，說：「沒事。」

林淺夏有點擔心地幫他揉了一下，他笑了出來，朝她看了一眼：「柳小意，這次又假裝妳『堂姊』了？」

林淺夏愕然地看著他：「你……你怎麼又發現了？」

他露出一絲淡若不見的笑容：「想知道嗎？請先允許我邀妳喝杯咖啡吧。」

「……」林淺夏的嘴角抽搐。

咖啡，不是那麼好喝的。

尤其，坐在她面前的這個人，面帶著令人無法捉摸的笑容看著她，讓她覺得後背發麻，坐立不安。

「和我說說吧，妳到底是幹什麼的。怎麼整天扮成別人跑來跑去？」他支起下巴看著她。

她有點煩惱地抓抓頭髮：「哎呀，放過我吧，我只是趁著課餘時間打點工賺點錢而已。我覺得我們根本就八竿子打不著，我也不會損害你任何利益的呀！」

「妳勾起我的好奇心，又不讓我知道真相，難道不是侵犯了我的知情權？」

「你當我是法盲嗎？知情權是這樣的？」

程希宣笑出來，然後說：「但是若妳告訴我，我也不會洩漏出去的，妳就滿足一下我的好奇心又怎麼樣？」

「不滿足你又怎麼樣？」她問。

「那也沒什麼，反正我有的是辦法聯絡上柳子意或者齊娜娜，到時自然就會知道……不曉得這麼做的話，對妳是不是有損害？」

「有，我這麼久以來艱難樹立的口碑會毀於一旦。」她欲哭無淚。

「所以我覺得，還是和妳面對面，親自聽妳說出來比較好。」他帶著勝利的微笑，靠在椅背上，做出要傾聽她供詞的姿勢。

林淺夏煩惱地趴在桌上，毫無形象：「事情嘛，很簡單……有個無聊又有錢的人，他發現了我的模仿天分，所以就把我送到國外的特殊機構培養了一段時間，回來加盟他開辦的琉璃社……我們的機構叫琉璃社，專門接受客人的委託，扮成客人本人，替他解決一切煩惱的問題，面對一切他不想面對的東西……我的第一份工作，就是代替一個出軌的名媛上媒體，控訴她丈夫如何迫害她。後來效果很好，輿論全都站在了她那邊，從此我順利地開始了我的變裝生涯。」

「那個女人真敢冒險，竟把這麼重要的事交給陌生人。」他喃喃自語。

「因為她說她就算滴眼藥水也哭不出來……」

「沒有任何人察覺嗎？」他又問。

「沒有，因為人類的視覺和記憶很奇妙。」她托著腮，又用一張妝容花掉的臉認真地看著他。「比如說你吧，你有沒有這樣的感覺，有時仔細審視自己非常熟悉的人的話，反而會覺得他越看越陌生？」

他點點頭。「偶爾。」

「其實在潛意識中，我們每天對別人面容的審視，只是關注其大致特徵而已，基本輪廓對上了，加上覺得對方是誰，心理就會暗示自己，確實是他。」她攤開雙手。「說穿了，其實人有時候對著鏡子看自己，都會覺得不像呢——人類是連自己都不認識的那種動物。」

「但妳的技術已經相當不錯了，國外的變裝大師雖然多，女生卻很少，像妳這麼年輕的更少，我想妳可能已經算是業內很頂尖的了吧。」

「還好啦，我是那一批受訓的學員中第一個畢業的。」她有點驕傲。

「果然，我沒有看錯。」程希宣傾身向前，注視著她。「其實上次我找妳，確實是有話要和妳說……我覺得妳很專業，所以有一件事要委託給妳。」

林淺夏漫不經心地轉著自己手中的杯子：「對不起，我們琉璃社的規矩是老闆負責制，你想要和我談委託是沒有用的，請你去找我們老闆。或者，你去我們網站給我們留言，到時候我們會聯絡你的。」

「這件事對我而言非常重要，所以我想先親自和妳談談。」

林淺夏笑笑：「沒有哪個客人的委託是不重要的，對不對？」

程希宣的目光，在此時餐廳幽藍的燈光中，帶著暗暗的微光，彷彿長夜遠空中一點明亮的星子。

「這件事，關係著我的人生。」

他聲音低暗，帶著無奈與黯然，彷彿正將自己的人生交託在她手上一樣。

在他那樣幽暗目光下，可能是周圍的音樂太過幽怨纏綿，林淺夏忽然覺得自己的胸口中，有一點漣漪一樣的東西，緩緩地波動著，擴散向全身。

於是，整個人都似乎要在他面前融化成春日雪水。

這個男人真可怕，就算不說話的時候，也像是在誘惑人一樣。林淺夏逃避地移開自己的目光，微微有點遲疑：「什……什麼事？」

「妳聽說過方未艾嗎？」

方未艾，林淺夏雖然平時沒有接觸過，但她也曾經聽說過。

和程希宣邂逅之後，她去查找過他的資料，然後發現，他的準未婚妻方未艾是個完美的女生，相貌、家世、才學……除了她之外，沒人可以配得上程希宣。

她是方家的獨生女，方家在銀行業幾乎可以說是無法動搖的顯赫王朝，而她，就是方家王朝最引人矚目的公主。

這樣的女生，和程希宣，簡直就是天生一對。

看著她眼中流露出來的神情，程希宣卻遲疑了好久才低聲說：「我們的父母都希望我們在一起，可是，我們卻覺得彼此不合適。」

「你們結婚了嗎？」

「還沒有。」

「你們訂婚了嗎？」

「正在籌備中。」

「那就分手嘛。」她乾脆地說。

「不像妳想像的那麼簡單。」他有點煩惱，用手支住額頭，微微皺眉。「方家和程家，對於這樁婚事都很期待。甚至在十九年前，方未艾剛剛出生的時候，我的父母和她的父母就認為，將來我們兩人在一起，兩家才算完美。」

「那麼現在的問題是？」

「我們不相愛。」他簡單地說。

她眨眨眼：「你有她的照片嗎？」

他點點頭，把自己的皮夾打開給她看。皮夾內是一個女孩的照片，對著鏡頭恣意地笑著，全世界的陽光彷彿都匯聚到了她的身上。

林淺夏看著上面那個耀眼奪目的女孩子，詫異地抬頭看他：「你怎麼會不喜歡她？她這麼美！」

「可能沒有人會不喜歡她吧……但是對她來說，可以選擇的人很多，而遺憾的是，她選擇的人，不是我。」

林淺夏有點同情地看著他：「我覺得她可能沒辦法找到比你更好的人了。」

「感情的事，不是比較衡量就能得出結論的，是不是？」他笑著，似乎沒有十分遺憾的樣子。「只是我們的父母卻覺得，感情這種事本來就屬於幻想的產物，在我們這樣的家庭中，更不需要這種東西，所以我們和他們難以溝通。」

林淺夏點點頭：「明白了，那麼你們兩人想要分開，但是你們的家人卻十分期待你們在一起，所以，你們想要怎麼樣？」

「請妳假裝未艾的樣子，陪我一起回家對她和我的父母提出解除婚約的要求，讓他們的幻想破滅。」

林淺夏詫異：「為什麼要我假裝？她自己為什麼不提出來？」

「以她的個性，實在無法對自己和我的父母提出這樣的要求，所以……和妳之前的那個委託人一樣，她需要一個人代替自己提出來。」

「可是這是你跟我說的，我不知道這是不是方未艾的意思，對不對？」她皺著眉。「如果是你自己單方面想要解除婚約，卻找我來冒充她，說出不符合她心意的話，這樣是不是不好？」

程希宣若有所思：「這麼說，需要她親自對妳說？」

她點點頭：「我可不要幫你做壞事。」

他想了想，將自己手機遞給她看。

那上面的影片一欄，將去年年底時錄的一段清晰地播放出來。那是一場盛大的婚禮，方未艾和他一起去參加，影片上清清楚楚地呈現出了輝煌酒會上衣香鬢影的上流社會。

程希宣把影片拉到最後，新郎新娘上了飛機，去度蜜月，賓客都散了，他把手機轉過來，拍到了方未艾。

她站在他身邊，凝視著緩緩起飛的飛機，在異國的藍天之下，忽然低聲問：「我們將來，是不是也會像他們一樣？」

畫面外的程希宣低聲問：「什麼？」

「我是說，明明你不愛我，我也不愛你，但是因為家族利益，所以一定要在一起，舉行一場盛大的婚禮，讓無數人豔羨，變成王子公主的美麗傳說……過我們兩個人完全無關的日子，對嗎？」

程希宣沉默了良久，沒有回答。

方未艾睜著一雙明亮的眼睛，在燦爛的陽光下目光灼灼地看著他。

鏡頭對著她足有三、四秒，什麼聲音也沒有，然後畫面中斷，跳回手機螢幕。

程希宣將手機關掉，抬眼看她。「她不愛我，我也不愛她。」

在這一瞬間，淺夏覺得自己的心口像是被他的目光攫住了，溫熱的血液緩緩地流向全身，心中充滿了一種她從不瞭解的悲哀。

但，她依然還是搖搖頭，拒絕了他。

「那麼，讓她親自來跟我說吧。」她抓起自己的包包，避開他的目光。「對不起，這個是我們的職業素養。我們要扮演另一個人，一般來說，都需要被扮演者的同意才可以。」

他見她要離開，似乎有點焦急，一把拉住她的手，抬眼看她。「妳難道不想知道我到底是怎麼一次又一次地發現妳的真實身分的嗎？」

淺夏認真地想了想，然後搖搖頭，說：「算了，我以後會更小心的。」

他垂下眼，看著自己交握在一起的手。他的手指修長白皙，骨節勻稱地隱藏在薄薄的皮膚下，秀美如煙雨中起伏的遠山輪廓。

淺夏盯著看了一會兒，在心裡想，連手指尖都這麼漂亮的人，真可怕呢……

因為怕自己會被他迷住，所以她把目光移開了，站起來說：「抱歉……我還有事，要先走了。」

可能因為站起來的勢道太猛了，她原先扭到的腳踝處忽然有一點尖銳的疼痛，沿著右腳直刺上來，讓她膝蓋一折，無力地坐倒在椅子上。

程希宣伸手給她，問：「妳沒事吧？」

她吸了一口冷氣，彎下腰去撫摸自己的腳踝，欲哭無淚：「之前跑的時候扭到了……好像很嚴重。」

「是嗎？」他蹲在她面前，將她的赤腳握住。

仔細看了看已經破出大洞的絲襪下她的腳，程希宣微微皺眉抬頭看她，說：「有點腫了，我看妳還是再坐一會兒，別走動了，免得更加嚴重。」

「……是嗎？」她看著他。因為是仰頭看她，所以他的目光是從睫毛下投向她的，因為籠罩了長而細密的睫毛，那種目光變得朦朧又溫柔，讓她的心忽然在瞬間漏跳一拍，呼吸也停頓了。

良久，她才倉促地避開他的目光，看著空中點了點頭，說：「那好吧……」

話音未落，她看到電梯門開了，有幾個柳子意的影迷從電梯中出來，探頭往這邊看了過來。

幸好他們坐在鏤空的玻璃門後，所以她看得見他們，他們卻還沒看清她。

林淺夏在心裡暗暗地罵了一聲，撐著身子站起來就想跑。

他按住她的手：「安全梯就在電梯旁邊，除此之外，沒有其他出口了。」

她欲哭無淚：「那怎麼辦？」

「教妳一個好辦法。」他指指洗手間，然後拉起她的手，用自己的身體擋住她，將她扶到洗手間的入口，把她的包包遞給她。

她眼角的餘光看見那些人已經向這邊走來了，立即抓起自己的包包，一瘸一拐地竄進了洗手間。

十分鐘後，一個面容清秀明豔的女生走出了洗手間，門口那幾個柳子意的粉絲依然聚在洗手間前等待她，對這個女生看都沒多看一眼。

女生的腳有點不對勁，走起路來有點跛。柳子意的粉絲中有一個女孩子幫忙扶了她一下，問：「請問一下，妳有沒有看見一個長得很像柳子意的人？」

她搖搖頭，眨眨漂亮的大眼睛，說：「咦，柳子意嗎？沒有看見呢。」

程希宣好笑地走到她身邊，拉著她的手就要往電梯那邊走。

她踮著腳，靠著他一步一步挪著，兩個人慢慢向電梯走去。

此時後面忽然有個女生從洗手間跑出來，大聲說：「裡面沒有人了，柳子意不在裡面！」

於是所有人頓時眼睛齊刷刷地向唯一一個走出洗手間的人——那個普通的女生看去。

淺夏和程希宣面不改色地走進電梯，趕緊關電梯門。後面的人面面相覷之後，立即追了上來。

電梯才下降了一樓，門就打開了，有一大堆人湧進來，還走得慢悠悠的。眼看另一座電梯也要從對面降下來，程希宣立即拉起淺夏，擠出了電梯，向著安全梯快步走去。

淺夏在樓梯口一腳踩空，立即抓住他的手，倒吸一口冷氣。

他蹲下來看了看她的腳，再看向那部剛剛下來的電梯，門已經緩緩打開了。

他立即伸手，將她打橫抱起來，閃進了安全梯。

那幾個柳子意的粉絲已經一擁而上，扒住了他們剛剛出來的那部電梯的門。

程希宣趕緊抱著淺夏往下走，淺夏無奈地將自己的頭靠在他的胸前，被他以公主抱的姿勢抱著往下走去。

安全樓梯內燈光昏暗，淺夏依偎在他的胸口，隱隱作痛的腳不知什麼時候也沒有了知覺。她握緊他的手，靠在他胸口，聞到了他身上幽微的香氣。

佛手柑、香木橼、橘、柏與菸草琥珀的香氣，混合成一種奇異的青木香，淡薄清冷，明明招搖之極，又難以接近。

她在心裡想，這個人，和自己肯定不是同一個世界的吧。

可不知為什麼，這一瞬間，她只覺得周圍很安靜，一片寧謐。

自從五歲之後，她再也沒有過這種感覺。

在那個風雪之夜，媽媽背對著她越走越遠之後，她的人生，就殘缺得像一塊磕磕碰碰了很多年、斷口鋒利的琉璃，一不小心就把自己劃得鮮血淋漓。

這一刻，她在他的懷中，忽然覺得溫暖安靜。

她仰頭看著他。昏黃的燈光從上面照下來，他的睫毛在臉頰上投下一片如同蝶翅般的淡色陰影，他眼神微動，低頭看向她的時候，這片小小的影子便微微顫動，在她的心口輕輕地攪起了漣漪。

漣漪在她的胸口蕩開，隨著血液的流動，緩緩地擴散到全身，溫熱一片，連她的指尖和髮梢都似乎開始微微疼痛。

心臟跳得厲害。這一層層旋轉向下的樓梯，不知道通往何方，彷彿一個迷宮，無論怎麼走，都是完全一樣的弧度，旋轉著，每一刻都讓人覺得像是回到了原處，但其實，又在更深的地方了。

越陷越深，無法自拔。

她忽然閉上了眼睛，低聲說：「把她平時的生活資料給我，越詳細越好。」

程希宣詫異地低頭看她，抱著她停在了樓梯上。

她轉了轉腳踝，覺得那種痛已經緩過來了，於是扶著欄杆下了地，站在他面前，將臉轉到一邊，不去看他：「我是說，方未艾平時的生活照、錄影影片、交際圈等詳細資料……越多越好。」

「妳答應這樁委託了？」他問，臉上沒有驚喜，只微微瞇起眼，凝視著她。

似乎，達到了目的，他卻並不歡喜，反而有一種無奈與黯然。

淺夏沒有抬頭看他：「不過，因為是騙熟人，而且你們父母也許很難被說服，所以這事完成的可能性很小的。」

「無所謂，就算最後沒有結果，我也不會介意的，畢竟我和她也只是試試看而已。而且這件事，我保證不會對其他人提起隻言片語，所以就算失敗了對妳也沒有任何壞處——即使失敗了，酬勞我也按照雙倍給妳。」

「雙倍酬勞，真是個罪惡的東西啊……」淺夏自言自語地嘟囔著，然後抬頭看著他。「失敗了都有雙倍酬勞，那麼成功了呢？」

「我委託一個珠寶商給未艾設計了兩套鑽石首飾，現在都在鑲嵌中。如果妳成功地讓婚禮取消了，那麼，這兩套我都送給妳；如果婚禮沒有取消，那麼訂婚那天，無論她選擇了哪一套，另一套我都會贈送給妳。」

林淺夏神情黯淡。「這樣啊，我對首飾沒有愛啊……」

「這兩套首飾的價格，都在七位數以上。」

「成交！」她不假思索脫口而出。「你盡快把方未艾的資料整理給我，什麼時候走都可以！」

「身為妳的老闆，我給妳一個忠告。」

衛沉陸坐在淺夏面前，神情凝重：「程希宣是個什麼樣的人妳瞭解嗎？據我所知，他只付出合理的價格去做合理的事。」

淺夏的臉色沉痛：「老闆你不是和他很熟嗎？怎麼這麼評價自己的朋友？」

「我和他不是朋友，我們只是因為社交界的接觸見過幾次面……林淺夏，妳不會是因為他長得帥所以就色迷心竅了吧？」

「其實我是財迷心竅。」淺夏扳著手指給他看。「七位數啊……而且那是額外贈送的禮物，老闆你不能抽成！」

衛沉陸悻悻地翻個白眼：「林淺夏，妳已經把我每個月發薪水給妳的恩情徹底忘記了吧？」

「沒有忘、沒有忘！」淺夏信誓旦旦。「不過一想到七位數我就覺得前途好光明！這個錢都可以賣命了！」

衛沉陸頓時氣急敗壞：「什麼？妳要為別人賣命？妳個沒良心的，我手底下只有妳一個員工啊！」

「你再培養一個嘛，老闆我看好你哦！」

「那麼把妳當初的培訓費用還給我！」

「太無恥了……奸商！」

「我是不折不扣的厚道人！程希宣才是奸商！妳小心被他賣了還替他數錢！」

老闆言之鑿鑿，淺夏卻嗤之以鼻：「那麼老闆，你覺得他是要對我騙財呢，還是騙色呢？」

衛沉陸頓時語塞。

「看吧看吧，我和妳一樣，都很瞭解一個悲哀的事實——對於程希宣來說，其實我身上根本沒什麼他需要的東西，對不對？」

「所以我才奇怪，到底他出這麼高的價錢，讓妳冒充方未艾是要幹麼。」衛沉陸伸手點點她的額頭。「你知道不？程希宣和方未艾，是圈內最著名的一對，家世、相貌、能力，全都是世間獨一無二的最登對男女的標準配置。」

「可是據說他們互不相愛。」

「需要相愛嗎？這是政治聯姻，又不是愛情故事。」衛沉陸攤開雙手。「而且他下面雖然有個弟弟，卻是個吃喝嫖賭無所不能的花花公子，所以家業必須由他一力負擔。他忙得別說約會了，甚至和方未艾都很少見面——對於這樣的人來說，愛情什麼的，我看根本毫無必要。」

「我看他很悠閒啊，我整天碰見他。」淺夏扳著手指頭算他們的巧遇。「對了老闆，今天你怎麼沒有按約來接我？」

衛沉陸頓時一臉鬱悶：「別提了，我半路上被我家裡人盯上了，差點被抓回家去見我老爸。幸好我比他們熟悉這裡的道路，繞來繞去總算甩掉了他們。」

「你家裡出事了嗎？」她問。

「誰知道，據說是我弟弟出事了，我老爸讓我回去處理。」

「所以你也要去歐洲了？」

「我才不去呢，我巴不得那一群混蛋全都永遠和我沒關係。」他一臉大義凜然。「我家就我一個好人，真是家門不幸。」

淺夏鄙視地白了他一眼：「是啊，你家太不幸了，你這樣的人居然是你家最好的人。」

「怎麼，看不起我這朵出淤泥而不染的奇葩？」衛沉陸拍拍她的頭。「林淺夏，聽我一句勸，別色迷心竅了……」

「是財迷心竅好不好，老闆？」淺夏堅決反對。「總而言之，我既然接受了他的委託，就要忠人之事……做人要講信用，對不對，老闆？」

衛沉陸看著她，她一動不動地望著窗外，神情堅決。他心裡開始蒙上一層陰霾，覺得有一種東西堵在胸口，讓他極其鬱悶。

他確實是不明白，為什麼這麼久以來一直乖乖聽話的員工，忽然會這樣違逆自己的心意。而且，還是為了那個幾天前還是陌生人的程希宣。

他狠狠甩手。「哼」了一聲：「好吧，既然如此，一切後果妳自己承擔。這一回，我絕對不會幫妳收拾殘局的！」

方未艾是個熠熠生輝的女孩子，就像一顆舉世矚目的鑽石一樣。

淺夏看著她的簡歷，有點煩惱。

第一條就是會十幾種樂器。她張開自己的雙手，在空中做出彈琴的手勢，然後咬牙勸自己，樂器都是相通的，雖然她只培訓了幾天鋼琴和小提琴，但拚一下的話，用十幾種樂器彈〈給愛麗絲〉前八小節應該也不是難事。

第二條是四歲開始學芭蕾舞，精通拉丁舞。拉丁舞倒是不難，她學過，可是從四歲開始學芭蕾舞的人，身體線條和別人肯定是不一樣的。

淺夏看著影片中她如同天鵝一般的修長脖頸，以及微微上揚的優雅下頷線條，再看了看鏡子中自己的下巴和脖子，有點煩惱了——難道要一直在這樣的天氣中穿高領的衣服，然後再把長髮披散下來？

再看看精通七國語言、是五個慈善基金會理事、有三張名校文憑，有馬術教練、私人飛機和遊艇執照……

淺夏終於淚流滿面了——

「天啊，到底要怎麼樣才能在短短數天之內速成這麼個超級豪門大小姐？」

天色暗下來了，落日餘暉在街道上鋪上了一層淡淡的金色。

廣場旁邊是一個著名的名勝古蹟，程希宣驅車順著廣場的邊緣，開過低矮的古舊院牆。

他一抬眼，看見藤蘿爬遍的牆邊，枝枝綠葉輕拂在一個女孩子身上。

她籠罩在青綠色的樹葉中，偏偏又有一縷縷金色的陽光透過枝葉落在她身上。金與綠色交織在她周圍，她像被簇擁在青金石的顏色中，閃耀著燦爛光芒。

她有奪目的容顏，微微上揚的下巴，驕傲而肆意的神情。看見他的時候，那笑容就像一朵綻放到最盛時節的花。

程希宣愣了一下，停車在她身邊，伸手拉住她的手腕：「怎麼不進去？」

「等你呀。」她輕快地說，聲音清脆悅耳，如同珠玉落地。

「真稀奇，認識了十幾年，妳什麼時候等過我？」他說著，打開車門示意她上車。她身體旋轉著，以一朵從枝頭墜落花朵的弧度，優雅地坐在他旁邊。

車從緩緩打開的高大鐵門駛進去，沿著合歡花夾道的路開進去，旁邊廣場的喧鬧頓時全都被隔絕在外了。

道路不長，很快就到了屋前，他示意她下車。將車停在車庫之後，才過來執起她的手，輕輕一吻，問：「聖・安哈塔不好嗎？怎麼忽然回來了？」

她俏皮地眨眨眼。「下個月就訂婚了，怎麼都應該回來和你商議一下。」

他微微皺起眉。「為什麼這麼任性？」

她眼中閃過一絲壓抑，但立即就轉為微笑，卻不說話。

他嘆了一口氣，牽著她的手往裡面走。管家先迎上來朝他們鞠躬示意：「少爺，方小姐。」

她很輕快地笑著，熟稔地和管家打招呼：「安伯，這次又要麻煩你啦。」

「這是我分內的事。」他說著看了程希宣一眼，然後低聲說：「方小姐，您現在，不應該回來。」

「是嗎？」她漫不經心地說著，便轉頭去看周圍的陳設去了。

程希宣和安伯對視一眼，有點無奈地示意他先下去準備晚餐，然後坐到她身旁，問：

「是不是聖・安哈塔那邊出了什麼事情？阿峰怎麼沒有和妳一起回來？」

「你猜猜？」她問。
他好看的雙眉皺了起來，盯著她良久，然後忽然問：「今天是週五，妳的美容師怎麼沒和妳一起過來？妳不是每週五都要做全身美容的嗎？」
「你記錯啦，我的全身美容安排在週二，週五只是可能會修腳後跟。」她懶散地抱著靠枕，蜷縮在沙發上回答，就像一隻漫不經心的貓。
「那麼，阿峰呢？」他又問。
「……你說呢？」她沒回答，卻反問。
他忽然微笑了起來，然後俯身看著她，抬手將自己的右手插入她髮間，輕輕地托起她的臉，微瞇著眼睛看她。「我覺得，可能是因為……」
他說到一半，卻沒有再講下去。他的面龐就在離她不到十公分的地方，星辰般的眼睛那麼近地注視著她，令她覺得那裡有什麼東西要湧出來將她淹沒一般。
她在心裡暗罵了一聲，想要將他推開。他卻抱緊了她，伸手將她耳後的頭髮撩開，就在他的氣息觸到她的耳朵，讓她全身的寒毛都緊張地豎起的時刻，他在她耳邊開口，聲音低沉喑啞：「林淺夏，我都差點被妳騙過了，很精采。」
被他壓在身下，一顆心怦怦亂跳的淺夏，頓時愕然地睜大了眼睛。
他將她鬆開一點，注視她良久，一寸一寸地端詳著，那目光就像水流一樣，溫溫地流淌過她的肌膚，讓她覺得緊張極了。
淺夏靠在沙發上，不自覺地臉紅了。她抬手捂住臉頰，把臉埋在膝蓋上，一聲不響。他把目光收了回去，背轉身站起來，說：「收拾東西，明天就出發。」
淺夏有點詫異：「可是我覺得我還差一點……就這樣去，會不會被拆穿？」

他語音堅決：「不會，連我都騙過了，妳已經十分完美了。而且，我說妳是方未艾，妳就是方未艾，有誰能質疑？」

「可是……你和她的父母呢？」

程希宣頓了一下，然後說：「我會幫妳的，妳只要跟著我，少說話多做事應該就不會出問題——反正，就算妳表現異常，也可以歸結為婚前恐懼症。」

淺夏勉強笑了出來：「真是好藉口。」

「趕緊回去收拾東西吧……學校那邊，妳請假了嗎？」他問。

淺夏應了一聲：「放心吧，按照原定時間回來，還有半個月的時間備考呢……我們老師和我交情很好，只要考全A，多請幾天假他也會寬容我的。」

說是這樣說，淺夏在心裡還是暗暗擔憂了一下自己的獎學金。

她提起自己的包包，腳步輕快地走到門口，但就在出門之後，她又轉身，站在大門口問他：「對了，阿峰是誰？」

程希宣站在略顯陰暗的室內，和門口浸在夕陽中的她，宛如被分界開了。

金色餘暉從她的身後黯淡地照過來，她的面容在逆光中變得模糊，只有輪廓在這一瞬間呈現出來，嬌小而柔弱，就像一朵白色的雛菊在風中搖曳的姿態，和剛剛方未艾那種牡丹般豔麗的顏色，判若雲泥。

像是被這一瞬間她的影子撥動了心口某一處地方，他遲疑了好久，等到心口那一陣悸動過去，才緩緩地說：「阿峰是……她喜歡的人。」

「咦？」她詫異地睜大了眼睛。

程希宣笑了笑。「所以她需要妳，幫我們解除這樁婚約。」

「明白了。」她點點頭，像是忽然感覺到了自己肩頭的重擔，抬手在額上敬了個禮，一副莊嚴的樣子。

看著她在夕陽中離開的輕快步伐，程希宣凝視了良久，未曾動過一下。

安伯在他身後問：「這個女生……就是您選中的犧牲品嗎？」

他看著她消失在合歡樹夾道之上，聽到自己緩慢的呼吸聲，悠長而沉重，就像要很用力才能將那一口氣吸入心肺一樣。

過了許久，他才緩緩地說：「什麼犧牲品？也許事情有最好的結局，她能在根本不知道真相的情況下，安然無恙地離開……不是嗎？」

衛沉陸心情十分沮喪。

他唯一的員工，一手培養——好吧，是一手出錢培養出來的驕傲，居然要跟著一個男人離開將近一個月，到遙遠地球的另一邊去了。

他沮喪地推開琉璃社的大門，卻看見自己唯一的員工正坐在椅子上，托著腮看著窗外下面的街道發呆。他疑惑地走到她身邊，低頭向下看了看，依然是車水馬龍，川流不息，根本沒半點風景可看。

「林淺夏，知道自己要離開，所以要把這裡的風景看個夠嗎？」

被他的聲音驚醒，發呆的淺夏頓時跳了起來：「老老老老……老闆！」

「幹麼跟見了鬼似的？我上個月沒發薪給妳嗎？」他再一看她的臉，頓時倒吸一口冷氣。「林淺夏，妳臉紅什麼？妳摸著自己的耳朵臉紅什麼？」

淺夏立即捂住臉：「有點熱而已嘛……」

「這哪是有點熱的表情？這分明是思春的表情啊！」衛沉陸稍一思索，立即大吼：「程希宣！妳是不是又在想程希宣？」

「沒有、沒有、沒有！」

衛沉陸根本不理會她，悲憤地朝著天空喃喃自語：「難道這個世界就這麼沒天理嗎？我這樣有錢有勢的無主名花在妳身邊這麼久了妳從來沒發現，那個程希宣才在妳面前晃了這麼幾下，妳就完蛋了？」

淺夏給他一個白眼：「老闆你別這樣，我的少女心都要承受不住了！」

「妳倒是說說，他比我好在哪裡。他下個月就要訂婚了，妳還要橫插一腳，拆散別人的姻緣，下輩子是要當豬的妳知道嗎？」

「……他們下個月不一定能訂婚啊。」

「妳真是自信心爆棚哦，居然相信自己能用區區一個月的時間，從方未艾那裡挖掉牆腳？」

淺夏都無語了：「老闆，這個事情是這樣的，程希宣不想和方未艾訂婚，方未艾也有自己喜歡的人。而我呢，平生最大的理想，就是用半個月到一個月的時間，賺到七位數的錢——你知道這關係著我的人生理想和未來，對不對？」

老闆根本不理會她的辯解：「我從沒見過什麼人捧著自己紅到耳朵的臉來憧憬自己的人生理想和未來！」

「我的耳朵紅是因為……」說到這裡，淺夏才忽然想到一件重要的事情，趕緊把頭髮一撩。「你幫我看看，我這邊臉上，耳朵旁邊，有什麼不對勁嗎？」

衛沉陸看了看，詫異地問：「什麼不對勁？」

「沒有嗎？」她拿著鏡子照了半天，也看不到耳後。

衛沉陸將她的鏡子拿掉，把她的頭髮撥到肩後，「咦」了一聲，說：「原來妳的耳朵後面，耳垂和後脖頸相交的地方，有一顆很小的朱砂痣。這麼不明顯，所以我以前從沒注意過。」

淺夏恍然大悟：「難怪他次次認出我！」

「誰？程希宣嗎？」

「對啊！每次都被他逮到……餐廳裡，麥當勞裡，電梯……」說到這裡，她又停住了，皺起眉。

電梯那一次，她可以肯定自己的頭髮是遮住耳朵的，而且她當時將他壓倒在地，是她在上面，他絕對沒機會看到她的耳後。

那為什麼他還是能認出自己來呢？她摸著自己耳後，百思不得其解。

衛沉陸在旁邊看著她，涼涼地說：「難道這就是所謂的緣分？」

她恍然大悟地抬頭看他：「沒錯，說得對啊……」

「對妳個頭！」衛沉陸恨鐵不成鋼，一巴掌拍在她的後腦杓上。

她捂著後腦杓直吸冷氣，臉上還帶著笑容：「原來是緣分嗎？」

衛沉陸終於崩潰了，大吼：「林淺夏，妳這個花痴醒醒吧！」

花痴沒有醒，第二天晚上，她踏上了歐洲大地。

十三個小時困在空中，他們都相當疲憊。在下飛機時，程希宣見她瞌睡得迷迷糊糊，搖搖晃晃站不穩的樣子，伸手給她：「睏嗎？已經到歐洲了，妳可以好好休息一下。」聽到「歐洲」兩個字，她迷離的眼睛頓時睜大了。程希宣詫異地看她深吸了一口氣，用力揉揉太陽穴，全身籠罩上了戰鬥的氣場。

他有點好笑：「林淺夏，妳這是要幹麼？」

「方未艾，我現在叫方未艾。」她說：「這是你最後一次叫我林淺夏。」

程希宣失笑：「等見到熟人再演也不遲。」

「演戲要演到底，沒人的時候也要自我催眠，你不知道嗎？」她說著，倨傲地將自己的手放在他的掌心，然後微微揚起下巴，輕扯裙襬。「走吧。」

已經是深夜，機場卻依然燈火輝煌，他們被工作人員引領著前往貴賓通道的時候，淺夏忽然覺得自己的眼前閃了一下，白光耀眼。

她下意識地抬頭，看向閃光的來處。

只見一個年輕人背著相機向他們直奔而來，雖然被隔離在兩公尺開外，但還是對著他們大喊：「程先生，方小姐，請問你們在這個時刻雙雙攜手到來，是否意味著你們的訂婚儀式將定於本城舉行？」

她沒有理會對方，面無表情地看了程希宣一眼。

程希宣掃了一眼不遠處等待接機的某樂團的粉絲們，問：「你是娛樂記者？」

「的確是的，不過豪門的婚禮也可以給大眾帶來娛樂，不是嗎？」

程希宣看著這個娛樂記者，用自己的手輕輕抱住林淺夏的肩，微笑著，說：「是的，我們要在本城訂婚，我，和方未艾，下月十六日。」

第二天報紙的經濟類和娛樂類頭條，居然是同一條新聞。

淺夏和程希宣坐在陽臺上喝茶，她看報紙，他處理工作。

樓下花園裡花開得正好，歐洲七葉樹和挪威槭樹修剪得整整齊齊，顏色嬌豔的玫瑰和鬱金香延伸到圍牆處。陽光很好，金色燦爛，這是個非常美麗的早晨。

淺夏一手端著奶茶的杯子，端詳著報紙上的兩個人。

在機場明亮的燈光下，這一對璧人如同鑽石與花朵，相映生輝，光彩奪目得令人讚嘆。她看了良久，心想，雖然站在他身邊的這個人是她，可其實又不是她……

因為，她原本的樣子，是沒有辦法和他相襯的。

不知為什麼，這念頭讓她忽然憂傷起來。

他見她看著報紙良久也沒動一下，便放下手頭的工作，走到她身後看了一下，然後說：「娛樂記者畢竟是娛樂記者，拍張照片都像在拍偶像劇。」

她像是這才回過神，將報紙舉起來，跟他比了一下，又放在臉龐邊，笑著說：「以後我們盡量站開一點比較好，太接近了，身高差會被人看出來的——畢竟，我的身高比末艾矮一點。」

「應該沒人會注意這個，大家只會以為是鞋跟的原因。」他說著，又坐回自己的位子。「換件衣服吧，等一下去見我父母。」

「嗯。」她應了一聲，站起來去末艾的房間了。

換衣服時，她抬頭看見更衣室的鏡子邊貼著好幾個小相框，裡面全都是兩個人的合影。

她湊近去看，一張是十來歲時的方末艾，和程希宣抱著大狗，在草坪上打滾，可她即使頭髮散亂，白色的裙子髒了，卻依然像個小公主一樣。而那時年幼的程希宣，也已經是一派王子的氣質，漂亮至極。

一張是他們坐在鞦韆上，十三、四歲的少女笑容燦爛如花，十五、六歲的少年溫柔地抬手幫她撩開額前散髮，她漫不經心，似乎早已習慣了他的觸碰。

還有一張，可能是十八歲的成年舞會，方末艾戴著鑽石皇冠，在裝飾著彩帶的大廳中和程希宣跳舞。兩個人都穿著白色晚禮服，就像童話中的王子和公主一樣，他們是全場矚目的焦點。

她抬手按在相框上，想，這樣的兩個人，怎麼會不相愛呢？

天造地設。

上天在這樣的時間，造了年齡和相貌、家世和背景都這麼般配的一對人，讓他們一起長大，讓他們沒有任何阻礙，可以幸福地過完一生——

可是為什麼，他們不相愛呢？

她還在發呆，外面女傭輕輕敲門。「方小姐，需要我幫忙嗎？」

「哦……不需要。」

她說著，迅速打開旁邊的鞋櫃，在上百雙鞋子中，找了一雙顏色和衣服相近的高跟鞋穿上，然後走出來。

女傭看見她走出來，眼前一亮，笑著讚嘆：「方小姐一直這麼光彩照人。」

她微笑著點頭致謝，走到起居室時，看到程希宣已經在等待了。他打量了她一下，表示認可，伸手握住她的手，說：「末艾，妳今天真漂亮。」

她笑道：「我現在全副盔甲，可以和你的父親戰鬥了！」

世界上令人覺得無力的事情很多。

比如說，在你頭頂鋼盔、身穿防彈衣、手持AK47、開著坦克一往無前地向著前方殺去，卻發現自己的對手只是一條慢吞吞蠕動的毛毛蟲時，那一定是世上最懊惱最無力的事情。

淺夏看到程希宣的父母時，也是這樣的感覺。

她本來做好了一切準備，在來的飛機上，輾轉反側地籌劃著怎麼才能做一個讓婆婆一見就覺得她不妥的惡媳婦，好將程希宣的父母一舉擊潰。

可是，見了面才發現，程希宣的家人，十分出乎她的意料。

程希宣的父親年紀大概五十上下，是個相當威嚴的中年男人，他的五官和程希宣並不太相像，只是笑起來的感覺有點像，臉頰上有一個淺淺酒渦。

他是個相當迷人的大叔，氣質修養也很出色。

不太協調的是他身邊的女子。

這是他新交往的情人，在程希宣給她的資料中，她知道程父離婚三次後就沒有再娶了。現在的情人才二十二歲，十四歲就在模特兒界走紅，十八歲退出模特兒界、跟了程父。

可能是因為做模特兒時的習慣，她面無表情，冷峻地坐在旁邊，姿態無可挑剔，從手指尖美到頭髮梢，美得沒有一點活人的氣息。

這兩個人站在一起，就像檀木花盆架上放了一瓶可樂，怎麼看怎麼不協調。

程父看見她，笑著站起來，給了她一個大大的擁抱：「未艾，每次看見妳，我就覺得妳已經是漂亮到極致了，可等到下一次見面，我又會發現，原來妳這一次比上次又更美了一分。」

雖然明知道他不是在讚美自己，但淺夏還是滿心歡喜。她和他擁抱過後，又和他身邊的美女打招呼。因為事先知道她是法國人，未艾一直和她說法語，所以她也用事先突擊學習的那幾句法語和她寒暄過了。

程父漫不經心地說：「未艾，她是花瓶，看看就好，不必和她客套。」

淺夏回頭對他笑道：「以後成為一家人了，可能會經常見面的。」

「未必。誰知道她能陪伴我到什麼時候。」程父若無其事。

淺夏當然知道這些人肯定是有協議的，到時候一拍兩散，她拿錢走人，即使想再見自己的前男友，也沒有任何見面的可能。

她立即轉頭，對著程希宣笑道：「可是我可不一樣哦，你以後要想甩掉我，可沒這麼容易。」

程希宣只笑了笑，抬手揉揉她的頭髮，壓低聲音說：「這招沒用的。」

程父在旁邊笑道：「妳當然不一樣。第一我希望你們能白頭偕老，若真有萬一，妳是方家的獨女，恐怕兩家的麻煩一樣多，是不是？」

淺夏在心裡算了算，程家若被方未艾分走一半財產，方家也會被程希宣分走一半財產，這個恐怕兩家都不會樂見，所以程家的擔憂估計沒有方家多，畢竟程家還有個兒子呢。

她抬頭對程父笑了笑：「不過伯父，我覺得還是常有人陪你比較好。我啊，喜歡全世界到處亂逛，一定拖著希宣，說不定逢年過節都不能讓你們見面哦。」

「那不是正好？我正嫌他在我面前出現次數太多了，要是有妳這麼可愛的女兒，才是人生樂事。」他說著，笑著牽起她的手走進室內，示意傭人泡茶。「我這兒子不成器，還是妳合我心意，等你們結婚後，我凡事站在妳這邊，妳一定要事事剋住他才行！」

淺夏都無語了，世界上怎麼會有這樣的父親？

「伯父，現在您是這樣想，但將來年紀大了，會不會覺得還是兒子在身邊比較好……」

「放心吧，我隨時都能找到可愛的女人陪我的——如果是你們生的可愛孫子就更好了！」

淺夏覺得自己都要生生吐出一口血來了。她強行控制臉上的肌肉，扯出一絲笑意：「哈哈……伯父真會開玩笑，什麼孫子啊之類的……我可不願意生孩子哦。你知道我要全世界到處跑的，等我玩夠了才會考慮要不要生的。」

茲事體大，關係到豪門下一代接班人的事情，果然嚴重。殺手鐧一出，程父立即皺眉了：「這事啊……那也隨便妳了。」

「是嗎？伯父對我真好……對了，我還有件事要說，我是獨生女嘛，所以將來就算生了孩子，也希望能有一個姓方……」

「這……」程父若有所思地看著她，終於停了一下。

她在心裡得意，但是表面上還是不動聲色，笑嘻嘻的一臉天真純潔的樣子。

這要是還能無動於衷，那她真的要懷疑是不是程家要破產了有求於方家，所以什麼條件都能一口答應了。

「可是……」程父慢悠悠地說：「妳父母上次還跟我說，妳嫁到我家之後，他們就要寂寞了，所以他們決定找人代孕，幫妳再生一、兩個弟弟妹妹。」

淺夏頓時傻了：「啊？」

「沒有告訴妳吧。他們也只跟我說了，祕密保守得很好哦，妳千萬要假裝自己也不知道，讓那老兩口得意一下。」他說著，哈哈大笑。「不過妳對妳父母這份孝心，我也十分感動，我會告訴他們的。」

「伯……伯父……」淺夏真的很想哭。
「好了，我帶妳去看看我最近養的一對錦鯉，走吧。」
「……我對錦鯉沒興趣啊。」
「妳不是經常去冰島釣鱈魚的嗎？去拿魚竿來吧。」

中午的飯桌上，有鯉魚。
看著擺在面前的可憐的錦鯉，淺夏在心裡很同情牠們——
她真的只是在釣魚前，搶過程希宣的手機，鑽到洗手間倉促地上網看了一下怎麼拉魚線和釣竿而已，怎麼這兩條笨魚就自己上鉤了呢？
程希宣幫她夾了一塊魚肉，還小心地幫她剔掉了魚刺，一副恩愛的樣子。
淺夏暗暗用眼角示意他和自己保持距離，以造成兩人缺乏感情、不宜結婚的假象。誰知程希宣似乎毫無感覺，還跟她說：「父親這邊的廚子是名店裡挖來的，做魚很有一套。」
確實燒得好，她吃了兩口後，偷偷地問程希宣：「這兩條魚是不是很貴？」
「可能吧，據說是拍賣得來的。」
淺夏心疼得都快哭了，這要是換成錢給她多好。
本來淺夏打算飯後繼續和程父進行不屈不撓的戰鬥，誰知剛吃完飯，喝了茶，程父就直接一揮手，說：「訂婚和結婚的事情你們看著辦，我是老古董了，肯定不合你們的心意，你們回去自己準備吧，我要午睡了。」
「那伯父，我們可能旅行結婚、高空彈跳結婚、水下結婚……到時也許不方便請你們出席儀式觀看……」

「呵呵呵，有創意，年輕真好，隨便你們。」

程父說完，笑咪咪地摟著那個花瓶美女的腰離開了。

淺夏只好灰溜溜地離開了戰場。

在回去的路上，她看著車窗外一片初夏的花海，綿延在碧藍的湖邊。天氣這麼好，她的心情卻如此糟糕，人生真是寂寞又無奈啊……

她靠在車窗上，哀嘆：「我懷疑，我完不成這個艱巨而偉大的任務了。」

「放心吧，離下個月十六日還有整整二十一天，我看好妳哦。」程希宣說。

「我不看好我自己……」她說著，又忽然想起什麼，轉頭問他：「為什麼看起來你一點都不在意的樣子？這件事關係的可是你的人生啊！」

程希宣想了想，說：「因為，是未艾有了喜歡的人，但我並沒有喜歡的人。所以我和她結婚也好，不結婚也好，其實對我而言，關係並不是很大。」

林淺夏皺起眉看他：「可是，是你請我來破壞你的婚事的！」

「是的，所以我希望妳不要辜負了我這個僱主的期望，加油吧。」他敷衍地說著，見她一直望著窗外，又看看窗外的花，便把車停了下來。「花開得真好，下來走走吧。」

湖邊是大片的野生瞿麥花，在陽光下盛開著嬌豔無比的粉紅、紫紅與玫瑰紅色的花朵，豔麗迷人，瀰漫著淡淡的香氣，映襯著天空。整個世界的顏色明豔嬌嫩，令人就像沉浸在水粉畫之中，通身都彷彿染上了那種透明的美麗色彩。

她頓時忘記了自己的沮喪，提起裙角，在花海中奔跑著，回頭對著站在路邊看她的程希宣大笑：「喂，你見過這麼多花嗎？」

他站在花海之外看著她，就像第一次見面時一樣，她在陽光下對他綻放笑容，那些動人心魄的微笑，如同珠子一般，從她的眉梢眼角璀璨滑落，整個世界都變得寂靜無聲。

在這初夏的天氣裡，他的心就像蒲公英遇到一陣清風一樣，怦然散開。

真是奇怪，明明每一次和她見面，她幾乎都是不同的相貌，可無論她變成什麼樣，他都能一眼從無數個幻象中辨認出她的模樣來——從她的朱砂痣、她的背影、她的舉止，還有她的眼神。

就好像，這個世界上，真的有一種超越所有感知的另一種感覺，冥冥中註定，避無可避，天造地設。

彷彿是懼怕這種未知的感情，他站在路邊，對著邀請他一起到花海中的林淺夏，口氣冷淡地說：「我對花沒興趣。」

「是嗎？那你的人生肯定很乏味。」淺夏彎下腰摘了一朵花，遞到他面前，笑吟吟地看著他。「喂，想得起來上次你看見這種顏色是什麼時候嗎？估計是在你的電腦上吧。」

他一時語塞，看著她手中的花朵。那朵花盛開在她的指尖，桃紅色襯著雪白的手指，在陽光下生出一種再精良的螢幕也無法模擬的顏色層次，令人心動。

他伸手接過她手中的花朵，抬眼看見她笑容明亮動人，如同水晶折光。

在自己也不明白的一種心理的驅使下，他跟著她一步步走進花海中，跋涉過糾纏凌亂的花葉，走向湖邊。

「七年了。」站在湖邊，在花叢與花香之間靜靜地凝視著湖面的波光粼粼時，他忽然說。

淺夏詫異地轉頭看他，問：「什麼？」

「妳不是問我，有多久沒看見這樣的顏色了嗎？」他低頭看著手中的那一朵瞿麥花。瞿麥花的花瓣，每一片末端都有著殘缺不齊的缺口，似乎曾經被人狠狠傷害過，扯碎過，又堅持要開放出來一樣。

「從……我的母親去世之後，我就再也沒有看過任何風景了。」

這麼多殘缺的花朵，盛開在他們周身，如同火焰與晚霞。

淺夏凝視著他在花朵背景之前，清晰呈現在她眼前的側面曲線，他的面容這麼好看，令人幾乎不敢仔細端詳。

在這一瞬間，她忽然想，也許，這種在外人看來完美無瑕的人，其實也和這些美麗耀眼的瞿麥花一樣，全都帶著別人不可知曉的傷口吧。

那個午後，他們坐在花叢之中，看著眼前的太陽一點一點沉下去，湖水的顏色由藍變金，又變成紫色的晚霞的顏色，絢麗奪目。

已經近黃昏了，晚風吹來，微有涼意。他們終於站起來，踏著花叢回去。

天色晚了，下班的人也都要趕回家去，路上的車子開始增多。

他們都沉默，車子開得很慢，在近郊的公路上向著他們家而去，晚風輕拂，涼意頓生。淺夏微微打了個冷顫，抱住了手臂。

他看了她一眼，問：「把車篷合上嗎？」

「不用，偶爾吹吹風也挺好的。」

他便說：「後面有外套，是未艾的。」

她去拿未艾的外套，忽然想，方未艾，其實在他的生活中無處不在。

如果不是很熟悉很親密的人，她怎麼會在程希宣屋內的更衣室裡，放著上百雙鞋子和層層疊疊的衣服？

如果不是很熟悉很親密的人，他怎麼會在自己的皮夾裡，放著她的照片，隨身攜帶？

如果真是貌合神離的一對，怎麼會在他的車內，隨時都為她保留一件外套？

還沒等她把那種不對勁的頭緒理出來，車身忽然一震，她不由自主地往前一撲，額頭差點撞在玻璃上。

後面有一輛卡車，撞在了他們的車上。

程希宣從後視鏡中看了一眼，皺起眉，還沒說什麼，淺夏已經不敢置信地問：「原來瑪莎拉蒂也會被卡車追撞？」

「限速八十，妳沒看到嗎？」他示意她去看窗外的限速警示，忽然倒吸一口冷氣，狠狠一踩油門，重重地打方向盤，在路面上畫了一條弧線，向著右邊急衝。

「不是限速八十嗎？」淺夏大吼。

他沒回答，車子極速向前衝去，頓時將後面壓上來的卡車甩開了。

可是剛剛衝出一段，卻因為前面的車排在路上，他們衝不過去，頓時速度又緩了下來。

淺夏倉促地回頭看，發現後面那輛追他們尾的卡車似乎失控了，緊追著他們不放，高大的輪胎幾乎要將他們的車壓扁。

「快……快跑啊！」淺夏失聲大叫。千鈞一髮之際，他們的車身終於衝出了卡車的重壓，從前面那輛車和行道樹的空檔之間，險險地擦了過去。

就在他們鬆了一口氣時，後面那輛卡車忽然瘋狂加速，碾過了前面那輛小車的半邊。淺夏看見小車的司機呆看著身旁被壓扁的副駕駛座，一臉不敢置信。

更加不敢置信的是淺夏，她眼睜睜地看著卡車的司機開著車子向他們衝來，臉上還帶著令人毛骨悚然的猙獰笑容。看來不是車子失控了，而是他一意要將他們置於死地。

淺夏倒吸一口冷氣，回頭看見前面又一輛載滿貨物的卡車迎面開來。程希宣猛一踩煞車，車子停下，被困在前後兩輛大車之內，眼看就要被擠成齏粉。

淺夏抓起他的手，踹開車門，向著外面飛撲而去。

撲出車子，他們滾出道路，淺夏在瞿麥花叢中站起來，程希宣緊握住她的手，他們一起沒命地往前狂奔。

那輛瑪莎拉蒂已被硬生生地擠成了一團廢鐵，步步緊逼的卡車轉向衝下路基，直接開進了瞿麥花叢。

「這邊！」淺夏拉著程希宣向著湖面狂奔。

程希宣握緊了她的手。在黃昏的夕陽下，他們凌亂地踏著豔紅色的小花，向著湛藍的湖睡奔去。

卡車在後面緊追不捨，她在晚風中倉促地問：「你會游泳嗎？」

「會。」他說。

「跳！」

暮春初夏的湖水還有點冷，他們一口氣游到湖中間，才一起回頭，那輛死追著他們不放的卡車陷入了淤泥，司機從車上跳下來，衝著他們大喊。

晚風中，淺夏只隱約聽見幾個義大利語：「你……必死無疑！」

她轉過頭，同情地對程希宣說：「你不會招惹到義大利黑手黨了吧？」

「不是黑手黨。」他說著，轉頭看了她一眼。

她臉上的妝容早就已經被洗掉了，精心打理的頭髮也披散了下來，溼漉漉地披在她的肩上，遮住了大部分的臉。

他幫她把額前的頭髮攏了攏，洗去了方未艾那種華麗而精緻的妝容之後，她清爽乾淨的面容露了出來，像是被雨洗過的初夏晴空，淡遠而明淨。

這麼驚險的逃生過後，她的臉上卻帶著促狹的笑意：「哦，你完蛋了！」

她的笑容被水面上粼粼的波光簇擁著，光彩照人，不可直視。他忽然覺得心中升起了一種深深的愧疚與不安。

她一指對面的湖岸：「體力可以嗎？能不能游到對面？」

他點頭：「我在劍橋時是賽艇隊的。」

「好吧，估計你橫渡英吉利海峽都沒問題。」她說著，一個猛子紮下去，向著那邊游過去，水面上只見一條細細的波紋。他正看著，她已經從十多公尺遠處鑽出水面，興高采烈地朝他招手：「喂，水質很好哦，下面有很多小魚！」

看著她像孩子一樣的神情，他的嘴角不由自主地揚起，也潛了下去。

水質果然很好，他們就像懸浮在一塊透明的藍色水晶之中。水中的小魚簇擁在她的裙子旁邊，鱗光點點，讓她就像被無數星光點綴著一般。

她層層疊疊的華麗白色裙角在碧藍的水中像一朵盛放的玫瑰。她白皙修長的小腿拍打著水，花朵般的裙角和星光般的小魚便隨著水波緩緩流動，如夢如幻。

有一種無法言喻的感覺，順著他心口的血脈，湧向全身。

就像年少時，沉浸在自己的幻夢之中，沒有任何憂愁與煩惱，自然，也沒有算計與利用、欺騙與謊言。

他不自覺地伸出手，拂過她在水波中浮動的裙角，想要抓緊。

然而，他的眼前，忽然像幻影一樣，閃過末艾的面容。

從十三歲開始，就知道要在一起的人，她在他身邊一天天長大，長成嬌豔的玫瑰，綻放出最芬芳的花朵。

她是他，最重要的人。

她流著眼淚，驚慌失措地抱著他的手臂，失控地顫聲問：「希宣，希宣……難道真的……沒有辦法了？」

有辦法的，現在他的面前，就是那個犧牲品。

他的手指沒有收攏，任憑她的裙角從指尖滑過。他側過頭，默不作聲地鑽出水面，向著彼岸游去。

淺夏詫異地看了看他的背影，又看看暈紫色的天空，趕緊跟上他。

他們兩人溼漉漉地從湖中爬起，渾身滴著水上岸。

淺夏赤著腳跟著程希宣一起走在湖邊的鵝卵石上。他脫下外套，蒙在她的頭上，低聲說：「妳的妝好像不防水。」

她趕緊用他的外套包緊臉。他又攬住她的腰，將她抱了起來。

淺夏下意識地掙扎了一下，低聲說：「我……自己走就好了。」

「妳現在是末艾，我覺得我們還是表現得親密一點比較好，妳覺得呢？」他輕聲問。

淺夏轉了轉被石頭硌得生痛的腳板，默不作聲地把臉埋在了他的胸前。

他抱著她跋涉過瞿麥花叢。天色已經晚了，風從他們身邊吹過，瞿麥花葉沙沙作響，香氣幽微。

月亮的光芒淡淡地照在他們身上。他們就像被鍍上了一層薄薄的水銀，帶著銀白色的光華。

淺夏抓住一片沾在他溼漉漉的頭髮上的花瓣，拈到眼前看了看，抬頭對他笑道：「現在那個人要是過來追殺我們的話，我們必死無疑了吧。」

「也許吧。」他低頭看了看她，低聲說。「很抱歉……」

她等了很久，等他說出下面的話，可他停頓了許久，卻依然沒有說出自己抱歉什麼。

淺夏鬆開手指，任由那片花瓣從自己的指尖飄落。

她朝他笑了笑，說：「沒什麼。」

他抱著她走出瞿麥花叢，她提起裙角下地，和他一起在路邊攔車。

天色已晚，沒有什麼車經過。涼風陣陣，淺夏的身子微微顫抖了一下。

程希宣低聲問：「妳還好吧？」

她應了一聲，抬頭朝他笑了笑：「沒事，我受訓時，也曾經在零下十幾度的地方，一個人跋涉幾十公里，完全沒事。」

他點點頭。遠處有車燈的光打過來，這輛車不是計程車，是一輛名車，車子竟然很乾脆地停在了他們的身邊，司機降下窗子，對著她大吼：「林淺夏，多日不見，妳長進了嘛，居然可以把自己搞得這麼狼狽！」

黑暗中程希宣一時看不出來人是誰，所以把目光轉向淺夏。

淺夏愣了一下，結結巴巴地問：「老……老闆？」

爬進衛沉陸的車子，淺夏趕緊把暖氣開到最大，使勁地吹自己的衣服。

衛沉陸啪地把暖氣關小：「妳要熱死我啊？」

「老闆不要嘛，真的有點冷。」她可憐兮兮地說。

看她像隻落湯雞的樣子，衛沉陸只好又把暖氣開大點，從後視鏡裡看著程希宣，打招呼：「好久不見。」

「好久不見。」程希宣聲音平靜。

衛沉陸眼角餘光一瞥，抬手狠狠拍掉淺夏的手。「妳還敢調高溫度！想要逼我熱得在車內裸奔？」

淺夏可憐兮兮地看著他：「老闆，我知道你對我好嘛，你看你因為擔心我這樁任務，都特地趕到這邊來幫我……程希宣這個委託啊，我覺得真的滿困難，以後還要靠你……」

「靠我個頭，別自作多情了！」衛沉陸劈頭打破她的幻想。「我不會幫妳，妳自己接下來的委託，自己看著辦！」

「不是來幫我的，那老闆你到這裡來幹麼？」

「別提了，我老爸這次是不把我逮回家不甘休了。我在國內的老窩都被端了，無奈只好跑到這邊來——事先聲明，我遇見妳真的是意外！」

「我不相信會有這麼巧的意外。」她笑咪咪。

「愛信不信，我真是追著我爸的一個親信的蛛絲馬跡，一路跑來這裡的。」

「那麼你父親的那個親信呢？」

「……消失了，沒追上，可以吧？」衛沉陸簡直惱羞成怒了。

淺夏笑咪咪：「老闆你好遜哦，你連我的功力都不及。」

「我老爸是幹麼的妳也知道，他是專業的黑社會，我怎麼跟他鬥？」衛沉陸翻個白眼，轉移了話題：「程希宣，你住在哪裡？」

一直在後面沉默著的程希宣這才開口，說：「沿著南大道一直走，出城之後右轉往森林方向。」

衛沉陸開車很衝，一下子就拐上了南大道。

到了程希宣家時，衛沉陸看著林淺夏下車，終於還是忍不住問：「林淺夏，妳應該沒事吧？」

她詫異地問：「什麼事？」

「你們好像惹上麻煩了，不是嗎？」他問。

淺夏「啊」了一聲，在他的車窗邊俯下身：「老闆，幫個忙好不好？」

衛沉陸挑起眉看她。

「那個，程希宣好像遇到了追殺……對方是義大利人，我想你幫我打聽一下，到底是怎麼回事，反正你家在義大利方便嘛，是不是？」

衛沉陸拍開她扒著車窗的手，不屑一顧：「他是妳的委託人，又是妳自己接的私活，我沒懲罰妳就不錯了，還想要我幫你們？別痴心妄想了！」

「老闆……」她可憐兮兮地給他看自己的淚眼。

「妳就等著吧，不聽老闆的話，妳總會該死的。」他壓低聲音，在她耳邊說。「妳以為程希宣是個好對付的人？他的繼母和弟弟，如今淪落到什麼地步，是因為什麼，妳一點都不知道吧？我可不認為，他會是個願意無緣無故付出超額的錢，請妳來解決雞毛蒜皮小事的冤大頭。」

淺夏愣了一下，低聲說：「我……會隨時和你保持聯絡的。」

「那就好。還有，林淺夏，要是妳這次不幸被捲入，死在這裡的話……」老闆薄情地調轉車頭揚長而去，只留下一句——

「無論如何，我就算追到天涯海角也會幫妳報仇的，妳就放心吧。」

「為什麼世界上會有這麼涼薄的人啊？」淺夏欲哭無淚，目送老闆的車子消失在昏暗的夜色中。

程希宣將她拉回屋內：「妳現在的樣子，最好不要讓任何人看見。」

她用程希宣的外套裹住頭，進了自己房間，把自己沉浸在熱水中，泡了好久，終於緩過一口氣來。

林淺夏盯著窗外橫斜的樹枝，想，程希宣肯定是惹了大麻煩，現在老闆也不願意幫她，她在這邊等於是孤立無援……這樁委託，似乎風險太大了。

然而，委託還未完成，她真的能就這樣抽身離開嗎？

畢竟，她很需要錢，尤其是他許給她的，足以買命的那一大筆錢。

而且……她從水中抬起自己的手，放在眼前看著。

在遇到追殺的時候，程希宣一直牽著她的手，沒有放開。

這是平生第一次，被人這樣握著自己的手。他的手掌寬厚有力，緊握著她的時候，掌心的溫暖，幾乎可以熨進她的皮膚中。

他真的會是個冷酷無情的人，只想著要利用她、傷害她嗎？

離開了溫水的手，慢慢地變涼，感覺到冷意。她嘆了一口氣，把手放下了。

又發了一會兒呆，身體漸漸恢復後，她才起來化好妝，換了衣服。在更衣室，又看了一下鏡子旁邊的那些照片。

方未艾，這麼美的女孩子，如同恣意盛放的玫瑰。

她又轉過眼，看了看鏡中的自己。

和她一模一樣的面容，一模一樣的神情，一模一樣的舉止。

然而被濃豔的妝容覆蓋住的，只是那個普通的女孩子，沒有顯赫的出身，沒有傲人的容貌，沒有從小被盡心呵護的人生，她只是林淺夏。

她的人生，和她的名字一樣普通。

即使她和他一起死裡逃生，即使曾經牽手看過夕陽，即使他們曾經一次又一次地相遇，又有何用？

他依然，還是不會注意到她，不會喜歡上她，不會選擇她吧。

即使她對他心動，有那麼一點點喜歡他，有那麼期待他能看到自己，又有什麼意義？

和程希宣一起吃晚餐時，她低聲問：「更衣室的那些照片是怎麼回事？」

他不解地看著她：「什麼照片？那房間是按照未艾的意思布置的，裡面所有的陳設也是她自己弄的，我從沒進去過。」

「是嗎？這麼說是未艾自己貼的？」她咬著叉子上的小牛肉，在心裡越想越覺得不對勁。這兩個人的關係到底是什麼？是彼此都不喜歡對方？是方未艾有自己喜歡的人而程希宣單方暗戀她？還是程希宣完全無意而方未艾單方暗戀他？

還是說……其實他們，根本就相互喜歡著？

可是要是如程希宣所說的，他從未進過方未艾的房間，那似乎，他們的關係也沒有那麼密切。

如果他們是真的不想結婚，那麼她能順利地幫他們反抗婚約嗎？程父已經這麼難攻破，而未艾的親生父母，又會是怎麼樣的？另外，追殺他的人是誰？以後還會遇到嗎？會不會波及她？

她覺得這個任務，確實讓人很頭大。

程家的餐廳，燈火輝煌，寬闊空蕩，白色的長長的餐桌上，鮮花和燭光相映，精心烹調的食物精緻美味，只是吃飯的人都食不知味。

像是看出了她的心思，程希宣抬手示意管家和其他人都離開，然後放下刀叉：「林淺夏，我很抱歉，之前沒有跟妳說清楚，這樁委託，是有危險性的。」

「我早就有預感了……不然怎麼會有人出這麼高的價錢讓人做這麼簡單的事情呢？」淺夏盡量輕描淡寫地說。

「如果是生命危險呢？」他問。

淺夏想了想，說：「恭喜你，你不需要為我買人身保險，我沒有父母，也不想把受益人寫成我老闆……嗯，也許寫福利院也不錯？」

「我是說真的。」燈光燦爛，照徹周圍金碧輝煌的陳設，程希宣的雙眼就像兩顆明亮無比的星子，深深地看著她，讓她不由自主地看著他，移不開目光。「其實是因為局勢危險，所以我不能讓方未艾和我一起冒險，反正她也不愛我，不需要被我拖下水……我讓她繼續留在聖·安哈塔度假，找了妳陪我和父母周旋，希望能在訂婚前將這樁婚約取消。」

林淺夏轉著手中的湯匙，不說話。

程希宣看著她，目光一瞬不瞬：「那麼，林淺夏，提出妳的要求吧——值得妳拿生命來冒險的要求。」

淺夏托著下巴，笑了笑：「喂，程希宣，你覺得這個世界上什麼東西比生命更重要？你讓我拿什麼來換？」

他默然。

「你看，我活得好好的，雖然很需要錢，但每天都開開心心地過我自己的好日子。可是為了你的委託，我卻可能要被和自己完全無關的恩怨捲進去，再也見不到明天的太陽。」她皺起眉，用湯匙的柄在桌布上無意識地畫著。「你自己也知道，如果說出真相的話，我不太可能會接受你的委託，所以一開始，你就打定主意先把我騙過來，然後再慢慢跟我說出真相，是不是？」

「抱歉……我只是覺得，短短一個月，應該不至於會發生太嚴重的事情。」

「如果你真的認為在訂婚前的一個月時間裡不會發生這麼壞的事，那麼為什麼不讓未艾去？為什麼偏要找我代替她，在這個她一定要出現的時刻，出現在你身邊呢？」她冷笑著看他。「程希宣，其實你早就打定主意，我是微不足道的女生，我完全可以做犧牲品，而你的方未艾，是不可以被危險波及的，對不對？」

程希宣默然地看著她，她目光灼灼地盯著他，像是看透了他所有的心思。

他心虛地低下頭，低聲說：「我很抱歉……」

淺夏推開面前的餐盤，站起來走到窗邊，看著外面的深夜。

暈黃的月亮在空中發著淡淡的光，上弦月，未曾圓滿，光芒微弱。花園中的一切，都蒙著薄薄的光輝，整個世界都安靜了下來。

她心口冰涼，長長地出了一口氣。

本來就是這樣，人不應該去期望超出自己預期的東西。

他是程希宣，她是林淺夏。

曾經在那條似乎無窮無盡的階梯上，他抱著她，一步一步往下走。他的懷抱溫暖安定，那是真真切切的，可也是不真實的。因為，雖然它真的發生過，但最後，卻只能變成留存在她心底的一場幻夢。

註定會降臨的，無論如何也逃避不了；不能擁有的，即使再奢望，也不可能多擁有一點點。

天經地義，順理成章。

她長長地吸了一口氣。她是職業扮演者，她知道自己現在應該以什麼神情面對僱主。她轉過身，臉上露出笑容，走了回來，在程希宣的身邊坐下：「其實，沒什麼大不了的，我之前也曾經接受過這樣的委託的。就在接受你委託的前幾天，我接過一個明星的委託，因為她擔心自己被潑硫酸。」

她笑意盈盈，彷彿毫不在意，彷彿剛剛她心裡那種冰涼的疼痛，都是假的。

彷彿她真的只是為了工作，而接受了他的委託。

彷彿她對他，只是委託人和被委託人的關係。

她說：「我們的工作本來就有風險，會被你波及，那也是沒辦法的事。你給我的價格這麼高，就算你是僱我當保鑣，替你擋子彈，也已經足夠了。」

程希宣默不作聲地看著她，一動不動。

「不過，既然你讓我提要求，那麼我就恭敬不如從命了，多謝你啦。」她從旁邊拿過便箋紙，寫下一行地址，遞給他。「萬一——我是說萬一的話，我不幸被你波及了，那麼請你好好照顧這裡的人，可以嗎？」

他看了看上面的地址，又抬眼看她，她在燈光下笑靨如花，只餘眼中一點溼潤流動的光芒，半真半假，卻連假的笑容也那麼動人。

他過了良久，才微一點頭，說：「我立即讓我的律師過來公證，若妳出事的話，這裡面的人，我會負責照顧好。若我沒辦法照顧到，程家也會照顧好的。」

「永遠照顧下去嗎？」她笑著問，像個頑皮的小孩子一樣眨眨眼。

「只要有程家在的一天。」他說。

她歪著頭望著他，托著腮微笑，說：「程希宣，這樁買賣好像我很划算，我們就這麼定下啦，以後你可不能反悔哦……合作愉快。」

他望著她燦爛的笑容，也不知道自己什麼心情。

「是，合作愉快。」

因為程父那邊的主意不好打，所以淺夏轉而決定去和方未艾的父母談。

這事情的難度比較大，畢竟，要蒙騙生了方未艾又養了方未艾的方家父母，絕非易事。

「這是未艾在家裡時的錄影，妳可以看看，其實她和她父母見面機會並不多，所以也不必緊張。」程希宣找到了一批未艾和父母相處時的影片，交給她。

都是些生日或者聚會時的影像，大家聚在一起融洽歡笑，未艾一直是最耀眼的存在，她在人群中顧盼自如，歡笑無盡。

只是每次在父母出現的時候，她雖然也會極力維持表面上的隨意開朗，可眼中總是流露出不由自主的緊張，甚至下意識地收斂起臉上的笑容，轉移目光，神情也變得尷尬。

她一個人在房間裡研究未艾和父母相處的影片，越看越覺得奇怪。

難怪未艾和父母的相處時間那麼少，從十三、四歲開始就一個人在外住宿上學，不願回家。

到底未艾和她父母，是什麼樣的相處模式？總覺得看起來怪怪的。

不過，方未艾的人生還是令人豔羨的。

她擁有萬千寵愛，世上人人都疼愛她；她擁有無窮幸福，所有東西召之即來；她在全世界漫遊，縱情恣意，就像一朵日光下燦爛綻放的向日葵，根本不必考慮明天，因為她的幸福沒有邊際。

「忽然之間覺得，我真是個不幸的人。」淺夏自言自語，把影片關了，揉揉微痛的太陽穴，思索明天去方家的時候，應該怎麼對付方未艾的父母。

她加入琉璃社至今，接過很多工，冒充過很多人，從天后到初中生，從虛偽名媛到奸詐富婆，處理過千奇百怪的事情。只是，真的沒有任何一個人請她去冒充自己欺騙父母。

是的，家人怎麼相處，她不知道。

她已經不記得自己父母的樣子了，她只記得媽媽最後離開的身影。她曾經在心裡一次又一次地設想過，將來有一天，她面對父母時，一定要驕傲而幸福，讓他們看到自己最好的一面，讓他們後悔當初所做的一切——

而，對親情只有恨的她，真的能演出那種愛嗎？

她蜷縮在沙發上，盯著天花板上的燈好久，心煩意亂。她打開影音室的門，外面的陽光透進來，四月初的天氣，陽光燦爛，令人精神一振。

來。

她換上鞋子走到院子中，蹲在地上長長地呼吸著空氣，好讓自己從那種委靡中振作起

程希宣從後面經過，看見她專注地扯著地上的草，長長的頭髮自肩頭滑落，幾乎觸到了草葉尖。春夏之交的青蔥顏色中，她的側面就像一枝花朵的剪影。

他不由得站住，穿過走廊，到她身後俯身看她手中的野草：「這麼認真，在看什麼？」

淺夏把手中一枝開著細小白花的草遞到他面前：「你看，歐洲也有薺菜。」

「薺菜？」他詫異地問，看著花莖上小小的三角形果實，在風中輕微顫抖，和她輕輕顫動的睫毛一般，纖細而柔弱。

「對啊，小的時候，我和阿姨經常一起到山上挖薺菜，剁碎了做餃子、做薺菜餅，都很好吃的，你沒吃過嗎？」她笑微微地問。

他挑起眉：「這種草在這裡叫做『放羊人的皮囊』，只是惹人厭的雜草。」

「沒吃過薺菜，你的人生是不完美的！」她不屑一顧地說，丟下花莖四處尋找著。「我找幾棵嫩的，今晚給你做薺菜餅吃吧，我做得很好哦。」

他見她找了半天也沒有找到，只好在後面無奈地說：「我家花園的草皮都是國外運來的，會有一、兩棵這種雜草也是漏網之魚，妳是找不到的。」

「是嗎？真遺憾。」她拍拍膝蓋站起來。「那麼，哪裡有呢？」

「妳就這麼想吃這種雜草嗎？」他好笑地問。

「不許誹謗哦，人家叫薺菜！」

「很抱歉，我走路的時候不注意這種東西，我想可能旁邊的公園裡會有。」

「是嗎？那我去那裡挖吧。」

看著她興匆匆就要奔去的身影，程希宣忍無可忍：「喂，方未艾，妳是方家的公主，怎麼會去公園挖薺菜？」

她這才轉過身，不好意思地吐吐舌頭：「抱歉，我這就回去繼續看影片。」

「最重要的是，先把妳的英語練習一下……未艾的英語是牛津腔，和妳這種倫敦腔有所差別。」

「是是，謹遵閣下教誨。」她說著，又促狹地笑了出來。「喂，我不是用美式英語出去見人，你就應該慶幸了！」

「我真懷疑，要是妳接到一個溫州人的任務，妳怎麼說溫州話。」

「放心吧，我會假裝自己嗓子不適失聲的。」她揮揮手，轉身走回房間。

程希宣看著她的背影，這樣的天氣，看著她時，就像看著春日晴空一樣，心情愉快極了。所以，他不由自主地問了一聲：「喂，薺菜很好吃嗎？」

「只是剛剛想到了小時候，所以很懷念……說不定你不喜歡這個味道呢。」她說著，回頭朝他一笑。「要是我找到了，送給你嘗嘗看哦。」

晚上十點半，天空已經徹底暗下來了，程家外面也幾乎已經沒有人來往了。

淺夏把衣櫃拉開，扯出一件最簡單的T恤，穿上網球鞋，把頭髮紮起來。

走出程家時，門房都很詫異，問她：「方小姐，妳要上哪兒去？」

「和人有約，請你為我保密，不能讓別人知道哦。」她笑著朝他眨眨眼。

門房立即嚴肅地點頭。「是，請小姐注意安全！」

她揮揮手，臉上帶著輕鬆的笑容，目光卻迅速掃過周圍的街道，匆匆地走過巷子，來到公園旁邊。

這是個有圍牆的公園，豎著不高的鐵柵欄，裡面那種開闊平坦的地勢，即使在暗夜中也一覽無遺。歐洲的園林沒有中國園林那種幽深婉轉的意境，裡面所有的一切都是對稱的，豁然開朗，修建得整整齊齊。

「真是沒品味。」淺夏自言自語著，確定周圍沒有其他人，緊了緊鞋帶，站起來活動了一下雙手，在十公尺左右的距離前拔腿助跑，一腳踩上柵欄下的花壇，另一腳踩在柵欄中間的雕花間隙，抓住柵欄的頂部，乾淨俐落地翻上了圍牆。

然而圍牆的下面，卻出乎她的意料，不是平地，而是一道深深的水溝。

她立即抓緊欄杆，身體只在圍牆上微微一歪，便立即站住了。

「好險……」

「林……未艾！」

剛從外面處理完事務，正要回家的程希宣，開著車子從公園邊拐過。

燈光照在牆頭那個人身上，他很無奈地發現，那個蹲在公園牆頭的女生，就是方未艾——或者說，是林淺夏。

聽到他的叫聲，她在車燈的照耀下，無奈地擋住臉，然後嘟囔：「喂，程希宣，為什麼我每次幹壞事都會被你遇到啊？」

他比她更無奈：「妳在幹什麼？」

離她一、兩公尺處就是一棵高大的七葉樹，在路燈的燈光下，可以看出上面開滿了如同燭臺一般的黃綠色花朵。

她低頭看了看下面，然後縱身一躍，抓住一根嬰兒手臂粗的樹枝，藉著彈力，身形在空中畫了個優美的弧線，輕輕巧巧地落在草坪上，悄無聲息。

她拍拍手上沾染的塵土，隔著鐵藝柵欄笑咪咪地朝他做個鬼臉：「如你所見，爬牆呢。」

「妳爬牆是幹什麼？」他覺得自己快要崩潰了。

「找東西啊，你要不要進來？」她朝他招招手。

他無奈地看了看圍牆，從十三歲開始就不曾做過這種事情了，難道真的要跟著她一起翻牆？

她站在圍牆內，路燈微光下，笑容清澈。

他聽到自己心裡一聲長長的嘆息，讓他的胸口隱隱地波動起來。

他抓住鐵柵欄，翻了進去，然後像她一樣用樹枝蕩到溝對面。

「咦，身手很靈活嘛。」她笑咪咪地說：「看不出是天天坐辦公室的人。」

「我和未艾一起參加過國際攀岩聯合會的大賽。」

「哇……你們這麼厲害，得獎了吧？」

「怎麼可能？我很業餘。」他漫不經心地說。「未艾得過第二。」

「那她要是專心練習，說不定能拿個世界冠軍！」

「以她的個性，怎麼可能專心？」程希宣轉了個話題：「妳來找什麼東西？」

淺夏打著手電筒，蹲在草叢中翻找，然後迅速地拔了幾棵草裝在袋子中，說：「找到了，走吧。」

程希宣剛把袋子接過來，後面忽然傳來一聲大喝：「誰？」窸窸窣窣的腳步聲逼近，有人打著手電筒從河邊追過來了。

「哇啊，公園有守夜人，快跑！」淺夏抓住程希宣的手，撒腿就跑。

程希宣覺得自己簡直無奈了，他真的不明白，自己在公司累了一天後，回來還要跟著她這麼玩命地又跑又跳是為了什麼。

他拎著那個袋子，深一腳淺一腳地跟著她在草叢中狂奔。奔到柵欄邊，淺夏抓過他手中的袋子往外邊一丟，藉著奔跑的衝力幾步跳上七葉樹，抓住樹枝一蕩，躍出了牆外。

「這女人……是猴子轉世的嗎？」他在心裡這樣想著，但也只能像她一樣，爬上樹然後蕩出去。

誰知他身體比她重，雖然跳出去了，卻聽「嗤」的一聲，他的衣服還是被柵欄的頂端勾破了。

淺夏哈哈大笑，抓著他往前跑。公園的守夜人舉著手電筒在裡面大吼。

「哎呀呀，真是小氣鬼！」偷東西的人詆毀說。

他感覺到她緊緊地握著他的手，即使在現在這麼危急的情況下，他也忍不住轉頭，在慌亂的奔跑中，注視著她。

她大笑著，拉著他的手往前飛奔，彷彿他們並不是在逃跑，而是在鋪滿了燦爛光芒的道路上，一路向著前面璀璨的光源奔去一樣。

就像是一個孩子，第一次看見令人驚嘆的春天一樣。他看著她的側面，一瞬間，忽然覺得自己的心劇烈地跳了起來——卻，不是因為現在的疾奔。

她笑起來，有著閃閃動人的目光。在暗夜中，街道兩旁的路燈燈光一片一片從他們身邊流逝而過，他們牽著手奔跑，在一路流動般的光彩中，就像攜手奔向了一個未知的夢境。

因為心中那一種不明的動蕩不安的悸動，程希宣不由自主地緊緊地握住了她的手。

但願這一刻，永遠不要消失。

她回頭看看，又轉回來看著他，笑著說：「安啦，別擔心，他追不上。」

直奔到家門口，兩人才放慢速度，一邊喘氣一邊相視大笑。

在暗夜中，程希宣看到她眼中明亮的光彩，在笑容中像一點火光般照亮了他一直黯淡的人生。

在那之前，在程希宣見過無數璀璨的、燦爛的、美麗的東西，可是在他後來的回想中，他見過的所有輝煌，竟然全都比不過她此時眼中明亮的光芒。

她的面容隱在黑暗中，只餘了一雙笑著的眼睛，明亮地閃爍著，注視著他，如同星子。

不是末艾，是他選中的，犧牲品。

他慢慢放開她的手，在黑暗中，聽到胸口呼嘯而過的風聲。他不由自主地按住自己的胸口，才發現，原來那是自己的心跳聲。

第一次為一個女孩子心動，原來是，這麼驚心動魄。

程希宣讓人去把停在公園外的車開回來。兩人往裡面走時，淺夏忽然伸手扯了扯他的衣服下襬，說：「你的衣服怎麼辦？」

他漫不經心地說：「沒什麼，不要了。」

「真奢侈。」她看了看衣服的牌子，然後又笑出來，說：「作為補償，我等一下做東西給你吃。」

「什麼東西？」他問。

她把那個即使在狂奔中也不捨得放手的袋子遞到他面前。程希宣接過去一看，裡面裝滿了薺菜，頓時都快氣笑了：「林淺夏，妳黑夜爬牆冒險，搞這麼大動靜，就為了偷挖幾棵野草？」

「什麼叫野草啊？它為我們人類做出了巨大貢獻，你這樣說，它會傷心的哦。」她提著袋子轉身。「走吧，等一下我做好請你吃哦。」

把薺菜擇掉老葉，細細地洗乾淨，切碎了混在麵粉和雞蛋中，煎成薄薄脆脆的薺菜餅，盛在盤子中，翠綠的葉子凝固在金黃色的蛋液中，清香撲鼻。

淺夏很開心地聞了聞香氣，然後捧到程希宣的書房前，敲了敲門。

程希宣和管家正在裡面，她把餅放在他面前，笑咪咪地說：「哪，請你吃，我剛剛做的。」

管家在旁邊笑了笑，轉身假裝找資料去了。

程希宣看著盤子中的薺菜餅，金黃碧綠，顏色確實很漂亮。

他稍稍猶豫了一下，然後說：「我……現在不想吃東西。」

「吃一點點嘛，就當是我答謝你今晚陪我。」她笑咪咪地說。

看著她的笑容，程希宣嘆了口氣，勉為其難地拿了一片，看了半天，試探著吃了一口。

然後他抬頭對淺夏笑了笑，說：「嗯，不錯，謝謝妳。」

淺夏心滿意足，說：「是吧，我就說我的手藝不錯。」

她開心地走出來之後，這才想起來盤子還沒收回，便又重新返回去。

腳步踏在綿軟的厚厚的地毯上，悄無聲息。

就在走到門口時，她聽到管家問程希宣：「少爺，這個東西能吃嗎？」

「丟掉吧，真噁心。」

她站在門邊，將頭靠在牆上，緩緩地深呼吸著，覺得大腦一片空白。

她聽到程希宣的聲音，毫無波動，清清楚楚地說：「要是蛋糕什麼的，我還勉強可以接受，可這種東西，看見了就覺得生理性厭惡。」

管家把那盤薺菜餅倒掉了，又說：「我聽說方小姐在聖・安哈塔閒著沒事幹，正在學習烹飪呢，小心到時候她也做些東西來讓你試吃。」

「她不一樣。」他說。

是，她不一樣。方未艾是方未艾，林淺夏是林淺夏，不一樣。

她想著，心裡泛起一種酸酸的東西，又有點苦澀。

程希宣，她還一直記得他抱著她，走在那個迷宮一般的旋轉梯上的時候，她感覺到的溫暖和柔軟。

可也沒有錯，不是嗎？她本就是一個接受委託幫助他和方未艾解決麻煩的陌生人。她和他的關係，應該和她以前的工作一樣，委託完成，一切結束。

只不過，是他的漫不經心，而她卻當成了刻骨銘心。

是她不夠專業，是她的錯。

無論怎麼樣，躲不過的就要去面對，也終於到了林淺夏要去見方未艾父母的那一天了。

在和程希宣前往方家的路上，淺夏警告他：「今天，你的主要工作就是配合我，把方家父母對我們不切實際的想法，統統轟成渣！」

旅途中抽空看文件的苦命的程希宣，不由得滿臉黑線。他抬頭認真地看了她一眼，確定她不是在開玩笑，然後才說：「好吧，一切唯妳馬首是瞻。」

飛機停在方家的私人機場上，頭髮花白的管家已經站在機場邊等他們了。這裡是風景宜人的島國，方家老人買了大片的沙灘和山坡，修建了私人港口，四周覆蓋著高大的樹木，海風清涼宜人。

方家父母在家裡等她。她快步走進屋子，擁抱起坐在屋內等待她的中年女子：「媽媽，我好想妳，要不是為了我的人生、我的理想，我早就飛回來了！」

「妳的人生理想？」方父在旁邊嗤之以鼻。「妳的人生理想就是吃喝玩樂，釣魚、騎馬、攀岩、音樂！」

淺夏嘟著嘴放開方母，笑著不說話。

方母疼愛地拍拍她的肩，訓斥方父：「就算這樣一輩子又怎麼樣？我們方家的女兒，難道還不能這麼幸福開心一輩子？」

「幸好現在有希宣照顧妳，否則我們二老一去，看妳這個什麼都不懂的敗家女還不完蛋！」方父示意程希宣和他坐一起，談論起最近程家和方家在生意上的事情。

淺夏斜身坐在沙發靠背上。「我還以為爸爸真的隱退到這裡修身養性了，其實還是眼觀四面耳聽八方嘛，對一切都瞭若指掌！」

方母看看她的樣子，沒說話。她趕緊站起來，扯著自己剛剛被揉皺的裙角。

方母這才笑了出來，鄙視地看了自己丈夫一眼，挽起她的手：「男人就是沒勁，我們去喝茶。」

女人也很沒勁……

著。

淺夏和方母在樹下喝著紅茶，吃著無糖的小點心，憂愁地看著遠處的碧海，在心裡想

方母捧著茶杯，笑著看她：「知道了？」

「啊？」淺夏愕然地抬頭看她。

「就是代孕的事情，希宣的父親跟妳提過了吧？我們已經物色好人了，妳覺得怎麼樣？」

淺夏吶吶，良久才擠出一句話：「媽媽，這個是你們自己的事……」

「不過，生出來的可是妳的弟弟妹妹啊，妳也有表達意見的權利。」

「我沒意見呢，只要你們自己決定了就好……」

「妳嫁出去之後，我們肯定會寂寞，所以我和妳爸爸才想多個孩子也好。」

「我……」淺夏趕緊做出一臉悲傷的表情，望著方母，眼睛溼潤，一副想哭又強忍住的樣子。「媽媽，其實我……我不想嫁的……」

「咦，怎麼又舊事重提了？」方母漫不經心地拍拍她的手背。「我早聽膩了，妳反對無效，必須要嫁給程希宣，所以還是接受吧。」

淺夏在來的途中已經做好了種種設想，以為方母會震驚、會惱怒、會傷心、會悲憤……可是，她絕對沒有想過，方母竟會如此淡定。

她深吸一口氣，繼續奮戰：「媽媽，我……不愛程希宣。」

「我也不愛妳爸爸，可還不是好好過了一輩子？」方母若無其事，欣賞著旁邊的風景。

「未艾，離開了程希宣，妳的人生絕對一塌糊塗。」

淺夏堅持不懈：「媽媽，要怎麼樣，才能取消我們的婚禮呢？」

方母看了她一眼，然後說：「妳死心吧，程家和方家出去都是有頭有臉的，我們既然已

經宣布了訂婚日期，就肯定要執行。」

執行……這根本不是婚禮，是義務。

她現在唯一要做的事，就是逃避這項義務。

淺夏把自己的臉埋在臂彎中，靠在桌上，無聲地啜泣著，希望自己這副楚楚可憐的樣子能打動方未艾的媽媽。

方母見怪不怪地自顧自喝茶：「哭吧，現在哭一時總比妳將來哭一世好。」

「媽媽，何必這樣逼我呢？程希宣有什麼好？」

「希宣有什麼不好？妳這麼逃避結婚，原因不外乎是什麼年紀還小，從小一起長大沒有戀愛的感覺……可我告訴妳，妳現在不和他訂婚，將來他成為別人的丈夫時，妳肯定會懊惱到走投無路。妳和他一起長大是妳最幸福的事，現在雖然妳討厭我們，但將來妳總會感謝我們的。」

「媽媽，以後會不會後悔我不知道，可現在要是我嫁給程希宣，我一定會後悔一輩子的——」

方母打斷她的話：「方未艾，就算妳痛苦懊悔一輩子也好，我們養妳這麼大，這是妳應盡的義務，沒人要聽妳的意見。」

淺夏愣在那裡，默默無語。

到底是她真的不懂如何處理親子關係呢，還是，她應該慶幸自己沒有生在這樣的家庭呢？

海浪拍打著沙灘，風從頭頂的樹梢吹過，遠遠近近的沙沙聲響，就像一首韻律詩，包圍著她們。

淺夏深吸一口氣，終於使出殺手鐧：「媽媽，我有喜歡的人了。」

「哦？」方母終於抬起眼正視她。

「不是程希宣。是個……很好很好的人，我一想到他，就覺得整個世界都美麗起來了……」

「嗤。」方母回以單音節的冷笑聲。

「他不像程希宣，程希宣每天板著一張臉，永遠把家族事務放在第一位，衣服不是黑就是白，除此之外只剩灰色，一看見他心情都不好……而我喜歡的人，他能陪我去海釣，一起去攀岩，到深山露營，去非洲拯救瀕危動物……在下雨的時候，他脫下衣服幫我遮風擋雨；在乾渴的時候，他把最後一滴水留給我；在遇到危險的時候，他第一時間擋在我的身前……」

淺夏說著，眼中滿是淚水，自己都要被自己編造的故事給感動了。

「他是哪家的孩子？」方母終於紆尊降貴地問了一句。

「他……他的身分不重要，重要的是他是我最愛的人……」

「傻孩子，妳還記得妳的第一個男友嗎？」方母笑著，伸手溫柔地撫摸她的頭髮。「聽說他因為那場事故殘障了之後，到現在還沒站起來呢。」

淺夏因為不明原因，只好捂住自己的臉，假裝哭得渾身瑟瑟發抖。

「還有，妳第二個男友，現在在監獄裡過得也不錯，據說本月減刑之後，再過十五年就能出獄了……第三個男友，就是去年那個，叫什麼來著……自從受到那次打擊之後就一蹶不振，現在開始吸毒了。」

淺夏有點明白了，方未艾為什麼不自己出來和父母鬥爭，而偏偏要找一個人來對抗他們，這恐怕不僅僅是因為程希宣現在有危險。

這兩夫妻，並不是安安靜靜退隱在這個島國上與世無爭的人。表象是騙人的，蟄伏的巨獸，其實殺傷力最大。

對她的父母，估計方未艾一哭二鬧三上吊之類的武器全都已經使過了，只是肯定全不奏效。真慘，難怪她每天遠離父母，一直都一個人在外，而且，下意識地，總是對她的父母畏懼而怨恨著。

看起來，這是個燙手山芋。

方母淡淡地看著遠處海天相接的部分，端著茶啜了一口，姿態極其優雅。「沒有任何人能阻礙妳的幸福人生，同時，我們也不會讓任何人阻礙我們方家和程家聯姻的盛大前程。這是對我們兩家而言最好的選擇，沒有任何人、任何事情可以改變——包括妳。」

按照原定計畫，方家父母、程希宣和淺夏，四人在融洽的氣氛下一起用餐完畢，程希宣陪淺夏在海邊散了一會兒步。

不多久，管家就在海灘邊找到了他們，告訴他們，已經準備好了出海的遊艇，請他們兩人出發去看程家正在布置的、當作他們訂婚禮物的一座小島。

淺夏和程希宣靠在遊艇的欄杆上，看著白色的浪花翻捲著從下面流過。

程希宣轉頭，看見淺夏沮喪的側面，便笑著問：「怎麼了，不開心？」

她嘆了一口氣，轉頭看著他，低聲說：「我覺得……這個委託，可能會是我職業生涯中的一次慘敗。」

程希宣凝視著她，微笑道：「還有二十天時間，我相信妳能做好的。」

「我本來覺得啊，你的父親很棘手……但現在我發現，如何對付方未艾的父母，才是我真正毫無頭緒的事情。」她長嘆了一聲，仰頭看著遠處海天相接的地方。「我之前，還以為方未艾是個幸福的人，因為她的一切都完美無缺……可現在看來，像我這樣什麼都沒有，卻可以自由自在地生活，說不定還是件好事。」

像是被她話語中的傷感打動了，程希宣的目光也幽深起來。他凝視著她的側面良久，才低聲說：「這個世界上，沒有人能完美無缺。」

「還是有的呀。」她又笑了出來，指指他，說：「我面前就有一個。」

他注視著她貌似純真無知的笑容良久，把頭轉了開去，淡淡地說：「妳搞錯了，古往今來、天上地下，我從沒見過完美的事情。」

因為他突然幽暗下來的雙眼，淺夏覺得自己的心口猛地抽搐了一下。

她伸出手，輕輕地按在他的手背上，卻也說不出什麼能安慰他的話。

她其實，真的不瞭解他，不熟悉他。她只能輕輕地握住他的手，兩人一起沉默地看著眼前碧藍的海。

大海籠罩在蔚藍的天空之下，在大片的藍色中，他們的眼前，天海相交的地方忽然出現了一條粉紅色的細線。

淺夏驚奇地睜大眼，看著那條粉色的線。

船越開越近，細線在他們眼中漸漸有了小小的起伏，又變成了一朵波浪，最後，才呈現出一座小島的輪廓。

島上開滿了粉紅色的瞿麥花。因為花朵太過茂盛耀眼，所以顯得這座島就像是粉紅色的一樣，在藍天碧海之間鮮豔奪目。在這座由明豔的粉色花朵堆出的小島上，在天空銀白色的雲朵下，奪目的碧藍與粉紅相互映襯著，顏色太過鮮明，耀眼得讓淺夏不由自主地微瞇起了眼睛。

程希宣和她一起下船，兩人踏上了這座島。蜿蜒的小路通向山腰的白色屋子，他們走到半山腰的樹下，看到上面有人忙忙碌碌地在裝潢房子。工程要趕在他們訂婚之前完成。

程希宣和她一起坐在樹下的瞿麥花叢中，遠望著海浪溫柔地舔舐著銀色沙灘，那銀白色的沙灘，就像是嵌在藍色海水與粉色花朵之間的一輪新月。

淺夏看著面前的一切，長長地嘆息：「真幸福，訂婚禮物居然是一個島！」

這兩人的生活和她根本不在同一個世界裡，只要他們願意，肯定能過上讓世上所有人都羨慕的生活。

「對了，這座島有名字嗎？」她忽然想起什麼，笑著問。

「這個島的名字叫伊奧絲，是希臘神話中曙光女神的名字。」程希宣看著旁邊的瞿麥花，淡淡地說：「因為島上開遍瞿麥花，花朵盛開的時候，像霞光一樣燦爛。希臘人稱瞿麥花為**Dios Anthos**，也就是『神之花』的意思。」

「神之花。」淺夏伸手撫摸著旁邊花朵的花瓣，讚嘆地念著它的名字，縱目望著眼前的一切，不由得深吸一口氣，說：「這一切真像電影一樣。」

「對啊，因為未艾最喜歡的電影就是《媽媽咪呀》，所以才想要一個希臘的海島。」他說著站起來往山上走去，說：「要一起上去看看嗎？」

「不要了，你一個人上去吧。」她不想去看別人的新婚房，所以也樂得在樹下休息，等他回來。

程希宣看完了上面的工程進展，一切順利，看來在婚期前可以順利完工。

他順著臺階一路走下來，淺夏卻已經不在原來那棵樹下了。茫茫海天之間，粉紅色瞿麥花開遍的小島，空無一人。

他環視四周，長風迴回，呼嘯悠長，從耳邊擦過，令他的肌膚也疼痛起來。

在山坡之上，林淺夏舉著手中的瞿麥花，向他走過來。

她穿著白色的裙子，手中握著神之花，朝他綻放出燦爛的笑容，大聲說：「喂，程希宣，我在這裡！」

他仰頭凝視她，白裙的少女在蔚藍的天海之間，穿過層層花朵走向他。

在這一瞬間，他連呼吸都無法再繼續下去。

海天無際，花開無限，歲月這麼漫長，這麼耀眼奪目的女孩子，他一生也只能遇見一次。

只是可惜，他們永遠也不可能有未來。

他清清楚楚地知道這個事實。

「生日？」

原本委靡地躺在沙發上籌劃未艾單身計畫的淺夏，聽到這兩個字之後，立即坐起來趴在沙發背上，很興奮地問程希宣：「你的生日？是不是像電影裡一樣，要舉辦盛大的舞會，還有名門閨秀過來跳舞，名流聚集……」

「十八歲成年的時候倒是辦過，那時候和我共舞的人還是妳呢，妳忘記了？」程希宣面不改色地看了她一眼。「不過今年只有個小酒會了，因為我們的訂婚典禮就在十幾天後，所以不必多這一遭。」

「哦……」她點點頭。「也好，省得我多一趟麻煩。」

「所以妳還是專心想一想怎麼完成我的委託吧。」

「是是……」她縮在沙發裡，苦惱地托著腮。「喂，難道說，方未艾的父母，真的沒有任何辦法對付了？」

「我當然不知道，這是妳需要找出來的東西——我只負責出錢，妳才負責出力。」他頭也不抬。

「哎呀，好冷淡啊……」她嘟囔著，然後又問：「想要什麼生日禮物嗎？」

他終於抬頭看了她一眼，然後笑了出來：「我好像什麼都不需要。」

「也是啊，我要是買禮物給你，也是拿著你的錢買給你，多沒勁啊？」她笑咪咪地說著，又問：「喂，你知道我生日是哪天嗎？」

「九月十五日。」他不假思索便說。

她愣了一下，才想到他說的是未艾的生日。

她轉頭看窗外：「算你沒有忘記我的重要日子，不然看我怎麼對付你！」

「好吧，既然你不喜歡我之前給你做的東西，只有蛋糕勉強可以吃一下的話，那麼我就給你做生日蛋糕吧。」

淺夏去向廚娘借了廚房，認真地開始烘烤蛋糕坯，打奶油。她連雞蛋都是自己親手打的，所以蛋糕也是自己設計的。

就是她小時候最嚮往的，那種小小的白色蛋糕上，撒滿了覆盆子和草莓的造型。做完之後她有點遺憾，她雖然曾經學過烹飪，不過蛋糕是太久沒做了，在擠奶油的時候，手微微顫抖，所以蛋糕的花邊做得不是很好看。

「不過，雖然不是很好看，但味道應該會不錯吧！」她端詳著自己的蛋糕，微笑著自言自語。

天色已經近午，她趕緊把蛋糕放進盒子裡，打好緞帶，一路抱著到程希宣的辦公室去。坐在樓下的祕書助理看見她，便驚訝地站起來：「方小姐，您不是已經派人送了蛋糕過來了嗎？怎麼又親自過來了？」

淺夏的心口湧起了一些說不出的感覺，但她立即就綻放出微笑，說：「是呀，不過我後來想想，覺得還是親口跟他說一聲『生日快樂』比較好。」

「真羨慕啊，你們感情可真好。」祕書助理笑咪咪地說著，指指旁邊的冰箱。「雖然少爺不喜歡吃甜食，但是因為是妳送過來的，所以已經吃了一塊了，剩下的放在冰箱裡呢。」

「是嗎？我看看。」她打開冰箱把末艾的蛋糕拿出來看了看。

三層高的蛋糕上，圍繞著非常漂亮的奶油花邊和巧克力做的玫瑰和風信子，唯妙唯肖，精緻得如同真的一樣。

「少爺不是還讓祕書小姐發消息給妳了嗎？他說很喜歡，很好吃哦。」祕書助理朝她眨眨眼，八卦地說。

「是呀，不過我在訂蛋糕之前，沒看見過這個蛋糕，所以現在才過來看看。」她說著，提起自己那個小小的、醜醜的蛋糕，笑著和她告別。「既然這樣我就不上去啦，妳和他說，我先去做保養了，準備晚上的酒會。」

祕書助理在她身後說：「方小姐，不用擔心啦，妳儘管上去吧，即使再忙，只要是妳，程先生都是有時間的。」

「可是，我沒時間啦。」淺夏笑著回頭朝她揮揮手，很快就將臉轉過去了。

因為，她真的很擔心，再延緩一會兒，自己眼中就要流露出悲傷來。

程希宣公司的外面是一個小小的街心花園。

她坐在噴泉對面七葉樹的樹蔭之下，一口一口吃掉了自己做的那個蛋糕。甜膩的味道被酸甜的水果中和了，兩種味道在口中相融，真的很好，卻讓她眼睛裡止不住蒙上了一層薄薄的水氣。

平生第一次喜歡上一個人，所以，覺得這麼一點委屈和難受都難以承受。

可事實上，一切都只怪她自己吧。這種行為，難道不是典型的自作多情兼沒有專業精神嗎？

對這個任務，她真的一點幹勁都沒有。

程希宣，他喜歡方未艾，無比地在乎她。

他在私心裡，其實是不願意自己和未艾的婚事被人破壞的，所以他對於這樁委託完全不在意，只是為了敷衍方未艾的要求吧。

也許她完不成這樁委託，才是程希宣最期待的事情。

她嘆了一口氣，捧著那個小蛋糕，抬頭看著頭頂的七葉樹。

暮春初夏，七葉樹盛開著黃綠色與淺紅色的花朵，就像寶塔一樣一層層地綻放在枝頭。風吹來的時候，極其細碎柔弱的小花，就一朵一朵打著旋地落在她的頭髮上，肩膀上。

她揮去自己身上這些如同塵埃一般的花朵，在心裡想，世界上的事情就是這樣的吧。有些花，珍稀美麗，所以值得供在溫室中，日日照拂，時時關愛，開出花的時候，眾人歡喜雀躍，開不出花時，別人只會以為是自己照顧不周。

而有些花朵，日日生長在不為人知的地方，即使枯萎了也不會有人看它一眼，而當它開出了花朵，落得人滿身花香，也只是徒增別人的厭煩罷了。

她把最後一口蛋糕吃完，深吸一口氣，自言自語：「味道很好哦，林淺夏……這麼美麗的地方，吃下這麼好吃的東西，妳覺得幸福吧？」

她笑了笑，把蛋糕盒子收拾好，丟在垃圾桶中。

下一次吃生日蛋糕，不知道會是什麼時候了。因為她的生日，連她自己都不知道。

不知道生於何時，不知道死於何處，她的人生，就像一場幻夢吧，無影無蹤就這樣過去了。

下午有個相當重要的見面，按照慣例，程希宣在去往會談現場的時候，會再將資料過一遍。

車子平穩地行駛著，就在拐彎時，司機忽然笑了出來，說：「少爺。」

「嗯？」他頭也沒抬。

「方小姐就在前面。」

他聽到方小姐三個字，便抬頭看了一下。

她正自公園出來，從包包裡拿出墨鏡戴上，獨自一人向著前面的大樓走去。

「怎麼會一個人?」他自言自語，示意司機跟上去看看。

她拐了彎，抄近路上了街道。明明是第一次來，但程希宣記得她和自己說過，她看過這個城市的地圖，就不會走丟。果然，她好像就在這裡長大的一樣，對附近無比熟稔，見附近不好叫計程車，便逕自向一條小巷走去。

程希宣皺眉，下了車，向她追去。

穿過陰暗的街道，她來到一條熱鬧的街道邊，伸手攔車，立即就有一輛計程車停在了她的身邊。

她彎下腰，打開車門。

一層明亮的陽光傾瀉在她的身上，她比未艾顯得嬌小纖細一點的身子，在此時的明亮光線下，就像要被吞噬一樣。

好像，她這樣一離開，就要消失在燦爛的白光中，他無論如何，也再不能見到她了。

程希宣只覺得自己心中有一陣異常恐懼的悸動，在胸口微微抽搐。

他不由自主地喊了一聲：「未艾！」

她聽到了，卻沒有回頭，她從後視鏡裡看了看正在向她追過來的程希宣，對著他笑了笑，招手說：「我去做個保養，晚上我們一起去吧，我保證不遲到。」

程希宣站在街邊看著她，一動不動。

她升上窗戶，對司機說：「開車。」

車窗緩緩關上時，她對著他頑皮地笑著，眨了一下眼。

車子遠去了。可能是他多心，他覺得路旁有一輛車緩緩地開動了，不緊不慢地跟上了她。

他覺得自己心口冷熱交流，說不出是什麼感覺。初夏的歐洲街道，長風迴回，自他的身邊流過。他只覺得陽光刺得他雙眼刺痛，便不由自主地背轉過身。

他聽到心裡有個聲音在說，沒什麼大不了，她就這麼離開一下，並不一定會發生意外。

而且，即使她現在去了，發生了意外，甚至死掉了，也是所有問題中最簡單的解決方法。

現在，心願有可能達成了，可為什麼他的心裡，卻湧起一種令他痛得幾乎暈眩的感覺？

他想起她第一次落在自己車內時，夾帶著繽紛燦爛的顏色，和陽光一起墜落在他面前，笑容如同暮春初夏的晴空一般明豔動人。

那時候，她一定不知道，他正在尋找一個像她這樣的人，而她，不偏不倚，就落在他面前。

她是上天送給他的禮物，以成全他的心意。

作為，末艾的犧牲品。

他愣愣地看著她越走越遠，直至消失在他的視野中。

司機拐過大路，將車開到他身邊：「少爺，別管方小姐了，我們走吧。」

他看看表，離會談開始已經剩下不多時間了。

他的眼前，又幻覺一般地閃現出了很久以前的一些影像。

小小的末艾牽著他的手，輕聲說：「希宣哥哥，你不要不開心，至少，我還在你身邊。」

她是他一直嚮往的人，她是他這輩子唯一想要努力呵護，使之完美無缺的人。因為她是他，人生中最大的夢想。

為了夢想與重要的東西，有時候，只能捨棄一些東西。

他站在街上，注視著她消失的地方，沉默良久，才低聲說：「走吧。」

「嗨，Loanne，妳終於來了，依然像個公主一樣美麗！」

未艾預約的化妝師是個年約四十的女人，一身頂級名牌也遮不住瘦削平板的身子，她帶著一臉誇張的驚喜，衝上來緊緊擁抱她：「妳這些日子到哪裡去了？我新設計的髮型在走秀上大受好評，卻沒有聽到妳的意見，真是太遺憾了！」

淺夏帶著滿臉真誠的笑容，與她回抱：「能在這裡見到妳實在太好了，很抱歉之前沒有聯絡。知道嗎？我剛剛從非洲回來，在那裡觀察即將瀕臨絕種的綠尾鷲……妳知道嗎？全世界只剩下三百多隻綠尾鷲了，我們再不保護牠們，牠們就要從這個世界上永遠消失了……」

她才不管這個世界上到底有沒有綠尾鷲這種東西呢，反正眼前這些人，是肯定不會關注的。

果然，那女人一臉驚訝地望著她：「哦，Loanne 妳實在太偉大了，妳為了那些可愛的小生靈，付出了多麼巨大的代價！難怪我覺得妳都瘦了，肯定是辛苦了……不過妳皮膚還是這麼白皙，真是值得慶幸。」

「不行了，還是缺乏保養，因為沒有帶我家的塑身保養團隊去……妳卻比以前更迷人了，身材真好！」

「是嗎？我最近在嘗試琳娜博士新開發的瘦身方法，什麼時候介紹給妳？」她說著，又趕緊改口。「不過妳的身材夠好了，看起來不需要。」

「減肥是一生的事業，我會需要的，到時候我一定跟妳聯絡！」她說著，微笑著撫弄頭髮。「不過今天是希宣的生日，晚上有一個很小的派對，午夜前結束的那種，請妳幫我打理一下。」

「哦，沒問題，我保證妳是全場焦點！」

❀

車子在勻速前進。

接下來的會面非常重要。

程希宣手中握著那一份資料，卻一個字也看不進去。他只覺得心口一片不安定的浮浮沉沉，整個人恍恍惚惚，不知道在想些什麼。

那種似乎籠罩著他的恐懼感，怕失去什麼，又怕錯過什麼，讓他幾乎窒息。

前面是紅燈，司機把車停了下來，會談的酒店就在前方。

他沉吟良久，終於還是給管家打了電話，問：「為什麼讓她一個人前往？你知道她現在處境危險，至少也要有幾個人陪同！」

管家低聲說：「少爺，這是老爺的意思。」

他愣了一下，艱難而緩慢地問：「什麼？」

「老爺今日向我詢問，距離少爺和方小姐訂婚的日子越來越近了，既然已經有了對策，為什麼不早日執行，難道真的要等到訂婚那一天？」管家的語氣波瀾不驚，彷彿在敘述一件稀鬆平常、如今日天氣的事情。「義大利那邊，我們也已經放出風聲，所以少爺，您現在需要做的，就是靜靜等待。」

他沒有回答，只聽到自己的呼吸聲在電話之中輕輕地迴蕩。然後，也不知是哪裡來的一股灼熱衝動，猛然向著他的額上湧去，讓他將手中的電話一把掛斷。

司機沒有出聲，彷彿雕像，靜靜地等待著綠燈亮起。

車子停在路口，街角的花壇中是白色與粉紅的瞿麥花，在這樣平淡枯燥的街頭，星星點點地綻放，嬌豔迷人。

程希宣看著那些小花，一時恍惚，似乎看見了，這花朵綻放在她的指尖。

她笑著抬頭看他，拈著那朵瞿麥花，指尖瑩潤雪白，指甲有天生的美麗的珠光色彩，這是再完美再高階的螢幕也無法模擬出來的美麗。

她問，你有多久沒看見這樣的顏色了？

紅燈隱退，綠燈亮起。

司機發動車子，要向著前面開去。

他卻在一剎那間，因為心口那種窒息般的疼痛，低聲叫了出來：「等等……」

司機詫異地轉頭看他。

他注視著街角那些瞿麥花良久，覺得自己的後背隱隱冒出了一絲冷汗，讓心中那種恐懼，幾乎像海浪一樣翻湧起來，幾乎淹沒了他。

那種明豔如晴空的笑容，在這個世界上，還能有另一個人擁有嗎？

以後，還能再看見嗎？

一定還能有別的辦法的，並不一定要她去死，才能救末艾。

一定，可以的……

他腦中一片混亂，頭痛欲裂。

司機有點擔心地看著他，俯身在他耳邊低聲問：「少爺，您還好嗎？」

他聽到了他的聲音，這麼簡單的問話，他卻彷彿聽不出是什麼意思。

司機有點詫異：「我是說……您的臉色不太好……」

「不去會談了……去找她。」他低聲說。

「是……找誰？」司機一下子沒明白過來。

「方小姐，去找她！」他幾乎控制不住自己，握成拳的雙手微微發抖。

「方小姐，您的皮膚真好，就像細瓷一樣……」

化妝師一邊做造型一邊誇她，就在淺夏不勝其擾時，她的手機響了。

她對眾人做了個抱歉的手勢，走到旁邊接電話。

「還好吧？妳……現在在哪裡？」對方是程希宣，不知為什麼，她覺得他的聲音在微微顫抖，與平時那種冷淡的感覺迥異。

她報了自己所在的地方，又說：「我正在頂樓，馬上就可以回去了。」

「妳就在那裡別動，我馬上過去。」

「是嗎？」她回頭看了看身後那些人，她正急於擺脫他們，不想站在這裡等著程希宣過來。「那我馬上下去，在門口等你。」

程希宣下車，看大樓已經在自己面前，他抬頭，看見頂樓之上果然有個人在朝他招手。他這才鬆了一口氣，感覺自己心底那一根繃得緊緊的弦，慢慢地鬆了下來。他低低出了一口氣，對那邊說：「下來吧，我在這裡等妳。」

「嗯，我馬上下去……剛剛過來的時候，我看到廣場旁邊有一家花店，就是你身後那家，你先幫我挑兩朵紅玫瑰好不好？等一下可以裝飾在頭髮上。」

他轉頭看著身後的花店，店內花團錦簇，各種花朵豔麗迷人。

他點點頭，低聲說：「那妳快點下來。」

「立刻！」她的笑聲從那邊傳來，人已經離開欄杆。

他關掉電話，轉身到花店內拿了兩枝深紅色的玫瑰花，站在車邊等她。

一陣風吹來，七葉樹的花朵簌簌地落在他身邊。他抬頭看著樹上的花朵，想起那一株公園裡的七葉樹。

那個時候，那些花朵，也是這樣撲簌簌地落了她滿身吧。

第三章

灰

淺夏和那些人告別，走進了電梯內。

電梯門緩緩地闔上，將世界隔絕在外，只有慘白色的燈光圍在她周身，安靜得可怕。就在電梯啟動，向下降落時，砰砰砰連響，電梯內的燈忽然全部炸裂，頓時一片黑暗。

失控的電梯急速下降，五臟六腑猛然向著她的胸腔擠成一團。

她立即伸手，迅速將所有樓層的按鍵都按下去。

沒有反應，依然在下墜中。

再沒有任何保護自己的方法，她只能一隻手抓住電梯內的扶手，背轉過身，將背部與頭部緊貼在電梯內部的牆壁上，彎曲起自己的膝蓋。

短短幾秒的時間，還沒來得及恐慌，電梯已經轟然落地。

劇烈的震蕩自腳下傳來。自高空墜落的電梯猛然觸地，即使她死死地抓著電梯內的欄杆，還是無法承受腳下傳來的巨大力量。

根本感覺不到身體的疼痛了，只覺得大腦轟的一聲，血瞬間從眼睛、鼻子、嘴巴、耳朵中被壓出，那種痛苦，幾乎讓她以為自己已經墜入了地獄。

在轟然巨響中，她瞬間失去了意識。

在外面等待的程希宣，聽到了裡面的巨響，猛然轉過頭。

裡面的人紛紛尖叫著跑了出來，有人大喊：「恐怖分子放了炸彈！」

安全警報大作，場面頓時一片混亂。

他愣了一下，立即分開人流，向裡面擠去。可是混亂不堪的人群中根本沒人給他讓路，反而將他推擠了出來。

他完全失去了平時的沉靜冷漠，朝著裡面大喊：「林淺夏……林淺夏！」

人群的喧譁將他的聲音全部淹沒了，他在混亂之中，恍惚想起，林淺夏……他現在下意識呼喊的，竟是林淺夏。

一瞬間，他認為的人生中最重要的任務——未艾，消失無蹤。

他愣愣著，站在門口，直到裡面湧出來的人流出現了一點空隙，他才奔到大廳。幾個工作人員正對著人群大喊：「不是炸彈，只是電梯掉下來了！」

他急切地問：「電梯裡……有沒有人？」

「不知道，電梯還未打開。」大樓的人一邊用力撬著電梯門，一邊說：「真叫人不敢置信，不但電力出了問題，連機械卡位裝置也出問題了，否則電梯是不會墜落到底的，在三樓就應該被卡住！」

說著，在工人們的驚呼聲中，電梯門打開了。

昏迷不醒的淺夏躺在血泊之中，躺在外面照進去的燈光之中。

程希宣站在電梯口的身影，被外面的燈光拉長了，覆蓋在她的身上。他的手中，還握著那兩枝玫瑰花，鮮血的顏色，嬌豔欲滴。

而她在血與影之中，慘白的面容與肌膚，就像被揉碎的百合花。

程希宣蹲下來，用顫抖的手摸了摸她的鼻息。
身體還是溫熱的，只是氣息已經幾乎沒有了。
剎那間，整個世界忽然都暗了下來。

「您所撥打的電話已關機，請稍後再撥。」

衛沉陸大怒，對著傳來忙音的手機大吼：「林淺夏，我早就警告過妳的，要是妳敢關機或者不接我電話，妳的薪水就要扣光光！」

明知道自己在這邊大吼的聲音她根本聽不見，衛沉陸還是繼續吼。

「居然和我失去聯絡四天！簡直是不把我這個老闆放在眼裡！」

他站起來在酒店的房間內煩躁地踱來踱去，良久，終於還是悻悻地換了衣服，抓起變裝的東西，進了盥洗室。

他雖然是老闆，但對於這項業務真的不太熟，所以衛沉陸只能努力回憶著自己跟淺夏學的那半桶水功夫，苦著一張臉，對著鏡子打扮了半天，才給自己的臉上貼了一片又一片東西，加寬頷骨，變窄鼻梁，突出眉骨，把眼睛的陰影加深。

鏡子裡的東方人變成了一個臉色陰沉的西方人，只是相當醜陋。

「難道我就這樣去見林淺夏嗎？肯定會被她嘲笑的！」他差點火大了，弄了半個多小時，卻怎麼都不能把自己弄得帥一點。最後終於弄出了一個讓自己看得過去的妝，他左右端詳著，自言自語：「林淺夏啊林淺夏，妳是怎麼在十來分鐘內搞定一切的？」

從酒店裡出來，衛沉陸看了看周圍，他老爸派來監視他的人還在酒店對面的咖啡店敬業地坐著，手中端著咖啡盯著門口，卻沒注意到他。

「真火大，要不是你一直盯梢，說不定我可以帶淺夏去逛逛歐洲街景。」

確定沒有人跟蹤自己，他才搖搖晃晃地穿過街道，在拐角處招手，叫了輛車，到了市中心穿過一條小巷子後，換車前往程希宣家。

門衛很盡責，將他攔在門口不讓他進去。

「那麼叫程希宣出來吧！」他鬱悶地說。

「對不起，請先生說明您的身分。」

他一時火大，抬腳就踹開了門衛室，把上來阻攔的幾個男人一手一個推開，抓起對講機大吼：「程希宣，叫林淺夏出來見我！」

後面的人趕緊衝上來抓住他的手臂想要制止他，卻被他迅速反手抓住，幾個過肩摔，砰砰幾聲，那幾個人全都躺在了地上。

牆上的監控器亮起，螢幕上出現一個五、六十歲的中年男人，穿著制服，一副英式管家的派頭，對著鏡頭面無表情地問：「請問客人的姓名是？」

衛沉陸「哼」了一聲，說：「告訴那個……方未艾，我找她來了！」

後面還有人撲上來想抓住他，他一個手肘就將那人撞得捂著胸口趔趄退開。

「如果她不在的話，那麼告訴程希宣，我姓衛，我來找林淺夏！」

「那一堆是什麼東西？」

衛沉陸指著病床上那個全身插滿管子的人問程希宣。她的周身擺滿了監護儀、呼吸機、麻醉機、心臟起搏器、心電圖機、血氧分析儀、腦電圖機、除顫儀，挨挨擠擠，幾乎將她淹沒在陰影之中。
程希宣看著衛沉陸憤怒的神情，隔了很久，才說：「林淺夏。」
「我當然知道她是林淺夏！問題是，那個在我身邊生機勃勃得跟棵狗尾巴草似的林淺夏，為什麼到了你身邊之後，會變成這樣？」
「我很抱歉，因為她被我們所牽連……」
「我不管你們什麼事！我只知道，因為你的疏忽，所以導致她被你波及，性命垂危！」他大吼：「她要是死了，你給她陪葬！」
程希宣看著病床上的淺夏，低聲說：「她已經度過危險期了，不會死。」
衛沉陸瞪著他良久，這個從來都完美到無懈可擊的人，如今臉上也冒出了些許憔悴的神色，似乎已經多日沒有好好休息了。
至少，他也擔心過林淺夏吧。
衛沉陸深吸了一口氣，將勃發的怒氣勉強壓制下去，強自鎮定地走到病床前，定定地看了看她蒼白的面容，問：「醫生怎麼說？」
旁邊的護理師趕緊把病歷翻出來，遞給他。
他拿去翻了翻，上面寫著：「雙腿折斷，膝蓋碎裂，全身多處骨折骨裂，內臟受到巨大的衝擊，脊椎也受到了一定的損傷……」
程家的私人醫生團隊中，沒有一個人對她的傷勢持樂觀意見的。
他覺得心驚，將病歷摔到桌上，開口問：「她將來會有後遺症嗎？」
護理師看看程希宣，沒說話。
程希宣凝視著依然陷在昏迷中的淺夏，好久才說：「衛沉陸，她能活下來，醫生就認為是奇蹟了。」

砰的一聲，一拳重重地砸上他的下巴。

程希宣踉蹌地退了一步，默默抬手擦去嘴角流下的一絲鮮血。

衛沉陸如同暴怒的獅子，對著他大吼：「程希宣，若她有什麼事，我一定會原封不動加諸你身上！」

雖然暴怒，可因為淺夏現在在重症監護室中，身上都是檢測儀器，所以衛沉陸沒辦法帶走她，只好悻悻地離開。

「只要她醒來，立即通知我！」他給程希宣留下了聯絡方式。

程希宣將他送到門口，與他道別，衛沉陸黑著臉離開了。

程希宣胸口憋悶，正深深吸了一口氣時，有個小孩過來扯扯他的衣角，問：「程希宣先生？」

他點頭，問：「你找我？」

「有人給我買了棒棒糖吃，讓我把這封信交給你。」

程希宣接過他手中的信，拆開來看了看。

白色的信紙上，只寫了八個中文字：「血債血償，就此了結。」

淺夏在昏迷中掙扎了半個多月，一直在ＩＣＵ中照護。

她終於從昏迷中醒來，但大腦還是模糊的。醫生給她用了麻醉幫浦，可疼痛依然尖銳。

她在病床上無法動彈，全身的神經都麻木了，連動一下手指尖也沒辦法，眼皮都沒辦法睜開。

什麼都看不見。她覺得自己已經不在夢中了，可是眼前還是黑暗的，讓她根本無法確切知道自己是真的醒了，還是依然陷在昏睡中。

可能是注意到了她睫毛的微微顫動，在一片黑暗的恍惚中，她聽到程希宣在她耳邊低聲叫她：「林淺夏，林淺夏？」

她沒有死，她還在他的身邊，他一直在她身邊守著她。

她覺得心口湧起巨大的歡喜，不受控制地，眼淚微微滲了出來。

而程希宣卻並沒有注意到，見叫了她幾句，她沒有反應，便轉過了身，對醫生說：「好像還是沒醒來。」

「她的大腦受了衝擊，也許會變成植物人，而且因為脊椎受傷了，所以也有可能會全身癱瘓。無論怎麼說，受這麼重的傷，居然還能重新呼吸，就已經是奇蹟了。」醫生見多了生死，聲音中並沒有太多波動。

醫生和護理師的腳步聲遠去之後，程希宣又重新在她的病床邊坐下，良久都沒有說話。

管家站在他身後，低聲問：「少爺，都半個多月了，她會醒來嗎？」

程希宣轉頭看著躺在床上一動不動，全身插滿管子，如同一個畸形外星人的淺夏，過了很久，才慢慢地開口說：「我不知道。」

他的聲音喑啞微澀，如同枯葉在風中的聲響，說不出的黯淡無力。

管家看著他的側面，低聲說：「少爺，何必擔心這樣的人呢？林淺夏死了最好，這樣，方小姐就能安全地和您在一起了，不是嗎？」

淺夏的胸口，忽然湧起極大的恐慌。

就像她一直以來的惡夢，在這一刻，終於成真了。她被深濃的黑暗，侵襲了全身，冰涼刺骨。

她像一具冰冷的屍體一樣，靜靜地躺著，等待著程希宣的回答。

程希宣沉默著，看著林淺夏，看了許久許久。

就像等待了一個世紀那麼漫長，淺夏終於聽到程希宣的聲音，緩慢的，每一個字，都像是從胸膛中擠出來的那樣，悠長而冷漠。

他說：「是，林淺夏……本該是，死了最好。」

一種比所受的傷更痛的感覺在她的身體內炸開。整個世界，彷彿都碎裂了。

那一瞬間，她麻木的大腦像被無數小刀狠狠刺入一樣，痛得歇斯底里。她恨不得全身的肌肉都痙攣，讓自己能動一下手指、動一下手腕，能將所有的點滴管、氧氣管、麻醉幫浦、心電監護全都扯掉，就此死去。

可是她全身的肌肉，完全不受控制，她甚至連睜開眼的力量都沒有。她根本沒有力量，讓自己死去。

她只能閉著眼睛，僵硬地躺在那裡。

她的眼角滲出一點淚水，滑落在髮間，消失不見。

等淚痕蒸發乾了之後，一切便了無痕跡。

蔚藍天空之下的大海，明淨到與碧空連成一線，讓她周身上下全都變成蔚藍色。她沉浸在藍色中，直到眼前天海相交的地方，忽然出現了一條粉紅色的線。

那條線微微起伏，變成了一朵波浪，最後如同一個破滅的氣泡，輕微的「啵」一聲，在她的面前破裂開來。整個蔚藍的世界中，就忽然出現了一片鮮明的粉紅色。

開滿了粉紅色瞿麥花的小島上有座白色的建築物，就像童話故事裡公主的小宮殿，淹沒在粉紅色的棉花糖般的花朵之中。

夏日的陽光，從愛琴海的天空中投下來，照在她的身上，因為太過灼眼，讓她不由自主地微微瞇起了眼睛。

溫溫熱熱的風從她的裙子下襬吹過，她裸露的肌膚，感覺到了炙熱的溫度像水一樣流過她的小腿。

她茫然地站在天地之間，除了美麗的蔚藍色與粉紅色之外，整個世界，似乎只有她一個人。她孤零零地站在海風與豔陽之下，手中握著一把瞿麥花，那小小的花朵上滿是美麗的傷痕，它是神之花。

她在孤寂的海天之中奔跑著，還不明白自己在尋找什麼。直到熾烈的陽光中，顯出一個人影的輪廓。那個人在瞿麥花美麗的色暈中，轉過頭看她。

只因為他看了她一眼，她手中的花朵，頓時灑了一地。

陽光太過熾烈，周圍的一切都被照成模糊的影跡，唯有他站在這樣孤單豔麗的天地之間，在流轉的陽光下，似乎蒙著璀璨光華，帶著煙火的顏色。

就像是，每個人都曾經在夢中見過的那些動人場景，即使遺忘了所有細節和顏色，但那種驚心動魄的感覺，卻久久不能忘記。

他轉頭看著她，微笑著走過來，俯身幫她將散落在地上的花撿起，遞到她手中，然後抬起頭，用那雙黑曜石一般的眼睛，仔細地打量她。

明明是這麼美好的場景，明明是這麼完美的男人，可她卻只覺得恐懼與茫然，不知不覺地，退了一步，死死地抓緊掌中的花。

他溫柔地問：「喂，妳叫什麼名字？」

他的聲音很好聽，但是並不溫柔，有一種冰水撞擊的冷淡。

她深埋著頭，輕聲說：「林淺夏，樹林的林，深淺的淺，夏天的夏。」

他後退了兩步，站在陡然陰沉下來的天空之下，上下打量著她，目光像冰一樣銳利冷淡。

她站在萬花叢中，腳上像被釘了釘子，一步也挪不開。

他打量著她，許久許久，才問：「不是方未艾嗎？」

方未艾，方興未艾。

這真是個好名字，繁華未央，盛宴不散。

相比之下，林淺夏這個名字，多麼平淡又普通。

於是她點了點頭，低聲說：「對，我叫方未艾。」

他微微笑了出來，問：「那麼，妳怎麼還沒去死呢？」

陽光在瞬間敗退，周圍一切的場景，花海與愛琴海全都變成黑色，只有她手中那束粉紅色的花朵，散落在地上，像是閃爍的光芒，在黑暗中久久不曾隱去。

就像破碎的琉璃的光芒，或者是淚光，遠遠向下墜去，卻始終不曾消失。

淺夏按著自己的額頭，用力地睜開眼睛。

周圍是一片漆黑，暗夜中所有一切都消失了蹤跡，只有無窮無盡的寂靜圍繞在她周身。

她從惡夢中醒來，冷汗涔涔地開了燈，睜大眼看著自己身邊的一切。熟悉的房間，檯燈的光芒籠住她的床頭，橘黃色的光芒溫暖柔和。小小的書架上坐著小小的維尼熊，窗前的書桌上，擺放著開得正好的雛菊。

這麼深的夜，這麼平靜。她扶著額頭，坐在暖融融的燈光中，眼神渙散。

直到看清自己身在何處，她才長長出了一口氣。幸好，已經不在那個華美而冰涼的夢中了。

越是美麗的夢境，破滅的時候，也越是可怖。

就像她離開程希宣，坐在回家的飛機上時。三萬英尺的高空，黑暗中的飛行，在滿天星辰中，她像一隻被丟棄的小貓，蜷縮成一團，緊緊抱著自己。

真奇怪，生平第一次喜歡一個人，生平第一次被人這麼殘忍地傷害，她卻一點眼淚都沒有，也並不想哭。

反正是她自作自受，是她先破壞了身為被委託人應遵守的行規。是她把感情帶入了工作之中。

她將頭抵在玻璃上。窗外的星辰，一顆顆，如祖母綠鑲嵌在黑絲絨之上，明亮而詭異。身上無處不隱隱作痛，她沉浸在一片安靜的冰涼中，在心裡一遍又一遍地對自己說，林淺夏，不要再犯錯，這樣的痛苦，一輩子，一次就好。

她赤著腳，踏著涼涼的木地板，走到窗前看自己所處的這個城市。高樓大廈淹沒在晝夜不息的燈火中。天空一片暈紅，地上的光汙染到了天上，整個世界都是一片明亮。

她坐在窗邊，愣愣地看了好久，直到天色漸亮。

夢裡的一切，在現實面前被擊潰，遠去千里之外。

一切都已經結束，新的人生已經開始。

她在曚曚發亮的天色之中，拖著疲累的身子換好衣服看著鏡子裡的人。

畢竟是受了那麼重的傷，即使她以前身體素質好到異常，即使衛沉陸不惜一切代價尋找復健的方法和醫生，她也沒辦法像以前一樣矯健了。現在的她不但神情消沉，而且臉頰上也失去了血色，一副搖搖欲墜的樣子。

「真慘，我居然也會有覺得很累的時候。」她自言自語，對著鏡子中的自己握拳，做了一個「加油」的姿勢。「大二學生林淺夏，請繼續努力！」

「林淺夏，妳這次請假，真是太久了！」

淺夏重返學校時，老師一看見她，就滿臉悲傷：「我本來說，只要妳所有考試都得A，就算請假一個半月，我也保妳一等獎學金……可現在的問題是，妳連上學期的期末考試都沒去，而且連第一次補考也沒來！」

淺夏萬分抱歉，抱著書苦著臉連連鞠躬：「對不起老師，因為出了車禍，所以一直都在醫院……你看我的樣子也應該看得出來吧？」

老師仔細打量她的模樣，頓時倒吸一口冷氣：「林淺夏，妳怎麼像剛剛活過來的樣子？」

「老師，你真是慧眼識珠、目光如炬！」她用佩服的眼神仰望著老師。

真的是剛剛從鬼門關掙扎回來的，一個月前剛剛下地，半個月前還做了一次手術，至今身上的縫合羊腸線還沒吸收完呢。

老師詳細詢問了她的受傷經過，她很流暢也很精采地敘述了自己出車禍的情形，引得其他辦公室的老師都過來聽得目瞪口呆。在驗看了她的病歷和醫學報告之後，老師安慰地輕拍她的肩。「好好準備，下個星期有最後一次補考。」

「多謝老師！」

註冊完，她抱著新書走出學校大門。

膝蓋有點微疼，打進去矯正用的鋼釘似乎和她的身體不對頭，老是折騰她。

因為衛沉陸說計程車費他全額報銷，所以淺夏攔了輛車回家。

上樓的時候，有人在等她，看見她過來，趕緊上前問：「請問是林淺夏林小姐嗎？」

她點點頭，不知道他是誰。

「這個東西是要交給妳的。」來人將手中的一個盒子遞到她面前。

她看了看這個用暗藍色的厚紙包著的盒子，隨口問：「是什麼東西？」

「是程先生讓我送到這裡的。」他說。

程先生，還有哪個程先生呢？她盯著那個盒子看了良久，然後笑了笑，伸手接了過來，說：「多謝，麻煩你了。」

那個人欠欠身，轉身便走了。

她走上樓，一疊書加上手中的盒子，已經有點沉重了。所以她一開門進去，手中的東西就全都散落在了地上。

她木然地關上門，先把書整理好，然後把盒子拿起來，先搖了搖。

輕微的沙沙聲，似乎不是炸彈。

也對，雖然他覺得自己死了最好，但也不見得，會千里迢迢託人送炸彈來。

她把包裝紙撕開，裡面是個盒子，盒子上是一封信。信封上只有三個字，清晰而優美，略微修長——林淺夏。

是程希宣的字，她對他的一切，過目不忘。

她拿起信封，先把盒子打開。雖然室內並不明亮，裡面璀璨的光芒卻依然閃耀，是他曾經承諾過的，即使委託未完成，他也會送她的東西。

她想起前幾天看的新聞，自言自語：「不是說方未艾意外重傷，所以訂婚儀式取消了嗎？難道她已經挑出了自己喜歡的那一套？」

不過，畢竟是名店的東西，確實很漂亮，一顆顆粉紅色的梨形鑽，就像水滴一樣，點綴在以花枝纏繞為造型的項鍊與手鍊上。

她看了一會兒，收起了盒子，舉起手中的信封，對著窗外的天光看了看。

信封太厚，所以裡面的信紙，一點都看不出來。

「不知道，他要說什麼呢？」她嘟囔著，然後雙手捏住信封，用力撕成兩半，又合在一起，撕成了四片。

紙很厚，再撕一遍，已經需要很用力了。

所以她拿著信走到洗手間，將它丟到馬桶裡，放水，將它沖走。

只是信紙在旋轉的水中打轉時，她忽然覺得頭有點暈。

她扶著頭，愣愣地看著那些紙片。

有一片，清清楚楚地在水中呈現出兩個字——

「如果」。

如果，如果什麼呢？

她還沒看到，字跡已經湮沒在水中，沖走了，乾乾淨淨。

真好，一點希望也不留，一點幻想也不留。

她將自己的臉靠在玻璃門上，無聲地笑了出來。

並沒什麼大不了，只不過是在生命的旅途中，遇到了一些荊棘而已。她一定可以像未曾遇見程希宣時那樣，幸福快樂地活下去。

補考很順利地完成了，被淺夏雖有病痛在身卻依然考出高分的精神所感動，老師決定破例幫她向學校申請獎學金。

「謝謝老師……你知道，我人生中最需要的就是獎學金。」她用很真誠的目光看著老師。

老師點頭：「淺夏，加油！」目光中流露出敬佩的神情。

淺夏不好意思地笑笑，然後向他告別。轉過身剛剛走出辦公室的門，就看見衛沉陸靠在外面的樹上，一臉嘲弄的笑容。

「唷，身殘志堅的模範優等生少女，獎學金好像又要到手了哦！」

淺夏白了他一眼：「請我吃飯？」

「小氣鬼，明明是妳得了獎學金，怎麼會又是我請客？」他鬱悶地說著，又問：「身體怎麼樣了？」

「還好，一直都在努力做復健，畢竟還是有回報的。前幾天鋼釘取出來後，感覺好了很多，而且昨天去做了最後一次檢查，醫生說我已經痊癒了。」

衛沉陸嘖嘖稱奇地瞟著她：「受這麼重的傷，居然半年就能痊癒……我還真是佩服妳的生命力。」

「以前給我取外號，叫我『小強』的人是誰？」

時近十月，但天氣依然炎熱，淺夏一上衛沉陸的車，就趕緊打開車內的冷氣。衛沉陸啪地關小：「就妳這傷腿，以後基本上也就告別冷氣了！再敢吹冷風，以後老寒腿、風溼病、關節炎就是妳的終身伴侶！」

「說實話，就算不吹風，我也逃不開啊。」她堅持不懈。

「別這麼不樂觀。」他說著，把一個檔案袋丟給她。「這裡有一份委託，妳先看看。」

「咦，你終於要讓我重新開始工作了？」淺夏心花怒放。「太好了，我悶得都快要發霉了！」

「我真沒見過像妳這樣一天沒有錢賺就不想活的女生。」衛沉陸鄙視地說。

她沒理他，打開那個厚厚的檔案袋。「這次是什麼事情？」

「對方叫陳怡美，陳家大小姐，家裡除了錢什麼都沒有。她家在圈子內被稱作暴發戶，在圈外被人罵黑心商人，所以這女生屬於根本沒有什麼朋友的類型，個性孤僻，而且還一根筋。」

「有錢大小姐還交不到朋友？」淺夏詫異地抽出她的照片看看，然後詫異地睜大了雙眼——

她從沒見過這樣的大小姐，一身灰黑的衣服，缺乏打理的頭髮堆在肩上，胖胖的臉，矮矮的個子，彎腰駝背，畏縮地看著鏡頭，看起來怯懦又可憐。

衛沉陸瞥了一眼：「別看她現在這個樣子，其實她以前長得還挺可愛的。」

「是嗎？」她詫異地轉頭看他。

「嗯，幾年前，我從我老爸那邊逃出來的時候，就是她讓我躲在她家座機的貨艙內，幫我逃離那老頭子的魔爪的。她那個時候雖然也不高，但是因為瘦，所以個子纖細小巧，還真是挺可愛的。」

淺夏把那個陳怡美的照片看了又看，再看看衛沉陸，想要找出一點「美女救英雄」的感覺來，但看了半天，還是放棄了。

「她高中畢業時生了一場重病，因為用了荷爾蒙治療，所以變得很胖，這種胖是根本減不下來的。而且妳也知道，人一胖，就會懶得打理自己，毫無信心，無精打采……所以她現在很需要妳。」

淺夏端詳著她，在心裡設想著自己應該怎麼樣才能把自己弄得胖一倍，然後問：「那麼她委託的事情是？」

「是妳最擅長處理的那種，對方的照片就在檔案袋中。」

淺夏爬到後座，把檔案袋裡的東西全都倒在了座椅上，然後一眼就看見了最上面的一張照片。

照片上，是個笑容如同陽光般燦爛的帥哥。

「邵言紀？」淺夏發出類似牙痛的吸氣聲，看著手頭那一大袋照片，露出痛苦的神情。

衛沉陸神態自若：「沒錯，他是A大水利工程系剛剛升大四的學生，妳的學長，陳怡美的同學。妳和他見過沒有？」

「有……畢竟是同學嘛，偶爾在校園裡遇見過。」她有點煩惱。「要去騙現實中的同學或者熟人之類的，這樣的任務最棘手了。」

「但是我相信，以妳的專業水準，妳能夠好好應付的，對嗎？」

「我盡力吧……為了老闆你以前欠她的情嘛，對不對？」她一臉忍辱負重的表情，拿起邵言紀的照片仔細看了看。

照片上面的邵言紀，眉目清朗迷人，一張一張，總是在笑著，帶著一種溫柔的意味，明亮又不刺眼。淺夏挑起眉讚嘆：「真是氣質帥哥。」

「怎麼可能不帥？這次的委託，就是因為這個紅顏禍水而起的。」已經回到琉璃社樓下，衛沉陸示意她。「帶上資料。」

上樓後，衛沉陸一副老大派頭，直接往沙發上一坐，拿起電視遙控器，下巴一抬。「把檔案袋裡的隨身碟插上，裡面有影片。」

半面牆那麼大的電視螢幕上，出現了一個胖乎乎的女孩子，五官被淹沒在肉中，臉上還有幾顆小痘痘。她對著鏡頭，因為緊張，說話有點結結巴巴的。

「我……我叫陳怡美，是我的表妹介紹我來的，我表妹就是齊娜娜……」

「妳看，廣告效應。」老闆有點得意。「不過，最具廣告效應的應該還是柳子意那幾次委託，這段時間娛樂圈內直接找到我的人不少哦。」

淺夏沒理他，倒了一杯水坐在旁邊看。

電視上的女孩子繼續訴說：「我喜歡上了一個男生，他叫邵言紀，是很多女孩子的夢中情人。我很努力地追他，曾在他家門口，冒著大雨站了整整一夜。」

淺夏恍然想起，某八卦男曾經告訴過她這段緋聞，他還說，陳怡美是A大十大花痴中，唯一一個女生。

「看起來，一點都不像那麼剽悍的女生啊……」淺夏自言自語。

「第二天早上，邵言紀看到我暈倒在他家門口，就送我回家……」陳怡美說到這裡，捂著嘴，啜泣了好久，才又說：「可是，學校裡的女生卻因此嘲笑我，甚至有些人還故意整我，孤立我……我現在都不敢去上學了……可是我又不能拿不到學分、畢不了業。」

衛沉陸指著電視說：「所以，她想暫時找個人代替她去上學，先避過這幾天風頭，等到她們捉弄夠了，就會放過她的——當然，能幫她追到邵言紀最好。」

「……老闆，我可以拒絕嗎？」

衛沉陸很嚴肅地看著她：「淺夏，妳是我手下最敬業最專業的員工……」

「當然了，我是琉璃社唯一的員工。」淺夏有氣無力。

「少廢話。」衛沉陸一揮手。「這樣吧，為了我的恩人，這次我給妳酬金加一倍，好不好？」

淺夏眼睛稍微一亮，但很快又暗下去了：「可是老闆，第一，這個任務是去做受氣包耶，而且還要面對一群故意刁難的人……這麼鬱悶，會引起抑鬱、早衰、失眠……這些可以算工作傷害嗎？」

老闆一臉無奈：「好吧……兩倍，怎麼樣？」

淺夏的眼睛更亮了，但猶豫半晌，她還是拒絕了：「老闆，這個任務中的很多人——比如那個邵言紀吧，以後在我的私人生活中可能會接觸到。這個是損害我工作原則的，我就算死也不會接的……」

「三倍！」衛沉陸脫口而出。

「行，那我立刻和陳怡美聯絡。」

衛沉陸目瞪口呆：「不是死也不接嗎？」

「我休息了半年，現在口袋緊張，而且前幾天院裡出了點事，我把所有錢都搭上了，所以為了三倍酬勞，死也無所謂了。」林淺夏沉痛地仰望著衛沉陸。「老闆，這樁生意估計你要自己給我墊上不少錢，麻煩你準備好錢。」

「……林淺夏妳這個財迷，妳真是我手下最沒出息的員工！」

林淺夏心情愉快，開始翻看陳怡美的課程表：「不過我事先聲明，如果她的課和我的有衝突，以我的課為優先。」

衛沉陸無奈：「林淺夏，妳不要天天記掛著妳那點獎學金好不好？」

林淺夏正氣凜然地瞪著他：「社長大人，你不要用金錢腐蝕一個認真讀書的好學生好不好？」

「明明早就被腐蝕了。」衛沉陸鄙視地看著她，點點那堆資料。「好好研究一下，下午妳去和陳怡美見面——建議妳最好化個三十歲左右的妝，讓自己看起來沉穩可靠一點。」

林淺夏收拾起資料，統統裝進自己那個巨大無比的包包中。「沒問題，為了社長你自掏腰包給我的三倍酬金嘛！」

秋天已經到了，可太陽很大，照在身上甚至有點熱。

淺夏無奈地嘆了一口氣，邁進校門。

她戴了假牙撐大腮幫子，臉的輪廓頓時大了一圈，身上也穿了一層矽膠服，整個人就胖了一層，加上無精打采彎腰駝背，穿著橫條紋衣服，整個人頓時變成了一個矮胖的女生。

她戴著深棕色的捲髮，用厚厚的瀏海遮住眼睛，還將無精打采的長髮披散在肩上。暗藍色牛仔褲，黑沉沉的皮包，暗灰色的鞋子——她現在就是一個街上隨處可見的女孩子的形象，自卑於自己又矮又胖，恨不得把自己埋在人堆中。

從看到自己形象的第一眼開始，淺夏的心情就急速墜落到了最低點。可陳怡美已經飛到美國去了，而且既然已經為了那麼多錢而接下了這個委託，那麼現在她就是陳怡美，無法推脫。

她只能提著手中那個昂貴又保守的黑色皮包，低著頭走進教室。

今天是共同必修課，大教室裡坐滿了人，其他班的女生也不少。

看起來陳怡美沒什麼朋友，她進去的時候，沒人理她。淺夏看了看教室裡的位置，邵言紀坐在第二排偏左，周圍已經坐滿了人，她侷促地朝他笑了笑。

邵言紀禮貌性地向她一點頭，立即把目光轉開。她就近在門口找了個位置，在一個女生身邊坐下。沒想到那個女生毫不客氣地點點她的桌子，說：「不好意思啊，我幫人留的位置。」

淺夏悶聲不響，換了個位置，在另一個女生身邊坐下了。這個女生把自己的東西往她桌面上一推：「對不起，我東西多，旁邊這裡坐不下人了——何況妳這樣的身材，占的位置估計比普通人多吧？」

淺夏低眉順眼，抱起自己的東西，灰溜溜地坐到了最後一排的角落裡。

抬頭一看邵言紀，他正在和別人說話，顯然根本不在意她。

不是傳說陳怡美是有錢又有閒的大小姐嗎？混成這樣還真慘。

連老師都不喜歡她：「陳怡美，妳上次怎麼沒交作業啊？都說了這次作業跟畢業評估有關的。」

林淺夏「啊」了一聲，正要說什麼，耳邊傳來了其他女生竊竊的低笑聲。她轉頭一看，那些女生湊在一起，一臉奸笑，竊竊私語：「哈哈，這個花痴女……誰叫她每天纏著邵言紀呢！」

淺夏心裡想，就陳怡美這種個性，關係到期末成績的重要作業，怎麼可能不交呢？說不定是被這些女生給做了手腳吧。

所以她舉手，怯生生地說：「老師，我可以確定我已經交了作業，真的……」

老師皺眉：「那我怎麼沒收到？」

「我……我真的交了。」她低著頭，好像自己理虧一樣地說。「也許是哪位同學惡作劇，在跟我開玩笑呢……平時大家也和我開過無傷大雅的小玩笑。」

老師懷疑地看著她：「是嗎？」

「是……是呀，但是這次藏起我作業的性質，跟以前不一樣……不但關係到我的學業，而且還和學校的規章制度有關；要是誰用這個開玩笑的話，我想被發現後可能會被記過或通報吧。」

那些女生的神情頓時僵住了。

連邵言紀都詫異地轉過頭看了看她。老師接著問：「那麼，陳怡美，妳準備怎麼辦呢？」

淺夏繼續裝出委委屈屈的樣子，小聲地說：「我想大家都大四了，很快就要面臨畢業實習了，到時候我家找人過來一查，要是有人因為這個而在檔案上記了一筆，或者找工作不順利，或者萬一出點什麼小岔子……可很麻煩呢。」

那些女生的神色更不好看了。

老師問：「如果不是別人開玩笑呢？」

「不是同學開玩笑就最好了。老師請您放心吧，這麼重要的作業，我一定不會讓它出岔子的。晚上我會讓我家裡的保全們過來幫我找，實在不行就報警，我相信很快就能查明的。而且我現在申請了校內的學生公寓，B棟402，晚上也可以在學校找找，要是我找到了，會馬上交給老師！」

老師聽得目瞪口呆：「陳怡美同學……妳補交就好了，為了個作業的事找保全和員警，是不是有點大動干戈？」

「不會，我家裡保全有幾十個，稍微調動一下沒什麼大不了。我們會低調處理，不會驚動學校。」她帶著純潔又膽怯的笑容，聲音低柔：「老師，我是覺得大家能聚在一起做同學不容易啦，所以三年了，大家對我開玩笑什麼的，我一直都無所謂，但是有些事情不能過分，是不是？」

教室裡一片靜默，良久，邵言紀突然說：「別擔心，陳怡美，妳這次的作業，我幫妳找找看。」

陳怡美死追邵言紀的傳奇事蹟，本校無人不知無人不曉，而邵言紀痛苦躲避她的糾纏，也是本校一大風景。可現在，邵言紀居然主動幫她，真是太稀奇了。

在眾人轟然的起鬨聲中，那幾個女生面面相覷，有幾個更是臉色發青。

下課後她去吃了飯，買了點零食，回到自己一個人住的學生公寓。

她才不敢回陳怡美家呢，畢竟她和陳怡美沒有過多瞭解，對瞞過陳家父母真沒有信心。

打開門時，她的腳踩到了一個本子。她拿起來一看，邊角有點髒，好像是剛被人從垃圾堆裡翻出來的。再翻翻內頁，端端正正的作業，署名陳怡美。

「真好笑，這樣的威脅也相信，難道我還真的會叫員警叔叔處理這麼無聊的事情？」她拍拍本子上的灰，往桌上一丟，然後去洗了手，準備寫作業。

手機震動，收到了簡訊。

這是陳怡美在學校用的手機，現在被她接管中。

她打開一看，上面是一條消息：「邵言紀在體育館。」

陳怡美死皮賴臉追邵言紀的事情，早就人盡皆知，所以不知對方是看熱鬧還是真好心，居然有人來通報邵言紀的行程了。

她不由得痛苦地捂住臉，轉向一邊。

可不可以不去呢？她是真的不想去，可是她現在是陳怡美，肯在別人家門口冒大雨站一夜的陳怡美，她會去嗎？

會。所以她只好苦著一張臉，把衣櫃打開。

衣櫃裡面全都是從陳怡美那裡拿來的衣服，她翻了半天，扯出一件運動服，一把套上，然後轉身向著體育館跑去。

體育館內正在舉行籃球賽，邵言紀是小前鋒，在體育館的水銀燈下，穿著紅色的球衣奔跑，簡直就像一團火一樣吸引人的目光。

淺夏雖然是過來假裝發花痴的，但是到了現場，在觀眾的歡呼聲中，她也不由自主地燃燒起來了，十分投入地揮著啦啦隊給她的花球，在觀眾席上對著賽場大喊：「邵言紀，邵言紀，邵言紀！」

周圍的人看著她一副快要花痴得暈過去的樣子，竊竊私語：「這位誰啊？」

「當然就是本校十大花痴之中，唯一的那個女生，陳怡美了！」

「可是我見過陳怡美啊，她不是每天低頭走路的嗎？」

「你不知道，她只有在發花痴的時候才會活過來！」

「原來如此……」

「果真是聞名不如見面，花痴得太敬業了，你看她滿臉眼淚鼻涕的樣子……」

淺夏在心裡想，廢話，我當年還沒遇到衛沉陸時，被經紀公司僱去冒充明星的粉絲，五十塊淚流滿面，一百塊號啕痛哭，兩百塊的話都可以當場暈死過去，還免費贈送抱大腿一次……

算起來，陳怡美這一次的委託費，都夠她直接當著媒體自殺了。

她的勁頭帶動了現場觀眾。一開始大家還在嘲笑這個圓滾滾的醜女，後來也漸漸地把注意力放到了邵言紀的身上，跟著淺夏一起歡呼，一起叫好，一起揮著手喊邵言紀的名字。

「雖然那個女生長得不怎麼樣……不過，我們還真是羨慕你。」休息的時候，隊友對邵言紀說。

邵言紀頭皮發麻，拿過旁邊的毛巾擦了擦汗溼的頭髮，轉頭一看，陳怡美站在二樓的觀眾席上，正舉著花球大喊：「邵言紀，加油加油加油！」

明亮的水銀燈下，她笑容燦爛，雖然胖胖的，可是笑起來圓圓的臉，居然也滿可愛的。他不由得多看了一眼，問旁邊的人：「那個是陳怡美？」

「是啊，不是她還是誰？」

「因為……我第一次發現，原來她也不是很醜嘛。」邵言紀說著，看她這麼賣力為自己加油，心裡有點過意不去，就朝她舉了一下手示意。

淺夏頓時做了個幸福得要暈倒的姿勢，死死抱著欄杆，把胖胖的身子掛了上去。誰知，那道欄杆根本不結實，咔嚓一聲斷了，她隨著斷掉的欄杆一個俯衝，差點摔了出去。

幸好淺夏眼急手快，趕緊用雙腿勾住了椅子腿，才沒有從二樓摔下去。只是她本來就胖，又穿了一套肥大的運動服，整個人就這樣搖搖晃晃地掛在半空中，真的不好看。

在周圍人的哄堂大笑中，她狼狽地爬起來，不好意思地朝大家笑笑。

邵言紀無奈地用毛巾蓋住自己的臉，覺得真丟臉。

球賽結束，邵言紀那邊不負眾望勝出。

人散了之後，管理員面無表情地攔住邵言紀，說：「那個欄杆，你們隊今晚就要負責修好。」

「那個欄杆不關我的事啊！」邵言紀一臉痛苦。「你剛剛沒看到嗎？是陳怡美壓垮的！」

站在門口等著邵言紀的淺夏覺得更痛苦——真的不是她壓垮的，是豆腐渣工程差點害死人哪！

管理員黑著臉：「同學，她是為你才把欄杆壓垮的，你身為男人，是不是要負起一半責任？」

「這……好吧……」

「今晚就要修好，明天外校要來比賽。」管理員丟下工具箱，轉身就走。「邵言紀，陳怡美，我會去找你們輔導員的，弄不好的話，期末成績扣分。」

夜深人靜，體育館的燈關掉了一大半，只剩下他們頭頂的幾束光線。

本校校草，第一帥哥邵言紀。
本校醜女，第一花痴陳怡美。
他們湊在一起，修欄杆。
雖然不情不願，但對方畢竟是女生，邵言紀主動拿起了錘子，砰砰砰地開始砸釘子。可是他哪裡幹過這種活？第一錘把釘子砸歪了，第二錘砸到了自己的手指，第三錘乾脆把本來就斷掉的欄杆又給砸裂了一塊。
淺夏實在看不下去了，拿過他手中的錘子：「我來吧。」
「妳行不行啊？」他鄙視地看著她。
不到十秒鐘，鄙視變成了驚愕，驚愕再變成了敬佩，敬佩再變成了仰慕。
「陳怡美，妳是水電工出身嗎？」
「……曾經看電視裡的人做過。」她頭也不抬。
「哇，看不出來，妳還真是厲害。」
「啊，被你誇獎了，好開心啊，我晚上要睡不著了！」她捧著臉，敬業地回頭對他花痴地笑了一下，然後再轉過頭繼續修補欄杆。
他蹲在她旁邊看她。淺夏三下兩下接好欄杆，啪啪幾下釘死，然後一抬下巴，示意他扶住欄杆，一抬手壓下去，咔的一聲，嚴絲合縫，欄杆被裝了回去。她又拿起幾枚長釘子敲進去，大功告成。
當年她在國外受訓，有一次考試，是要求所有學生假裝成各行各業的人接近老師，而且不讓老師發覺。
她冒充的就是一個男性水電工，去老師家修好了之後，老師還給她簽字填支票，誇讚

「他」比以前請的任何一個水管工都要專業。當然，在她卸妝時，老師第一件事就是把自己的支票搶了回去。

在她畢業時，衛沉陸在老師那裡聽說了這個傳奇，笑咪咪地問她：「林淺夏，世上有妳不會的事情嗎？」

她認真地想了想，說：「沒有。」

「一個什麼都會的女孩子，會顯得不可愛的。希望妳能在必要的時候，也會軟弱地躲在男生背後請求幫助。」

她說：「如果劇情需要的話，我也能演好軟弱女生的。」

衛沉陸無奈地翻翻白眼：「真不可愛！」

「真不可愛。」

邵言紀提著工具箱，看著旁邊的陳怡美自言自語。

淺夏轉頭看著他，有點委屈地問：「什麼不可愛？」

「我平常見過的那些可愛女孩，一般在遇到事情的時候，都會捧著臉頰望著我，把一切希望寄託在我身上，等著我拯救她們的。」

可是，這回好像你靠不住……她回想著他剛剛的狼狽情形，口中應道：「是是，我下次一定注意做個可愛的女生！」

「得了。」他說著，把工具箱放回儲藏室，和她一起向體育館外走去。

已經是深夜，校園中靜默無聲，只有一兩盞路燈在樹叢間幽幽地亮著。

他們一前一後，踏著一路光輝回去。

在路燈之下，邵言紀忽然轉頭打量她，問：「陳怡美，妳減肥了？」

暈倒，難道矽膠服穿得不夠厚？她揉揉肚子，搖頭：「沒……沒有啊。」

「是嗎？不知為什麼，覺得妳比以前好看了……加油減肥吧，我覺得妳還是可以搶救一下的。」

搶救？這人嘴巴可真毒啊……

淺夏一邊腹誹，一邊笑得臉圓圓：「好！」

他送她到宿舍樓下，宿舍居然已經關門了。邵言紀去拍舍監阿姨的門，結果被她噴了一句：「這麼晚才回來？按規定不許進來！」

「不是吧……」他同情地看著她。「妳自己出去開酒店睡吧。」

「不需要啦，我多敲敲門，阿姨就會放我進去了，放心吧。」她說著，把他往校門口的方向推去。「走吧走吧，我自己能搞定。」

「妳行不行啊？」他邊往回走邊問。

「行啦行啦。」

邵言紀往校門口走了一段路，想想又覺得不對勁，這麼深夜放一個女孩子——雖然是個長得不怎麼樣的女孩子——孤身在門外求舍監阿姨，真是挺殘忍的，也挺沒有風度的。

「唉，我身為校草，萬千少女的偶像，怎麼可以做這種事呢？」他一咬牙，在林蔭道上轉身，懷著必死的決心，決定帶她一起出學校。

誰知就在他走到林蔭道盡頭時，無意一抬頭，頓時嘴角抽搐了——

陳怡美那胖胖的身軀，已經攀爬在了水管上，她踩上了二樓宿舍的陽臺，然後腳在空調外機上一點，身體像個肉球一樣，蠕動著就鑽進了自己在三樓的宿舍窗戶。

邵言紀愣愣地望著她亮起來的窗戶，心潮澎湃，震驚於她那麼胖的身體居然還能身輕如燕。

良久，他終於脫口而出：「功夫熊貓？」

受了那一場重傷之後，身體明顯不如以前了。

淺夏在爬進窗戶之後，活動了一下身體，遺憾地想，要是以前，搞定這樣處處可以找到落腳點的三樓，她只需要五秒鐘。

明天一早還有課，她得趕緊洗洗睡了，準備迎接新一波狂湧而來的鄙夷。

然而第二天，她驚奇地發現，只不過一天時間，在她再度把自己打扮成沉悶無聊的女生，畏畏縮縮地來到教室之時，已經沒有任何人敢欺負她了。

她想坐教室正中間就坐正中間，她想走走道就有人讓出來，她的作業很快就被批覆了，發下來後是個A。

林淺夏坐在教室中等待上課，聽到旁邊的竊竊私語。

「據說，其實她深藏不露，是個很厲害的人物！」

「聽說，她家有上百個保全打手，隨時待命！」

「她好像很陰險啊……喜怒不形於色……」

「所以……是個惹不起的人物！」

她有點煩惱，回到宿舍後小心地打電話給陳怡美：「陳小姐，妳介意在學校沒有朋友嗎？」

「我只介意我在學校有沒有敵人欺負我……」她在那邊弱弱地說。「妳知道，我將來還是要繼承家業的，所以水利工程並不是我的未來，只要好好度過這個學期，我就去我家的公司實習了，以後和他們也沒有什麼聯絡的必要……」

「那麼恭喜妳，我想在這個學校是沒人敢欺負妳了。」

「真……真的？」她在那邊忐忑地問。

「嗯，應該……是真的。」淺夏想了想，然後又說：「這樣吧，妳先回來上一天課試試看，如有不適，我們馬上換回來。」

「這麼快就搞定了？」對方驚喜非凡。「我馬上回來，坐下一班飛機！」

陳怡美還沒回來，那天晚上，她又接到線報。

這回是一夥富家子弟的圈內人發的：「邵言紀在Tempt，怎麼沒見到妳？」

Tempt，本市最有名的酒吧。

好吧，她是個敬業的人，所以又在陳怡美的衣櫃裡狂翻，最後好不容易才挑出一件稍微顯眼一點的衣服，穿上就走。

在校門口攔了一輛車，直奔Tempt。

Tempt酒吧分為三層，每一層都用透明的玻璃隔開，下面的人看不見上面，但上面的人可以俯瞰下面，一清二楚。

淺夏進門，抬頭看看上面晶瑩璀璨的折光，紫色藍色交織在一起，光彩眩目。她這種第一次來這裡的人，根本看不清上面有什麼。

在一片藍色中，她小心地扯著自己的裙子，順著透明的樓梯往上走。

剛剛走到三樓，就看見有個服務生過來問：「請問是陳小姐嗎？」

果然，那些好事者早就吩咐過服務生了，恐怕裡面那一群人就等著她進去，看一場現實中的好戲吧。

她停頓兩秒，在心裡默習了一下陳怡美的個性，然後抬頭對服務生怯怯地微笑，說：「是、是呀，請幫我帶路。」

包廂裡有好幾對男女，見她進來，立即起鬨：「邵言紀，怡美來了！」

她的猝然到來似乎讓邵言紀有點詫異，但他還是保持禮貌，示意她坐下。

淺夏揣測著陳怡美的個性，點了茉莉奶茶，然後抬頭對邵言紀難看地笑了笑，窘迫地說：「我……我也是偶然過來的，沒想到你會在這裡。」

「哦，真是心有靈犀啊！」眾人笑著起鬨。

邵言紀揮揮手，岔開了話題，轉頭問別人：「希宣呢？」

希宣……程希宣。

淺夏沒想到在這樣的場合，居然可能遇到程希宣。她只覺得頭微微地疼痛起來，有一種恐懼與悲愴，慢慢地漫過她的胸口，讓她死死地握住自己的手，後背的冷汗一下子就冒了出來。

突然之間，要在這樣的場合重逢，真可怕……

那個夏日，她從昏迷中掙扎過來時，程希宣說過的話，又隱隱地在她耳邊迴響。

林淺夏，要是死了就好了。

指甲深深地嵌入掌心，卻一點都不覺得疼痛，她只覺得自己的心臟，突突地跳著，整個世界瞬間灰暗下來。

她咬住下脣，勉強控制著自己的呼吸，保持著表面的平靜。

見她低頭不說話，旁邊有個化妝精緻的女生端詳著她，咯咯笑道：「哎呀，陳小姐，以後出來玩要敬業點好不好？」

旁邊另一個漂亮女孩子接話：「是呀，燈光下慘白著一張臉可不好看哦！」

眾人看著她在燈光下顯得異樣蒼白的臉，還以為是邵言紀不理會她，又被人刺了，所以才這麼面無人色，大家都壓低了聲音，竊竊笑著。

林淺夏明知道自己扮演的這個大小姐就是受氣包，可她現在心裡煩亂，所以坐在這裡被這群人消遣，就覺得心頭有一股冰涼的東西直衝上了腦門。

這些人……還有程希宣，都是一樣的。

為了他自己高興開心，他們根本就不會管別人心裡怎麼想，甚至，不會理會別人的死活吧。

邵言紀看見她微微顫抖的身體，燈光下面容慘白得令人心驚。他覺得有點擔心，便對那兩個女孩子說：「她專心學業，所以平時不來這種地方。」

旁邊一個女孩子立即說：「是呢，我聽說她一般都去你家，整夜站在你家門口被雨淋，是不是？哈哈！」

另一個女孩子立即和她一搭一唱：「真的嗎？好感動哦！怡美姊原來是女版情聖呀，來來來，為了陳小姐，我們趕緊點一首歌〈為你我受冷風吹〉！」

「哎呀，可惜這首歌的痴情程度，也比不上怡美姊淋一夜雨呀。」

被人這麼奚落，她卻彷彿沒聽到，埋頭捧著奶茶一聲不吭。

歌曲前奏響起，旁邊的人嘻嘻哈哈地笑著，包廂內熱鬧極了。還有個穿著火辣的女生，跑到唱片機旁邊，用手指按著唱片，咔咔咔地撥動著。
於是那句歌詞就一直迴蕩在他們周圍——
「為你我受冷風吹……吹……吹……為你我受冷風吹……吹……吹……為你我受冷風吹……吹……吹……吹……」
一群人笑成一團，連邵言紀都笑道：「拜託，別開玩笑了！」
她站起身，囁嚅著說：「我……我先走了。」
「怡美姊，別走啊。」那個女生跳起來拉住她。「再坐一會兒嘛。程希宣應該回來了吧，妳還沒見過他吧？特別帥，真人比雜誌上、電視上還迷人，很適合妳發花痴哦！」
程希宣，為什麼又是程希宣？
淺夏站在已經被服務生拉開的門口，停了一會兒，慢慢地轉頭看向那個女生。那股冰涼涼的氣息，猛地衝上她的腦門，轟的一聲，都快要炸開了。
淺夏忽然一把打開那個女生的手，走過去將唱片機的開關一把關掉。
那個女生嚇了一跳，縮著手尷尬地站在那裡，呆了一下，又笑出來：「哈哈，怡美姊終於為愛情爆發啦……」
「敬謝不敏，我陳怡美和妳毫無關係，誰是妳姊？」她抱臂，微抬下巴看著包廂內的一群人，冷笑著，清清楚楚地說：「是，我長得普通、身材差勁、個性孤僻，所以我喜歡這麼優秀的邵言紀就是個笑話，我越是追他追得辛苦，這個笑話就越好笑，對不對？」
包廂內頓時安靜了下來，一群人面面相覷。
「你們覺得我配不上他，所以我就是可笑嗎？你們這一群人，根本不懂愛一個人是怎麼回事，就因為你們覺得我配不上別人，所以我的愛就是可笑的嗎？可是愛什麼人，再努力去愛也是我自己的事，與你們有什麼關係！」她的目光冷冷地掃過面前這群人，一字一頓地說：「邵言紀，如果以前我給你造成了煩擾的話，請你原諒，我現在想通了，這事本來就是你情我願，既然你不喜歡我，那麼我認了。反正也快畢業了，以後我不會再像以前那樣糾纏著你了。」

「喔……」一群人發出詫異的聲音。

「至於以後你們聚會，邵言紀在哪裡，跟我無關，請不要再特地通知我，讓我過來給你們增添笑料。」

明明還是那個矮矮胖胖的女生陳怡美，明明她說話的聲音也不是很大，可包廂內的人卻都像是被定住了一樣，看著她都說不出話來。

連邵言紀，也愣愣地看著這個陳怡美，呆住了。

只有旁邊那個女生一點也不懂看人臉色，訕笑著說：「哎呀，不是啦，什麼叫笑料啊，我們大家只是為了撮合你們，讓妳的未來更幸福呀。」

「不勞妳操心，我相信我將來會比妳幸福很多。」淺夏轉身，看著那個濃妝的漂亮女孩，清清楚楚地，一字一頓地說：「雖然我身材和容貌都欠缺，但我不會自卑；雖然我有個好家庭，但家不是我一輩子的事，我的價值也不在自己的出身上，所以我努力讀書，我有理想有能力，即使將來只剩我一個人，我也能在社會上好好活下去。而你們有什麼？妳這麼年輕，就出來依附男人吃喝玩樂，除了知道怎麼把自己弄得漂亮一點外，其餘什麼都不懂。我給妳良好祝福，但願妳憑著這張即將在夜店變得慘敗枯槁的臉和發嗲裝可愛的態度，就能好好地過一輩子！」

那個女生瞪大眼睛看著她，結結巴巴：「陳……陳小姐……」

「別把時間浪費在這些上面，好好努力，為了妳的人生。」她說著，對著眾人露出冷笑。「不好意思啊，我學業繁重，以後也沒有和你們出來玩的時間了。那麼，再見……邵言紀，再見。」

邵言紀坐在沙發上，看著她，走廊上明亮的燈光從她的身後照過來，她的面容有點恍惚，隱約看不清楚，但輪廓卻清清楚楚地映進了他的眼中。

真奇怪，看得模糊了，竟發現她似乎也並不特別差，身材也沒以前那麼糟糕，而她逆光中的一雙眼，光芒明透，彷彿要深深地刺入他的心裡，讓他的心口開始湧起了異樣的情緒。

他忽然覺得，也許以前所認為的是錯誤的，她並不是一個和外表一樣古板沉悶的女孩子，也許她和他身邊的女孩子都有所區別。

就在他錯神的時候，她已經轉身，毫不留戀地離開了。

淺夏一出包廂的門就後悔了。

為什麼會無法控制自己？

這次的扮演太不成功了……如果是瞭解陳怡美的人，就應該知道，以陳怡美的個性，可能根本不會說出這樣的話。

可是話已出口，再也沒辦法收回了。她只好苦著一張臉，搖搖晃晃地下了樓，順著弧形走道向門口走去，準備走一步看一步，無論如何，為了三倍酬金，硬著頭皮幹到底吧。

一樓是擁擠的舞池，她經過那些扭動著身子的人群時，忽然被一個人的手打了一下，感覺自己臉上的妝都被蹭掉了。

她趕緊在黑暗中捂著臉，跑到洗手間去。

鏡子裡的她，臉上的妝容確實已經被抹成了一片花。她嘆了口氣，只好先解掉矽膠套，吐出假牙，再把陳怡美的妝卸掉，然後又乾脆化了一個剛剛那個女孩子的濃妝，套上壓在皮包底的一件小裙子，一副在夜店混得如魚得水的樣子。

開門出去，發現音樂由剛剛的 hip hop 換成了爵士，這個喧譁的酒吧終於安靜了下來。弧形走道裡亮著幽藍的小燈，像是一片海洋，正在月光下粼粼波動。

她快要走到走道盡頭的時候，一抬頭，看見了對面走過來的人。

他一臉倦怠，下巴微揚，眼睛微微瞇起，掃了她一眼。

在此時幽暗的燈光下，他渾身鍍著黯淡的藍光，就像蟄伏在火山灰之下的藍色寶石，在黑暗中隱約透出了那一點迷人的光彩，耀眼灼目。

程希宣。

林淺夏曾經在心裡想過千遍萬遍，想，要是在人群中再次見到他的話，她到底應該怎麼辦？

是對他微笑，表示自己過得很好？

是給他一個白眼轉身離開，表示自己已經完全不在乎他？

還是像熟人一樣和他打個招呼從容地擦肩而過？

真的事到臨頭了，她卻愣愣地站在那裡，無法有任何反應。

他看了她一眼，想是見多了女孩子對著他流露出來的異樣神情，在這種光線不足的地方，他竟根本沒有在意她，逕自轉身要離開。

然而，邁出一步之後，他卻忽然又停住了，帶著微微詫異的表情，回頭又看了她一眼。

就像那些相處的日子一樣，他注視著她，雙脣微微揚起，露出一縷微笑。

淺夏愣愣地站在幽暗之中，那藍色，漫天漫地，幾乎淹沒了她。

她按住胸口，微微張開雙脣，卻發不出聲音。

他卻皺起眉，低聲問：「妳……林淺夏？」

這三個字，讓她悚然一驚，如夢初醒。

事到如今，還被他認出來。是她倒楣，還是他敏銳？

可是她已經不想再和他扯上什麼關係了，這世上，她最大的心願，就是和他從此是陌路人。

她微瞇起眼，臉上浮起笑容，貼近他身邊，搭住他的肩，在他耳邊如同囈語般軟軟地說：「哎呀呀，這樣的搭訕方式，在酒吧可太老土了吧……不過要是你的話，我也願意考慮一下的……」

他微微皺眉，伸手將她推開一點，低聲說：「對不起，我認錯人了。」

「好吧，等下去十五號桌我請你喝酒，我是Malian。」她臉上笑意盈盈，一臉濃妝在幽暗的燈光下，如同一朵開在暗夜中的罌粟花。

她偽裝得很好，從他的身邊走了過去，煙視媚行。

可就在她走過他身邊的一剎那，她聞到了他身上的味道。那種讓意識沉浮的氣息，向她襲來。

佛手柑、香木櫞、橘、柏與菸草琥珀的香氣，混合成一種奇異的青木香，纖細清冷，明明招搖之極，又難以接近。

彷彿被這種香氣誘惑了，她不由自主地微微側頭，看了他一眼。

就在她的目光與他對上的那一刻，他忽然伸出手，抓住了她的手腕。

和她記憶中一樣，鮮潤而柔軟的雙脣，始終微微抿著，這麼涼薄，如同他的天性。他低下頭，湊近她，深深地望進她的眼：「林淺夏，別騙人了。」

那目光如同黑曜石的光輝，幾乎刺入她的心底。

就像再度沉入了那個惡夢，淺夏的身上忽然一陣冰冷，寒意讓她全身的雞皮疙瘩都冒了出來。

真可怕……這是，又一個惡夢嗎？

她打了個冷顫，彷彿有錐子刺進她的脊椎，她猛然用力甩開他的手，下意識地往後退了一步，後背重重撞在牆壁上。

長久以來的夢境籠罩下來，冰涼刺骨，避無可避。

走廊不過寬一公尺多，他們之間隔了窄窄一點距離，幾乎可以聽到對方的呼吸聲。眼前只有一片黯淡的藍色，面前的人，彷彿沉埋在暗黑火山下的那一點幽藍光芒，灼得淺夏大腦空白。

晦澀的青木香侵襲了她的大腦，讓她意識昏沉。

世界這麼大，怎麼會，竟避不開這個人？

而他在幽藍的燈光下凝視著她，低聲問：「妳去了哪裡？我在妳家樓下等過妳，可妳這幾天都沒回家。」

淺夏沒有回答，她的喉頭被氣息哽住，什麼話也說不出來。

等她？等她幹麼？難道是要看她的慘狀？

他停了好久，又說：「好久不見……妳看來，還不錯。」

不錯……她真的不錯嗎？

拜他所賜，她在死亡的邊緣掙扎回來，然後他淡淡地說，妳看來，還不錯。

她忽然覺得胸口傳來窒息般的疼痛，她只得抓緊自己的胸口，用力地呼吸著，強迫自己在他的逼視下轉開頭，不看他。

「之前衛沉陸把妳帶走之後，我還以為，再也沒辦法見到妳了……不過幸好，世界只有這麼大。」他的聲音在她的耳邊低低響起：「林淺夏，妳相信嗎？無論妳變成什麼樣，我一眼看到，就知道是妳。」

「是嗎？那可真是緣分。」她打斷他的話，因為要抑制自己顫抖的聲音，她變調的聲音幾乎尖銳：「除了提醒我不夠專業以外，你還有什麼事嗎？」

他靜默地看著她好久，然後才深深地吸了一口氣。那種只屬於他的，如同冰塊在水中撞擊一般的聲音，輕輕地，帶著一種異樣的溫柔悱惻，在她的耳邊響起：「還有，林淺夏，我在信裡說的……都是真的。」

真的？說的什麼真話呢？

解釋自己是多麼逼不得已，所以讓她去死，所以覺得她死去的話，就天下太平，一切圓滿了。

她覺得真可笑，無法控制自己，所以不由得冷笑了出來。

信，那封已經被她撕碎了，沖到下水道的信。

誰要看他假惺惺的信？

她垂下眼看著地面，看那裡隨著燈光轉變，深深淺淺濃濃淡淡的藍色。她聲音平淡，毫無波瀾：「哦。」

他深深地凝視著她，見她臉上並無異樣，才低聲說：「不管妳信也好，不信也好。」

「還有什麼事嗎？」她打斷他的話。

他那好看的雙脣緊緊地抿了起來。他注視著她許久許久，在幽暗的藍色燈光下，讓淺夏幾乎以為他失聲了。

幾乎過了一個世紀那麼久，他才低聲說：「沒有。」

「那麼，再見。」她說，想想又搖頭。「不，希望我們，再也不要見了。」

音樂節奏忽然變得強烈起來，幽藍的燈光在瞬間隱沒，既而閃爍出各種顏色，在他們周身變幻。紅色、黃色、紫色、綠色，瀲灩璀璨。他們陷在半明半暗之中，如墜夢境。

舞池中有人尖叫，大堆的人在狂歡，聲音轉了幾轉來到他們身邊，聽來卻已經恍惚了。

他們兩人站在弧形走廊中，沒有一個人經過。

他目光一瞬不瞬地盯著她，良久，才問：「為什麼不再見面？林淺夏……我還以為，我們至少曾經相處得很好，超過友誼和委託關係。」

他的意思也就是說，他知道她喜歡過他？

就是憑著她喜歡他，所以他才毫無顧忌，這樣傷害她吧。

淺夏忽然笑起來，不可遏制，笑得眼淚幾乎都出來了。

「喂，程希宣，雖然在你那邊我做得不夠專業，但我有一點做得還是可以的。」她冷笑著，因為心口那一點針刺般的疼痛，口不擇言：「至少，我表現得好像很喜歡你，連你都這樣覺得，對不對？」

他盯著她，眼中的那一點火光灼灼地刺著她：「是嗎？」

「是啊，雖然是陌生人，雖然你只是我無數個委託人中，普通的一個……不過看在你出的價格足夠高的分上，我就額外贈送你一份『愛』，當作回扣吧。」她說著，笑容忽然變得狡黠而迷人。「而且不好意思，當時我其實有私心，我覺得你要是和方未艾不結婚的話，說不定我努力接近你，也許能成功地嫁入豪門，以後再也不需要這麼辛苦地出來混日子了。」

他聽著她的話，沉默不語，只是抬頭看著頭頂變幻的燈光，那雙一貫冰冷而深不可測的幽黑眼睛，一瞬間忽然黯淡了下來。

淺夏笑著，覺得心口一陣抽搐。那種疼痛，從胸口一直湧向自己的大腦，轟的一聲，簡直連意識都模糊了。但她依然微笑著說下去：「那個時候我想，要是能努力抓住你的話，就將一步登天，前途無量，那麼我就能永遠告別以前那些悲慘的日子，我會成為全天下的女孩子都羨慕的灰姑娘，我從此就能過上幸福得像公主一樣的日子了，不是嗎？」

「林淺夏，其實妳何妨演到底？我本來、本來是想……」程希宣低聲說著。卻不知為什麼，她等了良久，也沒有等到下文。

音樂嘈雜，門口有人進來，開門帶起的夜風從他們身邊穿過，冷而鋒利，透骨冰涼。

「不過沒辦法，我現在就對你吐露實情吧……雖然我是很希望能勾搭上你，但要是為你命沒了，我也根本沒辦法享受你的錢了，對不對？」淺夏把手一攤，一臉無奈。「這麼不划算的買賣，我想了想，只好早日抽身了。」

他終於冷笑了出來：「真好笑……看來我根本不需要對妳覺得歉疚。」

「反正都是各取所需，對不對？以後要是有需要的話，可以再找我——不過，要是有生命危險，那麼價格也要像上次一樣，給我合理一點。」

她笑了笑，神情平靜：「那麼程希宣，再見……或者再也不見，對不對？」

他看著她轉身走向門口，情不自禁地握緊了自己的雙拳，骨節泛白，血液幾乎都凍在皮膚下。

彷彿是當作反擊，他對著她的背影，說：「林淺夏，那封信裡所寫的，全是狗屁，妳就當作從沒看過吧。」

這樣清雅的人，現在卻連「狗屁」這樣的詞都說出來了，顯然是憤怒已極。

淺夏卻若無其事，轉頭朝他笑著。夜色中，變幻的燈光下，那笑容迷離而恍惚，就像一朵隔水的彼岸花，開在薄薄的煙霧中。

她說：「正好，你也當我沒看過那封信吧。」

「妳確定……我真的已經沒事了？」

陳怡美坐在她對面，很小心地問。

今天淺夏的妝扮是一個古板的中年女人，她用很平淡的口吻說：「妳的同學，我想近期之內應該不會再為難妳了，希望妳以後也能學得強硬一點，畢竟，是他們在欺負妳，而不是妳在欺負他們。」

「是……」陳怡美怯懦地回答。

「至於邵言紀，我覺得他對妳還不錯啊，說不定妳有機會哦。」淺夏對陳怡美眨眨眼，做出一個和她的外表完全不符合的調皮笑容。

「真……真的嗎？」

「是的，這兩天，我和邵言紀也見過幾次面，一次是上課的時候，有女生欺負妳，他還替妳說話呢；一次是在體育館，前天晚上，我——不，應該是妳，弄壞了欄杆，他還留下來幫妳修好了欄杆，送妳回宿舍；第三次是昨晚，在Tempt酒吧，因為妳和其他女生鬧得不愉快，他似乎還站在妳這邊呢。」

「是啊是啊，邵言紀是很溫柔的人！」陳怡美聽她講述的詳細經過，感動得快哭了。

「所以，加油吧，我覺得他現在漸漸在試著接受妳了。」淺夏想了想，又給了她一個清醒的認知。「你們可以先試著做朋友哦。」

「嗯嗯！」陳怡美含淚點頭。

「因為我覺得妳和他的相處過程我就不好插手啦，所以妳先試著去學校上學，如果還有什麼事就找我，我會保留目前這個手機號碼的，隨叫隨到。」

僅僅過了三天，陳怡美卻發現她的整個人生都變了。

她本來是校園裡人人嘲笑的女版「癩蛤蟆想吃天鵝肉」，也因此被人排擠了很久。自從她在邵言紀家門口守了一夜的事蹟傳開之後，她更是成了邵言紀那群女粉絲們的眼中釘肉中刺，即使和邵言紀不認識的人，也因為大家都欺負她，所以要來刺一下她。

然而現在，一切都變了。

她抱著書本忐忑不安地走進教室時，雖然還是沒人理她，但同學們畢竟不會嘲笑著起鬨說「邵言紀你完蛋了」。大家只是都轉過頭做自己的事情去，就像沒看見她一樣。

邵言紀看見她，還抬手向她打招呼，微笑著拍拍自己旁邊的椅子，說：「陳怡美，坐這裡吧。」

她惶惑地坐在他旁邊，覺得心裡一酸，快要哭了。

專業課的圖紙發下來了，居然沒有被人亂塗亂畫，看著上面的A，她不敢置信，看了又看，顫抖著問身邊的邵言紀：「居然沒有人動我的圖紙？」

「誰還敢動妳的作業，不想活了？」他笑咪咪地問。

她這才想起來，林淺夏和她說過，關於邵言紀答應幫她找作業的事情。

好奇怪，人和人為什麼就是不一樣？她三年多的煩惱，那個人卻能在三天內解決得乾乾淨淨。

那麼，她三年的願望，那個人，是不是也能幫她實現呢？

她不由自主地轉頭看向身邊的邵言紀。

他正在和同學討論一座連續鋼構大橋的專案風險預測，每當他說話的時候，他身上就像閃耀著光芒一般，令她移不開目光。

這麼完美的人，現在她居然可以坐在他身邊，看到他對自己展露笑容，以前在夢裡也不敢設想的情景，居然真的發生了，真的，比作夢還要不真實。

她忽然之間覺得好想哭——為什麼，有人能這麼簡單地就改變這個世界，改變自己的人生，而她自己，卻完全無能為力？

到底人跟人，為什麼不一樣，哪裡不一樣呢？

下課時邵言紀一邊整理書本，一邊說：「一起走吧，那群傢伙昨天被我罵了一頓，今天說要請妳喝酒，給妳道歉。」

「啊？道……道歉？」她頓時緊張起來。

「對啊，那群混蛋，出來玩還把妳搞生氣了，都是一個圈子的至於嗎？現在二子扯著那個女孩子要給妳賠禮呢，走吧。」

她頓時覺得渾身是刺，每個毛孔都收縮了，不知道該怎麼辦才好。

「我……我去趟洗手間。」

「林淺夏，妳這個強悍的女人，這才三天，妳真認為自己搞定了那群同學？」衛沉陸嘖嘖稱奇，用不敢置信的眼神看著面前的淺夏。

秋日的黃昏，落地窗前的窗簾全部被拉開。琉璃社的客廳沉浸在夕陽暈黃的光彩之中，窗外微黃的葉子，正在風中微微起伏。

淺夏煩惱地捧著一杯奶茶，蜷縮在沙發上。

「也不一定，現在只是暫時先換回來，最近要是有事我要隨時上陣的。」

「直接幫她搞定邵言紀，威壓那群同學就算了，搞那麼麻煩幹麼？」

「老闆，搞定邵言紀這件事，叫做——戀愛啊！我雖然什麼都能代替別人，但是，要是我代替她戀愛，這樣她以後就算真的和邵言紀在一起了，但想起來肯定會有遺憾的。」

「妳管她遺憾不遺憾。想要逃避自己不想面對的東西，總要失去一些自己重視的東西。想要不費力氣得到自己想要得到的，就肯定享受不了那種過程的。」

淺夏喝著茶，安靜地說：「她都付了這麼多錢了，何不做得完美一點呢？」

付錢的人明明是我吧！衛沉陸想著，瞥了她一眼。她籠罩在窗外照進來的逆光中，白光之中陰影淡淡，有著水墨畫一般恬淡的側面。

她和以前不一樣了，再也不是那個春日豔陽一樣的少女了。

是程希宣毀了她。

他這樣想著，因為一種蒙上心頭的悲哀，沒說話。

淺夏的手機恰在此時響了起來。

陳怡美蹲在廁所裡，小小聲地問：「林小姐，我現在該怎麼辦？酒吧裡那群人要給我賠禮道歉。」

「是他們道歉又不是妳道歉，妳接受就行了吧。」淺夏有點無奈。

「可是林小姐……」

林淺夏聽著她吞吞吐吐的聲音，頓時了然，其實她只是第一次被那夥人重視，所以手足無措。

「放心吧，沒問題的，妳只要表現得大度一點就行，等他們向妳道歉的時候，妳先接受，然後再給她敬酒還禮，就說昨天自己心情也不好，可能說的話太過火了一點，也請對方原諒自己。另外妳也要記得自己是陳家大小姐，妳家裡有權有勢，只要別老是低著頭，沒有人敢看不起妳的。」

「是……我記住了。」陳怡美立即點頭。

「好啦，要是還有什麼事，隨時打我電話。」

陳怡美口中默念著「表現大度、接受道歉、敬酒還禮」，掛掉了電話，從洗手間出來去見邵言紀。

事情很順利，那個女生向她賠禮，她也向那個女生道歉，一群人氣氛融洽，然後還把程希宣拖了出來，到酒吧包了場子繼續鬧。

陳怡美和他們玩了一會兒骰子之後，發現有幾個人開始鬧著要嗑藥提神玩通宵，她惶惑地看看邵言紀。程希宣已經提出明日一早有事，要先走了，他們便趕緊跟著一起離開了。

「之前我說過這群人不是我的圈子，下次別把我扯上吧。」程希宣在車上毫不留情地說。

邵言紀無奈：「好吧，我以後也不跟這群人摻和了。」

因為陳怡美和邵言紀都喝了點酒，所以程希宣送他們回去。

車子平穩地向前行駛著，邵言紀隨口問程希宣：「對了，上次未艾在訂婚前幾天出了意外，現在傷勢怎麼樣了？」

「差不多已經痊癒了。」程希宣含糊地回答。

「我聽說全身多處骨折，醫生診斷說很可能會終身癱瘓啊……可現在才半年就恢復了，可真是不幸中的大幸了。」

程希宣點了一下頭，卻一點喜悅的神情也沒有，繼續沉默地開車。

邵言紀有點奇怪，又問：「那麼，訂婚儀式準備延到什麼時候呢？」

「總得等一段時間吧。」他說。

邵言紀見他這麼冷淡，覺得打擾這麼專心開車的人也不好，便轉頭看向陳怡美：「怡美，妳見過未艾嗎？」

怡美，什麼時候她由「陳怡美」變成了「怡美」？陳怡美倒吸一口冷氣，驚喜地看著他，幾乎語無倫次：「方小姐……方小姐很美很出眾！」

邵言紀笑道：「是吧，大家都覺得，希宣和未艾要是不在一起，簡直天理不容——希宣，為了群眾的呼聲，你也應該和未艾早點結婚！」

「多謝，我會考慮的。」程希宣看著外面流逝的燈光，神情平靜，但終於還是多說了一句：「至少，未艾總不會像有些女人一樣，一意想要嫁入豪門，懷著不可告人的目的接近我。」

「呵呵，是吧，還是找知根知柢的熟人比較好。」邵言紀喝了一點酒，覺得自己頭暈暈的。他微微睜開眼睛看著身邊的陳怡美，在路燈的光芒中，她的側面看起來，圓圓潤潤的，就像一顆蘋果。

也不知道哪根神經出了問題，他忽然說：「怡美，其實妳長得挺可愛的。」

陳怡美一下子捂住自己的嘴，愣在那裡。

程希宣從後視鏡中瞥了他們一眼，假裝自己沒聽見。

陳怡美愣了好久，才結結巴巴地說：「是……是嗎？謝謝你……」

「下次穿裙子試試看吧，別老是那麼古板，其實妳笑起來比較好看呢。」邵言紀又說。

「好……」她趕緊點頭。

程希宣在前排，脣角微微上揚，但隨即，他的眼前，如同幻覺一般，出現了林淺夏的身影。

她也是笑起來比較好看，眉眼彎彎，清澈明透，如同春夏之交的天空，讓他忍不住想要仰望。

他立刻打斷了自己的念頭。那種因為想到她而湧上心口的甜蜜，被一種憤怒與悲哀攪和而成的酸澀沖淡了。

她對他溫柔示好，只不過是另有目的而已。

瀰漫在胸口的是一片灰黑的濃稠鬱結，讓他連呼吸都用力起來。

幸好陳家就在前面，他把車停下了。

邵言紀先下車，幫陳怡美打開車門。陳怡美懷著怦怦亂跳的心，和他一起向著自己家門走去。

時間有點晚了，門房正在裡面打盹，陳怡美正要按門鈴，邵言紀忽然指指大門，笑道：

「喂，怡美，這樣的鐵門妳是不是如履平地？」

她「啊」了一聲，迷惑地抬頭看了看三公尺來高的大門。

「那天晚上，我看見妳爬宿舍了。」他湊近她的耳邊，悄悄地說，嘴角帶著一抹笑意。

「我真驚訝，一直以為妳是很死板無趣的女孩子，不過那一次之後，我對妳刮目相看了。」

「是……是嗎？原來你喜歡我這樣啊？」她也喝了幾杯酒，有點微醉，所以一下子就把包包甩到門裡面去了，然後伸手抓住大門，腳就踩了上去。

門被重重撞到，立即警鈴大作。門房聞聲跑出來一看，大小姐居然在爬圍牆，邵言紀在旁邊鼓掌加油，頓時傻了。

「你別管！回去！」胖胖的陳怡美剛爬到一半，抓著鐵門對門房大喊。

門房呆了良久，見他們都有點醉意，門上門下兩個人都笑成了一團，有點明白是怎麼一回事了，便抓抓頭髮，退到了一邊。

「功夫熊貓，加油啊！」邵言紀大喊。

程希宣在車內看著這兩個半醉的瘋子，都無語了。

陳怡美蠕動著，好不容易翻過了大門最上端，可往下面爬的時候，忽然一腳踩空，頓時滑了下去，砰一聲摔在了地上，頓時痛得齜牙咧嘴，叫不出聲。

邵言紀也嚇了一跳，酒都醒了，趕緊問：「怡美，妳怎麼樣？」

「沒……沒事！看來是酒喝多了。」她堅強地站起來，露出一個笑容。

門口的燈下，她圓圓的笑臉傻乎乎的。

邵言紀只覺得自己心口怦的一下，好像也在地上摔了一下，全身的血液都往胸口湧了上來。

他也笑著，說：「是呀，妳可是爬牆高手，怎麼會有事？那我先走了。」

「嗯，再見。」她揮手，笑得眼睛都看不見了。

直到邵言紀上了車離開，陳怡美才一下子靠倒在門上，冷汗都冒出來了：「快……快叫醫生，我的腳好像……要斷了！」

程希宣把車繞回去，向邵家開去。

邵言紀今天話很多，不停地問他：「其實怡美雖然有點胖，也不高，可是她還是挺可愛的，是不是？」

「是。」他除了這樣回答，還能怎麼樣？

「而且她這麼花痴我，將來肯定不會移情別戀，會一直對我很好很好！」

程希宣滿臉黑線，簡直都無語了：「言紀，這麼長遠的事情，我勸你明天醒來之後再做決定。」

「嗯，好吧……」邵言紀說著，靠在車座上，昏昏欲睡。

程希宣自言自語：「身為小孩子可真幸福。」

又想想，自己不過比他大兩歲，為什麼會比他多承擔那麼多？可真是個謎。

就在快到邵家的時候，邵言紀的電話響了。他眼睛都沒有睜開，摸索著接起來，「喂」了一聲。

那邊只說了一句話，他的眼睛就立即睜開了，身子也坐得筆直，好像酒一下子就醒了。

程希宣將車停在他家門口，靜靜地等待著他打完電話。

他的目光無意識地看著遠處的天空。邵家在郊區，周圍一片安靜，只有秋蟲有一下沒一下地鳴叫著，斷斷續續。

天空中的繁星，閃閃爍爍，從未休止。

第四章
光

凌晨五點半，電話忽然響起。

窗外正下著暴雨。秋天的雨卻下得這麼大，真是少見。

淺夏痛苦不堪地摸過手機看了看，是陳怡美。

「雖然我說了隨叫隨到，可那是客氣話啊小姐，難道妳真的認為我二十四小時精神奕奕地等待妳的呼叫嗎？」她嘟囔著，使勁掐了一下虎口，讓自己清醒過來，然後才接起電話：「陳小姐妳好，請問有什麼需要？」

那邊傳來陳怡美語無倫次的話：「邵言紀要去美國了，他父親生病了，要立刻做心臟繞道手術，早上七點的飛機，我得去送他……」

不會吧，送別這種事情也需要她教導嗎？

但是對於出委託費的客人，淺夏向來是循循善誘、諄諄教誨的：「這樣啊，妳現在立刻去機場，這麼早，最好帶上早餐給他。見了面之後安慰他，保證他父親會沒事的，然後聯絡妳在美國的熟人，幫他詢問和熟悉一下手術事宜……」

「我軟骨受挫，下不了床……」陳怡美弱弱地打斷了她的話。

淺夏「啊」了一聲，問：「什麼？」

「昨天……爬鐵門的時候摔傷了。」

「妳為什麼要去爬鐵門？」
「因為、因為邵言紀說看到妳爬牆了，然後還誇我……誇妳了。」
淺夏差點無語：「這也不能一誇妳妳就去爬啊！」
「是，我知道錯了……」陳怡美在那邊低聲認錯。「不過林小姐，現在他父親生病了，是最需要人安慰的時候，我一定要在他身邊！所以我要請妳代替我去機場送他，如果能去美國那就最好……」
「去美國好像不行哦，妳現在明明躺在床上養傷，卻有人在美國看見另一個陳怡美，那會怎麼樣？」
陳怡美苦著一張臉。「那……那就只去機場吧。」
「嗯，放心吧，我會把妳的愛帶過去給他的。」淺夏笑著說。
「對了……記得要穿裙子哦！」
放下電話，淺夏揉揉還有點混沌的太陽穴，拿起化妝的東西，進了浴室。
一切都準備妥當之後，她用遮瑕膏點在自己的耳後，遮住了那一點朱砂痣。
等她出門的時候，她已經是個胖胖的女孩子了，紅撲撲圓鼓鼓的臉，一看就透著那麼營養過剩。
幸好之前也曾經扮演過一個胖女孩，所以在櫃子裡翻到了一條寬鬆的裙子。
她攔車直奔機場，天氣不好，一路上都是灰濛濛的，似亮非亮。
她去得比邵言紀居然還早一些。站在換登機證的地方，她抱著包包，微笑著看著邵言紀走過來：「邵言紀我來送你。」

一臉憂慮、為自己父親擔憂得整夜沒睡的邵言紀，抬頭看見她站在機場明亮的燈光下，向著自己溫柔地微笑著，頓時呆住了。

她從包包裡拿出早餐：「你還沒吃東西吧，我給你帶了早餐過來。」

邵言紀注視著她，低聲說：「我……我出門的時候吃了一點。」

「是嗎？那我留著自己吃吧。」她很自然地收了回去，微微歪著頭對他笑著。「其實我還沒吃，有點餓呢。」

她是真的還沒吃，很餓。邵言紀在換登機證的時候，回頭看見她坐在他的行李箱上，一口一口地吃著手中的麵包。在機場的人來人往中，她這麼不起眼，也不好看，卻是唯一牽掛著他、愛著他的人。

他忽然覺得自己以前真是對不起她，至少，她這麼愛自己，真的很虧。

要托運行李時，淺夏拉著行李箱走過來，腳有點微微的不對勁。他看見了，拿了登機證回來，與她坐在一起，問：「妳的腳怎麼了？」

「昨晚啊，從門上摔下來了嘛……扭到了。」她有點苦惱。「看來以後我不能再爬牆了，不然要是摔得嚴重了可就完了。」

「也對，以後還是走走正常的路吧，我會監督妳的。」他接口說。

「那你要監督我哦。」她轉頭笑著。

「嗯，一定，以後再也不讓妳爬那麼高了。」他說著，從她手中拿了一個小麵包。「剛剛還沒吃飽，我們一起吃吧。」

她把袋子裡的另一瓶牛奶遞給他。

他吃了一個麵包，又把剩下的一個也拿走了：「怡美，妳少吃點的話，可能會更漂亮點。」

「可是，我胖不是因為吃得多啊，是因為之前生病，用了荷爾蒙……」

「那麼，過幾年體內荷爾蒙平衡了，會瘦一點吧？」

「當然啦。」她肯定地說。

他捏著手中的牛奶，認真地說：「如果妳瘦到五十公斤以下……或稍微超過一點也無所謂啦，那我們就戀愛吧。」

淺夏頓時被麵包噎住了，掐著喉嚨拚命咳嗽。

他拍拍她的背：「我是說……等妳減肥之後啦！」

「哦……」陳怡美要是知道了，肯定會絕食到餓死也甘願吧。

廣播裡催促乘客登機，邵言紀好像有點害羞，低著頭站起來，匆匆往裡面走：「我……我走了。」

「嗯……拜拜。」淺夏正舉起手和他告別，眼角的餘光卻看見程希宣走了過來，身後跟著他的管家。

他瞥了淺夏一眼，向她點點頭，隨即就把目光移開了。

戴著略顯棕色的隱形眼鏡的淺夏，臉被瀏海遮去大半，一身矮胖造型，畏畏縮縮地站在旁邊，一點也不起眼。

她現在就是陳怡美，無人起疑，即使是程希宣。

她聽到程希宣對邵言紀說：「之前我一個朋友做過心臟手術，非常成功，當時是管家聯絡的。這次我讓他跟你一起去。」

「嗯，多謝。」邵言紀點頭，拍拍管家的肩膀，說：「麻煩你啦。」

「這是小手術，不必擔心。」

「我知道。」邵言紀應著，又指指淺夏，對程希宣說：「怡美就麻煩你送回去了，她好像不是開車來的。」

淺夏做賊心虛，總覺得可能會被程希宣認出來，囁嚅著說：「我……我自己回去好了，剛好學校那邊還有點事，和程希宣家裡是相反的。」

「我現在去公司，倒是順路。」程希宣漫不經心地說，抬手向邵言紀告別。

邵言紀走進登機口，只剩下他們兩人了。

淺夏還在愣愣著，程希宣已經叫她：「走吧。」

淺夏拘謹地坐在後座，望著窗外的風景，一動不動。

直到程希宣忽然問她：「妳去哪裡？」她才像是省悟過來一樣，結結巴巴地說：「去……學校吧，我還要幫言紀請假呢。」

像是捨不得邵言紀，她的眼睛微微溼潤了。她捂住自己的眼，有點茫然地說：「不知道……言紀的父親，會不會有事……」

「放心吧，心臟繞道這樣的手術風險很小。」

她「嗯」了一聲，埋頭抓著自己的裙子不說話了。

天色依然暗濛濛的，車子一路開過去，開始下雨了，濺起的水花像霧一樣瀰漫在空中，能見度極低。

「妳在哪裡下車？」程希宣從後視鏡看了她一眼。

她安安靜靜地坐在後座，散亂的瀏海被撩開了，顯出她的眼睛來。

這麼胖胖的女孩子，沉默地坐在他的車內，目光中含著一種黯淡的光彩，如白色的花朵開在黃昏的餘暉中。

雖然瞳孔的顏色淺了一點，但這雙眼睛，還是讓程希宣愣了一下。

一瞬間，彷彿看見了暮春初夏的晴空，這感覺讓他心裡產生了一個奇怪的念頭——

她是林淺夏，有沒有這種可能？

這完全迥異的兩個人，如果化了妝，真的能成為一個人嗎？

她到底胖還是不胖，陳怡美或是林淺夏，誰能辨認得出來？

情不自禁地，他低低叫了一聲：「林淺夏……」

她像是沒聽到，依然看著窗外發呆。

他看看她，又叫了一聲：「林淺夏。」

她「啊」了一聲，像是剛剛驚醒：「到靈橋下了嗎？我不在這邊下車……前面的十字路口再拐一個彎才到我們學校。」

他又看了後視鏡一眼，若無其事地說：「好……對了，把妳的手機號碼告訴我一下，言紀託付過我，要是那些同學再為難妳，妳可以找我。」

淺夏心裡暗叫「僥倖」，幸好早上沒有偷懶，把陳怡美在學校用的ＳＩＭ卡換上了。要是她一時疏忽，那可真要糟糕了。

她報了號碼，程希宣打了一下，等她的手機響起他才按掉。其實他的手機裡有陳怡美的號碼，是邵言紀給他的。

他瞥了一眼她潔白無瑕的耳後，那裡，並沒有那一顆朱砂痣。

想想也覺得自己可笑，怎麼會莫名其妙地，認為是林淺夏在冒充陳怡美？

明明是完全不一樣的人，而且，哪有一個女孩子，會委託另一個人去和自己喜歡的人告別？

就在快到學校的時候，程希宣的電話響了他接起來，聽到那邊清脆的笑聲，在隔著半個地球的地方，依然可以想見她臉上燦爛的笑容。

他也覺得心情愉快了起來，對著那邊低聲叫：「未艾。」

淺夏坐在那裡一動不動，安安靜靜，一聲不吭。

車子平穩向前，周圍的景色緩緩移向後面，恍恍惚惚，看不清楚。

就在這恍惚之中，淺夏聽見程希宣溫柔的話語，呢喃一般對著那邊說話，聲音迷人，分明是嘴角微微上揚才能洩漏的甜蜜語調。

就像有一把鈍刀，在割她的心一樣。

明明沒有鋒利的刀鋒，卻痛得，不如被一刀劈開。

大雨傾盆，前路迷失。

秋天的雨，卻下這麼大，真的很少見。

才早上九點多，可因為雨勢太大，這裡是學區，路上已經沒多少行人了。整個世界就像被大雨籠罩住了，空蕩蕩的。

淺夏到了學校門口，向程希宣道謝之後，用包包擋著頭，跑到了門房的屋簷下，對他揮手。

程希宣調轉車頭離開。前方就是路口，現在是紅燈。他把車停在斑馬線之前，從後視鏡中，看見了站在雨中的那個女孩子。

完全不一樣的相貌身材，完全不一樣的人。

可他眼前，忽然幻影一樣，閃過一些金色的光，粉紅的明豔顏色。

他生日那天，他在巷子口看著她上車離去。她對著他微笑，眨了一下眼。

那是林淺夏，最後一次，對著他笑的樣子了。

雖然，那個時候，是以未艾的面容。

在海的碧波之中，粉紅的瞿麥花堆砌起來的那座小島顏色鮮豔奪目，日光下刺得人的眼睛疼痛無比。那些花，被稱為神之花。

她手中握著花，從山坡上走來，逆光中的身影，他仰望著，無法移開目光。

天涯海角，地久天長。

那全都是演出來的，都是假的。

他靠在方向盤上，靜靜地想了一會兒。在這樣的雨天，程希宣忽然沉浸在自己發誓要遺忘的思緒中，不可自拔。

直到一聲尖銳的破裂聲打斷了他的思緒。

車玻璃在瞬間碎裂，自他的臉頰邊飛速掠過，幸好安全玻璃的斷口並不鋒利，沒有割破他。

他下意識地抬手擋住臉，餘光中看見前方有條黑影駕駛著摩托車自他的車邊掠過。

那人掄著手中的鐵管，大喊：「程希宣，四叔讓我告訴你，別白費心機遮掩了，這事，沒完！」

風雨中，橫飛的玻璃渣夾雜著冰涼的暴雨，向著程希宣身上傾瀉下來。

那人哈哈大笑著，把鐵管一丟就加快車速，往前疾馳而去。

無論怎麼逃避，費心策劃，卻依然還是無效。躲在暗處的敵人，到底已經將手伸到了哪裡，他完全無法知曉。

程希宣怒極，下意識地開車衝了出去。

暴雨中，整個世界模糊一片。

淺夏抱著頭，跑到陳怡美的宿舍。

大雨將她的妝打得花掉了，她將妝容卸掉，準備去圖書館查資料，免得自己沉浸在悲哀的情緒中。

她從櫃子裡翻出一把傘，走到宿舍樓下，剛剛撐開，就聽到手機響了。

她無奈地嘆了一口氣，把手機拿出來一看，是程希宣。

愣愣了一會兒，她深吸了一口氣，把自己的聲音壓低，轉成略帶怯懦的模糊聲音：「喂？」

那邊傳來急促的陌生人的聲音：「是陳怡美小姐嗎？這邊是清遠街，剛剛手機的主人發生了車禍，我是偶爾經過的路人，撿到了他的手機。我看最後一個撥出電話是給妳，所以聯絡妳了。」

她抓著手機，無法呼吸，心跳驟停。

「他車子開得太快，前面又忽然有個小孩子橫穿馬路，他為了躲避小孩，結果就……現在他受傷昏迷被送到醫院去了，請妳去六醫看看吧。」

淺夏猛然抓起自己的包包，連手中的傘都忘了撐開，向著清遠街就狂奔過去。

驟亂的雨點擊打在她的身上，傾盆大雨漫天漫地地下著，無休無止。

眼前有些微黯淡的光芒，在黑暗的背景中流動。

那些光是血色的，豔麗無比的紅，就像在太陽最大的正午，閉上眼睛之後，陽光透過眼皮上的血，照進眼睛的那些顏色。

光影變化，模模糊糊。他盡力睜開眼，眼前的世界卻像是隔了一層迷霧，唯有血紅色與黑亮色來來回回地徘徊著，其餘什麼也看不見。

他伸手在空中無助地摸索著，不知道自己身在何方。

看不見世界，看不見自己，他就好像變成了微渺的一個小點，沉沒在整個黑暗與鮮血組成的天地間。

幾乎可以，看見自己越來越小，最後，被拉扯成一縷細細的蛛絲，輕微的「崩」一聲，斷成兩截，飄飛消失。

是惡夢，還是現實？

耳邊大雨的聲音還在響著，甚至風聲、說話聲、孩子的哭聲，他都可以聽到，可是，無論他怎麼睜大眼睛，眼前卻唯有詭異的黑暗與濃重的鮮紅。

他幾乎要發狂了，狂亂的手，驚駭無措地四處亂抓，像是溺水的人，要抓住一根稻草一樣。

直到，有一雙手伸過來，輕輕地握住了他的手腕。

室內涼涼的，那雙手卻溫熱，不是末艾那樣修長光滑、柔若無骨的手，而是乾燥暖和的在這個黑色與紅色的詭魅世界中，他終於觸到了一點溫熱，所以立即翻轉手掌，將那隻手緊緊地握在了手中。

手的主人低聲問他：「你怎麼樣？」

是一個女孩子的聲音，嗓音低沉，彷彿疲倦無比，帶著微微的嘶啞，真的不太好聽。

陌生人。

但，即使是陌生人，也讓他眼前的黑暗世界忽然像被撕開了一條口子，有細微的光從天際傾瀉而下，籠罩在他身上。

像是終於覺得不對勁了，那個女孩子從他的掌中將自己的手抽回，用手在他面前輕輕地揮了幾下，帶起微微的風。

她遲疑著，低低地問：「你……看不見了嗎？」

彷彿為了驗證她的話，他將她的手，用力地按在了自己的眼睛上。

面前的世界一點都沒有改變，無論他怎麼茫然地睜大眼睛，可除了她的手掌壓迫自己眼睛的感覺之外，他所看見的，唯有血紅黑暗。

他靜默地坐在自己所不知曉的世界中，只感到心口微微的冰涼。

一瞬間，失去整個世界，除了絕望，再也沒有其他。

唯有她的手，輕輕地按在他的臉上。她掌心中的暖意，緩緩滲進他的皮膚中。那些微溫，像是一條蜿蜒而上的溫柔藤蔓，一直順著他掌中的血脈，長到他的胸口，千絲萬縷。

一瞬間，雖然胸口滿是寒意，可畢竟，好像還沒有最絕望。

醫生過來看了，說的話讓他稍微放下了一點心。

「小姐，之前做CT掃描的時候，我們就跟妳說過了，患者有輕微的顱內瘀血，是車禍撞擊導致的。現在看來，瘀血壓迫住了視網膜神經，這樣的先例不是沒有。不過請妳放心吧，他顱內的血塊很小，過一段時間應該就能自行消除。」

醫生的語氣很肯定，但程希宣不由得問：「那如果……沒有消除呢？」

「我們醫院的針管穿刺抽吸顱內瘀血，成功率在百分之九十五以上，或者你們選擇微創手術，刀口也很小，都是風險很小的手術，請放心吧。」醫生說著，把病歷收好。「下午我讓腦科醫生過來會診一下，到時候應該能有更好的方法。」

她跟著醫生跑出去，在走廊裡追著他問：「醫生，請問他的眼睛……肯定能恢復嗎？」

醫生肯定地說：「別擔心，很多中風的老人都有偏盲現象，抽出瘀血就好了。那些出血才真叫大面積，半個腦殼都是，我們還不是都搞定了？放心吧！」

這醫生很年輕，還笑著向她做了一個「ＯＫ」的手勢。她這才放下心來，低聲說：「他、他這樣的人，要是真的看不見了……」

「對啊，聽說有一個超級帥哥住院，全院的護理師都轟動了。他昏迷不醒的這兩天，妳沒看她們人山人海地擁過來看帥哥啊？要不是已經有妳整夜整夜地守著他，大家都要下手搶了！」醫生看著面前這個長相普通的女生，笑道。

她有點侷促，低聲說：「沒有……我，和他並沒有關係。」

「沒有關係？那妳對陌生人可真好。如果我女朋友在我病床前守了兩天一夜，我一定感動得眼淚嘩嘩，立即跪下向她求婚！」

「我……因為我是看護呀，這是我的工作。」她不好意思地笑笑，謝了他。「那……醫生再見。」

她回到病房，程希宣還坐在病床上，微微仰著頭，茫然的眼睛，明明沒有聚光，卻依然深暗晶瑩。

她默然地在他旁邊坐下，然後問：「身體……沒有哪裡不舒服吧？」

他沉默良久。淺夏伸手拿了一個蘋果，慢慢地削掉皮。

這時，她忽然聽到他低聲問：「妳是誰？」

淺夏愣了一下，抬頭看他。他的臉雖然朝向她，眼睛雖然似乎在盯著她，但其實，他的目光落在虛無的地方，他根本，看不見她。

所以她笑著，用和自己截然不同的平淡聲音，輕聲說：「我是陳怡美小姐請來的看護，她託我照顧你。」

他又問：「我現在在哪裡？」

「在六醫。陳小姐說，因為你的手機最後一個通話紀錄是她的，所以有人打電話過來通知她。她不會照顧人，所以就僱了我。你的車子損壞了，現在估計被交警拖走了吧。」

他沉默一會兒，然後才說：「多謝妳。」

她淡淡地說：「謝就不用了……陳小姐已經聯絡你的管家了，因為美國西海岸受到了颶風影響，他要趕去東海岸或者內陸乘坐客機，我想很快就能回來。」

「嗯，請妳幫我聯絡其他人吧。」他說著，又問：「我的電話呢？」

「不見了。」她低聲說。

那個人給她打了電話之後就消失了，估計是順手牽羊拿走了。

「那麼請妳幫我打個電話，號碼是……」他說到這裡，茫然地想了良久，終於神情無奈地苦笑著搖頭，低聲說：「對不起，我……可能是剛剛撞到腦部的原因，一個號碼也記不住了，我要慢慢想。」

她收起手機，問：「需要我去你家幫忙通知人嗎？」

「已經聯絡了管家，那就沒問題了。我想我家人一定也知道此事了，如果現在不方便出院，我家裡的醫生也會很快過來的。」他說。「可能需要三、四天吧，這幾天麻煩妳在這裡照顧我了。」

「我會的，陳小姐預付了薪水給我。」她說著，把手中的果盤遞到他面前，問：「吃蘋果嗎？」

他微微皺眉：「我的手還沒洗。」

她拿起旁邊的臉盆，到洗手間去接了一盆水，輕輕抓起他的手，放到盆裡。等程希宣洗完手，她又拿過旁邊的毛巾，將他的手仔細地擦乾淨。

他的手很漂亮，修長如削的手指，連指甲也修得圓整乾淨，關節隱藏在白皙的皮膚之下。

她把蘋果放到他手中，轉身端起水，到洗手間去了。

清洗毛巾的時候，她看著鏡子裡那張陌生的臉，也許是熬夜的原因，臉色很難看，黑眼圈濃重，頭髮微微凌亂。

重要的不是這些，而是，她現在，是個陌生人。

普通的，醫護學校剛剛畢業的女生。到醫院的第一刻，她就先將自己變成了另外一個人，為的是在他睜開眼的時候，讓他看見自己，是個陌生人。

即使現在他看不見自己，她也不願意以林淺夏的身分出現在他身邊。

她將自己的頭髮打散，重新紮好，然後看了鏡子裡的自己好久。

或許，他不知道是她，是一件好事吧。

反正他這麼厭惡她，如果他知道現在是她陪在他身邊，心情應該會更鬱悶。

反正，她早已經下定決心。在離開他時，她一個人在三萬英尺的高空中，將自己的身子緊緊蜷縮成一團的時候，她就在心裡發誓，從今以後，和他，再也沒有關係。

因為，雖然她只是普通得不能再普通的女孩子，可她依然有自尊。

她再也不會，因為愛一個人，就把一切都拿出來讓別人踐踏。

雖然他們住的是單人房，但醫院住宿部的隔音效果並不好，隔壁有人出院，老老少少來迎接，一家人吵吵嚷嚷的。

程希宣被吵醒了，微微皺眉。

淺夏便走過去，把門關上了。外面天色已近黃昏，她去護理站詢問過，然後走回來對他說：「護理師們說，你現在還在恢復期，可能吃清淡一點比較好，不過醫院的飯菜你肯定不喜歡吃，我還是出去替你買飯吧，你要什麼菜？」

「都可以。」他說。

「有什麼不喜歡吃的東西嗎？」

「其他都沒問題，不過要是同時有雞蛋和蔥的話，我會過敏。」他只在剛剛發現自己看不見的時候激動了一下，現在已經臉色平靜，半靠在床上，安靜地想著什麼，語氣也很平常。

她出門的時候，想了想，把電視打開了，調到經濟新聞，將遙控器放在他的手邊，說：「雖然你現在暫時看不到了，但是聽聽新聞也可以哦。」

淺夏回來的時候，電視依然開著，但他的床上卻空空如也。

她愕然，在門口站了好久，卻聽到浴室傳來摔倒的聲音。

她趕緊放下東西，跑到浴室門口，程希宣正摸索著想要站起來，可四壁光滑，他卻找不到著力的地方。

她趕緊用雙手抱住他的腰和手臂，想要扶著他站起來。

但程希宣比她高很多，她一時扶不起來。等她一手拖著他的胳膊，一手抓著盥洗臺勉強站起來時，又因為他腳下一滑，重心傾倒，連帶著她一起，兩個人重重地跌在了浴室中。

她撲倒在他身上，臉頰細膩微溫的皮膚正貼在他的脖頸上。在不能視物的情況下，他在一片黑暗中只觸到這一點溫暖，就像一顆水珠滴落在他面前幽黑的世界中，他面前的顏色突然層層波動起來。

他在瞬間恍惚。

淺夏一把推開他站起來，倉促間幾乎是奪門而出，緊靠在門口的牆上，一動也不動地看著他。

良久，她才終於回過神，慢慢地走到他身邊，問：「你沒事吧？」

他沒有回答，只是把手伸給她。

她拉住他的手腕，將他拉起。他沉重的身子倚在她的身上，被她扶著，一點一點挪回床上。

她俯身幫他立起枕頭，讓他可以靠在床上吃飯。她的呼吸從他的耳畔掠過，擾得他耳邊的空氣微微顫動，像輕柔的羽毛撩過他的臉頰。

心微微抽搐，眼前的黑暗讓他變得很敏感，身體不由自主地戰慄了一下。

她覺察到了，低頭問：「是不是有點冷？」

為了掩飾自己，他微微點了一下頭。

「那我把空調開小點。」她說著，轉身拿起身邊的遙控器，將溫度調高。

電視上依然在播放新聞。

「邵氏總裁近日將接受心臟繞道手術……引發股票波動……」

她看到邵言紀匆忙地穿過人群，神情微顯疲倦，沒有看鏡頭一眼。

「據悉，邵氏家族唯一的繼承人邵言紀，目前在中國某校讀書，該學校是其父親的母校……」

邵家的新聞結束後，她換了個臺，正在播著一首不知名的情歌。

程希宣開口問她：「不關注經濟和新聞？」

「對啊，我看電視只看偶像劇，聽歌只聽情歌，看書只看愛情小說，買了報紙之後，也只看娛樂版。」她漫不經心地說著，將飯盒打開，把筷子遞給他。

他還在說：「那麼剛剛，為什麼會停下來看那個新聞？」

她「哦」了一聲，若無其事地說：「畫面上拍到了一個男生，很帥啊。」

平淡又理所當然的回答，讓程希宣微微笑了一下：「對，是邵言紀吧。」

她看著他的笑容，在嘴角上揚之後，立即就消失了。

她猶豫著拿起杓子，慢慢地舀了一杓湯：「飯前先喝湯，苗條又健康。來，張開嘴……」

他微微皺眉，但還是聽話地張開嘴，乖乖地吃下去了。

她又舀了一杓米飯，配上青菜，餵給他吃：「來。」

餵下半碗飯，他的臉上顯出了一點鬱悶的表情，但因為自己真的沒把握能摸索著把飯菜吃下去，所以只好聽話。

她問：「味道怎麼樣？好吃嗎？」

他喃喃地說：「像三歲小孩……還不如打營養針呢。」

說是這樣說，但他終於還是把飯吃完了。

程希宣的身體還沒恢復好，所以到晚上九點多，就沉沉睡去了。

淺夏幫他整好被子，把燈熄了，然後跑到外面護理站去，問：「旁邊的看護站，還是沒有找到願意過夜的男看護嗎？」

「哎呀，宋小姐，本來我們住院部的看護就少，男看護就更少了，所以真的很難找到的！」護理師翻翻自己手中的冊子，說：「這樣吧，明天可能有幾個人要出院，妳到時候去問問吧。」

「好吧……」她低聲應道。

「哎呀，妳就在旁邊陪護的床上睡一晚，沒關係的。他現在又看不見，晚上要是有什麼需要，我們一時過不來的話，還是有人在身邊比較好。」護理師們嘻嘻哈哈地說：「沒事，經常有人陪家人的時候睡在房間裡的。」

雖然這幾天幾夜都很累，但是到半夜時，聽見那邊輕輕的翻身的聲音，淺夏還是一下子就睜開了眼。

程希宣在床上輾轉翻身好久，扶著枕頭半坐起來，在黑暗中，緩慢地摸索著床頭，良久，似乎沒找到自己想要的東西，那修長白皙的手，在黑暗中漫無目的地垂了下來。

淺夏猶豫了一下，走過去握住他的手，低聲問：「你是不是不舒服，要叫護理師？按鈴在床頭上。」

她扶著他的手，示意他往上面摸去。

他的手，在暗夜中冰涼，像水晶玉石雕成的一樣。

她被那溫度一驚，就著外面透進來的夜色，伸手摸了摸他的額頭，卻還是溫熱的。遲疑了良久，她終於把自己的額頭貼在他的額上，碰了一下。

溫溫熱熱，有血液在皮膚下輕輕地行走，微微顫動。

她鬆了一口氣，說：「體溫好像沒事……哪裡難受嗎？」

他在暗夜中握著她的手愣了好久，才低聲說：「沒有。」

她輕輕扶著他在床上躺下，幫他把被子掖好，又把空調調高兩度，然後說：「還很早呢，再睡一會兒吧。」

「嗯。」他恍惚地應了一聲。

她回到自己的床上躺下。暗夜中，萬籟俱寂。就在她半夢半醒又將睡去之時，忽然聽到他低聲說：「我……還以為失明只是我的一個惡夢……我以為我一睜開眼睛，一點亮檯燈，就會再度看見這個世界的。」

他聲音空洞洞的，在這個夜晚，顯得無比軟弱。

淺夏輕聲安慰他：「醫生說，很快就會好的……如果不好，也能治好的。」

他又良久不說話，黑暗中一片靜默。

淺夏還以為他又睡著了，便慢慢闔上眼。

但他又問：「我和妳，真的不認識嗎？」

她輕輕地，卻毫不遲疑地說：「對，我們從來不認識。」

「那麼，妳為什麼願意這麼悉心照顧我？」

她靜靜地說：「因為陳小姐發薪水給我，僱了我。」

「嗯。」他應了一聲。暗夜中，只聽得到兩人細微的呼吸聲。

良久，他終於說：「不知道為什麼，我剛醒來的時候，在一片黑暗中……我還以為，在我身邊的人是她。」

她輕輕咬住下唇，然後問：「是你的女朋友吧？」

「她不喜歡我。」他說著，彷彿是自嘲。

是，他喜歡未艾，可未艾不愛他。

她默不作聲，聽著自己的呼吸聲，緩慢悠長。

他見她不再理會自己，便說：「不好意思，麻煩妳了。放心吧，等管家回來後，我會讓他重謝妳的。」

「嗯，謝謝。」淺夏把自己的臉埋在枕頭中，呼吸平靜，悄無聲息。

在這樣的黑暗中，就像兩個陌生人一樣，簡單的利益關係，乾脆俐落地解決，多好。

迷迷糊糊睡了一會兒，便已經天亮了。

清潔阿姨過來打掃房間、換床單，把消毒機拖進來，一股濃郁的消毒水味道就瀰漫在了整個房間中。

淺夏看見程希宣微微皺眉，便問：「到走廊走一會兒嗎？」

他點頭，她便牽著他的手慢慢走出去。

她的手掌比較小，他的手較大，所以她只能握住他的手指。

他的腳有些傷，所以兩人順著走廊慢慢地走，空氣緩慢地從他們身邊流過。他看不見眼前的一切，只能讓握著他的手的這個女孩子，帶著他一步一步地走向未知的前方。

他在心裡想，不知道這麼小的手，會牽著自己到哪裡去。

忽然之間，覺得心口軟軟的，一點虛弱瀰漫開來。

從他十六歲母親去世之後，他就再也沒有這樣的感情了。

那種想要依賴別人，想要暫時軟弱一下的感情。

無論什麼人，在面對一片黑暗，茫然無措的時候，是不是都會這樣呢？

轉了一個彎，前面是窗戶。

今天是非常晴好的秋日，早晨的太陽正從大樓那一邊升起，陽光透過打開的玻璃，燦爛地灑滿了他們全身。

在這樣陡然明亮的光線中，他眼前的黑暗忽然一下子淡薄了。

世界在這一瞬間灰濛濛地呈現出來，就像沉浸在顯影液中的照片一樣，淡淡的輪廓，隱隱約約，波動模糊。

她的側面，在模糊中幻影一樣呈現，額頭到下巴的曲線，蜿蜒流暢，不夠完美，卻清秀溫柔，睫毛纖長。

她的眼睛，在這樣黯淡模糊的世界中，在日光下流轉著，如同兩顆光輝淡淡的明珠，目光轉向他時，如水波流動。

這麼熟悉的輪廓，這麼熟悉的側影。

無論面容怎麼千變萬化，可輪廓剪影，卻始終是一樣的。

但，只有這一瞬間而已。陽光的魔法剎那退散，整個世界迅即變成血紅色，濃重的血紅，又急速地化為濃稠的黑暗，鋪天蓋地淹沒了他。

他覺得眼睛痛極了，忍不住捂住自己的雙眼，靠在了旁邊的牆上。

淺夏扶住他，問：「怎麼了？眼睛痛嗎？」

他遲疑著，伸手抓住她的手臂，慢慢地坐在走廊的椅子上。

他想，他一定見過她。

在逆光中，愛琴海燦爛奪目的花叢之間，他曾經見過同樣令他窒息的畫面。不同的容貌，一樣的輪廓，被陽光，用刀子刻在他心上的那種輪廓。只是可惜，只有一瞬間，驚心動魄，卻模模糊糊，不足以看清她。

她見他一直沉默，也就坐在他的身邊，不說話。

窗外的風吹進窗戶，樹葉沙沙作響，綠蔭投下的影子，在走廊間隨風移動，光影起起伏伏。

他握著她的手，將她的手掌輕輕地翻轉過來，無意識地，指尖摸到了她大拇指內側，那裡有一條小小的傷痕。

手掌內側會有傷痕的人，很少。

他的手指滑過她的拇指，確認了她這個傷痕，並將其默默地記住了。

她微微有點詫異，將自己的手抽回來，翻過手掌來看。毫無異樣。那個粉紅色的疤痕像是一條掌紋，看不出來。

所以她遲疑地問：「你……摸什麼？」

他神情平靜：「別人說，一個女孩子的手，就能讓人猜出妳是幹什麼的。」

「那麼你猜……我是幹什麼的？」

光。

「做看護的。」

她不由得笑了，說：「明知故問嘛！」

他也笑了出來，帶著一點恍惚，在此時搖曳的光影之中，好看得讓淺夏一時移不開目光。

但她很快就閉上眼，把自己的臉轉開了。

九點醫生過來查房，家屬和看護照例全都被請到外面去了。

「三十六床，今天感覺怎麼樣？」

醫生正是昨天那個笑咪咪的年輕人。

「很好。我身上有什麼大傷嗎？」程希宣靠在床頭問。

醫生把病歷又看了一遍：「你車子的安全氣囊品質很棒，所以只是頭部側面的撞擊導致了昏迷，現在你醒過來了就沒什麼大問題——除了眼睛之外。」

「今天早上，我的眼睛在窗邊對著太陽時，似乎看到了一點東西的輪廓。」

「那很好啊，說明瘀血正在消散，你的視力開始恢復了——你知道嗎？近視的人，在強光下，看見的東西會清楚很多。你現在對著光、眼睛能看到東西的話，就是說你正在視力極差的階段，但並不是看不見。」

「嗯，多謝你，醫生。」

「好好養病，不然那個女孩子天天這樣照顧你可吃不消的。」醫生說完，轉身要離開，程希宣在他身後問：「她……叫什麼名字？」

醫生笑咪咪地說：「不好意思，因為付過押金了，所以入院登記上只寫著她姓宋，還是讓她自己告訴你比較好哦。畢竟，雖然只是你的看護，可是你昏迷了兩天一夜，都是她一直守在你的床邊。那時你的藥水一劑一劑地掛進去，兩個小時換一次針，有時候還有異常反應，她光守著你按鈴都按不過來。我真是從沒見過這麼盡職的看護，將來出院了可要好好感謝她！」

「嗯。」他低頭，將自己的十指扣在一起，又問：「我登記入院時，幫我付押金的人，名字是什麼？」

醫生低頭看了看，說：「陳怡美。她好像很有錢，直接匯了一大筆錢過來，所以你不用擔心。」

「真的是她嗎？」他自言自語。

「沒錯的，要是你有需要，我們可以把帳戶給你，你自己去查一下看看。」醫生漫不經心地說完，然後說：「你身體並無大礙，眼睛的事也急不來。下午我們會有專家過來會診，你好好休養就好。」

他聽著醫生的腳步遠去，坐在床上，愣了好久。

門被人推開，耳邊傳來她的聲音：「我去買了粥給你，你要吃一點嗎？」

他如夢初醒，點點頭，低聲說：「麻煩妳了。」

她沒有回答，把旁邊的小桌子打開放在床上，盛了粥，將他的手拉過來，讓他一隻手扶住碗，遞了湯匙給他，說：「是冬瓜火腿粥，味道很好。」

火腿撕得細細的，冬瓜融化在粥中，只剩下一點清香。他問：「妳煮的？」

她漫不經心地說：「當然不是，我出去買的。」

他喝了半碗之後，又說：「聽醫生說，在我昏迷的時候，妳一直守著我。」

她說：「對啊，在念看護這個專業的第一天，老師就說，要愛崗敬業，而且既然陳小姐給我了這麼多薪水，我自然要負責到底。」
他扶著額頭，將手支在小桌子上，無聲地笑出來。
「妳以前照顧過別人嗎？會不會很辛苦妳？」
「不會啊，這是我應該做的。」
「嗯……我好像還沒有向妳道歉，昨天在浴室，害妳摔倒了還要扶我，真是對不起。」
「沒什麼。」淺夏猶豫了一下，又說：「要是你覺得我體力比較差的話，醫院裡有男看護，二十四小時照應，我幫你請一個過來照顧你，我現在直接和陳小姐結帳，可以嗎？」
他手中的湯匙停在半空，問：「妳呢？」
她轉頭靜靜地看著窗外，低聲說：「我嘛，最近家裡也有點事，再說這兩天也比較累，休息一下也可以。」
「繼續照顧我，我給妳雙倍薪水，可以嗎？」
她的手停了一下，但很快就去收拾他的碗筷了：「很好啊……不過我得考慮一下，因為我……家裡確實還有點事。」
「不會照顧我很久的，最多三、四天，我家人也就回來了。」
「沒事的，男看護也很專業的，而且在幫你做復健運動等方面總比我好，是不是？」
他的臉上終於又蒙上了一層冷淡的神情。他靠在床上，低聲說：「好吧，隨便妳。」
淺夏去樓下打聽看護的事情，得知今天剛好有一個男看護有空時，猶豫著考慮了一下，電話卻在此時響了起來。
她接起來，陳怡美的聲音從那邊傳來：「林小姐。」

她站在護理站前，看著窗外已經微黃的樹葉，低聲應著：「陳小姐妳好。」

「妳還在照顧程希宣嗎？這兩天是不是很累？」

「沒事呀，以前我就很愛看那些八卦雜誌的，程希宣是我的偶像，所以我才願意照顧他。」她說謊騙人，向來不需要打草稿。「哎呀，陳小姐，我和他說我是妳請過來的特別看護，請妳一定要幫我隱瞞他哦，畢竟，在雜誌上花痴一個男生，和在現實中認識自己的偶像，感覺差很多，讓我照顧他一下，然後擁有一段美好回憶，這樣我就滿足啦！」

「哈哈，妳真是少女情懷。說，妳以前和我見面時的那種三十多歲的模樣，是不是裝出來的？其實妳只有十八歲吧！」

「陳小姐，就算是八十歲的女人，也是有花痴權利的好不好？」

「好吧好吧……對了，管家已經買好機票了，正在等待登機。」

「嗯，那太好了……希望到時候我就能回去，不和程希宣發生什麼瓜葛最好……妳會幫我保守祕密吧？」

「廢話，難道我能跟他們說，其實照顧程希宣的是我找的替身嗎？到時候我和邵言紀之間的一切就完蛋了！」她在那邊急急忙忙地說：「那，林小姐，妳可千萬保守我們之間的祕密，不要向程希宣提起哦！」

「放心吧，陳小姐，我只是妳隨手指定的看護，我和邵言紀完全沒有任何關係，這是我們之間的祕密，永不洩漏。」

畢竟，她們在同一條船上，她的身分被程希宣發現的時候，也是陳怡美和邵言紀關係完蛋的時候。

掛了電話，她站在秋日的天空之下，看著頭頂的樹蔭發了好久的呆。

彷彿又回到了夏天，遠處的蟬鳴長長短短，灼熱的風，從裙子底下掠過，吹向不知去向的地方。

她站了好久，才慢慢地折回來。

雖然程希宣的眼睛看不見，但出於人的自然反應，他一聽到開門的聲音，就把臉轉向她。

她在門口站了良久，才不聲不響地將手中的水果放下，問：「你要吃蘋果還是梨子？」

他好像在生氣，微微抬起下巴，沒有回答。

她又低聲說：「剛剛陳怡美小姐打電話給我了，說你的管家已經上了飛機，我想他今晚或者明天就能到，那麼我就善始善終吧。」

「哦。」他淡淡地應了一聲，再不說話。

她將梨子洗了，削了皮，切成小塊，放在盤子裡，再將叉子遞到他手中。

他一塊一塊地慢慢吃著，忽然叉起一塊，遞向她的方向，問：「妳吃嗎？」

淺夏搖搖頭，說：「不，我不愛吃梨子。」

「是嗎？」他將那一塊收回來，若有所思。

「我長大的地方長著一株梨樹，每年秋天的時候，就有一個個黃澄澄的梨子掛在我的窗外，伸手可及……」說到這裡，她沉默了許久，然後才低聲說：「始終覺得那種梨子的味道最好，所以現在對其他梨子特別失望呢。」

「居然有人會這樣？」他低頭笑了出來。

他不喜歡笑，但其實他笑起來特別好看，眉宇清揚，眉梢眼角有一種格外明朗的意味，讓看見的人，心口會怦的一下，在剎那間加快血流。

那個時候，什麼都不知道的她，看見了他的笑容，卻不知道這笑容背後隱藏著多少殘忍的真相，所以，才落得那樣的下場。

所以她將自己的臉轉了過去，躲避開他的笑意。

他閉上眼睛，把玩著手中的叉子。在清冷的白熾燈下，他面色略微蒼白，茶褐色的頭髮覆蓋著垂下的長長睫毛，投下淡淡陰影，遮掩住了所有的情緒。

下午的時候，隔壁來了一個剛剛下手術臺的中年女人。跟著她蜂擁到隔壁房間的有一大堆人，瘦瘦的男人是她老公，染了火紅頭髮、手臂刺隻蠍子的不良少年是她兒子，抓著醫生不斷問瑣碎事情的是她媽媽，挑剔嘮叨的老婆婆是她的婆婆，蹲在地上捏著菸猛抽的是她爸爸，胖得簡直像一堆會走路的脂肪的男人是她的哥哥，抱著臉盆、水桶的是她嫂子……

那轟轟烈烈的一家人進去後，隔壁就像炸開了鍋，他們的床板都在震動。

程希宣喜歡安靜，雖然他沒說什麼，但也微微皺起了眉。

所有人都被這一家人的氣勢擊垮了，只有淺夏一看見他們全家都在病房中打地鋪，知道大事不妙，趕緊去找護理師投訴，請他們讓那家人稍微安靜點。

誰知護理師苦著一張臉，指指那邊，原來那邊病人的婆婆已經和護理師吵起來了：「啊？不允許？妳家人要是身體不好妳不在旁邊陪著啊？陪家人妳能站著嗎？啊？半夜三更讓我們就在旁邊殭屍一樣杵著站一夜？」

小護理師怯怯地說：「那……那你們可以少來幾個人……」

不良少年立即站出來：「關愛家人都是錯？我做兒子的孝順都是罪？你們還有人權嗎？我跟妳說，今晚我們全家就住這兒了！」

看著他身上的刺青和滿頭狂暴的紅髮，小護理師抄起病歷本，飛也似的跑了。

淺夏無奈地回來，看著程希宣，一臉同情：「今晚……你辛苦了。」

情況比他們預想的還要糟糕。

先是有人打呼嚕，地動山搖，搞得程希宣床頭櫃上的玻璃杯，被震得噹噹噹噹一直響，後來掉下來摔碎了。

然後是有人開始吼夢話，先是說自己中了五百萬大獎，然後是全家去狂歡唱歌，從〈太陽出來喜洋洋〉唱到〈我真的還想再活五百年〉……

等唱歌的唱完了，就有人磨牙，磨一會兒，停一下，停一下，再磨一會兒，陸陸續續……聽得他們牙齒痠痛，了無睡意。

淺夏終於怒了，跑到護理站要求轉房。

「本院單人病房只有八間，現在都已經住滿了……這樣吧，你們先預約，如果有騰出空的房間，我們馬上幫你們安排好嗎？」

淺夏只好無奈地離開護理站，和程希宣兩個人等到磨牙聲過去。剛剛合了一會兒眼，天剛濛濛亮，旁邊那家人又開始喧譁起來。

淺夏無奈地爬起來，下去買了粥兩個人一起喝著。

「媽，金家的醬肘子，特別香特別好吃，妳來一個！」

「死兒子，你老媽剛動過手術能吃這麼重油的東西嗎？給老爹我吃！」

「誰說我不能吃？我就要吃，醬肘子我最愛，誰都別跟我搶啊……」

隔壁一家人樂觀無比，聚在那裡像春遊一樣，嘻嘻哈哈，熱熱鬧鬧。房間裡又開了電視，聲音宏亮如同中學早操的廣播。不到八點，他家親戚又拉了三、四個小孩子來探病，那個熱鬧勁，簡直要把房間掀翻了。
淺夏只好問：「我們一起下樓去散一會兒步吧？」
「嗯。」他也只想著逃離這恐怖的一家人。
淺夏牽著他，兩個人剛剛出門，就有個小孩從隔壁跑出來，重重地撞到了程希宣的腿上。
程希宣猝不及防，被那個小男孩一撞，頓時差點摔倒，幸好被淺夏一把拉住。
那個小孩坐倒在地上，抬頭一看，頓時大喊大叫：「媽媽，舅舅，有個瞎子啊，瞎子他撞到我了！媽媽我的腳趾頭好痛！」
於是那一家人衝過來，對著他們又吼又叫：「趕緊帶我家孩子去做骨科CT！」
「這麼小的孩子，腳要是出了什麼事，你們擔得起嗎？」
「賠償，醫藥費！」
「你要死啊你？」
程希宣靠著牆，微微低著頭，一句話也不說。
淺夏憋了一肚子的火，此時終於騰的一下全都冒出來了。她瞥了一眼那個誇張地抱著小男孩的腳拚命揉的女人，低聲問程希宣：「你沒事吧？」
一直沉浸在茫然思緒中的他，在聽到她的話之後，才像是一隻受傷後不自覺地偎依在母親懷中的幼獸一樣，緊緊地抓住了她的手，依戀地與她十指相扣。
她感覺到他的手因為生氣而微微顫抖，但他什麼也沒說，強忍著壓抑自己。
有一種母雞護小雞的感覺在她胸口猛地衝上來，她輕輕揉揉他的頭髮，然後轉身看著那家人，怒髮衝冠：「有沒有搞錯啊，到底是誰的責任？」

對方毫不示弱：「妳家這個男人這麼大了還欺負小孩，把他的腳壓傷了！」

「壓傷了？去檢查啊！拍片、CT、上藥、手術，只要有毛病，醫藥費我們統統包了！」淺夏冷笑。「不過事先說好，要是查出來沒毛病，那就你們家自己掏去，別想我們幫你們出醫藥費！」

「呵，一臉我們要訛詐妳的樣子。我告訴妳，小孩子的腳要是出事，以後留下什麼……」

「你家孩子會出事我家人就不會出事？小孩子骨頭好癒合，大人可更難！我家人好好地在這邊走，為什麼你家小孩子會被他撞到？他一個眼睛還沒恢復的人，走路這麼慢，難道會跑過去踩你家小孩子的腳？」

「你……你們大人還欺負小孩！」

「我們哪敢欺負啊？你家七、八個人聚集在病房裡，人多勢眾大聲喧鬧，知不知道病人需要靜養？你家就這麼對待剛剛動過手術的人？」

完全理虧的對方，一時只剩下那個暴躁的混混兒子掄著拳頭衝她威脅：「妳要死啊？這麼囂張妳要死啊？」

淺夏才不怕呢，一氣之下就要衝上去，手卻被人緊緊抓住。

她轉頭看向抓著自己手腕的程希宣，他目光茫然，朝她搖了搖頭，低聲說：「算了，不要和他們吵了。」

「他們擺明想欺負我們！」淺夏大吼。

他緊緊地握著她的手腕，低聲說：「我們走吧。」

「走？」淺夏詫異地問。

「嗯，回我家吧。」他說。

淺夏去找帥醫生幫他們寫出院報告。

看著醫生刷刷地填寫，她還是有點擔心：「他……出院真的沒問題嗎？」

醫生笑咪咪地說：「還行，其實他身上沒什麼傷，本來是繼續留院觀察一段時間比較好，但是這邊的情況我們也很無奈，真對不起。只要每天能回醫院檢查的話，回去休養也未嘗不可。」

他一邊說，一邊寫上：「一、兩週內眼睛若未能自行恢復的話，需複查。」

淺夏看看程希宣的病歷，小心地問：「一、兩週內……真的就能恢復嗎？」

「嗯，情況好的話。」他說著，笑道。「所以記得打扮得漂亮點哦，讓他恢復過來後就看到妳最美麗的樣子。」

淺夏笑了笑，說：「醫生，我跟他真的沒有關係。」

「以後就有了。」醫生很八卦地說。

「不會有的。」

她說著，神情平淡。

他家的房子占據了鬧區奢侈的大片地方，靠近古蹟的廣場邊。

淺夏以前來過這裡，但很快就離開了，所以對這邊並不熟悉。見程希宣從計程車上牽下來之後，門房趕緊迎上來。

「管家回來了嗎？」

「還沒有，管家走之前，因為少爺原先預定要立即回歐洲的，所以給家裡的傭人也都放了假。倉促接到通知，最快也要明天才能趕回來，現在只剩我一個人和晚上幾個保全守著呢。」

程希宣微微皺眉，但也沒說什麼。

門房又笑道：「不過沒事，既然已經有看護了，那麼在家裡照顧也是一樣。管家通知過我，醫生馬上回來。」

淺夏低聲說：「好吧，那麼我再照顧你一天好了。」

程希宣輕聲說：「對不起，又要多麻煩妳。」

「記得要多算一天的錢給我哦。」她假裝滿不在意，笑著說。

她牽著他的手，順著夾道的合歡樹，一起往前走。

淺夏轉頭看見程希宣似乎有點累，問：「休息一下吧？」

他點點頭，兩人在樹下的草坪上坐下。打理得如同細絲一般的草地，茸茸的草尖刺進她的衣裙，讓她的腿感到微微刺痛。

程希宣說：「開車的話，只要一會兒，沒想到走要這麼久。」

「等你身體恢復了，走這麼長的路，也只是一會兒。」她說。

他笑了出來，慢慢地躺倒在樹蔭中，目光茫然地看著頭頂。

秋日的天空之中，陽光太過熾烈，使得樹木的輪廓在他灰黑的眼前微微顯露出來。他將眼睛轉向她的方向，卻什麼都沒看見。坐在陰影中的她，隱沒在黑暗中，無法呈現。

他忍不住叫她：「宋小姐……」

「嗯？」她應了一聲，轉回頭看他。

突如其來的，一陣風掠過樹梢。傾覆在他們頭頂的合歡樹忽然被風吹起，柔軟的枝條偏斜，在落花簌簌之中，她驟然呈現在亮光之中。

一道淡淡的剪影一閃而逝。

陽光在她長長的睫毛上，微微一閃，就像是淚光一樣，穿越過他們之間的空氣，滴落在他暗黑的世界中，輕微迴蕩。

那些漣漪一樣的悸動，久久未能止息。

看不清她的樣子，只有那輪廓，曾被陽光用刀子刻在他的心上，那麼深刻。

林淺夏……林淺夏。

明明不是她，明明他早知道林淺夏不可能會陪在他的身邊，明知道她這樣勢利的女生，在他這樣悽慘的時刻，只會躲得遠遠的，根本不可能照顧他。

他愣愣著，坐在那裡，那一陣風遠遠退去，陽光黯淡，他再度墜入黑暗。只有心裡，一遍又一遍地摹刻著她的樣子。

林淺夏，為什麼面前這個截然不同的人，也能讓他想到林淺夏？

真像是，冤魂不散。

回到家中，他把空調開到最大。她吩咐他坐在電視前，把遙控器塞到他手中，然後自己去做飯。

他在客廳裡換著亂七八糟的臺，覺得無聊了，就把電視關了，摸索到餐廳坐下，聽著她在裡面的聲音。

她手腳很輕，偶爾有盤碗碰撞的聲音傳來，輕輕的「叮」的一聲。

第一個菜端出來的時候，淺夏抬頭看見他坐在那裡，愣了一下，問：「為什麼坐在這裡？」

「無聊啊，又看不見什麼，覺得坐在這裡等等妳，也挺好的。」他說。

「是餓了，等著吃飯吧？」她笑著，把手中的盤子放在桌上。

他聞到了誘人的清香，便問：「這是什麼？」

「哦，是我看見冰箱裡居然有這種東西，所以就拿來做了餅。」她隨口說了一句。「估計你不喜歡吃這種東西的。」

他想了想，伸手取了一片。還未近脣，一股清香便撲鼻而來。所以他嘗試著，小小地咬了一口。

脆脆的蛋餅，清甜的野菜，是他完全沒有想過的味道。

「是妳做的嗎？」他問。

她看了看那盤薺菜餅，這是他曾經對她說過的，噁心的東西。

所以猶豫了良久，她才說：「嗯……我做的。」

「味道還不錯，是什麼東西？」

「是雪餅……白色的，乾乾淨淨，看起來應該是你喜歡吃的類型。」

他吃完了手中那一片，抬起朦朧的眼睛看著她：「妳手藝很好。」

她把他手邊的盤子拿回來，說：「等一下就吃飯了，少吃一點吧。」

「妳少做一點吧，坐下來先吃點。」他說著，向她伸出手。

她「嘁」了一聲，把他的手一把打開，轉身端著盤子就走了。

他笑著收攏自己的手掌，聽著她輕微的腳步聲在嘈雜中離開自己，胸口忽然升起一股莫名的依戀來。

他在她身後叫她：「宋……小姐。」

她回頭看他：「嗯？」

他又不知道自己想要說什麼，胸口那點溫熱湧動，卻不知道怎麼表達出來。

「妳叫什麼名字？」

她毫不猶豫，說：「宋青青。」

他在心中默念著這個普通至極的名字。淺夏沒有理他，轉身回裡面去了，說：「再等等哦，一會兒就好了。」

真的，不一會兒，她就把飯菜一一擺放好了。她抓住他的手，把筷子放在他的掌心。

他拿著筷子，坐在那裡，試探著往自己面前的菜上戳了一下。

淺夏嘆了一口氣，終於還是拿下他手中的筷子，然後幫他把米飯配好，弄到小湯匙裡去，遞到他面前：「來。」

他就著她的手，一口口慢慢吃著，室內一片安靜。

窗外的風聲傳來，樹葉樹枝在風中沙沙作響，像是從另一個世界裡傳來的一樣，長長短短，恍恍惚惚。

他在喝了一口湯之後，終於開口，打破了室內的沉寂：「妳以前經常這樣照顧別人嗎？」

她不經意地說：「對啊，我專業學看護的嘛，我成績還不錯的哦。」

他微微笑出來：「是嗎？」

她盛了黑魚湯給他，他端著碗喝了一口，問：「妳既然是專業看護，那麼是哪個學校畢業的？」

「華南醫科大學。」

「是嗎？」他問。

「騙你幹麼？」她說。

他對國內的大學並不熟，也就沒有追問。

「那麼，妳對我，一點興趣也沒有嗎？」

她瞪大眼看他：「什麼興趣？」

「比如說，妳到我家之後，似乎一點也不好奇，對我的身分也不想追究。」

「有什麼好研究的？我聽說你是開著Spyker出車禍的，你家裡要不是這樣才怪呢。」她說：「而且陳怡美小姐開給我的薪水也很大方，一看就不是普通人啊。」

「那麼，如果讓妳留在我家，怎麼樣？」他把手中的碗放在桌上，低聲說：「我覺得妳這樣一直在醫院做看護，可能也不太好。」

「沒關係啊，我其實一邊做看護，一邊在準備醫院的護理師入院考試，只等拿到護理師資格證，我就是正式的護理師了哦。」她笑咪咪地說。

「嗯，那也好。」他默然良久。又忽然支著下巴，面朝著她微笑。「不過，妳一定會是個稱職的好護理師。之前在病房，妳因為我而跟那家人吵架的時候，我……覺得妳是真的在緊張我，擔心我。」

純白色的餐廳中，金色的陽光染在他們身上，他的面容動人心魄，那茫然虛幻的目光，又讓他顯出一種虛弱溫柔的氣質來。

她覺得自己的胸口中有一種暗暗的酸澀湧上來，幾乎堵住了鼻子。

但，她是演技無敵的林淺夏，所以她自顧自收拾好了東西，假裝沒看見，轉身就走：

「不要緊啦，這是我應該做的，誰叫你們給了我薪水呢？」

他笑了出來，說：「妳還真像林……」

說到這裡，他又頓住了，像是在懊悔，深吸了一口氣，才低聲說：「別洗碗了，丟著吧，差不多廚師們也要回來了。」

「好吧，那我就偷懶啦。」她吐吐舌頭，洗乾淨了手。「你累嗎？要休息不？」

「嗯，我洗了澡後，就先睡一會兒。」

淺夏按照他的指點，牽他上樓，把水調到合適的溫度讓他去洗澡。

她把衣櫃打開，找出柔軟的睡衣，對裡面喊：「喂，我把衣服放在床上了，你自己出來的時候穿上。」

他在裡面應了一聲。

淺夏走到陽臺上，把門打開通風。外面的綠蔭籠罩在陽臺上，陽光下有微溫的風，滿眼都是綠色，十分愜意。

等空氣流通得差不多了，她才回身進屋，卻聽到浴室內砰的一聲，然後是程希宣吸冷氣的聲音。

她嚇了一跳，趕緊跑進去，問：「怎麼了？摔倒了嗎？」

話音未落，她就愣在當場。

程希宣捂著自己的額頭，靠在浴室的玻璃牆上。被水濺溼的玻璃，若隱若現地透出他的身體，肌骨勻稱，修長柔韌，因為蒙著一層水珠，所以在浴室的燈光下，顯出一種珍珠色的光澤。

他聽到了她的聲音，轉頭看向她。那目光雖然沒有焦距，但她的臉還是迅速地紅了。她立即轉身去櫃子裡扯出浴巾，狠狠地丟給他。

他聽到她跑開的聲音，只好胡亂地把頭髮擦乾，圍著浴巾走出來，在床上摸到她給自己準備的衣服，穿上後才喊：「宋小姐，我穿好衣服了。」

她的聲音從隔壁傳來：「你先休息吧，我在這裡呢……要是有什麼需要，叫我一下就好。」

程希宣受的傷並不嚴重，隔天淺夏起床後去看他，他的精神好了很多。

「昨晚睡得還好吧？」淺夏將窗簾拉開，讓陽光透進來，問他。

他只覺得眼前的黑色在瞬間淺淡了，黑暗像冰雪在陽光下迅速融化一樣，整個世界瞬間呈現。

因為驟然出現的光線太過刺眼，他只能倉促地將手擋在了自己的眼前。

但等她走過來的時候，他又覺得眼前又是灰濛濛的一片，什麼都看不清了。

很生氣，可是也沒有用。只能靜靜地等待著完全好轉，能夠看清她的一天。

「今天早上管家給我打了電話，說颶風東移，所以航班延誤了，管家只能先找了一架小飛機去歐洲，然後準備在芬蘭轉機。」吃早餐的時候，他對她說。

手機是昨天去超市臨時買的，卡也是他們一起去補辦的。

她咕嚕咕嚕地喝光了牛奶，說：「我知道，早上陳小姐給我打過電話了。」

「那也沒什麼，多耽擱一天而已。」他說。

「結果廚師他們好像也沒回來，昨天不應該留著碗不洗的。」淺夏愁眉苦臉地洗完了那一堆碗，然後說：「我出去買菜，你好好在家休息吧。」

他扶著桌子，走到廚房門口，問：「妳知道去哪裡買菜嗎？」

她一邊去找傘，一邊抬頭看他：「我過來的時候，看到廣場有個超市。」

他想了想，說：「我和妳一起去吧。」

她沒有理他：「不用了，你好好休息吧。」

他說：「我也想出去走走，整天躺在床上也不是什麼好事。」

「可是你看不見呀。」

「難道看護的工作範圍，不包括扶病人出去散步嗎？」

淺夏默然了。

天氣很不錯，秋高氣爽。她牽著他的手，因為擔心陽光眩目對他的眼睛不好，所以他們打著傘，兩個人一起出門。

穿過廣場，對街是個大超市。

她抬頭看見紅燈，握緊他撐傘的手腕，說：「小心點，是紅燈。」

他和她安安靜靜地站在廣場邊等待著車流過去。

明亮的光線讓他眼前的黑暗變成灰濛濛的一片。他轉頭想看她，前面卻已經是綠燈了。她拉著他的手，穿過了停下來的車流，走向對面。

喧鬧的城市，所有的風都凝固在他們身邊。因為擔心他落後，她用手臂挽著他。他們相觸的肌膚，因為天氣熱而有一點微溼，貼在了一起。

上臺階，繞過長長的入口，他拎著籃子，她挑選著東西。

「糖醋排骨好不好？」

「好。」

「鯽魚湯？」

「好。」

「清炒芥藍？」

「好。」

「原來你也不怎麼挑剔嘛……」她自言自語。

他很自然地說：「因為妳看，我現在身邊什麼人也沒有，只能依賴著妳，才能活下去啊。」

她低頭捏著芥藍，覺得自己的心猛然間劇烈地跳動起來。

真可怕……這種貼近她，在耳畔輕訴的聲音，像撒嬌又像是依戀的話語，比聽到他用嘲諷、奚落的語氣來羞辱自己還可怕。

她不自覺地頭皮發麻，悄悄地挪開了一點。

他的感覺很敏銳，伸手給她：「宋青青……」

她猶豫地看著他，問：「幹……麼？」

「好熱，我要吃霜淇淋。」

淺夏不由得出了一身雞皮疙瘩。

她難以想像，高傲冷漠的程希宣，居然會對她提出這樣的要求。

她默默地帶著他去冷凍食品櫃那裡買了兩個霜淇淋，分給他一個。

回去的時候太陽還是有點炙熱。

他一手提著東西，一邊吃霜淇淋。淺夏幫他撐傘。

他們走過廣場，有一、兩點水珠打在程希宣的身上，他聽見了嘩嘩的聲音。

「是下雨了嗎？」

「不是，是噴泉，剛剛來的時候還沒有噴水，現在可能快到晚上了，就開啟了。」她說著，清涼的水風已經飄過來了，打在他們身上，冰冰涼涼的。

「身上都溼了，頭髮也溼了。」淺夏說，趕緊拉他離開，然後把霜淇淋遞到他手中，伸手拍去頭髮上的水珠。

不知道，她溼漉漉的，是什麼樣子。

他這樣想著，眼前卻出現了初次見面時，林淺夏帶著一身細碎如雨的珍珠水鑽，落在他身邊的模樣。

那麼燦爛，無法忘記。

只有在這一刻，他才深深為自己的眼睛恐慌起來。

——如果，以後真的再也看不見這個世界了，怎麼辦？

——如果以後，他再也看不見那樣的景象了，怎麼辦？

——如果以後，再也看不見他想見的人，怎麼辦？

他正在想著，手中的霜淇淋，其中一個啪的一聲掉在了地上。

淺夏「啊」了一聲：「我的掉下去了。」

他把自己的那個遞到她面前：「這個給妳。」

「別開玩笑了，都咬過了。」她嘟囔著，拿出一張紙巾，蹲下去想要把地上的霜淇淋擦掉。

旁邊有一隻小狗跑過來，伸出舌頭，呼哧呼哧地幾口就舔掉了霜淇淋，然後睜著眼睛，眼巴巴地看著程希宣手中的那一個。

淺夏抬頭看著他，笑起來：「喂，請可愛的小狗吃一個霜淇淋吧？」

他也蹲下來，慢慢地把霜淇淋遞給小狗。

小狗開開心心地舔著，小小的舌頭在他手指上捲了一下，讓他不由自主地笑起來。等牠吃完後，他又輕輕揉了揉牠小小的腦袋，然後問：「是隻什麼狗？」

「只是普通的中華田園犬吧。」

「是嗎？那也挺可愛的。」

淺夏牽著他的手，他們一起去噴泉邊洗了手，然後溼漉漉的手牽在一起，一起回去。

在路上，他像是自言自語，輕輕地說：「我以前，也養過一隻狗。」

「是名種吧。金毛？古牧？還是哈士奇？」

「不是，是一隻路上撿到的雜種狗。」他說著，語氣終於有點波動。「挺醜的，小小一隻流浪狗，帶回去之後，在狗舍天天被獵犬欺負，所以我就把牠帶到自己住的地方去了。」

她問：「後來呢？」

「後來，我父親看見了，讓我別和這麼難看的東西這麼接近，所以我就把牠重新丟回狗舍去了……後來牠被其他狗咬傷跑掉了，不知去向。」

她笑了笑，輕聲說：「所以你還是養名種狗吧，折騰一隻流浪狗幹麼？」

「不過牠在我身邊，過得也挺好的。」

「是挺好的，可為了那麼幾天過得不錯的日子，牠以後也許一輩子都要帶著傷生活，也許殘疾了，也許，跑出去就死了，不是嗎？」

他默然，只聽到兩個人細微的呼吸聲。

良久，他終於說：「也許吧。」

淺夏牽著他的手，一步一步往前走。他緊緊地握著她的手，卻永遠也不會看到，她在默不作聲，呼吸平靜的同時，淚流滿面。

反正，在這樣明淨的陽光之下，除了隱約傳來的喧譁聲之外，世界凝固一樣安靜。誰也不知道她曾經的過往，誰也不知道她怎麼疼痛。

所以，她任由自己的眼淚，慢慢蒸發在空氣中。

無人知曉。

因為天氣熱，下午的時候人有點慵懶。

她帶著他出去散步，牽著他的手，走在輕風吹過的樹蔭下。長長的草葉，微微的香氣，她的裙角在風中起伏時，偶爾碰觸到他的指尖。

合歡樹下有長條的木椅，在綠蔭之下。淺夏和程希宣一起在椅子上坐下，風吹過他們的耳畔，陽光從樹葉間灑下來，世界寧謐。

不知不覺，彷彿受了內心某種不可言說的力量的趨勢，她側過頭，長久地凝視著他。因為他看不見，所以她才能這樣望著他，入神地，著迷地，就像凝望著自己早已逝去、不敢奢求的夢想一眼，心口暖暖的，瀰漫著傷感。

在那曲曲折折的樓梯中，抱著她慢慢往下走，如同行走在迷宮中的程希宣，深深地銘刻在自己心頭的這個人。

這樣在自己伸手可及的地方，這恐怕，會是一輩子最後的機會了。

她長時間地凝望他，一聲不響。他像是感覺到了，忽然轉過頭，用那雙看不見她卻依然光彩晶瑩的眸子，看著她的方向，目光虛無：「妳在看什麼？」

她用極低極低，如同囈語一般的聲音說：「看星星啊。」

「現在是白天吧？有嗎？」

「有啊。」她慢慢地說：「離我幾千幾萬光年的，遙不可及的星辰。」

他若有所思，抬頭看著天空。於是陽光就透過搖動的樹葉落在他的臉上，一點點散碎的光暈，在他的肌膚上搖曳著，明亮又恍惚。

就像星光散亂，擾亂了她的眼睛。

她閉上眼，將臉輕輕靠在臂彎中，聽到自己輕輕的呼吸聲。

不知道過了多久，程希宣輕輕叫她：「妳睡著了嗎？」

「沒有……」她低聲呢喃著。

「好像有什麼在蹭我的腳，毛茸茸的。」他說。

她睜開眼，低頭一看，笑了出來：「是那隻小狗，就是之前在廣場上吃了我們霜淇淋的那一隻，牠居然找到這裡了。」

「是嗎？」他俯身把牠抱起來，放在膝蓋上。

小狗睜著一雙黑溜溜的大眼睛，歪著腦袋看著淺夏，等程希宣摸摸牠的腦袋時，牠又抬頭，舔了舔他的掌心。

癢癢的，暖暖的，軟軟的。

他忍不住微笑：「要是沒有主人的話，我就收養你吧。」

淺夏低聲說：「牠只是一條普通的雜種小土狗。」

「我只養牠一隻，這樣的話，牠就不會再被其他狗欺負了。」

「那牠可真幸福。」她淡淡地說著，靠在椅背上不說話。

頭頂的樹被風吹動，葉子簌簌地隨風掉落，撲滿他們一身。

小狗伸著爪子，一下一下地撲著落葉，後來乾脆蹦蹦跳跳地落地，在草叢間奔跑追逐著飄飛的葉片，漸漸遠離。

他無奈地聽著聲音，說：「好像跑掉了。」

淺夏沒說話。秋日的午後，清風瀰漫，樹葉在風中沙沙作響，像在催眠。

她多日來一直照顧程希宣，有時候半夜也睡不安，所以有些睏倦，在這樣安靜宜人的風中，不知不覺地就又把臉伏在臂彎間，安靜地睡去。

他在眼前恍恍惚惚的晦暗與流動不定的明亮中，坐著呆了好久，才輕聲叫她：「宋青青？」

無人應答，彷彿世界上，只有他一個人坐在此時的安靜中一樣。

他心中陡然湧起一陣驚慌，就像被拋棄在無盡黑暗中的小孩子，茫然恐懼。

可，她的呼吸，明明還在他的耳邊。

他強行按捺住胸口的不安，將自己的手慢慢地伸過去。

觸到了她的頭髮，柔軟微溫，那上面還有落下來的葉片，小小的，軟軟的。

就像被那隻狗舔舐著自己的掌心一樣，癢癢的，暖暖的，軟軟的。

從心底深處，有一種奇異的情緒湧上來，胸口湧動著細微的血潮，全身都是一種想要融化在此時微風中的感覺。被心中那種悸動驅使著，他低下頭，輕輕地吻在她的髮間，喃喃地問：「林淺夏？」

合歡樹的香氣，輕微苦澀柑橘的香氣，清新舒適，還有，一種異常恬淡又單薄的氣息，似有若無，和此時周身青草的氣息揉合在一起，讓他覺得人生安靜極了，就這樣一直沉迷，似乎也沒什麼不好。

這樣的氣息，好熟悉。

在林淺夏歪了腳的那一次，曲曲折折的樓梯中，他抱著她慢慢往下走，如同行走在迷宮中。那個時候，他聞到了她身上的香氣，淡薄得就像夏日的風。

只是，不敢置信，不能相信。

但，也只讓他來得及在剎那間動搖迷惑而已。淺夏感覺到了他的氣息，她抬手撩開自己臉上的頭髮，慢慢把眼睛睜開。

坐在她身邊的程希宣，安安靜靜，不知道在想些什麼。

「我睡了很久嗎？」她還有點迷糊，呢喃著。

「不久……只是一會兒。」他輕聲說。

她抬頭看看天空，問他：「要回去嗎？」

他點點頭，把自己的手伸給她，感覺到她輕輕握住自己的手指，他猶豫了一下，終究還是沒有曲起手指，將她的手握住。

吃飯的時候，淺夏偶然向窗外望了一眼，然後說：「那些花開得真好，不知道是什麼花。」

他習慣性地轉頭看了一下，影影綽綽地看見那些花朵，盛開在濃綠色的背景中，顏色淡白。

他下意識地說：「好像是紫薇花。」

這是秋日中最後的一樹紫薇花了，似乎已經開到無力，顏色轉淡，不再鮮豔。「真漂亮，層層疊疊的花瓣，像彩紙堆疊一樣。不過這種花，近看又不太好看，沒有花的形狀……」她說到這裡才愣了一下，愣愣地看著他良久，問：「你看見了？」

他點頭。「屋內比較暗，一下子看外面特別明亮的地方，就能看出一點輪廓和顏色來，對比特別鮮明的話，就更容易了。」

「醫生說，一、兩週之內，你的眼睛可能會自動恢復的。」她低聲說。

他聽出她話音中有一點奇怪的意味來，問：「妳不高興嗎？」

「高興啊，看著自己照顧的人一天天恢復，是我們最開心的事。」她笑著說，聲音輕快。「只是我們這一行，講究的是一期一會，希望以後，再也沒有見面的機會才好。」

「是嗎？」

「是呀，要是你天天見我，那就糟糕了！」

這是當然的，要是天天需要看護，那肯定是世界上最悲慘的事情。

所以程希宣都不由自主地笑了一下，然後說：「這倒也是。」

她起身收拾東西，聽到他手機在響，便看到螢幕上顯示的是末艾，便擦乾淨手接通了遞給他。

淺夏對於他們的通話並無興趣，逕自繫上圍裙，到廚房洗碗去了。

在關廚房門的時候，她聽到程希宣壓低了聲音，對那邊說：「不許過來，如果真的擔心我的話，妳就聽話，好好在那裡待著。」

那個滿世界亂跑、任性妄為的大小姐，居然能在聖・安哈塔那種鄉下地方待半年多，真是奇蹟。

只是在洗碗的時候，她透過玻璃，看著外面和未艾輕輕緩緩說著話的程希宣，他的側面在此時的光線下，顯出了半明半暗的陰影，那是一種黯淡的柔和。

林淺夏在心裡猜測著，她會來嗎？

不過，她過來的時候，程希宣的眼睛也應該康復了吧。

他恢復視力的時候，是不是，也會恢復那種一眼就可以識破自己的偽裝，近乎於直覺的可怕能力？

忽然有一種危險來臨的預感，讓淺夏頭皮發麻。她愣愣地站著，將手撐在流理臺上，看著外面漸漸沉入黑暗的紫薇花一動不動，站了好久。

等到她洗完碗，程希宣已經把電話掛斷了。

她洗乾淨手上的泡沫，走過去低聲問他：「你睏不睏？要早點睡嗎？」

她輕柔而低沉的聲音，如同一朵夜來香在暗夜中的香氣一樣，黯淡輕微地在他耳邊縈繞。

他也覺得自己真的有點睏了。

她牽著他，一步一步走上樓。微溼的水氣，從她的指尖，傳到他的掌心。踏著厚厚的地毯，腳步的起落毫無聲息。她扶他坐在床上之後，默默地站在他面前良久，然後低聲說：「那，程希宣，我走了。」

秋日的夜晚，窗外有低低暗暗的秋蟲聲音，紡織娘和金鐘兒都在細細地鳴叫著。他呆坐了良久，終於輕輕地叫出來：「宋青青？」

無人應答。

他聽到自己呼吸急促，彷彿不願意相信，又叫了一聲：「林淺夏？」

空蕩蕩的房間，漫無邊際的黑暗，凝固的空氣，遠遠的暗夜蟲鳴。

除此之外，什麼也沒有。他好像被人拋棄了。

她說，我們不和別人說再見的……希望以後，再也沒有機會見面才好。

她走了，沒有再見，因為，再也不見。

他在黑暗與血紅中，唯一握住的手，現在放開了他。

淺夏悄無聲息地走到樓下，收拾好自己所有的東西，等確定沒有落下任何物品了，才平靜地走到門口。

就在她開門的時候，她聽到樓上程希宣的聲音，他似乎在叫，林淺夏。

她下意識地想要回頭，再看一看他。

可她的手按在門把手上，覺得自己的心口猛然湧起一陣疼痛。

那些黑暗掙扎中，讓她痛得恨不得立刻死去的感覺，又向她狂湧而來。她聽到自己的心裡，有一個聲音在說，林淺夏，不要回頭。

是，不要回頭，不要再走進那個迷宮，因為她沒有能力走出來。

誰願意在自己活得這麼開心幸福的時候，卻迷失在一個永遠看不到出口的地方，絕望地奔跑到最後化為枯骨，朽爛在沒有天日的地方？

所以她深深地吸了一口氣，咬住自己的下脣，將門推開了。

在走到門口的監視器鏡頭下時，她彷彿不經意地，將自己胸前的頭髮撩到了耳後，披散在肩上。她現在已經養成習慣，每次在妝扮他人時，都會用遮瑕膏點住自己那一顆朱砂痣。

她理好自己的頭髮和衣服，平靜地關上門，走下臺階。

林蔭道上，一路燈火輝煌。
她走到樹下時，停下腳步，佇立著，卻終究沒有回頭。
就在今年初夏時節，她曾經在這裡走向程希宣的世界，開始自己未曾預料到的一段路程。
那個時候，她走向自己隱約憧憬的夢想。
而這個時候，她拋棄了自己長久以來的夢。
她站在林蔭道上，背朝著程希宣，站了很久很久。
「以後，再也不見了。」
樓下傳來輕微的「咔答」一聲輕響。
是她帶上門，離開了吧。程希宣猛地站起來，拉開陽臺的門。外面的風撲向他，將他徹底包圍，就像冰涼的水湧來，根本無法抵抗。
十一月的秋夜，夜風捲來，浸進肌膚，一片寒涼。
整個天地逼仄，他站在陽臺上，灰濛濛的眼前，只看見林蔭道前，幾乎被黑暗吞沒的燈光，影影綽綽，在他眼前繪出一個淡灰色的世界。
在黑暗的世界中，他只看見她朦朧之極的身影，一個淡淡的輪廓，長髮，短裙，和街上那些普通的女孩子一樣。
那麼，他將來到底要怎麼樣，才能在那麼多女孩子之中認出她來？
他心裡想著，在寒涼的天氣中，握緊了自己的手。
她邁步離開，他眼前的世界湮沒。

強光的魔法，有效期只有剛剛受到刺激的那一刻。他只能強迫自己，努力地將她的身影，和自己心上的背影，疊印在一起。

嚴絲合縫，毫釐不差。

可是他卻一點都不覺得喜悅。

他站在陽臺上，被沉沉的夜色迅速淹沒了。

第五章

雪

「林淺夏，妳最好給我個交代！」

老闆的聲音，向來讓員工心頭發顫。

淺夏面對著堵在自己家門口的老闆，心已經不是在發顫，而是在打擺子了：「老……老闆，我……為了更好地完成陳怡美的委託，所以我換了個號碼，正在專注地為她服務……」

衛沉陸似乎恨不得一巴掌拍死她：「我找妳有急事，從早上到現在，足有十二個小時之久，我希望妳最好給我個交代。」

「那……都十二個小時過去了，那個急事還急嗎？」她小心翼翼地企圖轉換話題。

他不管她，劈頭就問：「妳為什麼換號碼也不跟我知會一聲？」

完全無言以對的淺夏，只能以沉默來面對。

「為了程希宣？換號碼是為了不受打擾，一心一意照顧他？」

淺夏低下頭不說話。她當然想到，陳怡美雖然不會將她的身分洩漏給程希宣，但衛沉陸身為她的老闆，肯定早就已經打探得一清二楚了。

她囁嚅著，聽到衛沉陸又問：「林淺夏，妳怎麼這麼混帳？妳還去照顧那個王八蛋？妳忘記自己以前被他害得多慘了？」

「沒有啊……」她慢慢地說。「我只是去看看害我的人現在的悽慘樣子。」

「是嗎？妳可是我一手調教出來的員工，要是妳現在還要去照顧他，做什麼以德報怨的傻事，那妳這輩子也沒出息了。我相信妳不是這種傻瓜，對不對？」

「當然了。」她像終於回過神了，毫不猶豫地說：「我看見他現在過得這麼不開心，我心裡就開心多了。我以後，再也不會見他了。」

衛沉陸這才笑了出來。「林淺夏，衝著妳這麼有出息，我今天請妳吃飯！」

摳門的老闆請吃飯，真是一大喜事。

更大的喜事是，吃飯時老闆甩出一張卡給她：「這個妳收著，我的大部分身家都在裡面。」

淺夏接過卡，驚喜地問：「老闆，難道說你良心發現，決定捐出全財產了？」

「捐妳個頭，交給妳保管，丟了唯妳是問！」

她鬱悶地收起卡。「怎麼了，你被人追殺？得罪義大利黑手黨了？」

「不是得罪黑手黨了，比那個更可怕。」他一副泫然欲泣的幽怨模樣。「是愛我的老爸，想要把我抓回家。這次被盯了好久了，看來是動真格的了。」

「回去嘛。」她一邊剝蝦一邊說。

「別開玩笑了，我老爸的那幾個女人整天吵得歇斯底里，我回去那種環境，不出三天就會被逼瘋的！」

「跟他談判，讓他選擇兒子還是情婦嘛。」

「那還有我那個弟弟呢？那就是一個不折不扣的混帳。前幾年他勸我老爸涉入毒品買賣，被我打得半個月起不了床，結果爬起來之後不但不知收斂，還跟我結下深怨。我看我要是回到那個家，光應付他就會心臟病發作了。」

淺夏表示很同情，把自己剝的蝦都送到了他的碗中：「那你老爸呢？」

他嗤之以鼻：「他也是個混蛋，身邊情婦十幾個，害得我老媽鬱鬱而終，卻信誓旦旦號稱自己最愛我媽；身在黑社會，整天得意洋洋以為自己在劫富濟貧；一點品味也沒有，就愛端個紅酒捏著個雪茄裝教父……妳能忍受這種人嗎？」

「但你總要回家的呀。」

「等我老爸死了，我會回去給他送終。」他吃掉了她剝的蝦，把洗手的檸檬水往她那邊挪了挪。「所以我得出去躲幾天。妳記得保持二十四小時開機，還有，電子郵件也要每天看一次，準時給我回信，我會時時刻刻監督妳的工作的！」

「監督工作……這就叫監督工作？」淺夏看著衛沉陸發來的照片中，他在世界各地旅遊開心快活的樣子，無語了。「還說什麼逃亡生涯……這叫逃亡生涯？」

再上網站看一看，整個世界天下太平，居然沒有人需要她了。

這種唯恐天下不亂的生意，真是沒法做了啊。

她這樣哀嘆著，關掉電腦，站起來在窗前活動了一下筋骨。身體在漸漸癒合中，心口的疼痛也慢慢在消失，天氣這麼好，人間這麼和平，就連衛沉陸都把那麼一大筆錢交給了她，人生真是太圓滿了。

陳怡美給她打來電話，激動得聲音都顫抖了：「林小姐，告訴妳一個好消息！言紀要回來了，他打了電話給我，是不是想要我去接機？」

「是呀，恭喜妳，他現在很重視妳哦。對了，妳的腳好了嗎？」淺夏問。

「已經好啦，明天我就去接言紀。」陳怡美說著，聲音哽咽。「對了，林小姐，還有件事……程希宣的眼睛已經恢復了，身體也痊癒了。」

「哦，那就好。」她聲音平淡，看著面前的書本，沒說話。

「他……他還向我打聽妳的來歷呢，我就照妳教的，跟他說，妳是我在隔壁人力市場隨便找到，因為我沒有經驗，所以身分證都沒有留。」

「嗯，多謝妳了，幫我實現了我一直以來的夢想，接觸到了我的偶像。」她臉上面無表情，聲音卻像嘴角在上揚。

「不謝啦，我們互相幫助嘛。那明天言紀和我見面，我該怎麼做呢？」

「沒什麼啦，妳只要表現得開心就好了。他應該是想要一下飛機，就看到妳的笑容吧。」

「真的嗎？」陳怡美捧著臉，在那邊激動不已。

「真的，相信我。」林淺夏冷靜地應付著她，直到她掛了電話，才長長鬆了一口氣，自言自語：「這感覺可真不好，她不會想把我當朋友吧？」

但願邵言紀早日向她表白，自己就可以甩掉這張SIM卡，徹底和這件事斷絕關係了。

天氣漸漸冷了，整個城市由秋天轉入冬天，街邊的樹葉落光，根根光禿禿的樹枝伸向天空，顯得格外肅殺。

程希宣坐在陽臺上喝茶，偶爾抬頭看見遠處的流雲在這個城市的上頭慢慢地度過去，寧謐至極。

祕書送來新的資料，抽出其中一份，對他說：「請少爺特別過目。」

「是什麼？」他拿起來看。

「老太爺在世的時候，曾經在二十年前買地建了一棟樓，外加周圍的大片空地，贈送給了附近一個福利院免費使用，期限是二十年。到今年年底，期限就到了。那附近現在已經是大型商業區，所以公司建議將那塊地回收，另作他用。」

程希宣接過資料，草草地掃了一眼上面的計畫，知道這些全都是廢話，以後都要重新企劃的，便拿了筆要簽字。

就在他寫下第一筆時，他看到了那上面的地圖。街道的名字，有點熟悉。

他微微皺眉，把未簽字的資料丟到桌上，站起身到書架上取下一份文件，翻到某一頁，看著上面的字。

簽字的人，林淺夏，程希宣。

她說，程希宣，如果我出了什麼意外，這裡的人，你要負責照顧到底。

那地址，和地圖上要拆掉的地方，一模一樣。

他看著那上面的簽字，圓圓的，柔滑可愛的手寫體，這是林淺夏的字，也幾乎可以算是，她留在自己身邊的唯一的痕跡。

不知道，她不計自己的性命安危也依然記掛的，到底是哪裡。

祕書等待他的回答。

他把文件合上：「先放著吧，我考慮一下。」

祕書走到門口時，程希宣又想起什麼，問：「那個宋青青，找到了嗎？」

祕書面露難色。「少爺，宋青青是陳小姐隨意從人力市場找的，而且陳小姐根本沒有經驗，當時也沒有留那個女生的身分證，所以宋青青根本沒在人力市場登記。華南大學看護系的畢業生我們也都找過了，只在七、八年前有過一個叫宋青青的畢業生，已經在外地結婚生子多年，照片和監控錄影上的也對不上。」

程希宣當然也知道，他點頭示意對方離開，沉吟良久，把宋青青離開時的那段監控錄影又翻出來看了一遍。

她是長髮的女孩子，疏淡的眉眼，始終微笑著的脣角，沉默而溫柔。

她留著烏黑垂順的長髮，她出門時一低頭，頭髮滑落到了胸前。她伸出手，輕輕將頭髮撩起，攏到耳後。

她的耳後，一片雪白，毫無瑕疵。

這麼近的距離，一切都清清楚楚。她的耳後，沒有那一顆朱砂痣。

何況，林淺夏早就恨他入骨，現在對他避之唯恐不及，又怎麼會接近他？

即使她真的接近他，以她那種人，肯定會告知他自己的身分，然後再和他談好報酬，才願意照顧他吧。怎麼可能會不聲不響地隱瞞自己的身分，照顧完他之後，又就此消失？

溫柔安靜的宋青青，和那個勢利刻薄的林淺夏，有哪一點相似？

他無語地笑了笑，像是在嘲笑自己心頭那怪異的聯想。

世界上，並不只有林淺夏一個女孩子，不能每見一個人，就下意識地在她身上尋找她是林淺夏妝扮成的可能性。

就好像，上次差點把陳怡美當成了林淺夏，這不是太可笑了嗎？

他把這個念頭驅散，又打電話給司機：「馬上準備，我要出去一趟。」

今天是個好天氣，初冬的天空，難得一改前兩日的陰沉灰濛，藍得如同琉璃一樣，微微透明。

淺夏趕第一班車，在天才剛亮的時候就出發了。

從她居住的城郊到繁華的市中心，再到商業大樓之後的福利院，僅僅隔了兩條街，就行人寥落，長滿了高大的香樟樹。

她從五歲來到這裡，再到十六歲離開，十一年的時間。對這裡，她熟悉得閉著眼睛都能來去自如。以前老舊的石牆，現在已經變成鐵柵欄。她站在牆外，看裡面的孩子在草地上奔跑玩耍。即使是福利院的孩子，也有著自己童年的歡樂。

她看著，嘴角上揚，含著微笑。

有人從大門出來，看見她後驚喜地叫了出來：「淺夏！」

「秋秋姊！」她撲上去，帶著幸福的微笑抱住了那個女孩子。「今天不是週末吧？」

「期中考完有三天假期，我改完試卷就過來了。院裡都出事了，我怎麼可以不來？」她年紀比淺夏大幾歲，性格開朗又活潑，用力地拍著淺夏的肩膀大笑。「長大了，越來越漂亮了嘛！」

「秋秋姊也是。」淺夏開心地笑道。

兒童福利院裡的孩子，如果是男的，大部分都是有先天殘疾或者缺陷的，可如果是女孩子，一般都比較健全。

秋秋、淺夏和大部分女孩子一樣，被拋棄的唯一的理由，就因為她們是女孩子。所以，她們在很小的時候就學會了照顧其他孩子。現在回來，淺夏第一件事是和院長、阿姨們打招呼，第二件事就是去幫忙做事。

她和秋秋一起把捐贈來的衣服洗乾淨，然後晾晒，一邊隨口說著話。

「小茜現在已經被送出去了嗎？」

「她被一戶國外的人家收養了，上個月院裡還打電話詢問。他們寄回了她的照片，一家五、六個人去遊樂場玩，幫她開生日派對，她看起來很開心！」

「阿成呢？」

「他可厲害了！考上了重點大學哦。暑假裡我還在街上撞見了他，他騎著自行車在送外賣，晒得黑不溜秋的，身上的傷疤都看不太出來了。他還炫耀說自己生活費存得差不多了，哈哈哈……小屁孩，當年他被醫院轉過來的時候，渾身都是燒傷的疤，我還摸過呢！」

「是啊，結果妳被我罵了！」有人在身後說。

她們回頭一看，是從小照顧她們的李姨，於是都笑起來。

淺夏又問：「對了，院裡是出什麼事了？」

秋秋點頭：「李姨，請妳跟我們也說說。」

「也沒什麼，是關於院裡的那幾棟樓。」李姨指指後面的宿舍樓，說：「那幾棟樓，是一個姓程的慈善家在二十年前買地建的，從那時起就一直免費給我們使用。現在我們的孩子和職工，大部分都住在裡面。不過前段時間有人過來測量土地，說是二十年時間到了，可能要收回這些房子，另作他用。」

淺夏問：「那你們怎麼辦？以後該住在哪裡？」

「最近在附近尋訪了一些老鄉的房子，可能要讓孩子們先暫時借宿在外面，每個月給人家補點錢。」李姨有點無奈。「而且那房子本來也就是人家免費給我們用的，承了二十年的情了，還能要求什麼？」

秋秋趕緊問：「那麼，那家人現在住在哪裡？是不是可以商量一下？」

「當初那位老人已經去世十幾年了，現在聽說他孫子在國內，但是那種人，我們怎麼可能見得到？只能先看看再說了。」

李姨說著，聽後面有人喊，趕緊向她們揮手：「我先去開會，你們幫忙照看一下孩子們。」

天氣晴朗，沒有風，這樣好的初冬上午，最適合出去活動了。

淺夏和秋秋兩人帶著一群小孩子，孩子們一人帶著一本圖畫本，到旁邊的公園裡去畫畫。

淺夏牽著最小的孩子，在前面帶路，順著林間的小路走到湖邊。

舒緩的坡道，竹林掩映的湖岸，鵝卵石堆積在湖邊，湖水和天空一樣碧藍。

孩子們在太陽下跑來跑去，有的畫畫，有的跳繩，有的追來跑去，個個都興高采烈。

見孩子們都很乖，秋秋就先跑回去準備中飯了。淺夏站在那幾個畫畫的孩子身後，低頭看著他們的畫，閒極無聊，覺得有點疲倦。她晒著太陽，靠在樹幹上閉著眼睛，開始打起了盹。

這是一家很普通的福利院，並沒有什麼可看的東西。

程希宣來到這家福利院之後，未免覺得有點失望。他沒有找院長，就隨意在門口看了看，然後轉身看向後面的公園。

公園裡，有一群孩子在湖邊玩，還有幾個捧著本子在畫畫。

孩子們的中間，有一個女孩子，安安靜靜地坐在樹下，似乎睡著了。

雖然相隔了很遠，但他看著她，許久許久，也移不開目光。
猶豫了很久，他終於還是向著他們走了過去。
淺夏靠著樹幹，安安靜靜地閉著眼睛。
也不知道因為心裡哪一點感覺的驅使，他走到她旁邊，試著彎下腰，想要看一看她是不是真的睡著了。
以前看到她時，她一般都是以別人的面目出現，真實的她，長得也挺可愛的，小小的瓜子臉，下巴尖尖的，眉毛淡淡，皮膚極白。
這麼柔弱的外表，眉目間卻連睡著時都有著倔強的神情，好像倔強地挽留著什麼東西，不肯妥協。
青春若有張不老的臉，歲月一定不會流逝。
他在一瞬間，恍惚覺得自己的心裡有微微的疼痛。他的心裡埋藏著一顆小小的種子，卻始終沒能長成高大的樹木，開出一朵可以呈現給別人看的花。
那顆種子，是在他們見面的第一眼，就種下的。她落在他的車上，他看見她。只是短短一瞬間，他就被她身上的那種灼目的光彩所吸引。
以至於目的達到了，他卻依然無法控制自己，知道她已經恢復之後，就像溯游的魚一樣，從遙遠的歐洲，又來到了她的身邊。
忽然有一陣風從湖面上遠遠地度過來，帶著溼涼的水氣，拂過整片樹林。樹枝和樹葉微微搖晃起來。投在她身上的太陽光，也在瞬間凌亂地搖動起來，金光散亂，耀眼跳動。
那凌亂跳動的光，驚動了淺夏，她猛地驚醒，睜開眼便看見面前彎腰注視著自己的程希宣。從下往上看，在此時的藍天背景中，他的身上像是鍍著一層淡淡的金光。這漂亮驕傲的男子，朦朧而恍惚，動人心魄。
他身體已經痊癒了，眼睛好像也恢復得不錯，至少，沒有戴眼鏡。
但，一看見她睜開眼，他立即就直起腰，轉過頭去了。
以前喜歡他時，那彷彿帶著煙火顏色的身影，在這樣的冬日，脫去了一層光輝，卻多了一種令人著迷的氣質，換成一種清致的神采，深藏在冷漠的外表下。
她可以清清楚楚地看到他的光芒，卻也都知道，這光芒，彷彿億萬光年之外遙遠恆星的微光，和看見他的人，並無一點關係。
他不自然地深吸了一口氣，停頓了好一會兒，才說：「照看孩子的時候，別躲著睡覺。」
「孩子們都很乖的。」她說。
可能是剛剛醒來的關係，她聲音有點低啞。
他「哦」了一聲，轉頭看著那些孩子們：「妳和這個福利院是什麼關係？」
她想了想，立即明白了：「原來建了那幾棟樓的程家，就是你家？」
「對，是我爺爺在世的時候建的。」他說。
她抬起頭看著面前的孩子們，忽然覺得好懊惱。
程希宣……世界這麼大，為什麼她總是會遇見他，和他扯上關係？
兩個人各懷心事，都在沉默，旁邊的小孩子忽然撲過來大叫：「淺夏姊姊，我畫好了！」
淺夏差點被他凶猛的來勢撲倒在地，她狼狽地回頭，去看那個小孩子的畫。
「淺夏姊姊，我畫的是妳哦，漂不漂亮？」孩子獻寶一樣地捧著那張畫問。
淺夏一看那張畫，有點詫異，壓低聲音問：「這個好像是仙女啊？」
那上面畫的雖然是一個五官歪歪斜斜的女孩子，不過因為她在雲朵裡飛，所以應該是仙女無疑。

「對啊，淺夏姊姊就是仙女！」孩子大聲說。

淺夏笑著揉揉他的頭髮，低聲說：「謝謝哦……」

旁邊程希宣淡淡地說：「夠醜的。」

淺夏和那個小孩子一起猛地轉頭，看著這個打破美好氛圍的人。

程希宣理所當然地說：「不是嗎？這仙女畫得確實夠醜。」

小孩嘴巴癟癟，一臉想哭的樣子。

淺夏擋在小孩面前，瞪了他一眼：「對小孩子要鼓勵為主，你知道嗎？」

「哦……」他笑了出來，看著像母雞護小雞一樣豎起全身毛的淺夏，卻忽然想起宋青青也曾經為了他，這樣擋在自己身前。

他還在愣愣間，旁邊的小孩子早已經湧上來了，把他擠到一邊，舉著自己手中的畫，一張張小臉仰望著淺夏。

「淺夏姊姊，我也畫好了！」

「淺夏姊姊，我畫的是湖水！」

淺夏只好挨個兒地誇獎他們。等每個小孩子都受到表揚之後，他們才安靜下來，開始畫下一張畫。

「之前，我們曾經簽訂過的那份協定，妳還記得嗎？」他們兩人坐在湖邊，程希宣問她。

「你……是真的要收回那幾棟樓嗎？」她雖然如坐針氈，可茲事體大，還是忍不住開口問他。

「我爺爺是口頭承諾給你們使用二十年，現在已經到期了。」
「但要是沒了住的地方的話，孩子們……要上哪兒去呢？」
他漫不經心地說：「這是你們自己沒規劃好，二十年的時間，你們本來早就可以把一切安排好了。」
淺夏曲起膝蓋，把自己的下巴擱在膝上：「近年來孩子太多了，撥下來的經費卻沒增加，所以根本沒辦法。」
他沉吟著，終於問：「林淺夏，妳是在這個孤兒院長大的？」
淺夏靜靜地靠在膝上，沒說話。
突然一個孩子跳起來，指著湖中大叫：「魚啊，好多好多魚……」
還沒等他們制止，那群小孩子已經跑過去看那些在湖中游曳的魚了。
最前面的小孩子，在推擠之間，不知怎麼的，撲通一聲就摔到了湖中。
淺夏趕緊跑到欄杆邊，脫掉鞋子就要跳下去。程希宣抓住她的手腕，低聲說：「我來吧。」
那個孩子在水中忙亂地蹬腿，大口大口地吞水，離岸邊越來越遠。
程希宣脫掉自己的外套，躍入水中。他游泳確實很棒，如海豚般，在水中飛快地划開波浪，接近了孩子，然後伸手從腋窩下將他卡住，拖著他游向岸邊。
他單手划水，帶著孩子游回來，岸上的小孩子們頓時爆發出了一陣歡呼聲。
程希宣讓孩子吐出水，看著他驚嚇過度的樣子，抬頭看淺夏：「我的車在公園門口，妳去把車開過來，我們先帶他去醫院。」
淺夏撒腿就跑，跑到一半時，又轉身對其中最大的孩子大吼：「毛毛，你帶著大家先回去，路上要走快一點！」

「好。」一群孩子也嚇慌了，趕緊拿著本子穿過樹林回福利院去。

「沒什麼大礙，只是嗆了點水，為了防止氣管和五官發炎，開點消炎藥給你們吧。」醫生下筆如有神，唰唰唰開了一堆藥。

淺夏看看醫藥費，再翻翻自己的包包，才發現自己過來的時候，已經把身上的錢都買了東西給孩子們，只剩下回去的車費了。

看見她這種為難的樣子，程希宣了然地站起身，抽走她手裡的單子，去交了錢拿藥，丟給她。

她抱著他丟過來的藥，抬頭看著他，囁嚅良久，才終於低聲說：「謝謝。」

他玩味地抱臂看著她：「林淺夏，難怪妳想要找個有錢人。」

淺夏默不作聲，抱起藥就走。

「不過，我賠償給妳的，難道只夠妳花這麼幾個月？」

她當然聽得出他話語中的嘲譏，但是她什麼也沒說，抱著藥就走，咬定牙關不坐他的車。

等她汗如雨下、臉色緋紅地抱著藥回來時，程希宣早就已經帶著那個孩子到了福利院，一堆人正圍在他身邊笑得像朵朵花兒開一樣。

一回頭看見她，李姨立即叫起來，迅速把還不瞭解狀況的淺夏推到他面前，說：「程少爺，這個是林淺夏，她可是我們孤兒院的驕傲，去年考上了全國重點大學最好的系！」

淺夏出了一身汗，頭髮也亂七八糟地貼在額上，本來就快要暈倒了，一聽到李姨的話，真恨不得自己現在立刻暈過去。

他卻早在車上就換了衣服，只是剛剛是休閒裝，現在卻是一件襯衫，雖然頭髮稍顯凌亂，卻越發顯得清雋挺拔。

只是在淺夏的眼裡，卻覺得他和漫畫裡的反方大BOSS一模一樣。

他看了她一眼，嘴角浮起一絲笑容：「我認識她……剛剛一起在醫院，已經互相介紹過了。」

「淺夏，打招呼啊！」李姨用力一掐她。

她才沒有興趣和這個人打招呼呢，抬頭看了他一眼，說：「我先去給小偉吃藥。」抱起藥，大步走開了。

剩下一堆人，面面相覷，不明所以。

程希宣瞥了她幾乎像是在逃離的身影一眼，把頭轉開看周圍。「這幾棟樓已經被圈進圍牆了嗎？那麼圍牆就需要拆掉了。」

「這圍牆……還是剛剛建的呢……」李姨痛惜地說。「錢還是淺夏向您籌集的……程希宣，就是您吧？」

程希宣詫異地回頭看了她一眼，沒說話。

「以前院裡的圍牆是石頭的，今年夏天暴雨後塌下來砸中了好幾個孩子……院裡沒有錢，經費遲遲批不下來，幸好您捐贈給淺夏的那一筆錢幫我們度過了難關，付了五、六個孩子的醫藥費，重修了圍牆，還把院裡的老樓都加固修葺了。」

程希宣微微皺眉。「是嗎？」

眾人都是一臉疑惑。「是啊！您是不是太忙了，忙到都忘記了？」

他沉默良久，忽然問：「剛剛那個小孩子沒事吧？我去看看。」

秋秋趕緊說：「我帶您去，小偉住在一樓。」

「來，吃了藥後多喝點水，睡一覺就好了。」

淺夏給小偉吃了藥，喝了溫開水，然後哄他睡下。

他可憐兮兮地看著她，握著她的手。「淺夏姊姊，我有點怕……」

「不怕不怕，你乖乖閉上眼睛，一會兒就睡著了。等你睡醒了之後，我買巧克力給你，好不好？」

「妳又沒錢，肯定是騙我！」小偉說著，小聲地笑出來。

「原來我窮得這麼著名嗎？」淺夏自言自語著，一臉無奈。

小偉閉上眼睛，低聲說：「那……水果硬糖也可以哦。」

「嗯嗯，一定。」

等小偉睡著了，她抬起頭的時候，卻發現秋秋和程希宣站在門口。

秋秋趕緊跑進來，拉拉她，輕聲說：「我照顧小偉吧，妳先去吃飯。」

她默不作聲地站起來，和程希宣一起走出去。

門口的梨樹已經比房子還高了，樹葉和果實都已經落完，只剩下盤曲的枝幹，在大樓的窗戶前伸展著。

程希宣走出許久，還回頭看了看。

宋青青說，她小時候住的地方，有棵掛滿果實的梨樹，就長在她窗外，一伸手就可以摘到黃澄澄的梨子。

他像是無意地問：「那棟樓看起來年歲挺大，也是我爺爺捐贈的之一？」
淺夏「嗯」了一聲。
他又緩緩地問：「那，妳小時候，也是住在這裡面的？」
「是啊。」她低聲說：「還要多謝你家人。」
他笑了笑，沒再問下去。
已經下午兩點多了，淺夏和程希宣都還沒吃飯，餐廳已經沒有菜了。
「這附近有吃飯的地方嗎？」他上車時問。
福利院的眾人全都用八卦的眼神看著淺夏：「淺夏，妳帶程少爺去！」
被李姨推上他的車之後，淺夏抱著自己的包包，鬱悶地說：「這種地方沒有適合你的店。」
「我不挑。」他看到路旁有一家看起來門面還比較大一點的酒店，便找了個地方停車。
菜上來時，她早就餓得前胸貼後背了，也不理程希宣，抄起筷子就吃。
他坐在她面前端詳著她，忽然說：「飯前先喝湯……」
那句「營養又健康」差點脫口而出，幸好她及時咬住了自己的舌頭。她頓了一下，把飯菜吞下去，一臉茫然地抬頭：「什麼？一定要先喝湯嗎？」
他臉色平靜，說：「沒什麼，有人跟我說過，飯前先喝湯，營養又健康。」
她於是舀了一碗湯，捧在手中喝了一口，然後說：「你還真講究。」
他沒回答，只是皺著眉頭看她。
淺夏被盯得發毛，只好抬頭回瞪了他一眼：「你不吃飯卻看著我幹麼？」

「林淺夏，有時候，我真覺得我很難理解妳。」他單手支著臉頰，用一種好像很認真，又好像很迷茫的眼神看著她。「我不太明白，妳到底是怎麼想的。」

她疑惑地看著他：「啊？」

「我送給妳的那套首飾呢？還在妳身邊嗎？」

她皺眉看著他：「喂，你好歹也是堂堂程氏的少爺，送出去的東西，還想要回去嗎？」

「這倒不是，只是未艾忽然覺得還是妳那一套首飾比較好看，所以我想再向妳買回來，多加點錢也無所謂。」

「……」淺夏手中捏著螃蟹腳，瞪著他良久，鬱悶又悻悻。「你不早點說！我前段時間急著用錢，早就折價賣掉了！」

「然後以我的名義捐給了你們福利院，是嗎？」他問。

淺夏愣了一下，沒說話。

「所以我忽然很想知道，像妳這樣說謊不需要打草稿的人，對我說的，到底哪句是真的，哪句是假的。」

「哎呀，沒辦法，我是個重情義的人嘛，這是我最優良的品德。」她忽然笑了出來。「院裡養了我這麼多年，我總得報答，可像你這樣跟我沒什麼關係的，我就只能從你身上撈點錢給我重要的人啦，這是不是就叫做『劫富濟貧』？」

「不是。」他淡淡地說。「那妳應得的。」

「是呀，差點沒命才換來的，真正的血汗錢呢。」她毫不在意，笑著說。

他看著她漫不經心的笑容，低聲說：「有時候，我真覺得不理解妳。」

她的笑容依然燦爛：「需要你理解嗎？我們本來就是陌生人。」

「我最近，遇到了一個女孩子……本來，我應該已經遺忘她，可她總是讓我想起妳，所以我，一直無法忘記她。」他說著，盯著她臉上的表情，不肯移開目光。「林淺夏，我現在，把很多女孩子都當成妳。」

她在他審視的目光下，神情卻一點不變：「程希宣，世界這麼大，像我這樣的女孩子有很多，接近你的女生，也大部分和我一樣是為了你的錢——除了你家方未艾。所以真的別在意了，我都差點因為你而沒命了，現在對你避之唯恐不及，再也不可能出現在你身邊了！」

他盯著她良久，終於把臉轉向窗外。「妳還要回福利院嗎？」

「嗯，我還沒給小偉買巧克力呢。」

他淡淡地說：「禮物嗎……我也有一份禮物給他們。」

她咬著螃蟹，口齒不清：「什麼？」

「福利院那些老房子，非拆不可。」

她愣了愣，但也無可奈何，只低聲應道：「哦。」

「拆掉了之後，新建的房子，依然會讓福利院再繼續使用。」

淺夏彷彿被雷劈了，呆呆地看著他，手中的螃蟹腳頓時掉了下來。她深吸了好幾口氣，卻還是壓制不住自己的激動：「程希宣，多謝你……謝謝你！」

「前提是，如果妳是宋青青的話。」

淺夏因為狂喜而大睜的眼睛中蒙上了一層疑惑：「宋青青？那是誰？」

他注視著她，微微瞇起眼睛：「林淺夏……」

「不過，無論是什麼人，只要是你給我照片和VCR，我絕對能變成她的。」淺夏說著，微微抿起唇。「只要你幫助我們院裡，讓我……再死一次也可以。」

「算了……」他覺得心口湧起一股酸澀的感覺，只好移開目光，低聲說：「我會幫助你們的，因為我曾經和妳簽下了那個協議，妳也……確實差點因為我而送命，這個是我還妳的。」

吃完飯，他們一起到外面的超市去買巧克力。

她身上的錢不夠，所以只買了一塊。付錢的時候，卻看見程希宣推著一車的巧克力過來了，她頓時目瞪口呆。

他把卡遞給收銀員，若無其事地說：「聖誕快到了，給他們一人發一盒。」

淺夏的心中頓時湧起悲憤的火焰。

兩人提著大袋的巧克力出來，開車回福利院的時候，她注視著車窗兩旁不斷流逝的行道樹，忽然說：「程希宣……」

「嗯？」他瞥了她一眼。

「我以後，要忘記你。」

他沒有回答，直視著前方。路邊的樹木一棵棵向著他們迎面而來，又一棵棵往後退去，速度這麼快，目不暇接。

就像歲月流逝，當時還沒來得及想明白的所有事情的意義，就已經遠遠地落在他們身後，變成了灰黃的回憶。

他聽到淺夏慢慢地、低低地說：「以前，我確實想過要和你在一起，希望自己能一步登天。但現在，我想清楚了，我們兩個人，判若雲泥。你是天空的雲朵，我是地上的泥土，若我想要接近你，那只能是化為塵埃——人不能白痴到這種地步，是不是？」

他依然沉默，良久良久，沒有說話。

「半年前，我出了那次事故之後，掙扎了半個多月，才終於從昏迷中醒來。那個時候，我聽到你說的話了，你說……林淺夏死了最好。」她說著，把頭靠在窗玻璃上，長長地出了一口氣。「那個時候，我曾經想要伸手把自己的氧氣管掐斷，好讓你的未艾和你幸福地生活下去。」

她聽到了，那時他說的話。

他只覺得自己的心口劇烈地跳動，手掌也握不住方向盤了。在路邊的白楊樹下，他把車停下。風捲過殘存的乾枯樹葉，沙沙的聲音透過玻璃傳進來，隱隱約約，彷彿在另一個世界。

而他們在車內，與世隔絕，一片安靜。

「不過當然了，我這樣的人，怎麼可能捨得死掉？所以我一直好好地活著。偶爾夢見你，也不再那樣難過了，我想，再給我一點時間的話，我就能痊癒了。」淺夏微微地笑了。「這次多謝你，我也檢討了自己。對於無法接近的你，我存了太多奢望，所有痛苦都是我自找的。你沒有錯，是我沒有自知之明。」

窗外的白楊樹葉背是銀白色的，在風中翻轉時，陽光反射，一道道白光凌亂，晃動在他們之間。

淺夏的聲音緩緩慢慢，輕輕地說：「所以程希宣，我會忘記你的，我從昏迷中醒來後，已經不再喜歡你了；而現在，我也不再恨你了。」

「以後我們，是路人了。」

進入十二月之後，新年的氣氛就漸漸濃了。

十二月二十三日，就在淺夏一心期盼耶誕節來臨時，陳怡美打電話過來了。

「林小姐，這件事情……有點糟糕了……」

陳怡美和邵言紀現在的關係發展得一帆風順，所以已經有一段時間沒有打電話給她了，淺夏安撫她：「怎麼啦？妳慢慢說。」

「是這樣的，邵言紀的父親，身體已經痊癒了，他……決定耶誕節那天和我見面。」

「是嗎？這是好事呀，要恭喜妳！」淺夏頓時興奮起來。

「嗯……可是……可是……」

「可是什麼？」淺夏問。

「可是……他父親在落磯山附近的一個滑雪勝地休養，我之前……和他們聊天的時候，不小心說我也很會滑雪，所以他們邀請我一起去滑雪……」

淺夏覺得自己臉面抽搐了：「妳不會滑雪，為什麼要說自己會？」

「因為、因為他父親喜歡運動啊，我……我就迎合他，所以說了……」

「那麼兩天後就是耶誕節了，妳準備讓我給妳進行特訓嗎？」

「來不及了呀……」陳怡美帶著哭腔問：「所以我、我決定自己找一個地方趕緊練習，請妳先代替我去和邵言紀的父親見面，好嗎？」

淺夏在電話的這邊，痛苦得將自己的臉轉向一邊。

「陳小姐，這個要加錢。」

「是，沒問題！」

所謂的冤家路窄，一定就是這個意思。

頂著陳怡美的臉，在機場過ＶＩＰ通道的時候，淺夏看見了程希宣。

他遠遠瞥了她一眼，並沒有認出她的真實身分，只是向她點點頭。

淺夏深吸一口氣，立即投入陳怡美的角色，帶著怯生生的笑容，向他打招呼：「程希宣，好巧啊，你也去那邊？」

「妳是過去和言紀一起過聖誕嗎？」他臉上浮起一絲淡淡的笑意。「我聽說言紀的父親很喜歡妳。」

「是……是嗎？謝謝……」她有點害羞，低下頭臉微微紅了起來。

程希宣看了她一眼，看著她微紅的臉頰，忽然在一瞬間覺得她也挺可愛的。

他在心裡想，可能世界上所有的女孩子，都會有特別動人的一剎那吧。

頭等艙的人很少，他們坐得不遠，在通道左右，前後排。

十三個小時的航程，在這個空中監獄中，沉悶而漫長。

淺夏抱著毯子閉眼休息了一段時間，實在睡不著了，向空姐要了一杯水喝著，看著斜前方的程希宣。

他似乎睡著了，又似乎沒有，可能是此時氣流的關係，他閉合的睫毛在燈光下微微顫動，讓她不由自主地凝視著他，就像在看著自己年少時的夢想。

他卻似乎感覺到了有人在注視他，睜開了惺忪的睡眼，轉頭看她。

淺夏立即把頭轉了過去，假裝自己在認真地看電影。

他揉揉太陽穴，走到她身邊的空位坐下，看了看電影，是很久以前的一部片子，提姆波頓的《大智若魚》。

夢幻一樣的畫面，匪夷所思的情節，一切都像是假的，可最後孩子卻發現，滿嘴謊言的老爸，他的人生亦真亦假，如夢似幻。

他看著在葬禮上出現的那條大魚，若有所思：「有時候，這個世界上，真和假，根本分不清楚吧。」

淺夏摘掉耳機，低聲說：「真的就是真的，假的就是假的，就算能蒙蔽一時，卻不能永遠替代。」

灰姑娘永遠是灰姑娘，公主永遠是公主。

就算穿上玻璃鞋的仙杜瑞拉能暫時變成公主，可當午夜十二點的鐘聲敲響時，她依然要匆匆退場，而且，還會被玻璃鞋鋒利的邊緣割傷雙腳。

他低下頭，沉默地看著面前緩緩上升的片尾字幕，低聲說：「我本來也這樣認為，可我們的一生中，總會遇見一些能徹底改變我們想法的人，不是嗎？」

淺夏眨眨眼，假裝不解地看著他。

他沉默良久。安靜的夜色，三萬英尺的高空，前方無邊無際，漂浮在沒有憑藉的地方，人似乎也變得軟弱起來。

就像需要找一個樹洞，把自己的祕密埋進去一般。在這個虛幻一樣的靜夜中，雖然面前這個女孩子與他並不是非常熟稔，他依然慢慢地向她傾訴了自己心中深埋了很久的那些話。

「我遇見了一個女孩子，充滿矛盾，令人覺得不可思議，就像是披滿綺麗羽毛的熱帶鳥類，眩目迷人。她說的話和做的事，往往相互矛盾，我不知道是該相信她的話，還是相信她的人。」

淺夏聽著他緩慢的敘述，覺得自己的心頭慢慢地抽緊，就像是被人掐住了心臟上最重要的那一條血脈，全身的血液，似乎都停止了運行。

可她深吸一口氣，臉上卻露出微笑，帶著一絲八卦的意味詢問：「你是說未艾姊姊嗎？她真的很迷人哦。」

程希宣停頓下來，轉頭看了她一眼，似乎這才驚覺，她不過是自己見過幾面的女孩子而已。

他笑了出來，說：「是的……妳休息吧。」

她用不解的眼神看著他離開，回到自己的位置。

他們都像是沒事一樣，調暗燈光，在一片黑暗中準備入睡。

反正戴上眼罩，誰也看不出來，他們究竟是不是睜著眼睛，無法入睡。

落磯山是滑雪勝地，無數個大大小小的滑雪道，如同一條條白色緞帶，彎彎曲曲地延伸在針葉林之間。

坐纜車到達山頂滑雪場，淺夏在試滑雪板的時候，覺得自己好想哭。身上滿是矽膠和偽裝，又穿上厚厚的滑雪服，簡直就像是一團圓滾滾的肉球，這樣的造型去滑雪，真的有點危險。

但是沒辦法，拿人錢財，忠人之事，咬咬牙只得上。

幸好考慮到她的體型，邵言紀選擇的是比較平緩的坡道，也很開闊。雪質很好，粉狀雪讓速度不快不慢。

他們兩人滑過彎曲的坡道，從針葉林間穿過，前方就是終點。邵言紀的父親坐在那裡，笑咪咪地站起來準備迎接他們。

就在淺夏鬆了一口氣，以為自己有驚無險地到達時，忽然有個女生從樹林中衝出來，她的速度又急又快，一下子撞到了淺夏身上，兩個人頓時滾成一團，向著旁邊的柵欄撞去。

那柵欄只是普通松枝搭成的，顯然承受不住兩個人這麼猛烈的撞擊，眼看她們兩人肯定會撞塌柵欄。柵欄的後面，就是一個高高的陡坡，摔下去的話，說不定會粉身碎骨。

在眾人的驚呼聲中，淺夏眼急手快，用力將自己的滑雪杆插入雪中，在跌出去的勢頭稍微一緩時，立即抱住了身旁的樹幹，穩住了自己的身子，然後一伸腳迅速勾住了那個撞向柵欄的女生的滑雪板，將她險險卡住。

那個女生的頭已經垂在了陡坡邊上，離粉身碎骨只有毫釐之差，後面有人衝過來，將那個女生一把抱住，使她脫離險境。

這一下兔起鶻落，剛剛還在驚呼的人們幾乎不敢相信，愕然地看著她們，然後才有人鼓掌，大叫：「喔，太棒了！」

「怡美，妳反應真快，我真佩服妳！」邵言紀衝上來，緊緊擁抱住她。

淺夏露出不好意思的神情，笑了笑，轉頭看向那個女生。

擁著那個女生的男生已經摘掉了護目鏡，挽著那個女生走過來。

程希宣，居然是他。

淺夏看著那麼自然親密地和他手挽手的那個女生，覺得自己的太陽穴隱隱地像是有針尖刺入，尖銳的疼痛。

那女生摘掉眼鏡和盔形帽，一頭絲綢般的長髮頓時傾瀉而下。積雪皚皚的背景之前，她的肌膚與白雪的顏色幾乎無二。她就像是畫上的人一樣虛幻美麗，只剩了烏黑的髮，烏黑的眉和殷紅的脣繪出她的面容，而那一雙杏仁般的眼睛，則像是滴落在畫上的墨，還未來得及滲進去，所以水光瀲灩。

這麼美好的女孩子，這麼驕傲的美貌。

方未艾，方家王朝的公主。

方未艾過來握住淺夏的手，驚魂未定地微微吸氣，說：「真是多謝妳。我的滑雪板好像被人動了手腳，幸好妳救了我，不然的話，我可要完蛋了！」

美人就是美人，即使是這樣的神情，也比別人可愛上十分。

淺夏一時搞不清楚陳怡美是否見過方未艾，只好低著頭假裝害羞，笑著說：「我……我也只是湊巧啦，這個是不是就叫急中生智啊？」

「普通人能在這麼一剎那間反應過來嗎？怡美，妳真是超級厲害的！」邵言紀簡直都用崇拜的眼神仰望她了。

邵言紀的父親過來拍拍淺夏的肩，笑道：「還真看不出來，一向笨手笨腳的小丫頭，關鍵時刻這麼厲害。」

淺夏不好意思地抬頭朝他們笑笑，卻一眼看見了挽著未艾的程希宣，他用一雙暗夜星海般深不可測的眼睛凝視著她，彷彿要在她身上看出另一個人的影跡。

她沒來由恐慌，硬生生地轉過臉去，避開程希宣的目光，對著邵言紀的父親笑：「沒有啦，伯父。是湊巧滑雪板卡到了一起，不然我怎麼反應得過來？」

「陳怡美，我給妳介紹一下。」程希宣忽然在旁邊說：「這位是方未艾。」

淺夏不及多想，點頭：「哦，方小姐妳好。」

方未艾詫異地轉頭看了程希宣一眼，程希宣卻給她使了個眼色。

淺夏頓時警覺起來，立即改口：「不過，我和方小姐見過的……」

如果陳怡美真的沒有和方未艾見過面的話，她就說自己在媒體上見過，印象非常深刻好了。

方未艾笑意盈盈，她笑起來的時候，好像周圍的冰雪都要融化在她燦爛的光芒之下了。

「是呀，在布宜諾斯艾利斯。」

「嗯。」淺夏點頭。

「那麼下次再一起去馬德普拉塔打馬球吧，怎麼樣？」

淺夏仰望著她的笑容，在心裡深深感嘆，她真美，又美得這麼可愛，讓人一點妒忌也生不出來，只能仰望。

世界上為什麼有這麼可愛的人，難道是生來讓人自慚形穢的嗎？

從滑雪地出來，約好了一起吃晚餐，各人便回酒店去換衣服。

他們住的是同一家酒店，邵言紀和淺夏在六樓下了電梯，而程希宣與方未艾在十六樓。

電梯勻速上升，只有他們兩人。未艾抬頭看看監視器，笑道：「這次的電梯應該不會又被人動了手腳吧？」

程希宣沉默，並未回答。未艾撲過去抱住他的手臂：「好嘛，我知道我錯了，我還是應該好好地待在那個淡出鳥來的鬼地方，不應該跑出來玩。」

「如果不是陳怡美在千鈞一髮之時救了妳，也許我們以後就再也見不到妳了。」程希宣微微皺眉，低聲說：「是我的錯，我不該承受不住妳的死纏爛打，把妳帶出來。」

「唉，當初那個女生要是死了就好了，結果現在麻煩不斷……」

「胡說！」他忍不住開口斥責她。

她吐吐舌頭縮縮頭，卻笑吟吟的一點都不在意。

「叮」的一聲，電梯到了十六樓。他們出了電梯，各自回房。就在未艾開門時，她忽然想到什麼，說：「對了，那個陳怡美，確實有點不對勁哦。」

程希宣轉頭看她：「是嗎？」

「就是布宜諾斯艾利斯呀，其實我們見面是在上海嘛，怎麼可能在南美洲？不過你當時對我使眼色，所以我就故意說了馬德普拉塔呀。其實我從來沒在那裡打過馬球，你也知道我騎馬沒你那麼棒。」

「哦。」程希宣淡淡應了一聲，居然什麼反應也沒有。

未艾皺起眉：「喂，你覺得她是怎麼回事？」

「可能是不好意思當面說妳記錯了吧。」他說。

「是嗎？」她有點疑惑。

「是的。」他揉揉她的頭髮，說：「別在意。」

「聽說上半年方小姐出了點意外，現在看來，已經恢復了，真是恭喜。」一起在酒店用餐時，邵父向方未艾敬酒。

未艾舉杯，向他的關心表示致謝：「今年我和希宣都出了點事，但幸好都沒什麼大礙，也算是不幸中的萬幸了。」

出事……妳有出什麼事？

真正出了大事的淺夏，除了選擇沉默地埋頭苦吃之外，還能幹什麼呢？

邵父畢竟是年紀大一輩的人了，和他們這兩對年輕人不合拍，用餐完畢後就一個人回房間休息了。

邵言紀問淺夏：「怡美，妳知道嗎？本市的平安夜歷來都會燃放大批煙花，在市中心的市民廣場，我們一起去看吧？」

淺夏點點頭，帶著幸福的笑容看著他：「好啊！」

邵言紀興高采烈，又問程希宣和方未艾：「你們呢？難道平安夜晚上就準備待在酒店裡？」

未艾看了程希宣一眼，噘起嘴：「喂！」

自遇到淺夏之後，程希宣一直在沉默，像是被未艾的聲音驚醒，他抬起頭，在此時昏暗的燈光下，看著面前的陳怡美，和他平時熟識的一樣，個子小小又有點胖的女生。餐桌上的插花太高，燈卻懸掛得太低，從他這個角度看來，她隱藏在花影之中，看不清楚。

是不是，在雙眼模糊時看來，所有女孩子在背光的地方都是這樣的輪廓？

他面前的這個女孩，和他記憶中宋青青那一閃即逝的身影重合了，也和林淺夏疊合在了一起。

方未艾有點不高興，問：「希宣，我們去嗎？」

他「嗯」了一聲，又情不自禁地透過花朵看了陳怡美一眼。

模模糊糊，朦朦朧朧，半明半暗之間，令人恍惚。不知真假。

快到市民廣場，前方卻有大堆前去觀看煙花的人潮，他們被堵在廣場邊，一步也移不開。

「看來無論在哪裡，湊熱鬧都是要吃苦頭的。」邵言紀無奈地說。眼看人潮洶湧，根本過不去，他們也乾脆都下了車，站在廣場邊，等著看煙花升起。

遠處鐘樓上，八點的鐘聲敲響，與此同時，大片的煙花在空中瞬間綻放。紅橙黃綠青藍紫，漫天彩色花朵，絢爛奪目，璀璨盛開。

整個世界，蒙在瀲灩流轉的光華中，他們面前的樹木、噴泉、人群，全都鍍上了一層耀眼光輝，而天空明亮無比，被五光十色的花朵照徹，通透明亮。

邵言紀指著一朵散落的煙花說：「怡美妳看，那朵煙花，一大堆散落的亮光交織在一起，像一種花……夏天街上常常開的那種什麼來著？」

「是紫薇花吧……」她隨口說。「就是花瓣層層疊疊，像薄薄的彩紙堆疊起來的，和普通的花的形狀不一樣……」

站在她斜前方，與未艾緊握著手的程希宣，在這一剎那，如遭雷殛。

他慢慢地放開了未艾的手，站在漫天的煙火之下，一動不能動。

天空中的煙花，在一瞬間全都散落，化為烏有。

他只覺得自己的後背冒出了細細的冷汗。

紫薇花，層層疊疊的花瓣，像彩紙堆疊起來的，卻沒有花的形狀。

煙花落盡，喧鬧的廣場的黑暗中，他卻只覺得自己周圍忽然一片安靜。

只有耳邊，遠遠地傳來一點聲音，那是那個秋日，他眼睛看不見的時候，宋青青坐在他的身邊。

她說：「那些花開得真好，不知道是什麼花。」

他習慣性地轉頭看了一下，影影綽綽地看見那些花朵，盛開在濃綠色的背景中，顏色淡白。

他說：「好像是紫薇花。」

「真漂亮，層層疊疊的花瓣，像彩紙堆疊的一樣。不過這種花，近看的話，又不太好看，沒有花的形狀……」她這樣說。

宋青青……或者，她其實也不是宋青青。

她是千變萬化的蝴蝶，是流動不定的光彩，是煙雲離合，滿是迷霧。

就像沒有勇氣睜開眼看著命運一樣，他站在黑暗中，感覺到了一種深深的恐懼與悲哀。

煙花停歇了一會兒，然後半空中突然一亮，千朵萬朵的火花在空中競相綻放。這是煙火大會的最後一刻，空中不停有流溢的亮光從天而降，明明暗暗，光華萬丈。下面所有的人都仰望著這些邊開邊謝的花朵，在天空中奢侈地綻放出所有的光與色。

在這種明暗的無序交替中，在周圍的歡呼聲中，他在不知名的恐懼之中，終於還是忍不住，猛地轉頭看她。

天空中煙花亮起，她驟然出現在亮光之中。就像他在沉入黑暗的那些日子裡看到的，秋日午後的陽光中，她一閃而逝的剪影。

煙火的光芒在她長長的睫毛上，微微一閃，就像是淚光一樣，穿越過他們之間的空氣，滴落在他的心口上，漣漪一樣的悸動，輕微迴蕩，久久未能止息。

那輪廓，曾經被陽光用刀子刻在他的心上，是他在黑暗之中，一遍又一遍摹刻過的樣子。雖然被刻意改變，豐滿了臉頰，扁塌了鼻子，除掉了那一顆朱砂痣……可她依然是她，那種令他心悸的感覺，根本無法抹去。

層層的人影重疊在一起，光影交錯的瞬間，整個世界轟然破裂，天空中的燦爛光華都向著他傾瀉下來。

他大腦一片空白，不自覺地退了兩步，靠在了身後的樹幹上。他全身都沒有了力氣，覺得自己虛弱得什麼都看不見了。

在這樣熱鬧的時刻，喧譁的人群中，他只感到胸口在劇烈地抽搐。

無法承受。

看完煙火，人群漸漸散了，他們的車也終於可以移動了。

無論末艾怎麼反對，但她還是不得不離開了。她將連夜橫越北大西洋，回到聖・安哈塔去。

程希宣和他們一起回酒店。車子平穩無聲地駛過街道，道路兩邊的路燈如同順著道路連綿起伏的明珠一般。

邵言紀開車，淺夏坐在副駕駛座上。程希宣安靜地坐在後座，看著斜前方那個看不清面目的女孩子。

路燈一盞一盞，自他們身邊流逝，光芒在她的身上像水一樣流動。前一盞燈的光還未逝去，後一盞的光已經投射過來。重重疊疊的燈光，流光幻影，時光瞬息萬變，空間轉換，來了又去。

不知今夕何夕。

程希宣覺得自己的心口有一點黯淡的酸澀湧上來，微微暈眩。

回到酒店，淺夏洗了澡，立即就化好了陳怡美的妝。果然不出她所料，不到十分鐘，邵言紀就來敲她的門。

「出去散個步吧？」

散步……剛剛看煙花回來，還要散什麼步？

可是，陳怡美是絕對不會拒絕邵言紀的，所以淺夏也只能驚喜地點頭，說：「好啊好啊，等我一下！」

她裹著厚厚的大衣，圍著厚厚的圍巾，就像個粽子一樣圓滾滾地跟著他出了門。兩人在樓下高大的松樹之間慢慢地走著。

「妳覺得我父親怎麼樣？」邵言紀終於問。

淺夏趕緊點頭：「伯父人真好，真親切！」

「那麼妳覺得我呢？」他又問。

淺夏用迷戀的眼神仰望著他：「你……你更好，比很好很好還要好！」

他笑了出來，低下頭，凝視著她，說：「如果妳不再介意以前我曾經給妳造成的不愉快的話……是否能接受我的表白，讓我們永遠在一起？」

淺夏深吸了一口冷氣，瞪大眼睛，愣愣地看著他。

她在心裡想，真是對不起陳怡美，邵言紀對她的表白，居然是她代她接受的。以後她一定會遺憾的吧。

但她依然還是裝作驚喜地捂著自己的嘴，眼泛淚光，忠實又投入地將這場戲演下去：「你不是說，要等我減肥到五十公斤以下……才……才會……」

「是啊，一開始確實是這樣想的，但是真的喜歡上妳了，沒有辦法了……無論妳怎麼樣，我也接受了。」他說著，俯頭凝視著她，伸手輕輕捧住她的臉，聲音低若呢喃：「怡美……」

「言紀……」

淺夏下意識地輕聲喚出他的名字之後，才悚然一驚——不，接下來不會是……

果然，他閉上眼，低下頭，向著她吻下來。

這……這是什麼情況？她的腦中，快速地閃過無數念頭——

身為替身，應該要全心全意地投入委託人的角色，也就是說，她現在應該要充滿幸福地與他相擁而吻，享受自己來之不易的愛情。

可，身為一個十九歲的女孩子，這是她的初吻。

為了工作，要把自己的初吻獻出去嗎？

需要……這麼敬業嗎？

她還在遲疑著，邵言紀的脣已即將落在她的脣瓣上。

根本不受控制地，她將頭一偏，下意識地推開了他。

邵言紀站在她的面前，愣愣地看著她。

她只能結結巴巴地解釋：「我……我好開心，我……我覺得我承受不住……言紀，你知道吧，有時候……有時候人得到了自己一直夢想的東西，不知道為什麼，就……就好像不敢相信……」

看著她驚慌失措的神情，邵言紀才笑了出來，伸手拍拍她的背，低聲說：「走吧，沒什麼。」

她捂著自己的心口，一邊和他一起走回去，一邊亡羊補牢：「言紀……你說的是真的嗎？你是真的喜歡我嗎？我不是在作夢嗎？」

「不是。」他停下腳步，認真地說：「妳回去好好休息，睡一覺。要是妳明天醒來，覺得今晚的情形是作夢的話，那麼就來問我吧，我會給妳一百次一千次肯定的回答。」

「邵言紀……喜歡陳怡美？」

「對。邵言紀，喜歡陳怡美。」

淺夏瞪大眼睛看著他良久，終於慢慢地蹲在地上，淚流滿面。

邵言紀慌了，趕緊蹲在她面前：「怡美，妳怎麼啦？」

「我……我好開心……言紀，你知道夢想成真的感覺嗎？」是啊，真的好開心，終於可以結束這場辛苦的委託了，終於可以避免和這個學長邵言紀碰面了，也終於，可以不需要和程希宣認識的人扯上關係了。

她是真的，不想和他扯上哪怕一絲一毫的關係了。

不明就裡的邵言紀笑了出來：「喂，不需要這樣吧？」

「需要……你知道，一直以來，我喜歡你，有多辛苦嗎？」

他揉揉她的頭髮：「以後我會補償妳的。」

「不公平，一直都是我這麼苦追你，所以你以後一定不會把我放在眼裡的……」

「怎麼可能！我一定會加倍疼愛妳的！」

「發誓？」她仰起頭，用水汪汪的淚眼看著他。

他好笑地將她抱起來：「發誓就算了，反正妳以後有幾十年的時間來看我能不能實現自己的承諾……哎，怡美，其實妳雖然胖，可是不太重哦，這說明妳身上都是肥肉，是可以很容易地減掉的。」

因為那都是矽膠啊，和真正的重量能一樣嗎？

淺夏「咕」了一聲：「這是因為你心情好，所以才覺得我輕吧……那，要是我減不掉肥肉，你就不喜歡我了嗎？」

「這倒不會。不過我覺得妳還是努力一下比較好。」

「討厭！」

茲事體大，萬萬不能再繼續下去了！

淺夏藉口自己今天滑雪有點累，要去按摩，送走了邵言紀之後，一個人躲在按摩房內，趕緊打給陳怡美：「陳小姐，這樁委託我看可以到此為止了。」

陳怡美嚇了一跳，下意識地道歉：「林小姐，是我讓妳惹上了麻煩嗎？真對不起……」

淺夏在電話這邊笑出來：「哈哈，妳別著急啦。妳現在在哪裡？」

「我也到美國來啦，就在你們附近的一個滑雪場，聽說開車只要半小時。我要努力練習滑雪。」

「啊，真抱歉這麼晚了還打擾妳，我還以為妳現在在國內呢……」她趕緊說：「不過妳在附近就太好了，立即趕過來吧！」

「到底是……出什麼事了？」對方迷迷糊糊地問。

「是邵言紀，向妳表白了！」淺夏一字一頓地說。

陳怡美在電話那邊「啊」了一聲，便再也沒有聲音了。

「陳小姐？」淺夏拍了拍話筒。

「我……對不起，我是太……我不知道怎麼辦……」那邊終於傳來陳怡美的聲音，抽噎著，泣不成聲。

淺夏在這邊釋然微笑，果然，她表演的喜極而泣是正確的。

「趕緊回來吧，反正你們明天早上就要離開這裡了，不可能再去滑雪了。我們今晚就換回來，明天的耶誕節，妳可以和他在一起度過了。」

「嗯嗯！多謝妳，林小姐……」

「不需要，立即過來吧！」

陳怡美住在靠近安全梯的那一間房間。

程希宣一個人在安全梯內的幽暗燈光中站了好久。門後是燈光照不到的地方，他一身黑衣，在黑暗中，彷彿不存在一樣。

沉浸在虛無濃重的暗夜中，他靜靜地等待著她，或者，等待著結局的來臨。

心裡也不知道在想些什麼，一點冰冰涼涼的東西在胸口隱隱波動。

似乎，在害怕知道真相，可又似乎，不知道真相的話，自己將會永遠陷在殘缺之中。

也不知道等了多久，有個女孩子出了電梯，踩著地毯向這邊走來。

他站在黑暗的安全梯內，看著她走過來。

陳怡美，那個矮矮胖胖的女孩子。走廊上的燈光幽暗，隱隱約約地照在她的身上。這麼天衣無縫的一個女孩子，難道真的會是林淺夏妝扮的？

他深深地吸了一口氣，反倒安靜了下來。走出安全梯，他低頭向著她走去，擦肩而過時，她被撞倒，摔在了走廊上。

「啊，不好意思，陳小姐。」他伸手，握住了她的手腕，將她扶起來。

同時也摸到了她手腕上軟軟的肉，微溫，不像是矽膠貼上去的觸感。

他的手不由自主地往她的手臂上摸上去，在一層鼓鼓囊囊的肉上，悄悄掐住了一點皮。

如果是矽膠的話，當然是沒感覺的。

可陳怡美痛得立即甩開手，捋起袖子看著自己手腕上的痕跡，結結巴巴地說：「程希宣，你……你不小心掐到我了……」

因為胖所以柔軟的手臂，在衣袖捋起來時，因為遇到了寒風所以起了一層微微的雞皮疙瘩，細細的汗毛也因此豎了起來。

世界上，怎麼會有這麼逼真的矽膠？

他深吸一口氣，低聲說：「抱歉，我太慌張了。」抬手幫她將袖子放下，順著她的手腕滑下，握住了她的手掌。

大拇指根部，那條他曾經摸到過的疤痕，消失了。

她不是宋青青。

她不是林淺夏。

他所有的猜測，都是錯的。

「真命苦啊……」

淺夏連夜離開溫暖的五星級酒店，提著自己的小包包，拿著那個「陳怡美」的辛巴威假護照，上了最近的一趟灰狗巴士。

她剛剛把自己那個SIM卡還給陳怡美，所以坐到車上後，第一件事就是換上自己原來的SIM卡。剛一開機，老闆的奪命簡訊就過來了。

「林淺夏，立即給我回電話！」

淺夏嚇得趕緊給老闆撥過去。

老闆蠻橫霸道，劈頭大吼：「馬上趕到紐約！明天有一場很重要的戲！」

「不……不是吧……」

命苦的淺夏只好提著包包又衝下車，連夜買機票，直奔紐約。

在紐約一家二十四小時營業咖啡廳，淺夏和衛沉陸碰頭了。

「嘖嘖，這造型，挺別致啊……」老闆和她見面的第一件事就是嘲笑她。

「當初是誰求著我去幫助他的救命恩人的？」淺夏翻翻白眼。「老闆，我相信你將來也會有挺著啤酒肚的一天！」

「好吧好吧……」老闆不再進行人身攻擊，直接從包包裡丟出一個首飾盒給她：「哪，這個。」

她拿過來一看，眼睛頓時瞪大：「老闆，如果我沒看錯的話，這個東西叫鑽戒！而且、而且是這麼大的鑽戒！」

「十克拉，閃不閃？」

「閃！」

「想不想要？」

「這種東西，就算我很缺錢也不能要吧。」淺夏心驚膽顫地抬頭看他。「對女孩子來說，它等於是賣身契啊……」

「嘁，妳想要我還不給妳呢，而且這個鑽戒是假的，只是高級仿製品而已。」他瞟了她一眼，一臉不屑。「這次的任務是裝成柳子意的樣子，戴著這個東西去跟我秀恩愛。」

「你要和柳子意秀恩愛？」淺夏一臉驚嚇。

「當然我也是裝成別人的模樣了。最近柳子意沒什麼新聞爆點，所以經紀公司決定要弄個頭條新聞——剛好有一家網路公司，老闆和柳子意是好友，他雖然背景雄厚，但畢竟剛剛成立，需要一個迅速吸引人注目的爆炸性新聞。」

「不是吧，拿這個炒作？他們為什麼不自己親自出動？」

「因為這個老闆已經有妻有子，所以先將天后戴鴿子蛋戒指與已婚男人在紐約甜蜜過聖誕的新聞放出來，渲染十天半個月，鬧得越沸沸揚揚越好。然後潛心在國內拍戲的天后驚聞此消息，一把鼻涕一把淚地接受採訪闢謠，同時網站再發布嚴正通告，老闆是極品好男人，並且出示其一家人的溫馨照。最後發現那個女生原來是整容的山寨翻版，想走紅才惡意炒作，她在一片罵聲中銷聲匿跡……」

「這麼炒，也不怕炒焦掉。」淺夏都服了那些策劃了，她收起那個鑽戒。「行，那麼時間呢？」

「明天，帝國大廈旁邊吧。現在妳先和我一起去我下榻的酒店。」

「要不我們加一場戲，柳子意和已婚男人深夜共宿酒店吧，那個偷拍的人準備好了嗎？」

「偷拍的沒問題，但是這麼倉促，妳行嗎？」他端詳著她的造型。「妳起碼得卸掉五十公斤才行吧？」

她得意地揚起下巴：「給我十分鐘，我能讓瑪麗蓮夢露重生！」

當晚，天后柳子意和已婚男人十指相扣進酒店的照片，就被某個號稱自己在紐約旅遊偶然目擊到的人，貼在了微博上，第二天，就上了各大報紙頭條。

「天后也在紐約哦，我們今天會不會遇見她啊？」

邵言紀在車上研究著新聞，笑著問陳怡美。

陳怡美沉浸在幸福之中，笑得花朵一樣燦爛：「要是能遇見就好了，我還滿喜歡她的哦！」

「可是她和已婚男人約會，是小三插足哎……」

「是嗎？這可真不好……」她趕緊跟著邵言紀的語氣走。

「不過她唱歌真的不錯，我也很喜歡。」邵言紀又說。

「是呀是呀，她唱歌超級好聽的！」

程希宣冷眼旁觀，看著這一對沉浸在幸福中的戀人。雖然看起來有點不協調，可是只要他們自己幸福了，那麼一切都沒問題，不是嗎？

「既然你們要去玩，我就不打擾你們了，在前面那個商場門口放你們下來可以嗎？」程希宣問。

「好，麻煩你了。」這一對甜甜蜜蜜過聖誕的人，當然不願意有個電燈泡在自己身邊了。

就在他們的車駛近廣場時，陳怡美忽然看見了廣場上的一對人影，頓時吸了一口冷氣，趴在窗上叫邵言紀：「你看你看，柳子意！」

「不會吧，這麼巧？居然真的遇到了！」邵言紀抬頭一看，立即興奮地叫程希宣。「就在這裡吧，我們要下去看看！」

程希宣將車子拐到廣場入口，他們兩人謝過他，立即衝向廣場，圍住柳子意。

柳子意一副天后氣派，穿著白色的皮草大衣，手中挽著愛馬仕的包包。邵言紀和陳怡美向她要簽名，她點點頭，扯掉了自己的手套，露出了手上的大鑽戒。

程希宣坐在車內，冷眼看著她。

細高跟的靴子，冷感的黑色皮革一直包到大腿；褐色的捲髮，襯得一張妝容精緻的臉小得只有巴掌大；手掌纖小，虎口處紋著一隻小小的蝴蝶，那種靛青色襯得她的手越發白嫩。

明明是這麼無懈可擊的一個明星，驕傲而特殊，帶著一股凌厲的美，即使站在異國的街頭，也依然是可以被人一眼認出來的娛樂圈女星。

為什麼，他會始終覺得，她是第一次見面時，落在他車上的那一片雲朵，帶著燦爛奪目的光輝，以無法抵抗的力量，侵襲了他的人生？

結束了他，順理成章、完美寂靜的人生。

邵言紀和陳怡美忽然同時呆住，面面相覷。原來，這兩個奔上去要簽名的人，身上卻沒帶任何紙筆。

程希宣將車子熄火，取過車上的紙筆，下了車。

臉頰觸到一點冰涼，他抬頭看，陰鬱了一上午的天空，忽然下起了小雪。

如果這一次沒有認錯……那麼就承認命運，不要再抗拒自己的心了。

他向柳子意走去，將自己手中的紙筆交給她。

她臉上什麼表情也沒有，接過筆來，俐落地一圈一劃，簽好了柳子意三個字。

細細的雪，簌簌地自他們身邊落下。她濃密的捲髮堆在肩上，隱隱約約，描繪出臉部的線條輪廓。那些線條，他在腦海中曾經描繪過千遍萬遍，而這一刻，重合在他的眼中，天衣無縫。

她抬頭看了他一眼，神情淡漠，就像看著陌生人一樣，點了一下頭，將筆遞還給他。

他接過筆時，忽然抬手抓住她的手腕。柳子意愕然睜大眼看著他，還來不及反應，程希宣的手已順著她的手腕滑下，握住了她的手掌，捏住了她的大拇指。

摸到了，大拇指根部，那一條疤痕。

微微一點突起，彷彿有一根刺，永遠地扎在那裡。

那是她在電梯墜落受傷時，留在她身上的、永遠不能抹去的傷痕之一。

不會消失，無法拔除。

永生永世。

她的腦海中驀然閃過以前他眼睛失明時，握著她手掌的情形。

就像是被燙到手一樣，她想要狠狠地甩開他，然而他卻掀起她的髮絲，看了看她的耳後，然後抬手用力擦去。

遮瑕膏被抹掉，耳後那片因為不見天日所以顯得異常白嫩的肌膚上，有顯目的一點豔紅色，就像一滴血珠，刺入他的眼，讓他胸口那一顆心，在剎那間猛烈地跳動起來。

她用力推開他，慌亂地質問：「你要幹什麼？」

他卻沒有回答，只是用力抱住她，將自己的臉埋在她的髮間。

所有的猜疑，終於得到了肯定的回答。

一剎那間，胸口雲氣瀰漫，有什麼東西轟的一下炸開，讓他整個人幾乎都狂亂了。喉口窒息，什麼聲響也無法發出。他只聞到她髮間的氣息，淡淡的柑橘的香氣，清新舒適，摻雜著一種異常恬淡又單薄的氣息，似有若無，彷彿暗夜中青草的呼吸。

就像整個人墜落在漫天漫地的緋紅色花朵中，神之花的眩目光華，淹沒了他，再也無法抽身。

他低聲，如同呢喃一般在她的耳邊說：「林淺夏……不要假裝不認識我了，我早就說過……無論在哪裡，我都能一眼將妳從人群中認出來。」

淺夏的眼睛，愕然睜大。

「不管之前發生了什麼，不管怎麼樣，林淺夏……我愛妳。」

愛，這樣的字眼，從這個曾經殘忍無情地說出希望她死掉的人口中說出，她聽在耳中，卻只覺得憤怒狂湧上自己的腦門。

幾乎是下意識地，她抓住他的手腕，踹向他的膝蓋。

在邵言紀和陳怡美的驚呼聲中，程希宣在她攻擊自己的瞬間，放開了她，倉皇地退了一步，看著她微微地笑了出來。

旁邊的衛沉陸立即將淺夏拉開，護在自己身後，瞪了他一眼：「程希宣，你瘋了！」

程希宣沒有理他，只是盯著他身後的淺夏，良久，沒有移開目光。

而淺夏盯著他，一字一頓地，慢慢地說：「程希宣，我早就說過了，我已經不再愛你了，我也不再恨你了……從今以後，我們是路人，什麼關係也沒有。」

「勁爆消息！原來天后柳子意和已婚男人的戀情根本不夠看的！」

「風起雲湧，這中間還插了一個超級豪門完美男人的三角戀！」
「柳子意腳踏兩隻船，豪門大少苦戀花心女，已婚男紐約做陳世美，娛樂圈再掀暴風雨！」
憤怒地念出以上這些聳人聽聞的標題，柳子意把報紙摔在淺夏的面前。「林小姐，請妳給我個解釋。」
林淺夏今天的妝容是一個極其普通的職業女性模樣，她端坐在餐廳的坐椅上，神情疲倦：「對不起，柳小姐，我當時不知道這個人會忽然衝出來表白……妳可以向媒體解釋他只是妳的忠實粉絲。」
「那麼那些目擊者在論壇上說的，我不再愛你了，也不再恨你了，是怎麼回事？我要怎麼解釋？」
「是他們聽錯了，我說的是，我和你毫無關係，我們只是路人。」雖然運氣不好被幾個去紐約旅行的中國遊客看到，但反正又沒被拍影片，她一口咬定，誰也奈何不了她。
柳子意瞪大眼睛看著她，良久，神情忽然鬆懈了下來。包廂內寂靜無聲，她湊近淺夏，悄悄地問：「他真的是當眾衝出來對我表白的？」
淺夏點點頭：「是，對妳表白。」
「他是我的歌迷？」
「可能是吧。」
「哦……」柳子意若有所思，微笑了起來。「林小姐，這次雖然出了點麻煩，但造成的轟動效應更大，我就不追究妳的責任了，那麼……報酬我依然匯到妳原來的那個帳號，也希望妳能像以前一樣，對一切保持緘默。」

「放心吧。」她當然知道柳子意要幹什麼，但她並沒興趣關注。

天后手指上那個鴿子蛋，被人放大了之後在論壇研究了足足有一星期，雖然很模糊，但是經過研究，最後眾人得出的結論是，十克拉。

「真精確。」課間十分鐘，淺夏吃著洋芋片，看著報紙，驚嘆。

同班男生湊過來問她：「淺夏，妳喜歡這個柳子意啊？」

「滿喜歡的。」因為她是個大主顧，給錢也很爽快。

「哈哈，這種女人妳也喜歡？腳踏兩條船，現在又勾搭上了那個超級有錢人，叫什麼……程希宣的，真是道德淪喪啊！」

另一個八卦男生趕緊湊過來：「而且她還給一個有錢男人當小三，拉著人家的手在國外逛街，根本不避行人，假兮兮地把頭靠在別人肩上笑這麼開心……對方有妻有子，她都快被網上的人和媒體罵死了！」

「是呀，的確笑得很假。」她把報紙拿遠了看了看，端詳著上面自己的模樣。「我記得柳子意以前比這個好看啊……被偷拍的真的是柳子意嗎？」

「廢話，她本來就長這個樣子，她的臉全國人民都認識！」

「嗯，說得也是。」淺夏說著，笑咪咪的。

「不過比起這個娛樂圈緋聞，還是我們身邊的新聞更震撼。」有個男生一臉八婆地問：「你們知道嗎？那個陳怡美，居然真的追到邵言紀了。」

「什麼！」眾人大吼，幾乎把屋頂都掀翻了。

「上次耶誕節之前，邵言紀說，自己會在耶誕節向自己喜歡的女生表白……後來你們猜怎麼著？」

「怎麼著？」

「哪，就是這樣。」那個男生指指窗外經過的，牽著手甜甜蜜蜜在雪地裡一起散步的邵言紀和陳怡美。「聖誕過後，他們就這樣手牽手地出現了！」

眾人頓時都沉默了，看著那兩個人在雪地中笑鬧著跑遠，良久，有人喃喃地說：「看起來，真是不太相配……」

「不過，他們自己喜歡就行了，不是嗎？」淺夏看著他們，帶著笑容，長長地出了一口氣。

坐在擁堵的公車上，看著街邊的景物自身邊緩慢流逝，淺夏將頭靠在玻璃窗上，愣愣出神。手機震動起來，她打開來看，是衛沉陸的消息，老闆的命令還是那麼簡明扼要：「新任務，開信箱。」

她用手機登入信箱，路上訊號不好，登入頁面遲遲沒有顯示。

公車上的電視廣告終於放完，開始播放娛樂新聞。

「面對最近紛紛擾擾的傳聞，一直緘默的柳子意終於在今日上午召開記者會，出面澄清一切。」

柳子意盛裝打扮，顧盼生輝，在水銀燈下，簡直可以說是神采飛揚。

「我和某網站ＣＥＯ的緋聞，絕對是沒有根據的傳言，我們只是以前曾見過幾次面，這次偶爾在異鄉街頭碰見，所以才聊了幾句，但真的是普通朋友。」

下面有記者舉手提問：「那麼，你們兩人被偷拍到一起牽手進酒店的照片，柳小姐對此又作何解釋呢？」

「紐約的酒店雖然多，但是華人喜歡入住的只有那幾家，我們也是到了門口才發現下榻在同一家。當天天氣冷，門口有點薄冰，我又穿了那麼高的高跟鞋，所以他很紳士風度地牽著我的手進入。我覺得他是一個特別好的男人，但可惜我們只是朋友關係。」

天后雖然是唱歌的，可是演技也相當不錯，態度誠懇，神情坦蕩，讓淺夏這樣的專業人士都肅然起敬。

「對於和程希宣的緋聞，真相又是如何呢？」

「沒有人能阻止一個人喜歡自己，是不是？」柳子意的臉上浮現出一種無奈的笑容。「不過，將來怎麼樣，誰也不知道。他對我的心意我已經瞭解了，只是我還不敢倉促接受別人的愛，希望能相處一段時間再說。」

下面的記者頓時大譁，詢問聲此起彼伏：「妳和程希宣有發展的可能嗎？」

「程家是否真的會願意讓娛樂圈人進入自己家門？」

「程希宣的母親就是世界小姐，選美出身，也不是不可能！」

「但是，傳聞程希宣和方家大小姐方未艾即將訂婚，難道程希宣真的會因為柳子意而放棄與方家聯姻嗎？」

柳子意矜持地抬起下巴，不做任何回答。

助理趕緊護著她離開，經紀公司的人出來做結束語：「柳子意小姐言盡於此，請大家不要妄加揣測，一切都要等待時間！」

這句話一說，簡直就是催著大家猜測了。

記者們蜂擁著去追經紀人和柳子意，努力要挖掘更多料。明星、豪門、三角戀、劈腿、小三、奪夫戰、商場、聯姻、娛樂圈……所有吸引目光的元素，盡在此樁緋聞。

所有人的眼神中都透著興奮的光芒——讓八卦來得更猛烈些吧！

公車上的人也在沸沸揚揚地議論，有人認為柳子意是小三，插足別人婚姻；有人認為程希宣劈腿，拋棄自己多年的戀人；有人覺得還沒結婚就散場，只能說是真愛無敵；有人痛罵狗男女，有人同情失愛弱者……

淺夏覺得真可笑，她靠在玻璃窗上，無聲地笑著。

這個世界上的人，誰會知道真相呢？

柳子意再怎麼謀劃轟動效應，也註定會落空。程希宣這樣的人，是絕對不忌憚當面打人巴掌的。追問他和柳子意緋聞的記者，能得到的回答只會是，我和末艾的婚禮將會如期舉行。

因為程希宣，即使是豁出自己的性命，也不會讓方末艾受到一點傷害的。

信箱終於打開了，裡面是一個熟人的信。齊娜娜，那個曾經委託她去見網友的女生，給她寫了信——

林姊姊：

自上次妳幫我料理了那個網友之後，我現在真的有聽妳的話，乖乖地上學。可是，可是我其實還有件事沒告訴妳……其實我之前，因為很相信他，所以我把我的學校也告訴他了。

前幾天，那個「西蒙王子」好像被保釋出來了，他現在天天堵在我學校門口，而且他一定要我去和他見面一次了斷，不然的話，就一直纏著我不放。

我不敢告訴爸爸媽媽，也不敢驚動學校，怕會給我記過，所以我現在唯一可以信賴的人就是妳了，請妳一定要幫我！

我的電話沒有變，請盡快聯絡我吧！

——齊娜娜

售後服務也是淺夏的工作之一。

所以她和齊娜娜確認了一切事宜之後，第二天下課後，便奔赴了約會場所。

「可是，我很擔心他會叫一大堆壞人過來，林姊姊妳要小心啊！」

「放心吧，沒事的。」

可是，做好了一切準備之後，對方過來的人還是讓她嚇了一跳。

那猥瑣大叔的身後，果然遠遠地跟著一群人。那群人領頭的是個紅頭髮男人，手臂上有一個猙獰的蠍子刺青，居然是程希宣住院的時候，隔壁那個女病人的兒子，和她發生過爭執的混混嘛。

她忐忑地打量著面前這十幾個人，在心裡思忖著，難道這個猥瑣大叔，真的為了報仇，而帶這麼多人過來？

要是她沒受傷之前，身手靈活，對付這麼多人也沒什麼，可是現在……

那個混混當然不認識她，他往行道樹上一靠，把手中的鐵管在樹幹上敲著。隨身攜帶著這樣的凶器，居然一點都不在意被人看見。

她左右看了看，硬著頭皮走向那個四十多歲的猥瑣大叔。

大叔一看見她，立即縮成一團：「同、同學，我、我只是想要點醫藥費的……妳、妳不需要叫這麼多人跟著我吧？」

淺夏莫名其妙，掃了一眼那群人，忽然明白過來，其實那群人根本就不是這個無能大叔叫來的，他現在也怕得要死呢。

所以她一臉跩跩的樣子。「哼」了一聲，壓低聲音說：「現在你知道了吧？以後要是再敢在我面前出現，小心我對你不客氣！」

他早嚇得腿都軟了，看她捏著雙拳，就要像上次一樣暴扁自己一頓，嚇得趕緊抱頭就跑。

淺夏在他身後大吼：「你要是再敢在網上勾搭小女生……」

「不敢了、不敢了，真的不敢了……」

話音未落，人早已消失得無影無蹤。

淺夏翻翻白眼，俐落地轉身就要走時，卻發現那群人一聲呼哨，當頭那個紅髮男掄起鐵管就向著旁邊的停車場走去。

她有點詫異，本想要離開，但猶豫了一下，還是悄悄地跟了上去。

他們來到地下車庫，幾個人站在那裡抽了幾根菸。電梯叮的一聲開了，有人走出來。

淺夏在門口看不見那是什麼人，但很快她就知道了，因為有人說：「程希宣，兄弟們在這裡等候多時了。四叔讓我們給你託個話，你們老是躲著也不是辦法，要一條命，還是兩條命，自己選。」

淺夏靠在門口的牆壁上，屏住呼吸，聽到程希宣冷冷地問：「那個混蛋呢？他那條命是已經沒了？」

「這個我們不知道，我們都是替人做事的。」紅髮刺青男說著，晃著手中的鐵管。「別想逃了，這世界就這麼大，你們能躲到哪裡去？」

程希宣沒說話，似乎不打算理會他們。

地下車庫一片安靜，淺夏正在遲疑，忽然聽到一陣雜遝的腳步聲響，只見幾個人衝了出來，全都穿著黑色西服。

淺夏心裡了然，程希宣近期遇到這麼多事情，身邊當然要配保鑣了。

見保鑣出來了，那群人不由分說，掄起手中的鐵管就和他們群毆起來。

淺夏正想要悄悄離開，誰知旁邊被砸起的一塊碎玻璃帶著風聲向她飛來。她下意識地叫出來，捂住了頭，轉過身去。

程希宣已經瞥到她的身影，便奔到她身邊，打量一下她，皺眉問：「妳又打扮成這個小女孩，蹚這趟渾水幹什麼？」

淺夏知道他早就見過自己這個造型，現在要假裝也沒用，只好抱著頭，白了他一眼：「你當我閒的？我只是不小心被扯進來！」

還沒等她說完，後面那個紅髮男又掄著鐵管撲上來了。

程希宣下意識地推開她，避開砸過來的管子，誰知自己的肩胛骨卻被重重砸到，兩人一起摔倒在牆角。

淺夏還想站起來和那群人幹架，誰知按住他腰的手忽然觸到了溼黏的血跡。

她嚇了一跳，趕緊將手抽回來，一看他的後背，被牆上那塊碎玻璃劃破了襯衣，一動就有血流下來。

「你……你沒事吧！」她抬頭看他，顫聲問。

他搖了搖頭，說：「沒事，這邊沒有大動脈。」

淺夏看他傷口並不大，略微放下心。那邊的混混畢竟是業餘的，在專業的保鑣的打擊下，早就作鳥獸散了，個個衝著門口狂奔，向著他們這邊而來。

看起來，就算是被抓，那群人也想把他們當作墊背的。

「快跑！」淺夏拉起他，兩人在暗夜的街上沒命地奔跑。

這是一年中最寒冷的時刻，在這樣的深夜裡，喘息出來的氣都變成了白霧。在奔跑中，他們感覺有點點冰涼黏在了身上。

抬頭仰望，天空中有雪花緩慢地飄了下來。

程希宣的傷口雖然不大，但在奔跑的途中，他還是因為疼痛而稍微減緩了腳步。淺夏緊緊地握著他的手，拖著他往前跑，十指與他緊緊相扣，彷彿永遠都不會丟下他。

雖然在現在這麼危急的情況下，他卻覺得心口中流溢出了一些讓他難以自禁的甜蜜來。身後那些凶神惡煞的人在追趕著他們，這樣冷落的街道，兩旁的路燈一盞一盞在他們身邊流逝而過，輕雪在他們身邊塵埃一般飛舞，他們牽著手，在一路流動的光彩中，就像在攜手奔向一個未知的夢境。

就像很久以前那一次，他們從公園裡偷了幾棵野草，她拉著他，也是這樣在街上狂奔。

只是那個時候他並不知道，那其實是他最幸福的時刻。

可是，雖然淺夏跑得不慢，但受傷的他畢竟還是拖累了她。後面的人緊追不捨，漸漸地近了，他的保鑣人數沒有那些混混多，被纏住了，一時沒有趕上來。

他在一個拐彎處放開她的手，放緩腳步，急促地說：「妳先走吧，我不會有事的。」

她一把抓住他的手腕，大吼：「別開玩笑了！」

他愣愣了一下，被她拖著，不由自主地跟隨著她往前跑去。後面雜遝的腳步聲越來越近，他們倉促地回頭，甚至都可以看清後面那些人的面容了。

真的跑不動了，沒辦法了。

程希宣因為失血有點眩暈，靠在旁邊的電線杆上，示意淺夏先跑。

淺夏的頭髮上已經掛了一層薄薄的雪，她盯著程希宣。有一片雪花落在她的睫毛上，又被熱氣蒸騰成一滴水珠，自她的睫毛上墜落下來，落在臉頰上光芒幽微，倒像是一顆淚珠。

她回身，擋在程希宣的面前，盯著衝過來的那些人，大吼：「你們別過來！敢……再過來試試看！」

「試試就試試，怕我們不敢替妳收屍？」紅髮混混上前抓住她的衣服，往後一推。她剛剛養了半年的傷，體力不比以前，又跑得脫力了，踉蹌著連退好幾步，腳一軟，就要摔倒在地。

就在她的頭要與地面接觸的時候，程希宣一把抱住了她，將她扶了起來，低聲問她：「妳沒事吧？」

淺夏倉皇地回頭，隔著稀疏下落的雪花，看見程希宣在幽暗的夜中目光明亮，是那麼平靜。

「沒事就好了……快走吧！」程希宣放開她的手。

「好吧，既然如此，那我就只好按照四叔說的……」紅髮刺青男挑釁地揮著鐵管，向著程希宣的腿做了一個高爾夫的擊球動作。「你代替她也一樣。」

還沒等他說完，淺夏已經轉身向著他們這邊衝來，直撲向那個紅髮刺青男。他眼看著她來到面前，還沒來得及防備，她已經伸手抓住他的手肘一托一扭。他的關節劇痛，手中的鐵管不由自主地鬆落。她立即抓住那根鐵管，死死地握著，擋在程希宣身前。

紅毛愕然，瞪著面前這個貌似只有十四、五歲的小女孩，大叫：「就憑妳也敢攔我們？」

淺夏用力搖頭，用虛弱的聲音結結巴巴地說：「你們……你們還不快跑？我……我要報警了！」

她色厲內荏的威脅並沒有阻止住他們，他們的圈子反而越圍越小。紅毛接過別人手中的一把西瓜刀，先衝了上去。

淺夏乾脆俐落地掄起手中的鐵管，向著他的臉頰，啪的一聲拍了過去。不偏不倚，鐵管抽在他臉上。紅毛捂住自己的臉，劇痛無比，頓時「嗷」的一聲叫了出來。

後面的人見頭頭一下就被打了臉，立即湧上來，想要群毆。

淺夏在混亂之中不慌不忙，啪啪啪幾聲，專門抽他們的臉。不一會兒，那些混混個個都是眼淚鼻涕橫流，夾著鼻血，慘不忍睹。

淺夏只覺得自己的手臂瑟瑟發抖，雖然這幾下管子掄得輕鬆自在，可其實她已體力透支，快支撐不住了。

她喘息粗重，擋在程希宣面前，用管子對著他們，咬住下唇不說話。

那群人互相看著，畏懼得不敢上前。

程希宣坐在地上，抬頭仰望著她。她護在他身前，額前亂髮之下，目光在遠處燈光的映照下隱隱透著狂亂的光芒，一瞬間無比灼眼。

他感到自己的心臟，不受控制地狂跳。

在這一刻，他忽然覺得，這也許會是自己一生中最安心的時候了。他從未想過，有一天，會有一個女孩子，擋在他的面前，保護著他，幫他攔下一切。彷彿是被她的氣勢嚇到了，那些混混們面面相覷，一時竟然不敢上來。正在他們躊躇的時候，後面的保鑣已經追上來了，越來越近。

紅毛「呸」了一聲，捂著腫得高高的腮幫子，看著面前緊緊握著鐵管的淺夏，悻悻地說：「算妳狠，等著瞧吧！」

一群人轉身而逃，淺夏這才覺得自己全身的力氣在瞬間都被抽光了，剛剛支撐她的那股勁一下子消失殆盡。她腳一軟，坐倒在程希宣身邊，丟開了鐵管，嚇得一句話也說不出來。

程希宣輕輕地伸手，揉揉她的頭髮，低聲問：「沒事吧？」

她茫然地搖搖頭，看看自己手腕上沾染到的血跡，眼淚一下子流了出來。

程希宣伸手幫她擦眼淚，說：「怎麼啦？剛剛明明很厲害的樣子……」

他聲音很溫柔，動作也溫柔，手掌溫溫暖暖的。那溫暖滲進她的肌膚中，在這樣的寒夜中，她真的很想將他的手握住，貼在自己冰冷的臉上，暖一暖自己。

可，她終於還是用力咬住下唇，將他的手打開，將自己的臉埋在了膝蓋上。她想，沒有辦法留住的溫暖，始終是沒有用的。

她要不到，也不想要。

她扶著他上了車，兩個人坐在後座，車內開了盞橘黃色的小燈。她扳過他的肩，就著黯淡的燈光，看著他背後的傷。

血跡在奔跑中又滲出了不少，印在他淺色的襯衫上，格外怵目驚心。

她俯頭貼近他的背，仔細地看著。

她的呼吸，因為剛剛的劇烈運動而未能平息，噴在他的後脖頸上，讓他那裡的肌膚忽然起了一層微微的雞皮疙瘩。

外面的黯淡景色，在他們身上流逝。他看到車窗上兩人的影子，她跪坐在他身側，彷彿伸著雙臂抱著他，將她的頭擱在他的肩上，一動不動。

忽然之間，整個世界恍惚起來，水波粼粼。

因為心中那一種不明的動蕩不安的悸動，程希宣不由自主地放緩了呼吸，凝視著他們的影子。但願這一刻，永遠不要消失。

第六章

夜

「你今年真是多災多難，莫非是流年不利？」

知道程希宣受傷後，程父特意打電話過來慰問：「你先回來休養吧，等過年的時候，我們去黃大仙廟燒頭香。」

程希宣無奈地笑笑，父親還是老派人作風。

「我想和流年並無關係吧，你知道是為了那件事……已經追到中國來了。」

父親沉吟許久，問：「還是不知道對方的來歷嗎？」

「若知道的話就好解決了。圍毆我的人，有稱上面的人為四叔，但那四叔也只是一個地方頭目，或許順著四叔繼續查下去，可能會有什麼線索。」

「對方勢力這麼廣，有黑道背景又完全在暗處，對我們來說太危險了。」程父說著，又轉變了話題，說：「你先過來，未艾和她的父母在等你。」

他應了，又問：「有什麼要事？」

「情勢緊急，難道我們能將她棄之不顧？低調一點，不宴請賓客，這事就先定了。」程父緩緩地說：「我不信這世上，有什麼值得我們程家去怕的麻煩。」

放下電話，他翻來覆去地看著自己的手掌。那上面彷彿還留存著七年前，他握著母親冰涼的手時的觸感，還有那曾經在心裡默念了一遍又一遍的誓言。

他一直盯著自己的手看，彷彿這樣就能忘記自己需要忘記的東西，永遠清楚自己是完美無瑕的程希宣。他的人生，不可能出錯。他不能把自己七年來辛辛苦苦建立的一切，在瞬間摧毀。

和末艾在一起，是他最圓滿的人生。

他轉頭凝視著桌上末艾的照片，凝視著那上面的笑顏。

她和林淺夏，不一樣。

即使擁有經過出神入化的上妝後、拿放大鏡一點一點去對比也沒有差別的容貌，但不一樣的人，就是不一樣。

她沒有林淺夏那種奪目的吸引力，林淺夏也沒有她那種天之驕女的氣質。

他還記得自己十三歲的時候，父母將方家的女兒方末艾介紹給他。他的父親說，希宣，方家一直與我們程家交好，希望這一代能有更好的關係。

當時他是不以為然的，因為年紀小，也因為，對未來毫無所知。

十六歲的時候，他母親去世了。臨死的時候，母親握著他的手說，希宣，是我對不起你。那個時候他真正看清楚了自己的前路，也徹底地將自己以前的理想和追求拋棄了，走上了完全不同的人生道路。

所以在末艾牽住他的手安慰他時，他在心裡想，她有什麼不好，她完全可以成為自己順理成章人生中美麗的一環。

從那之後，他成為了父親的驕傲，劍橋畢業，順利接手家族生意，和末艾成為人人稱羨的一對，無波無瀾，心想事成。

直到，他遇見了林淺夏。她幾乎是從天而降，帶著一身光芒落到他的身邊，將他此前七年辛苦建設的一切，輕鬆夷平。

到現在才發現，這個結局清清楚楚地呈現在他面前，告訴他，即使你一生完美，但你心底永遠有一個地方，殘缺了一塊。

因為，他自始至終都知道自己不愛未艾。

她只是他完美人生中，不可缺少的東西。

這麼想來，他對未艾，又何嘗是公平的？

已經是一年中最冷的時候，室內暖風開得有點大，落地窗外的陽光照進來，明亮刺眼。他有點懊惱地抬手捂住自己的眼，眼前一片黑暗，便想起那個時候，他沉在黑暗中，和她一起撐著傘走過廣場的噴泉。他看不見來路，只憑著對她的信賴，慢慢地走下去，覺得心中平靜無比。

他忽然覺得，雖然眼睛已經恢復了，可是，卻還像是看不見這個世界一樣。

因為，如果他的眼睛不是用來凝視著她的話，似乎，也沒有什麼意義。

這種突然湧上心頭的絕望感，驟然之間擊潰了他一直以來的執念。過往的一切，關於母親，關於未艾，似乎都變得不再重要了。

重要的是，想見她，想和她在一起，想逃離開眼前這個讓人壓抑的世界。

在這一瞬間的恍惚中，他放任自己，想著林淺夏。

想著她在他身邊睡著了，他親吻她的頭髮時，聞到的那一絲淡薄的香氣；想著聖誕的煙火之中，她呈現在花火之中的身影；想著她在紐約那場凌亂的雪中，低聲說，程希宣，我不愛你了，甚至也不恨你了，我們以後，是路人。

路人。這兩個字，讓他猛然驚醒。

無論以前，現在，他們發生了什麼，但她已經和他毫無關係了。

他們之間所有的一切，其實是他親手埋葬的。

他覺得胸口疼痛，比那一晚玻璃扎進他背上的肌膚還要疼痛萬分。彷彿為了紓解這種痛苦，他深深地吸了一口氣，拿起桌上母親的照片，凝視了良久。

她還在照片中微笑著，笑容嫵媚，但目光中卻有著孩子一樣的純真，混合著女人的風韻與少女的清純，彷彿永遠不知世事，不曾經歷風雨。

他輕輕地吻了她一下，將照片放回桌上。

就像這給了他勇氣，他通知管家，去訂最近一班去歐洲的航班，馬上出發。

司機開車送他去機場。

他在副駕駛座上，看著一路黃昏的景色在身邊流逝。

在經過那個路口的時候，他忽然想起來，今年春夏之交的時候，就是在那裡，林淺夏落在他的身邊，挾帶著全身的燦爛光芒，比那時的晴空還要明淨。

他伸手打開前座的納物盒，看見那顆小小的珍珠還在裡面。

米粒一樣的珠子，光彩淡淡。

他握在手心看了又看，直到進入機場，換了登機證，托運了行李，上了飛機，他才發現，那顆珍珠，一直都被自己緊緊握在掌心。

即將開始十二個小時的旅程。

程希宣透過玻璃看著外面。天色已經暗下來，整個城市即將入夜。

而事實上，這個夜將會很漫長，橫跨歐亞大陸，一直到他下飛機，他面臨的，將依然是沉沉黑夜。

漫長得令人沮喪，彷彿黎明永遠不會來。

登機通道緩緩收起，機組人員在示範救生器具的使用。

他沉在自己的思緒中不可自拔，想到父親的話，他的意思是要他回來之後和未艾訂婚吧。

認識了十來年，每年她生日舞會上的第一支舞，都是他陪她跳的。所有人都默認他們是一對，他們也自然而然地牽著手沒有否認。

雖然聚少離多，但一直都是每週一通電話，在結束的時候說，我想你。

自由散漫的未艾，滿世界去尋找新奇的事情，有時給他發的電子郵件裡是她在世界各地的笑容，有時候是她在挪威釣到了巨大的鱈魚，有時候是她在非洲牽著枯瘦的孩子，有時候是她在南美的叢林中找到了形狀怪異的毛毛蟲……無論身在何處，她永遠興致勃勃，如同綻放的玫瑰。

她其實擁有他羨慕而嚮往的、夢想中的人生。

在他拋棄了夢想之後，至少，還有一個人能自顧自地生活在理想的世界裡。所以他是真的想要盡全力去呵護她，讓她的世界永遠沉浸在夢想的光輝中。

他看著她一天天地長大，就像看著年少時的自己長大一樣，長成自己所要長成的模樣，無憂無慮，放縱恣意，從不懼怕，從不猶豫。

而這替代感和愛情，又是否一樣？

恍惚之間，模糊紛繁的念頭侵襲了他，讓他坐在飛機上，茫然不知自己去往何方，正在何方。

他覺得自己的手心像是被那顆小珠子刺痛了，微微滲出汗水來。

這麼多年來，順理成章的日子並沒有什麼不好。

和未艾的相處也有溫馨和歡笑。她是他，應該選擇的人。

沒有什麼不好，甚至，是完美的。

只是……

他揉著自己的太陽穴，想要把那些恍惚的念頭都趕出去。只是那些不斷疊加的印象，真的沒辦法揮去。

母親去世的時候說，希宣，我對不起你。

每年的生日舞會，衣香鬢影中，水晶燈下，他和未艾跳的第一支舞。

開滿瞿麥花的山坡上，林淺夏令他呼吸停滯的身影。

合歡樹篩下的陽光中，她離去時，淡淡的一抹痕跡。

煙花幻影中，她虛幻得幾乎要淹沒在黑暗中的輪廓。

……

飛機上的廣播在提示旅客繫好安全帶，飛機即將起飛。

他覺得自己的胸口像是被人狠狠撕開一樣，手指的骨節捏得發白，腦中嗡嗡作響，他幾乎無法呼吸。

有空姐走過來蹲在他面前，微笑著輕聲問：「先生，請問您是否不舒服？」

他如夢初醒，轉頭看著外面的夜色，低不可聞地喃喃著：「對不起，我要下飛機。」

「啊？」對方頓時愕然地睜大了眼睛。

「對不起，可是我，沒辦法回去了。」程希宣站起來，頭也不回地朝機艙門走去。他的手中一直緊握著那顆珠子，那珠子硌得他的掌心隱隱作痛。

終於考完了最後一門課，寒假開始了。

淺夏回福利院幫孩子們搬家。舊的大樓要拆掉了，新的大樓即將修建，一院的人都歡天喜地搬去工作樓，先將就幾個月。

「那個程家的少爺真是熱心慈善，我們是不是應該聯絡媒體報導一下？」院長問淺夏。

淺夏眼也不抬：「不需要。」這是她拿命換來的，根本不關程希宣的事。

秋秋在旁邊說：「不過淺夏妳能聯絡上程家，真的很厲害啊！」

她低聲說：「這也是湊巧。」

「那個程希宣真是完美無缺，高、帥、溫柔、心地善良……」

「溫柔善良？不見得吧……」淺夏暗自嘟囔。

小偉抱著書包經過他們身邊，八卦地說：「他對淺夏姊姊也特別好！」

眾人交換著曖昧的眼神，個個竊笑。

「他就是那樣的人，表面工夫做得很到位，對誰都一樣。」淺夏鬱悶地說著，看看天色不早了，趕緊告別了他們，去趕最後一班車。

累了一天，她在車上昏昏欲睡。老闆打電話給她，響了好幾聲她才聽到，趕緊手忙腳亂地接起來。果不其然，脾氣超大的老闆劈頭就罵：「林淺夏，妳在幹麼？連老闆我的電話都這麼久才接！」

「至……至少我接了呀……」她心虛地說。

「扣下一椿委託百分之十的獎金！」他直接點她死穴。

淺夏發出一聲哀號，車上的人紛紛看向她，她只好縮起頭，低聲哀求：「要不換個懲罰方式嘛，老闆……」

「那麼等我們見了面，看看妳的表現再說！」他啪一下就掛掉了電話。

淺夏看著自己的手機，都快哭了。

因為受了老闆的傷害，所以淺夏覺得自己身心疲憊，爬樓梯都無精打采的。

感應燈一層一層地依次亮起，她慢慢走上樓，拐彎時，忽然站住了。

剛剛亮起的燈光投在她家門外的樓梯上，照亮了一動不動坐在那裡的人。

他像是沉在夢魘中一樣，僵直地坐著。只在燈光亮起，他聽到她的聲音之後，才慢慢地抬起頭，用一雙因為在黑暗中睜了好久，一時不適應光線而有點恍惚的眼睛，定定地看著她。

她站在樓梯下，而他坐在樓梯上，十幾級臺階的距離，他們看著彼此。

光線從他的身後投射在她的身上，一瞬間，像是隔離出了一個與此時的暗夜完全不同的世界，明亮，平靜，充滿溫暖的光。

彷彿是燈光刺激了他的眼睛，他的眼中不由自主地蒙上了一層淡淡的水氣，使得他黯淡的目光變得溫柔而虛弱。

她覺得自己心中的某個地方，微微地顫抖起來。

夜風輕輕吹過，一片冰涼的安靜，流過他們的肌膚。

良久，他才低聲說：「林淺夏，我本來要回歐洲和未艾訂婚了。」

淺夏咬住下唇，沒有回答。

「可……就在即將離開的最後一刻，我忽然退縮了。」他緊握著雙手，愣愣地坐在她面前，如囈語一般，喃喃地說：「好像，我這麼久以來所有的人生目標都在瞬間崩塌了，一切都無關緊要，連我曾經堅信不疑的，我的未來，似乎也都跟我沒有關係了……我和未艾訂婚、結婚，以後我的人生是所有人都看得見的最好的那一種──只是沒有妳。這念頭，忽然讓我覺得恐懼極了。」

他說著，沒有看她，只是一動不動地凝視著前方虛無的一點。黯淡的光線照在他的面容上，恍恍惚惚。

「其實我平生並未害怕過什麼，只是在這一刻，我忽然覺得，如果永遠失去了自己最想要的人，那一定是世界上最恐怖的事情，以後的人生，也許就此全是黑暗，再也沒有任何光亮了。所以我寧願逃離自己完美的人生，從飛機上跑下來，來這裡找妳……」

他被飛機上所有被耽誤了行程的乘客憤怒責罵，明天的新聞上肯定也會有各種不同的揣測，可他都無所謂了。他只是握緊自己手中那一顆硌得他發痛的珍珠，順從自己的心，任性地放棄了順理成章的路途。

他低聲說：「我想再見妳一面，和妳說一些，應該要對妳說的話。」

看著他近乎哀求的目光，淺夏深吸一口氣，打開門，示意他進去。

她倒了水給他，在他面前坐下，用神情示意他早點說完，早點走人。

他將那杯水在手中轉了很久，直到都快沒熱氣了，才抬頭看她，說：「林淺夏，妳欺騙了我。」

淺夏抬眼看他，沉默不語。

「妳說妳接近我是有目的、有想要得到的東西的，那麼，為什麼在我失明的時候，妳不明明白白地以林淺夏的身分出現，反而假裝成一個陌生人呢？如果我欠了妳的情，那麼，不是應該對妳更有好處嗎？至少妳很需要錢，你們那個福利院也是，不是嗎？」

淺夏聲音十分平靜：「因為我和你吵過架，所以不想以我的真面目出現在你面前——而且，邵言紀又是你的朋友，我擔心被他看到。」

「如果妳真的是妳自己所說的那樣勢利的人，那麼宋青青，妳在離開我的時候，為什麼不聲不響，讓我連報答妳的機會都沒有？」

淺夏望著窗外愣愣出神，無言以對。

「其實那些都是真的，其實妳對我表現的一切，都不是假裝出來的，妳是……真的喜歡我吧。」

「程希宣，你這樣又有什麼必要？」她忽然朝他笑了笑，神情平靜得近乎自嘲。「是，我確實喜歡過你，你這樣的人，哪個女孩子不會心動，不會想和你在一起？可是程希宣，我真是怕了你了。我記憶力雖然不太好，但別人對我做過的事，我也不會這麼快就忘記。所以你一旦表現出對我好的樣子，我就害怕得不得了，覺得就像你以前剛見面的時候，對我好一樣。其實都是假的，我越是喜歡你，最後受傷害的時候，就越痛不欲生，不是嗎？捫心自問，我覺得我現在已經沒有利用價值了，所以程希宣，收起你愧疚又悲哀的鬼樣子，快走吧。」

她口氣疏離，平靜得一點波瀾也無，讓他的心一直沉下去，沉下去，沉進冰涼之中。他握著手中那杯水，許久許久，才低聲說：「林淺夏，即使妳還恨我、討厭我，但我是真的愛妳，不管妳信也好，不信也好，我都屬於妳了，永遠也不會改變。」

真可笑。淺夏明知自己早已說過和他並無關係，從此只是路人，可胸口的劇痛讓她忍不住咬住下唇，眼中迅速蒙上了一層水霧。

她將頭轉開，低聲說：「不早了，你走吧。」

他透過額前的溼髮定定地看著她在燈光下平靜的側面，覺得連呼吸都停滯了。他沉默了很久，才輕聲叫她：「林淺夏，妳不怕我這麼晚回去會出意外？」

她詫異地轉頭看他，燈光下，隔著自己眼中的水氣，他全身也像帶著微溼的水光。這水氣彷彿也蒸到了他的眼中，讓他的目光中帶上了朦朧的霧氣。

「妳難道看不出來，我現在整個人像在夢遊，自己都不知道自己在做什麼嗎？」他迷離恍惚地說著，愣愣地坐在她身邊，凝視著空中虛無的一點，低聲如夢囈般地說：「林淺夏，妳就沒有想過，那些人一直在追殺我，我就這樣開車回去，說不定又會出意外嗎？」

「換一種懲罰方式……該換什麼呢？」

已經有好幾個月沒有折磨自己員工的老闆衛沉陸，在世界各地轉來轉去，終於擺脫了老爸派來一直盯著自己的人，興高采烈地回來了。

下飛機的第一件事就是給林淺夏打電話，雖然她接電話的動作有點慢，但老闆連罵她的時候其實心情都是愉快的。

啊，能回國來痛痛快快地當面罵林淺夏了，簡直是人生一大快事！

為了早一點罵到自己的得意手下，他拎著從夏威夷給她帶的椰子殼小熊，驅車直奔她家。

她住的社區是老式的，沒有地下停車場，他開到她住的那棟樓旁邊，在樓下的那片空地中停下了車子。

在下車的時候，他看到了旁邊的一輛車，微微詫異。

這個社區，居然停了一輛 Spyker。

對這輛車的牌照，他印象很深刻——程希宣的車牌。

他站在車前看了許久，然後才轉身走到淺夏的樓下。

她的燈還亮著，他遲疑了好久，往上走了兩級樓梯，但不知為什麼，彷彿是恐懼於知道真相，他又轉身走了下來。

他站在樓底的樹下，仰頭看著她的窗戶。

眼看著那一點橘黃色的光，終於熄滅了。

程希宣沒有下來，沒有出現。

他站了半個多小時，沒有看到人影，也沒有聽到腳步聲。

靜夜中，他的胸口，一點一點，慢慢冰涼起來。

他轉過身回到自己的車上，把手中的小熊狠狠地砸到後面的座位上。

明知道自己應該立即離開的，可他胸口堵得厲害，手扶在方向盤上微微顫抖，卻怎麼都無法踩下油門。

他想，要是就這樣離開的話，一定會不受控制的。

所以他只能關了燈，在黑暗中等待著。

等待著身旁那輛車的主人出現。

周圍很安靜，窗外天光黯淡，一片灰黑籠罩著程希宣。

但，可能是因為睡沙發的原因，他一直難以入睡。

從小到大，程家少爺什麼時候睡過沙發？誰敢讓他睡？

他嚴重不適應，只在黑暗中睜著眼睛，凝視著床上淺夏的輪廓。

黑暗中，她側面的曲線溫柔，被黯淡的天光籠罩，看不分明。

即使不太清晰，他在腦海中也可以清清楚楚地描畫出她的樣子。她明亮的眼睛中有清澈幽深的目光，就像五月春夏之交的天空一樣清湛；她下巴尖尖的，看起來柔軟而纖細，卻總是倔強地微抬著，不肯向這個世界示弱；她曾經和他近在咫尺，只是他當時茫然不知，錯過了她。

就像兩個人擦肩而過，她回頭看他時，他正在看著遠處，而等到他省悟過來，回頭看她時，她卻已經匯入了茫茫人海中。

天時地利人和，不偏不倚、不早不晚的相互喜歡，真的存在於這個世界上嗎？他輕輕地曲起手臂，將頭枕在臂彎中，聽到自己的呼吸和心跳都那麼急促。

在這片沉默的暗夜中，聽到了他輕微的聲響，淺夏才終於開口低聲問：「還沒睡著？你認床嗎？」

「我不認床……我只是，沒想到我們還能在一起。」

「天一亮你就給我走。」她鬱悶地說。

他在黑暗中無聲地笑了：「淺夏……」

她本不想理他，但見他停頓了好久，一直在等自己的回應，只好鬱悶地「嗯」了一聲。

「我會和未艾分手，不會和她結婚。」

「關我什麼事？」她低聲嘟囔。

「當然關妳的事，因為我喜歡上妳了。」他輕聲說：「這次，我是真的。不是為了利用妳，傷害妳，是想要和妳在一起，一生一世，愛著妳，讓妳幸福。」

淺夏默不作聲，睜大眼睛盯著空中。

她曾經夢寐以求的，如今終於實現了。

可是為什麼，卻一點幸福與開心的感覺也沒有？

「多謝你，程希宣。」她沉默了良久，終於輕輕地說：「可是，事到如今，我已經不喜歡你了。」

他在黑暗中聽著自己的呼吸，輕聲說：「我知道。」

其實，你並不知道。淺夏將臉埋在枕頭上，眼前又閃現出那一次在迷宮一般的樓梯上，他抱著她往下走的情形。

他身上暗暗的香水味和當時迷離的燈光，讓她第一次為一個人心動。她把一生中初次的仰慕、歡喜、迷戀，甚至願意為之獻出一切的感情，都給了程希宣。

所以即使她將程希宣深埋在自己所不願觸碰的地方之後，她也依然沒有辦法不喜歡他。

把過去一切沉埋，僅此而已。不需要愛的話，就不會受傷害。

程希宣見她一直不說話，便低聲說：「雖然很對不起未艾，但，我並不是為了妳才不願和她在一起的。我們兩人本來就各有各的生活，也一直都在考慮要不要在一起。」

淺夏低聲說：「你和她感情那麼好。」

「是，我本來打算一輩子呵護著她、寵愛著她，讓她的人生永遠沒有缺憾，永遠完美……」黑暗中，他聲音輕微：「我很感激她，也曾經發誓要讓她一切稱心如意，因為我母親去世的時候……只有她在我身邊。要是沒有她，那時候我可能支持不下去。」

她聽到他的聲音在提到他母親的時候，變得虛弱而黯淡。她翻了個身，靠在枕頭上看著他。暗夜中，他們都看不清對方的樣子，只聽得到彼此的呼吸聲。

「可惜的是，我們很相配，我們卻不相愛。」

程希宣和方未艾很小就認識了。程希宣剛剛懂事就和方未艾在一起，那時他就知道，她可能會是他以後的新娘。但就像所有社交圈內的人一樣，他們關係疏離，客客氣氣，有時候在滑雪或者騎馬的時候遇到，寒暄幾句而已。

他們關係的轉變，是從程希宣母親去世的時候開始的。

程希宣的母親是選美出身，就是別人所謂的胸大無腦，所以在她年華漸老之後，就失去了自己的優勢，程父與她離婚了。她無法從程家討到任何便宜，算是被掃地出門的，日子過得十分潦倒。雖然因為前世界小姐的名聲偶爾能出席幾個剪綵、酒會等等，但拿過來的紅包還不夠她保養自己。她迅速地消沉下去，到最後選擇了吞食安眠藥。

那時程希宣正在夏季的大堡礁潛水，他從千姿百態的海葵與珊瑚中抽身出來，在碧藍的天海之間回到岸上，漫不經心地用毛巾擦著頭髮，摘掉氧氣罩，用溼漉漉的手按下了通話鍵。

那邊只說了一句話，他呆呆地站在那裡，無法言語，不能呼吸，愣愣地看著眼前的一切。

海天平靜，蔚藍一片，就像藍寶石一樣包圍著他，白色的細沙像雪一樣在陽光下發著銀光。

他面前的世界這麼平靜，而在另一個半球，他的母親性命垂危，正在搶救。

他登上最近一班起飛的飛機，趕過去見母親最後一面。

從南半球灼熱的夏天中離開，下飛機投入北半球的大雪中。

他在醫院見到母親，握著她的手，悲慟無聲。

她對他說：「對不起，希宣……有我這樣的媽媽，你這輩子可能都抬不起頭……」

她閉上眼睛，只留下程希宣一個人坐在她身邊。他哭著親吻她的手，親吻她的臉，直到她的皮膚漸漸冰涼。

方未艾走過來，將他拉走。監控儀上的心跳已經是一條直線。

母親去世了，父親沒有來，他打電話時感嘆了一下，然後說，喪禮辦體面點吧，程家出錢。

在那之前，程希宣的人生從沒經歷過風雨，當時他十六歲，因此陷入絕望，茫然無措。而方未艾和管家正在國內，所以趕到這邊幫他，找到了殯儀館和公墓，總算將他母親安葬在了一個環境比較好的地方。

那個時候在母親的墳墓前，年少的方未艾拉著他的手，揚起小小的臉看著他，說：「沒關係的，希宣哥哥，還有我和你在一起。」

因為這句話，他在母親的墓前痛哭失聲。那時他下定決心，他以後會一心一意地喜歡方未艾一輩子，呵護她，疼愛她，即使豁出自己的命。

那之後，他的少年時代結束，他開始認真地生活著，一直在努力地做一個完美的人，克制著自己生活中的一點一滴。

那是他人生的轉捩點，世界清楚地呈現在他面前，風雨侵襲，無人能避。他生在這樣的家庭，有強勢的繼母和從小積怨的弟弟，比別人更加艱難。

他的父親對他說，你應該去讀金融，於是他就去劍橋商學院，放棄自己的理想，並且努力取得好成績提早畢業。父親說，你過來幫我忙吧，於是他離開了畢業後應徵進入的會計師事務所，雖然那裡的老闆和同事都和他相處得很愉快。

他很小心地不讓自己出一點錯，無論什麼時候。

父親厭倦了繼母之後另結新歡。年紀那麼大了，生活還不知檢點，身體也漸漸差了，於是很快就宣布退休。如今他接管了一切家族事業，也像當年繼母對他母親一樣，出具了她婚前和父親簽訂的種種約定，光明正大地將她掃地出門。他那個弟弟本來就不成器，自此繼承家業的希望渺茫，於是越發自暴自棄。

他的人生非常完美，只待和方未艾結婚之後，成就王子公主的傳奇。

後來他曾經聽父親和別人聊天時提到一句——真看不出來，希宣倒是一點也不像他那個母親。

他愣在父親背後很久，然後轉身走到洗手間裡，一個人無聲地看著鏡子裡的自己很久，不曾回神。

鏡子裡的人，脫去了年少時的容顏，越長大，越不像母親了。

那時，離他母親去世，也已經有六年了。他在心裡想，人生不過就是這樣，愛情也不過就是那樣。遇見一個合適的人，然後在一起，一生一世。他絕不會像父親一樣，他會和自己選擇的人白頭偕老，永遠和她、和孩子在一起，不分離。

和世交的女兒訂婚，在一起甜蜜平靜，金童玉女廝守一生，真的沒什麼不好。而且上流社會的圈子並不大，程家和方家都是最受矚目的人，他單方面地悔婚，會引起多少非議和波瀾，需要付出多麼大的代價，他並不是不清楚。

他也曾經細細地想過他和末艾在一起，最後發現並沒什麼不好。

沒什麼不好，是等於完美嗎？

以前，他一直以為答案是肯定的，然而現在，他卻開始懷疑起來。

如果那個合適的人不是自己所愛的人，即使一輩子在一起，又有什麼意義？

就好比，他現在人人稱羨，成為了父親的驕傲，他是別人口中完美無缺的人，可那又有什麼意義？他的人生，距離自己的夢想，越來越遠。

「那麼，你一開始的夢想是什麼呢？」淺夏輕聲問他。

他沉默了好久，才說：「妳一定會笑話我……很孩子氣，無聊又無能。」

「是嗎？沒有哪個夢想是無聊的吧？」她問。

他猶豫著，終於承認說：「海豚飼養員。」

「咦？」她詫異地應了一聲。

「小時候，我最喜歡到水族館看海豚，海豚也很喜歡我，經常會跳出水面讓我抱抱。去多了，那些海豚都會親我。」

淺夏從沒聽他說起過童年，不由得說：「你真幸福，我小時候的夢想是吃一塊奶油蛋糕……海豚抱起來，感覺怎麼樣？」

「頭上摸起來滏滏滑滑的，有一點潮滏的腥味。尾巴有點像塑膠，硬硬的。妳一摸牠就會叫，很乖很可愛。」他說著，像個小孩子一樣，在黑暗中無聲地笑了出來。「那個時候我一直想在家裡的水池養海豚，我媽媽還幫我找過門路，連飼養員和訓練師都已經聯絡好了，結果賣方捕到的海豚在半路上死了。我當時哭得很傷心，然後發誓將來要去水族館做馴養師，好好照顧牠們。」

淺夏笑了笑，沒說話。

「是不是覺得我很異想天開？」他問。

「是。」她毫不猶豫地回答，根本沒有安慰他。「而且程希宣，你的每一次異想天開都會傷害到別人，以前那隻小狗是，海豚是，我也是……所以你安分地做你高高在上的程家大少爺，對我們這樣的人真是好事。」

聽到她這樣的話，他沉默良久，才低聲說：「但，至少我們曾經歷過的，無論給妳帶來了什麼，都是真真實實存在的。喜歡過，恨過，無論如何，在我的心裡永遠存在。」

她轉頭朝向牆壁，輕輕地抬手捂住雙眼，感覺到眼淚猛然湧了出來。

並不是因為什麼，而是她忽然在心裡想，可能，已經做不成路人了。

曾經下了那麼大的決心才終於說出的話，換來的那些平靜，也許只是水中虛幻的影子，就此破滅了。

他戳穿了她的謊言，其實她，還是喜歡他。

他依然，在她心裡存在著。

路人，迫切地需要存在感。

所以程希宣只闔了一會兒眼，等天開始矇矇亮的時候，就趕緊起來，把冰箱裡的東西翻出來。

怕開了燈讓淺夏睡得不安，他只是就著廚房外的微光，開始弄吐司，輕手輕腳地打蛋，化奶油。

光線不太明亮，他切掉吐司邊的時候，一不小心，手指一痛。他立即縮手回來一看，原來是指尖被切破了，沁出一條血痕。

他皺眉，把自己的傷口放在涼水下沖了一會兒。血液融入水流，消弭不見。

淺夏被廚房裡做飯的聲音驚醒，迷迷糊糊中抓過床頭的鬧鐘一看，才六點。

她搖搖晃晃地走到廚房，看著裡面的程希宣，由於剛醒來，還有點供血不足的大腦讓她還不明白現在的狀態：「程希宣，你在幹麼？」

「早，你們上課不是很早嗎？我做早餐給妳吃。」他一臉居家好男人的模樣，回頭朝她微笑。「去收拾好，等一下就可以吃了。」

「你有沒有搞錯哦……我們都已經放寒假了。」她鬱悶地抓著頭髮，想想又懷疑地問：「……你會做飯嗎？」

「我以前是一個人去讀書的，並沒有帶管家和廚師去。妳知道英國的菜出名得難吃，連帶中餐館也很糟糕，所以我會在寄宿處自己做飯，其他同學還經常慕名來吃我做的菜呢。」

他笑著，很肯定地說：「我對中餐在全世界的傳播和推廣是有貢獻的。」

「是嗎？」淺夏半信半疑，漱洗好之後，坐在桌前等他的早餐。

他端出的東西讓她無語，一杯柳橙汁，兩片煎過的吐司，還有一個煎蛋。

「這就是你對中餐的貢獻？」

「我不敢下去買中式早餐，擔心妳把門關上就再也不讓我進來了。」他說著，在她對面坐下，托著下巴看她，將受傷的手指藏起來。「嘗嘗我做的愛心早餐。」

還不就是普通的冰箱裡的東西。她想著，拿起來咬了一口。

香甜而濃稠的蛋奶味道在舌尖融化，讓淺夏不由詫異地睜大眼睛：「咦……這吐司看起來普通，味道還真好，你怎麼弄的？」

他興致勃勃地教她：「先把奶油化開，和蛋液、糖混合，然後把麵包片浸透，用奶油煎好，然後再淋上一點糖粉，就做好了。」

你可知道奶油很貴的，我下定決心才買了這麼幾片……淺夏一邊在心裡悼念自己的錢，一邊把吐司片吃完，又乾掉了柳橙汁：「你什麼時候走？」

正在搖著尾巴討好她的程希宣頓時洩氣了：「哦……等一下就走。」

「記得把你製造的垃圾帶下去。」她指指廚房裡的那一堆。

程希宣默然：「好。」

天色漸漸明亮，衛沉陸一夜未睡，坐在車內，一直等待著。

周圍靜極了，只有冬日的殘葉，在晨風中掉落，偶爾打在車上，發出輕微的沙沙聲。

直到他看見淺夏的那棟樓下，從樓道口走出的人，程希宣。

天色尚早，太陽還沒出來，只有天邊朦朧的魚肚白。程希宣在幽藍色的天光之下，渾身像是鍍著一層淡淡的光輝。

果然，是他。衛沉陸只覺得心裡咯登一下，腦中一片空白。

程希宣很自然地，就像是在這裡居住的男人一樣，拎著一袋垃圾下樓來，在經過垃圾桶的時候，隨手將垃圾袋丟了進去。

衛沉陸將頭轉向另一邊，不再看他。

程希宣上了不遠處的那輛 Spyker，沒有往衛沉陸這邊看一眼，立即就走了。

雖然車內有暖氣，但一動不動坐得太久了，深冬寒氣長久地侵入身體，讓衛沉陸覺得四肢百骸都微微麻木，彷彿全身上下所有的骨頭都沒有了筋絡連接，整個人就像散了架的木偶，頹然地倚靠在車座內，連手指都動不了。

過了許久，他低垂在膝上的手才終於可以動彈。他收攏十指，像是要把全身的力氣都集中在那幾根手指上一樣，拳頭攥得緊緊的，指甲幾乎刺進掌心中，留下了四道紅痕。

他終於開門下車，機械地上樓，站在林淺夏的門前，抬手敲門。

淺夏剛剛收拾好一切，換好衣服要出門，聽到外面的敲門聲，下意識地打開門，還沒看清來人，劈頭便問：「程希宣，你又——」

站在門口的人，是衛沉陸。

她頓時愣在那裡，猶豫良久才遲疑著問：「老……老闆，是你？」

「難道妳還以為是程希宣去而復返？」他靠在門上冷冷地問。

淺夏啞口無言，良久才說：「老闆你不要誤會啦，我……和他並沒有什麼的……」

「沒有什麼？沒有什麼妳就收留一個有未婚妻的男人在家裡？」衛沉陸咄咄逼人。

淺夏嘆了一口氣，低聲說：「老闆，這不關你的事，你別理我們了……」

「我當然不願理會妳！可我真是失望。妳怎麼就這麼蠢？好了傷疤忘了疼。半年時間，妳就忘記了他曾經怎麼對妳！」

淺夏用力別開頭：「沒有！老闆你誤會了！」

「我管妳有沒有！我只是對妳失望透頂。林淺夏，算我看錯了妳。」他冷笑著，灼灼地盯著她。「還有，林淺夏，妳和他想幹什麼就幹什麼，為什麼還要口口聲聲說自己和他完全不是同一個世界的人，企圖瞞騙我？這樣很好玩嗎？難道我有空理妳做什麼蠢事？」

淺夏有點無奈：「老闆，我哪有瞞著你？這麼久以來，雖然我們只是老闆和員工的關係，但合作得其實都很愉快不是嗎？」

「只是合作關係？」話音未落，衛沉陸忽然抓住她的肩膀，將她抵在牆上，俯下頭向著她的脣親下來。淺夏的心猛地一跳，想要掙扎，雙手卻被他反手按在門口。他的另一隻手鉗住她的腰，灼熱的氣息，強勢的擁抱，將她緊緊圍住。

她無法掙脫，只能盯著他，低聲叫他：「老闆……」

他用絕望而憤怒的眼神盯著她好久，終於甩開了她，轉身在沙發上坐下，氣急敗壞地摸出菸。林淺夏低聲說：「老闆，你答應過在我面前不抽菸的。」

他一把捏扁了菸盒，向她砸了過去：「答應個屁！」

她這才鬆了一口氣，低低地笑了出來。

衛沉陸煩躁地耙耙頭髮，終於恢復了一點常態，頤指氣使：「快，滾過來給我端茶倒水。老闆我一夜水米未進，簡直要死了！」

「你昨晚幹麼去了？對了，我放寒假了，你以後可不可以晚一點再過來找我？」淺夏給他從冰箱裡摸出個梨子，一邊削皮一邊抱怨。「你不會時差還沒調過來吧？」

衛沉陸鬱悶極了，簡直懷疑自己昨晚一夜到底是在幹什麼了！

他肝腸寸斷，崩潰欲狂，她卻一臉無辜，當作什麼也沒發生過一樣，真叫他恨不得把她掀翻在地狠狠踩上幾腳洩怒！

惡魔老闆心情不好，口氣更差：「林淺夏，妳給我削什麼梨子？我全身冰冷，再來個冰箱裡的梨子冰下去，我當場斃命在這裡給妳看！」

「那麼老闆你要什麼？」

「熱的！先給我來一碗蛋花湯，再去樓下打包一碗牛肉粉上來。在國外這幾個月，吃的能要我的命，要是妳敢給我看見一點火腿、牛奶、麵包之類的東西，這輩子我跟妳勢不兩立！」

淺夏一臉哀苦：「老闆，樓下的牛肉粉一般都是中午才開門……」

「把門給我砸開，去！」衛沉陸把自己的錢包砸到她的懷裡。

一接觸到錢，淺夏二話不說，轉身就下去了。

十五分鐘後，淺夏捧著一碗牛肉粉上來時，衛沉陸已經搜查完她的房間，心花怒放了。

他抓著沙發上的枕頭問：「昨晚誰在妳的沙發上睡覺？」

淺夏翻翻白眼：「別明知故問了，當然是程希宣。」

「他賴在妳這裡幹麼？」

「想追我了，跟我說喜歡我。」

衛沉陸嘴角抽搐：「林淺夏，妳可以表達得委婉一點。」

她一臉睚眥必報的神情：「我怕委婉了老闆你聽不懂，又說我隱瞞著你。」

衛沉陸瞪了她一眼，心情卻十分愉快：「但妳根本不會鳥他的，是不是？」

「是啊，我這人小心眼又愛記仇，吃過一次苦頭，受過一次傷，我就永遠也忘記不了。所以老闆你怎麼誇我來著？」她靠在他對面的沙發上，神情淡淡地說：「你說，林淺夏，我之所以挑上妳，是因為妳有個最大的優點，犯過一次的錯，永遠沒有下一次。」

「那個時候妳好像是十六歲吧，眼睛就跟現在一模一樣，所以在那麼多孩子中我一眼就看到了妳……其實我當時是想找個男孩子的，因為男孩子比較穩定。女孩子，總有一天，會出現一個混帳男人，把她毀掉。」衛沉陸又想起了程希宣，所以後面那兩句話，是他咬牙切齒地從牙縫裡惡狠狠地擠出來的。

淺夏將臉靠在臂彎中，用一雙清湛的眼睛盯著他。「那麼，這麼久以來，我比不上男生嗎？」

他愣了愣，才說：「不，妳非常出色，比我期望的更好。」

「是嗎？」她笑了笑，支著下巴看著窗外，沉默了下來。

窗外是陰沉的冬日，迷濛的寒意籠罩著整個城市。

彤雲密布的天空，雪遲遲下不來，所有一切都蘊藉在半空，無人知道來臨的會是什麼。

柳子意如日中天的事業，忽然遭到打擊。

首先是她進軍影視界的第一部電影，製片人前天還約她吃飯談劇本，今天就對媒體表示，邀請柳子意出演其中角色，只是媒體的誤傳，導演也澄清了，並沒有這個打算。

然後是籌備中的新專輯，她打電話詢問定下的曲目時，製作人吞吞吐吐地表示，錄製可能要延後。

已經提上日程的巡迴演唱會，所有宣傳也在忽然之間銷聲匿跡了。

柳子意當然氣急敗壞，衝到副總辦公室，將今日報紙的娛樂頭版甩到他面前：「請問我是過氣，還是不受關注？是缺少話題，還是沒有作品、缺乏實力？我現在是所有媒體的頭條！」

「是，我知道現在是妳紅得發紫的時候，全世界都在議論妳的緋聞。」副總雙手一攤。

「然而柳天后，妳惹到了一個可怕的人物。」

她詫異地睜大眼，俯身壓低聲音問：「程希宣？他不是我的歌迷嗎？而且他要是不高興的話，不是應該對媒體施加壓力嗎？」

「是啊，一般人都會想到去解決媒體，但是也有人另闢蹊徑，覺得對付妳更解恨一點。」副總一臉悲憫地看著她。「很可惜，那人不是程希宣。所以老頭子讓妳今天下午兩點整，穿得素淨一點，夾緊尾巴，低頭去請罪。」

「可是我今天要錄製一個節目，兩點也許還搞不定……」

「搞不定就放棄錄製，不然的話，妳就不用在這個圈子內混了。」

柳子意愕然，問：「是誰有這麼大勢力？」

「妳猜猜？」

柳子意瞪了副總半天，猜想不出來。

副總伸手指點點桌面，寫了個「方」字。

柳子意倒吸一口冷氣，喃喃問：「方未艾？她居然當真了，對付我？」

「妳可以想得更嚴重一點。」副總一臉「妳完了」的神情。「她已經親自出動，千里迢迢地跑到這裡來了。」

「希宣，我回來了！」

彎彎的眉眼如同新月一般，燦爛的笑容在面前盛放如花。

程希宣微微皺眉，從沙發上站起來，伸手擁抱她：「為什麼會過來？」

「我收到你給我的郵件了，真遺憾，原來你有喜歡的人了？」她說著，推開他的擁抱，扯掉自己的手套丟在沙發上。「家族遺傳，你和你父親一樣，都喜歡娛樂圈的女人。」

程希宣不解，問：「什麼？」

「柳子意啊。」她扯起嘴角，冷笑。

「她和我有什麼關係？」

「你說呢？剛傳出緋聞沒幾天，你就迫不及待地給我寫信，坦承自己已經有了喜歡的人，讓我轉告我父母，無法和我結婚了……這消息我還沒通知我父母呢，擔心他們心臟病發。」

程希宣笑了出來，緩緩說：「妳誤會了，不是柳子意。」

「難道我弄錯人了？」她笑了出來。「喂，那麼你說說，那位是什麼人。」

「真普通的名字。」

「她叫林淺夏。」

「人也很普通。」

方未艾端詳他許久，然後笑了出來：「希宣，我不信你會喜歡上一個普通的女孩子，連我這樣的人，恐怕都不符合你的心意呢。」

「別取笑我。」他笑道，長長地深吸一口氣。「而且我心裡沒底，總覺得也許到最後，我還是難以得到她。」

她看著他，良久才低聲說：「希宣，你是真的完蛋了。你這樣的人，喜歡上別人時，居然會露出這樣卑微的神情……真是讓我覺得好奇。」

「哪個男人喜歡上妳的時候不是這樣的？」他笑道。

她歪著身子坐在沙發上，睫毛眨了一下：「多謝你，不願意背著我去追另一個女生。」

「妳有喜歡的人時，也總是會第一個告訴我，不是嗎？」

她若有所思地問：「是不是因為這樣，所以我們才會覺得不適合在一起？」

「我們在一起當然很合適，只可惜我們不相愛。」他緩緩地說：「現在我已經找到了讓我可以下定決心放棄婚約的人，所以由我來提出解除婚約，我相信妳的父母一定不會再有異議了。希望妳也可以不必再和他們鬥得頭破血流了。」

「如果那個女生不出現呢？是否你就會一直覺得我們在一起也不錯？」

「是，至少我覺得，比起把妳交給其他人，我會是個更稱職一點的丈夫。因為我是真的希望妳能一輩子幸福如意。」他凝視著她，微微含笑。「不過現在，真抱歉我不能一直站在妳身後等妳了，因為我遇到了，非常重要的人。」

她一動不動地坐在沙發上，默然地看著他，許久，才低低地說：「那個林淺夏，讓我見一下她吧……我看一眼就好，絕不會說出我是誰，讓場面尷尬。」

「她認識妳的。」他說道。「她曾經是妳的替身，如果沒有妳，我們可能也不會認識；如果沒有她，妳可能已經離開這個世界了，而……因為妳，她也差點已經不存在於這個世界了。」

未艾愕然睜大眼，失聲問：「是……是她？」

「對。」程希宣伸手輕輕地揉了揉她的頭髮。

這個在他的注視下，一天比一天更驚豔奪目的女孩，是他呵護了很多年的人，一直以來，他將她當成是自己完美人生不可缺少的一環；一直以來，在他想到未來的時候，總是有她的那一部分；一直以來，他都以為自己是真的願意，在她披上婚紗的時候，執著她的手，許下永生永世的誓言。

然而，現在他決定離開她了。

他無法對面前這個呵護了多年的女孩子說出什麼話。室內是一片凝固的安靜，窗外的風靜靜吹過，落葉木的枝條微微起伏。

而未艾在一瞬間，像是忽然從夢中驚醒了。她倉促地站起身，生硬地說：「我好像還沒調好時差，我先去休息。」

他看著她幾乎是落荒而逃的背影，叫她：「妳住在哪裡？安全不安全？」

她揮了一下手，沒說話，頭也不回。

他又說：「妳的第二個男友，我已經著手在幫他們了，下個月律師會幫他上訴，很有把握。」

未艾沒有轉過身，她就像沒有聽到一樣，一步一步地走下臺階。

臉上冰冰的，她沒有理會，任憑它滑下來。

「天后柳子意否認與程希宣有任何關係，坦承兩人不過是一面之緣，她亦從未想過嫁入豪門，對未來丈夫所有的要求只有一個，那就是真心相愛。」

街邊的電視播放著新聞，淺夏匆匆走過街角，一臉漠然，充耳不聞。

反正這些都不關她的事。

關她事情的是她正要去見的委託人，陳怡美。她本來已經圓滿結束了那樁委託，可忽然又在網站上收到了求援郵件，對方很急切地要和她見面，所以她只得趕緊化了個三十來歲的妝容，趕過去見面。

見面的地方是一個私人會所，環境優雅，喝茶時氣氛特別好。

她被指引到一個獨立的包廂前，這裡圍繞著走廊，和前面的包廂隔了很遠，隱藏在竹林深處，格外隱密一些。

門口的女孩子把門打開，她一進去，就感覺到不對勁了。

坐在裡面的，是一個美麗得動人心魄的女孩子。她將頭髮隨意地紮起，穿著很簡單的毛衣和牛仔褲，正在玩手機遊戲。她當然感覺到淺夏進來了，卻頭也不抬，說了聲「請坐」，便只顧著把手機上那一局遊戲玩到最後。

這麼年輕美麗的女孩子，即使裸著一張純白素淨的容顏，烏黑的頭髮，簡單的衣裝，也像一朵隨意舒捲的雲，散漫而美麗。

她那種高高在上的驕傲美麗，即使態度倨傲無禮，也讓人無法介意。

因為她是方未艾，方家王朝的公主。

所以林淺夏什麼也沒說，什麼也沒做，只是在她面前坐下，自己倒了杯茶，慢慢地喝著。

等喝到一半，方未艾也玩過了那一局，終於收起了手機，對她笑了笑，說：「林小姐，初次見面，我想妳肯定認識我。」

林淺夏頓時省悟過來。

這個女生下手真是狠、準、快、穩，不動聲色地在她還沒有來得及察覺之前，早已將一切都摸得清清楚楚。

所以淺夏只好笑了笑，說：「妳好。」

方未艾端詳著她的妝容：「林小姐，難道妳不願意和我坦誠相見嗎？」

淺夏真無奈，支著自己的下巴：「方小姐，我們這一行，不會和別人用真面目見面的。」
「妳和希宣呢？也是一直用偽裝見面的嗎？」
淺夏點頭：「是，除非是我沒有工作的時候，被他抓住了。」
她冷笑：「他認得出妳嗎？」
淺夏有點煩惱：「可能他第六感比較敏銳，所以總是能認出我，真麻煩。」
「妳知道，我是怎麼認出妳的嗎？」方未艾忽然笑了，支著下巴看著她。
「難道妳想說，是程希宣告訴妳的嗎？」
「是呀，他和我一直都這麼好，我們當然無話不說了。」
淺夏搖頭：「不是他。」
「是嗎？」方未艾端著茶杯，看著淺夏毫不懷疑的神情，聳聳肩。「對，不是他……那麼妳猜是誰？」
「妳這麼聰明，又不像邵言紀那樣沉浸在愛河中智商急劇下降，難道自己不能猜出來？」
淺夏有點無奈。「我猜想，我在落磯山救了妳的時候，程希宣肯定看出來了，當時他還想和妳串通試探我呢，對不對？」
「但是妳沒禁受得住考驗，因為陳怡美和我根本沒有什麼布宜諾斯艾利斯的見面之類的，妳的表情那麼鎮定，我就知道肯定有問題了。」她托著腮，端著手中的杯子，微笑地看著她。「不過我當時肯定不可能把這件事和替身聯絡起來，直到希宣告訴我，我以前的替身現在在他的身邊，我才忽然聯想到這件事，因為那天遇到妳之後，希宣的舉止就有點奇怪。」
室內一片安靜，只有風吹過竹林的聲音。她們隔著竹枝拼接成的窗看向外面，所有的深綠淺綠，都在不安中起伏著，如同大片的綠色顏料在無序地湧動，卻又無法互相融合。

許久許久，未艾的聲音才又低低響起：「所以我呢，在回國後就去找了陳怡美。在我的突然襲擊之下，老實的陳怡美無奈只好招供了，她確實有一個替身，因為她不會滑雪，所以臨時找的。」

「是呀，就那一次，結果就被妳逮到了。」淺夏眼都不眨。

方未艾站起來，伸出手握住她的手掌，說：「無論如何，我都要感謝妳，因為那一次，是妳救了我。」

「只是湊巧而已。」淺夏對於這麼正式的道謝有點不自在。

方未艾注視著她，緩緩地說：「但是，感謝歸感謝，有些東西，是我即使死了也不願意讓給妳的。」

淺夏覺得壓力很大，仰頭看著站在面前的方未艾，張了張嘴卻沒說出話來。

「比如說，希宣。」

風忽然在一瞬間停了下來，她們兩人對視著，都沒說話，可是卻有一種未明的情緒，在她們之間不安地湧動著。

淺夏終於深吸了一口氣，低聲說：「方大小姐，其實這件事，我真覺得很冤枉——」

在方未艾的注視下，她豎起一根手指。「第一，我和程希宣不是戀人，我想這當中，妳可能有點誤會，但是我們真的沒有在談戀愛。」

說完，她豎起第二根手指：「第二，當初程希宣過來找我做妳的替身時，他是讓我幫忙了結你們的婚約的，那個時候，我還以為你們全都想要逃避這個婚約，所以讓我來破壞你們。但現在我的任務已經宣告失敗，我也不會再在裡面橫插一槓。任務結束了就是結束了，我們也不會想要和委託人有任何事後聯絡。」
「以前……那是以前的事情了。」方未艾愣愣地坐下來，低聲說：「我年少的時候，曾經極力想要逃避那種一眼就看到未來的生活，所以我離家到處漂泊，交了很多現在想想根本無法容忍的男友，做了很多匪夷所思的瘋狂的事情，去了無數最艱險美麗的地方……我也曾經帶回很多男友給我父母看，但無一不被我的父母迅速解決掉，他們一意逼我嫁給希宣。」
她長長地出了一口氣，低聲說：「因為叛逆心理，所以我被迫和希宣在一起的時候總是很不開心，從不給他好臉色看。希宣卻一直容忍我，縱容我，後來……在義大利發生了一些事，為了我，他差點殞命，我這才知道，其實他才是我真正值得愛的人。」
「女生有時候很奇怪，真正喜歡的人在自己面前的時候，總是浮雲蔽日，看不清楚，反而去追求那種千里之外虛無的東西。可到我真的知道了自己的心意時，他卻和我說，他有了另外喜歡的人了，他不肯再等我，不肯再無條件地對我付出一切了，因為他現在屬於妳了……」
方未艾支著自己的額頭，有點沮喪，眼中卻始終帶著不肯認輸的倔強，盯著面前的淺夏：「可是我不會認輸，因為他一直都是屬於我的，只要我還想要，別人就搶不去。我是方未艾，只有我不要的東西才會拋棄掉，丟給妳！」
淺夏看著她倔強的神情，心裡隱隱浮起一種黯淡的苦澀來。
這個女孩子，表面這麼傲氣，其實只是為了掩飾內心的惶恐吧。
「喜歡上了，就承認自己喜歡吧，沒什麼大不了的。」淺夏微笑著，低聲說：「妳和程希宣才是應該在一起的人，請不要在意我。」
方未艾強裝的一切被瞬間擊潰，她愕然地睜大眼睛，說不出話。

「我以前，曾經因為不瞭解程希宣是個什麼樣的人，而迷戀過他，但現在不一樣了。我看清了現實，我們是兩個世界的人，所以我再也不會和他在一起了。」淺夏說著，輕輕嘆了一口氣，轉頭看著門口，有個人站在那裡，一動不動，顯然是剛剛到來。

他站在門口，看著淺夏，眼睛中全都是深重的悲傷。淺夏凝視著他，脣角微微上揚，完美的謝幕表情：「喂，程希宣，正在說你呢。」

程希宣沒有回答，他甚至連呼吸也沒有，就這樣窒息般地盯著她，睫毛都沒有動一下。

末艾有點慌亂，低聲叫他：「希宣，你怎麼會來這裡？」

他這才將目光從淺夏的身上移開，看了看她，低聲說：「妳來到中國的消息已經被人傳出去了，現在，就有人正向這邊來。我的保鏢可能攔不住他們。」

末艾嚇得臉色發白，站起來奔到他身邊，緊緊地抓住他的手肘，問：「那……我們該怎麼辦？」

一直冷眼旁觀的淺夏，慢悠悠地穿上外套，戴好手套。「那麼我先走了。」

「林淺夏……」程希宣不自覺地叫她。

她回頭看了他們一眼。「這是你們的事，和我沒關係吧？」

「可能，妳也會有危險。」他伸手抓住她的手腕。「妳看不出來嗎？現在妳已經被捲進來了，恐怕我們三個人，今天都逃不出去……」

話音未落，突然響起重重的「砰」的一聲，玻璃在瞬間破裂，寒風捲襲進屋。窗簾、桌布、牆上掛著的小飾品，全都晃蕩起來。

末艾「啊」的一聲哀叫出來。

淺夏回頭看了一眼，發現她的腿上迅速滲出鮮血，浸溼了裙子。

程希宣立即蹲下，將她的裙子掀起，她的膝蓋已經受了傷，根本站不住了。打破窗玻璃的人，正自窗戶向內張望，淺夏立即伸手抓起旁邊的椅子，狠狠地砸了出去。椅子帶著碎玻璃，不偏不倚砸個正著，那個人哀號一聲，捂著臉就倒在了地上。

她立即奔到窗邊，將打開的窗柵欄關上，一眼瞥到外面已經站了十來個人，手中各自持著武器。她迅速把門鎖上，然後把窗簾一把拉上。

外面的人已經開始砸門了，同時會所內警鈴大作，在尖銳的警報聲中，那些人的吼聲時斷時續地傳進來：「逃不掉的……你們給我滾出來……」

看著搖搖欲墜的大門，淺夏回頭看了看末艾，她正嚇得臉色蒼白，死死地抱著希宣的手臂，緊盯著那即將被踹開的門。

淺夏微微皺眉，然後一把拖起末艾，往室內的洗手間走去：「跟我來！」

末艾還想抓著希宣的手臂，他已經將她的手拉下，抓起旁邊陳設的花瓶，站在了門後。

會所內保全不多，所以只能等待警方，幸好不到十分鐘，已經隱隱聽到有警車的聲音傳來了。

眼看時間緊急，那群人下手更重，猛然間「轟」的一聲，大門倒下，他們闖了進來。

程希宣手中的花瓶砸在了率先進來的人頭上，但那人倒下後，後面的人還是湧了進來。

警方已經到了大門口，保全也終於衝了進來，準備阻止。

那群人一眼就看到了躲在牆角膝蓋流血的末艾，也看到了一個癱倒在椅上，被嚇呆了的陌生女人。

那些人只掃了那個女人一眼，就一起向著末艾撲了過去。

程希宣拉起末艾，衝了出去。

一旦跑掉就很難抓住。所以那群人毫不猶豫，一起轉身追了出去。只留下癱倒在沙發椅上的女人，捂著自己的膝蓋，痛得瑟瑟發抖。

她腿上有槍傷，血流了一地。只是當時闖進來的人太倉促，根本沒來得及仔細看。保全趕緊扶起她，問：「妳受傷了？沒事吧？」

她咬緊顫抖的下脣，氣若游絲地擠出一句話：「程希宣和林……淺夏……把那些要殺我的人引開了，你們……快去救他們！」

淺夏和程希宣牽著手，穿過層層的竹林，從後門奔了出去。

一開始淺夏還假裝自己的腳受傷，後來見他們追得太快，只好放棄了假裝，反正他們也不可能再回去找未艾了，所以她跟著程希宣一路狂奔。

後面的人還緊追不捨，他們向著大門跑去，希望那裡的員警可以幫他們。但那些人也早看出了他們的企圖，其中一個大喊：「四叔說，直接殺了也可以！」

淺夏心頭猛地一跳，回頭看見領頭那人已經舉起了手中的槍，對準了她。

偏僻無人的寥落街道，漫長的小巷中，什麼可以遮擋身體的東西也沒有，她眼睜睜地看著那個人的手指一動，就要扣下扳機。

程希宣將她猛地撲倒在牆上，用自己的身體擋住了她。

淺夏睜大眼睛看著他，顫聲叫他：「程……希宣。」

他沒有回答，只是用力抱緊她，用自己的後背，替她擋住一切。

槍聲響起，世界在瞬間，忽然變暗。

她的臉深埋在他的懷中，感覺到他的身體驟然抽搐了一下，有溫熱而黏稠的液體噴濺在她的臉上。

她抱著他沉重的傾倒的身體，連追過來的人也不管了，只是抱著他，無法抑制地哭喊出來：「程希宣，程希宣……」

「林……淺夏……」她臉上的眼淚滴落在了他的臉頰上，他看著她，艱難地擠出這三個字，然後抬起手，想要替她擦去那些淚水。

可是，手還未碰觸到她的肌膚，已經垂落了下去。

她握住他無力鬆落的手，看著他闔上的眼睛，身體瑟瑟發抖。

持槍的人向她一步步逼近，她就像沒有察覺到一樣，只是緊緊地抱著懷中的程希宣，茫然地看著眼前的一切。

黃昏的小巷，寒冬之中積雪薄薄，在半空之中有晚歸的飛鳥掠過，層層疊疊的雪與雲光與影，在昏黃的陽光之中，像是被飛鳥的翅翼割破，無數重重影跡，所有一切過往，都如同泡沫幻影，在她面前一一出現，又一一破滅。

整個世界，在她眼前動蕩得如同風吹過的湖面，虛幻扭曲。

程希宣，程希宣……

他讓她如同陷入迷宮，走不到盡頭，辨不出方向，甚至不知自己身在何處。

就像現在，他在她的懷中，呼吸漸輕，於是她忘記了過去，迷失了未來，這個世界，不復存在。

指著她的槍沒有響，只傳來沉重的倒地聲音。那個持槍的人被後面趕上來的一條黑影擊倒在地。旁邊的人一時手足無措，那人奪過對方手中的槍，反過槍托迅速擊倒兩個人，然後反轉槍口對準他們，厲聲說：「我數三下……」

聽到他的聲音，淺夏這才茫然地抬起頭，看著那個人：「老闆……」

逆光之中，衛沉陸一身黑衣，持著槍站在那裡，就像一頭蓄勢待發的黑豹，所有人都迫於他全身的氣勢，呆站在那裡一動也不敢動。

「一。」他聲音平淡。

那幾個人中有幾個已經轉身，迅速跑開了。

「二。」

就連倒在地上的人都趕緊爬起來，往巷子口狂奔。但就在跑出沒幾步時，他又轉頭看向衛沉陸，愕然大叫：「少……少爺！」

衛沉陸微微皺眉，瞄了他一眼。

「我、我是四爺身邊的阿健啊！我曾經和四爺在義大利見過你一面的！」

淺夏抱著程希宣，將臉貼在他的胸口。

衛沉陸則有點尷尬：「哦……是你啊。」

就這麼一來，局勢微妙了起來。淺夏低頭看著程希宣：「終於可以知道，追殺你們的是什麼人了。」

可是程希宣已經重度昏迷，根本不可能有反應。

她懷中的容顏，和初見時一樣，依然是漂亮得令人覺得目眩，但因為失血過多，他的臉色已經變得異常蒼白。

她深吸了好幾口氣，強迫自己鎮定下來，然後撕開他的襯衣，將他胸前的傷口按壓綁好，又脫下自己的外套，包裹住他。

至少，還有一點點熱氣，還有一點點心跳。

衛沉陸看了她一眼，垂下手中的槍走過來看了看，見程希宣還有微弱的呼吸，便幫她打了急救電話，然後才轉頭對那群人說：「走吧，我和四爺也多年未見了，但顧現在忽然和他見面，不會給他造成麻煩。」

淺夏站在巷子中，看著他和那群人一起離開，她不由自主地在背後叫了他一聲：「老闆……」

他頭也不回，只是隨意地一揮手，說：「沒辦法啦，我也懶得再東躲西藏了，和四爺見個面也行。妳先把程希宣帶去醫院搶救吧。」

淺夏現在還是方未艾的妝扮，所以那些人結結巴巴地問：「衛少爺……你和方未艾……」

「完全沒關係，我不認識方未艾。」他一口咬定。「先別動他們，一切等我瞭解了再說。」

那群人半信半疑，他們正在追殺的人和衛沉陸似乎關係不一般，這讓他們覺得事態十分嚴重。救護車已經來了，他們再不閃人就會被看見了。所以那一群人和衛沉陸腳步不停，一下子就出了巷子。

在巷子口衛沉陸看見了另一個熟人。

他老爸的得力干將，他曾經見過好幾面的一個男人，似乎是叫史密斯，外號鉚釘，意思是盯上什麼人就丟不了。

史密斯一看見他，頓時「啊」了一聲：「少主！您……您終於出現了！」

「嘖，別在這種地方叫這麼傻的稱呼。」他說著打開車門上了副駕駛座，坐在鉚釘身邊。

原來他父親的親信都到這邊來了。衛沉陸在心裡暗暗罵了一聲，難道說，程希宣惹上的義大利幫派，就是他的老爸？

難怪在歐洲，他去跟蹤他父親的手下時，會遇到林淺夏和程希宣。

這麼說的話，可有點麻煩了，他唯一的員工林淺夏，如果因此捲入了這場恩怨，對他真不是個好消息。

「你在盯梢程希宣？」

「是，老大說，就算付出再大的代價，也要以血洗血。」

「程希宣這種人，能和我們幫裡有什麼血仇？」他漫不經心地問。

史密斯駕車去追前面程希宣的救護車，低聲說：「和二少爺有關。」

「咦？是嗎？」雖然和那個父親情婦生的弟弟完全屬於陌生人，但出於禮貌，衛沉陸還是表現了一下驚訝。

「是的，今年春天，在瑞士滑雪的時候……」

「怎麼了？」滑雪，衛沉陸覺得自己最討厭滑雪了。

「二少他……在滑雪的時候看到一個長得挺漂亮的女孩，就過去想上手。那個女孩子都已經被掐暈拖進屋子了，誰知被後面有個偶爾經過的滑雪者看見了，對方掄起滑雪板給他來了幾下，二少就活生生被打成了植物人……」

「植物人？」衛沉陸冷笑。「下手還真是太輕了，他要是直接打死就好了，這種人渣！」

史密斯愣了一下，趕緊說：「是，二少是不對……可是他畢竟是老大的兒子啊，所以老大下了追殺令，無論天涯海角，也要將凶手抓到，替二少報仇。」

「這麼一說，我倒是有點欣賞程希宣了。」衛沉陸抱臂看著前面的車，說。

史密斯詫異地問：「這事和程希宣……有什麼關係？」

「難道不是程希宣見義勇為嗎？」

「不……不是，當時救了那個女孩子的是個女人。」

衛沉陸愕然轉頭看他。

「是程希宣的未婚妻，方未艾。」

「手術中」的燈一直亮著，遲遲未滅。

淺夏坐在走廊中等待著，大腦一片空白，覺得太陽穴的青筋跳得厲害。

白色的走廊，白色的燈，安安靜靜匆匆走過的人，讓空氣都變得蒼白。

未艾過來時，在走廊盡頭看了她很久，終於示意護理師把輪椅推過來，停在她的旁邊。

她輕輕地握住了她的手，低聲說：「放心吧，他一定沒事的。」

淺夏回頭看了看她，目光落在她的腿上。

「傷口縫好了，膝蓋骨碎了，不過也沒什麼大不了。」她說。

淺夏點點頭，低聲說：「沒事就好。」

她的聲音讓她自己都嚇了一跳。嘶啞低暗，滿是絕望。

未艾示意護理師倒了一杯水給她，淺夏捧在手中，慢慢地喝著。

「其實我真的有點不甘心。」未艾將頭靠在椅背上，輕輕地說：「我遇見希宣比妳早，我和他經歷過的日子比妳長，可是，卻是妳，得到了他。」

淺夏低頭看著自己手中的水杯，沒說話。

「我知道，如果這次不是妳，而是我有危險，希宣也一定會為了救我而不惜生命……可那是因為，我在他心裡，是親生妹妹一樣的存在。」她轉頭看著淺夏，眼中滿是淚水。「而妳，他為妳不顧一切，卻是因為，妳是他愛的人。」

淺夏抬起手，捂住自己的眼，默然無聲。

「他向我坦白，跟我說，他已經愛上了妳，再也不能守護我了……那個時候，我真絕望，我依賴了這麼多年的人，就要被人搶走了……所以我好恨妳，我明知道自己應該躲在聖．安哈塔避風頭，可還是沒辦法控制自己，即使死也無所謂，我真的想看看，能從我手上搶走希宣的人，到底是什麼樣的女孩子。」她說著，眼淚撲簌簌地順著玉白的臉頰滑落。「卻沒想到，會害得他這樣。」

「不關妳的事，過錯不在妳。」淺夏低聲說。

「不，是我的錯。」她說著，因為情緒激動，崩潰得泣不成聲。「若我早點發現原來我早就喜歡他……若我不那麼任性，我和他早就已經幸福地在一起了，我不會和父母吵架後，獨身去瑞士惹下禍端……我不會害得他現在這樣……妳也不可能搶走屬於我的希宣……」

旁邊的護理師勸她：「小姐，請控制一下情緒，太傷心了可不好。」

可方未艾太過悲慟，抽泣著，就是無法停下來。

淺夏輕拍著她的背，安慰她，也安慰自己：「放心吧，他會安然無恙的。」

「就算安然無恙，他也已經屬於妳了。」未艾說著，用絕望的眼神盯著她。「不喜歡就是不喜歡，這麼久的時間，他都沒有愛上我，那麼這輩子，我都得不到他了……我永遠也沒辦法，從妳的手中把他搶回來了。」

「我和他已經不可能了。」淺夏輕輕地嘆了口氣。「我早和妳說過，我們是路人。他傷害過我，我也傷害過他，我們是這樣的局面，恐怕都回不去了。」

方未艾搖頭。「你們明明相愛，能說成為路人，就真的成了路人嗎？林淺夏，就算妳演技這麼出色，騙過了別人，騙過了我，甚至騙過了希宣，可是，妳能騙過自己嗎？」

淺夏愣愣地呆在那裡，說不出話。

「妳能讓自己相信，妳和希宣只是路人了，於是，妳就真的能把他當成路人嗎？即使妳改變了容貌，改變了身分，改變了個性和舉止，你們卻依然在人群中相逢，他依然能在千萬人之中，一眼就看到妳。難道妳覺得你們，真的能成為路人嗎？」

淺夏咬住下唇，聽到自己的呼吸聲，虛弱，微顫。

「不要自欺欺人了。妳……還有我也是，都不要再欺騙自己了，人生的一切，該來則來，就算逃避，又能逃到哪裡去？」末艾自言自語一般，喃喃地說著，又將自己的臉埋在疼痛的膝上，深深地呼吸著。

等到眼淚被膝上的毯子吸乾，她才抬起頭，紅腫著雙眼，卻對著淺夏勉強地露出一個微笑：「但也沒什麼大不了，我……是很容易喜歡別人的。我以前的男友，都曾經在一瞬間，讓我感動得想和他們立即步入結婚禮堂。所以我想，即使希宣被妳搶走了，也沒什麼。也許更適合我的人，在下一個路口就出現了。」

雖然肆意哭過了，紅著眼，但她依然是方家王朝的公主，驕傲而奪目，鑽石一樣，堅強美麗。

「這是我的報應吧，總是喊著不喜歡、不愛，所以，就真的沒能愛下去，真的沒能得到他。」她笑著，低聲說：「我想，等下一次愛情來臨的時候，我一定要緊緊抓住……免得再有一個像妳這樣幸運的女孩子，搶走了我喜歡的東西。那下一次打擊，我可不知道自己能不能受得了了！」

看著她臉上難看的笑容，淺夏也不由得微微笑了出來，她伸手抱了一下末艾的肩，低聲說：「好好地養傷吧。」

她們坐在一起，看著手術室的燈光熄滅，奮戰了好幾個小時的醫生出來，表示手術成功，病人基本上脫離危險。只是還要在ＩＣＵ監護一段時間，他各項功能指標都很低，隨時會有反覆。

淺夏隔著玻璃，看了看裡面的程希宣。

他依然昏迷著，氧氣管和儀器密密層層，遮住了他的大半張臉，她只看見他蒼白的半邊面頰，一點血色都沒有。

她的氣息呵在冰涼的玻璃上，形成了一層薄薄的白霧，然後緩慢散去。

霧氣阻礙了她看程希宣，所以她舉起手背，慢慢地把他們之間的隔閡擦掉。

就像，把過往的一切都呼出來，然後，親手抹掉一樣。

還有什麼呢？即使他再怎麼傷害過她，即使他曾經親口說出那麼殘忍的話，可他如今，願意為了她，連生命都拋棄，還要怎麼樣？

眼淚撲簌簌地落下來，但她沒有去管，只是固執地，一下一下地擦著面前的玻璃，想讓自己把他看得更清楚一點。

她凝視著他，喃喃地低聲叫他，程希宣，程希宣……

所有曾經發生過的一切，真的能擦掉嗎？

永遠不曾忘記自己傷痕的林淺夏，真的能忘記自己想要忘記的東西嗎？

農曆新年到了，即使是病人也受到了特殊待遇。

已經轉到家裡的程希宣，因為今天陽光很好，所以淺夏給他穿上厚厚的衣服，裹上毯子，推他到陽臺上晒太陽。

護理師在準備待會兒的檢查，叮囑她各項注意事項，淺夏一邊點頭，一邊記著。程希宣坐在椅上，說：「放心吧，她是專業看護人員。」

護理師疑惑地問：「妳是專業看護？」

「對啊，華南醫科大學看護系的宋青青小姐。」他微笑著，低聲說。

淺夏白了他一眼，仔細幫他攏好毯子。

陽臺外有幾株高大的臘梅，開出了金黃燦爛的花朵。在乾枯的樹枝上，嬌豔的花上壓著白雪，枝條垂垂。

陽光從落地窗外照進來，身上暖融融的。淺夏坐在程希宣的身邊，看著外面的花和雪，因為多日來缺少睡眠，所以有點昏昏欲睡。

就在半寐半醒之間，她忽然覺得臉頰上癢癢的，似乎有髮絲輕輕掠過。

她微睜開眼，看了看，原來是程希宣在輕輕地撫摸著她的頭髮。他用那麼溫柔的眼睛凝視著她，手指就好像在撫摸一朵初開的花一樣輕柔。

淺夏的心，也跟著他的指尖，微微顫抖起來。

陽光這麼溫柔，時光緩慢地走著，只要兩個人在一起，即使那些煩囂的事情，似乎也消失了。世界這麼美好。

她伸出手，輕輕地覆在他的手背上，低聲叫他：「希宣……」

程希宣握住她的手，微微而笑。

她直起身子，揉揉眼睛，低聲說：「今天是除夕呢，我們先回去吧，等一下我要回福利院去過年了。」

他牽著她的手，低聲問：「不能留在這裡嗎？」

她輕輕搖頭，把自己的手抽了回來。

他有點沮喪：「有些事，我也需要向妳坦白了，希望妳能給我一次機會。」

「有什麼需要坦白呢？不就是未艾惹了麻煩，你需要一個人來做她的替身，所以僱了我過來幫她承擔嗎？」她淡淡地說。

程希宣嘆了一口氣：「對，我曾經在信上對妳說過。」

「信？」她有點詫異，然後才恍然想起那封信。

在她受傷回到家中之後，他曾經給她寫過一封信。後來，被她撕碎了，沖進了下水道。

「那個時候妳換了號碼，我查到了妳的地址，也沒有勇氣去見妳，只能給妳寫了信。」

他有點無奈地轉頭看她，低聲說：「但是妳，沒有理會。」

淺夏望著外面的臘梅，低低地嘆了一口氣：「那封信我沒有看，撕掉了。」

他笑了笑，說：「嗯，要是我，我也不看。」

她轉頭看著他，深吸一口氣，又長長地呼出來，像是要將自己一直埋藏在心裡的那些鬱結，也一起從胸中擠壓出去。「不過，我又不是傻瓜，難道我看不出來，所有的傷害，基本都是針對未艾的？有時波及你，也只是因為他們想要從你身上挖出未艾的下落。什麼不想結婚，想要我破壞你們之間婚事的話，全都是表面的敷衍。而且你也不需要對我解釋，因為我只接受委託，並沒有多大興趣追究你的原因。其實一開始，我就應該看出來，你怎麼可能不愛方未艾？」

「我是愛她。」他終於打斷她的話。「但和我愛妳的不一樣。」

淺夏抬眼看著面前的花，沒說話。

「在我孤獨的少年時代，她就像一簇火焰，讓我覺得這個世上，還是存在著美好的人生的，所以我也一直希望，能好好地呵護她，讓她永遠幸福下去。」他斟酌著語句，慢慢說出自己心裡最真實的想法。「就像是對自己的至親一樣，因為我不幸福，所以希望她能過得很好，很幸福。」

「可妳不一樣，妳讓我覺得，我也可以擁有幸福的可能，我的人生不一定只有這樣的死水一潭，我能夠擁有一切美好的東西——因為，妳出現了，所以我的人生開始熠熠生輝。」

淺夏默然注視著他，良久，低聲問：「你喜歡我？」

他毫不猶豫地點頭，用一雙深深暗暗的眼睛凝視著她。

「喜歡我的長相嗎？其實你根本沒見過幾次我本來的面目吧！」

「妳長什麼樣，對我而言並無關係，反正無論妳變成什麼樣，我都能在人群之中一眼就認出妳，不是嗎？」

淺夏別開臉：「你根本不瞭解我是個什麼樣的人，我有什麼樣的人生、什麼樣的生活、我需要的是什麼，我們這樣兩個世界的人，怎麼能在一起？」

「這些都不重要，全都是可以忽視的東西，不是嗎？就像我失明的時候，我不知道妳是誰，我看不見妳，可是我還是愛著妳，清清楚楚地知道，妳是對我多麼重要的人。」他凝視著她，低聲輕喚。「淺夏……」

她轉過臉，避開他的目光。

「妳也是喜歡我的，不是嗎？」

她聽到他的聲音在她的耳邊輕輕響起，那聲音低暗喑啞，卻讓她心口的血脈，隨著他的聲音，起伏震顫起來。

她咬住下脣，默默側過頭，看著窗外。

他凝視著她，她的臉頰被逆光照出一種眩目的淺紅色，如同桃花與玫瑰調和出來的顏色，彷彿緋紅又不那麼深，彷彿粉紅又不那麼浮，說不出的動人與嬌豔，在一瞬間，迷人眼目，動人心魄。

她低聲說：「對，程希宣，我還喜歡你。即使你是我人生中最大的失敗。」

他的胸口彷彿被人深深劈了一刀，明知道她是曾經被自己狠狠推開，沒有半分猶豫與遲疑，捨棄掉的女孩子，可是這一刻，他追悔莫及，甚至恨起自己以前的漫不經心來。

他曾經蹂躪踐踏過的，其實是他最幸福的時光。

因為這種難以名狀的悲慟，他忽然不顧一切，張開雙臂，緊緊地抱住了她。

她一動不動地呆在那裡，大腦一片空白。忽然覺得整個人虛弱極了，像是夢，又像是幻覺。她感覺到他的呼吸在自己的耳畔纏繞，佛手柑、香木櫞、橘、柏與菸草琥珀的香氣，混合成奇異的青木香，在她身邊沉浮。

突然之間，她的眼淚就要湧出來了。

她彷彿看到初次遇見程希宣的時候，不知世事的她，抬頭看見了如同光神一般令人無法移開目光的他。那個時候，她怎麼知道，命運給她帶來的並不是光輝燦爛，而是暗黑深淵？

從地獄中回來的人，怎麼可能會再想回到那種地方？

曾經歷過那樣撕心裂肺的愛與恨，她又怎麼會再回頭？

林淺夏，唯一的優點，就是記住的，永遠忘不掉。

所以她，再也不會犯這樣的錯誤。

她將他推開一點，慢慢回過身看他。

他的手抓著她的手臂，不肯放開，凝視著她，輕聲如呢喃一般地叫她：「林淺夏，林淺夏……」

她掙扎著想要脫開他，誰知他放開了她的手之後，卻一把摟住了她的腰，將她的身體猛然貼近自己，低下頭，吻住了她的脣。

柔軟，甜美，讓人戰慄。

因為心中那種深濃的愛戀與著迷，程希宣只覺得腦中轟的一聲，就此沉淪。周圍明明是明亮的午後，陽光遍地燦爛，可是他什麼也看不見，整個世界彷彿變成虛幻影跡，在迷亂之間下墜，下墜，一直墜落到不知名的地方去。

恍惚迷離，像是在夢遊一般。

「淺夏，不管我們以前怎麼樣，不管受過什麼傷、經歷過什麼，至少，我們現在都還在一起。只要我們還能牽著手，那麼一切都很好，不是嗎？」

「去，到樓下點碗牛肉粉，我十分鐘後到。」

老闆在電話裡下命令，言簡意賅，一副老大模樣。

正在收拾東西的淺夏趕緊打起精神，衝到樓下催著老闆煮牛肉粉。就在她托著打包好的牛肉粉上樓時，衛沉陸剛好到來，停好車和她一起上樓。

吃完牛肉粉，老闆心情很好，點著桌面問她：「想不想知道祕密啊？」

「咦，老闆什麼時候這麼八卦了？」她捧著碗到廚房去，沒有理他。

見她這麼淡定的樣子，他心中八卦翻湧，難以抑制，又走到廚房門口，靠在門上看她洗碗：「喂，很重大的祕密哦，聽不聽？」

「沒興趣。」她頭也不抬。

「和程希宣有關。」

她的手停住了，良久，又假裝若無其事，繼續洗碗：「什麼？」

衛沉陸翻翻白眼：「我就知道，妳只對他感興趣。」

淺夏沒理他，他只好自己接下去說：「程希宣委託妳的時候，騙了妳。」

「他什麼時候不騙我？」她淡淡地說。

衛沉陸一臉沮喪：「喂，林淺夏，妳這麼不配合，我真的很難八卦下去。」

「好吧，那麼老闆要八卦什麼呢？」她洗乾淨手，走過他身邊坐下。「是八卦方未艾惹了麻煩，還是八卦程希宣當時根本沒想和未艾解除婚約？」

「原來妳知道了啊。」他笑咪咪地抱臂看著她：「那麼妳知不知道，被方未艾打成植物人的色狼，就是我那個混蛋弟弟？」

淺夏這才睜大了雙眼，愕然地看著他。

衛沉陸有點得意：「妳看，終於有大料了吧？」

「我記得你說過，你那個弟弟是個千年難得一見的壞蛋，百年難得一見的人渣啊。」淺夏自言自語。

衛沉陸聳聳肩：「誰說不是？那次他被我打得差點癱瘓，居然還沒記住教訓，一直欺男霸女為非作歹。這一次他被打成植物人，也是罪有應得。」

「但你老爸可不這麼想吧。」

他嘆了一口氣：「我老爸只有兩個兒子，我已經背叛他，跑得遠遠的了，現在願意跟著他的那個兒子卻又變成這樣。也難怪他悲痛過度，即使對方是方成益的女兒也不肯放過，一定要她償命。」

淺夏看著他，欲言又止。
「妳要說什麼？」他瞟了她一眼。
淺夏有點遲疑地說：「老闆，或許，你能幫幫方未艾和程希宣……」
「幫他們？我憑什麼要幫他們？」衛沉陸懶散地靠在椅背上，冷笑。「第一，那個混蛋畢竟是我唯一的弟弟，自家人被搞成這樣，連帶我也臉面無光，我為什麼還要去幫外人？第二，程希宣和方未艾也是一對混蛋，妳忘記他們以前把妳弄過去當替死鬼，搞得妳有多慘？妳差點就死翹翹了，林淺夏！」
淺夏坐在他面前，抬手扶住自己的額頭，沒說話。
「想要我幫他們去向父親求情，那妳倒是給我一個救他的理由。」
「我欠了他的情。」她低聲說。
「什麼情？感情？他說的那些鬼話妳也信？」衛沉陸不耐煩地揮揮手。
淺夏嘆了一口氣。「至少他看在我的面子上，保住了我從小長大的福利院。至少他曾經為了保護我，自己受傷也無所謂。至少，他曾經在最危險的時候，抱著我替我擋過子彈……」
衛沉陸端詳著她的神情，勃然大怒：「林淺夏，妳這個白痴！妳不是口口聲聲說自己的記性好，永遠不會再理會這種人了嗎？」
她低下頭，輕聲說：「是，我永遠忘不了他給我的傷害。可是老闆……我也永遠記得，他和我曾經經歷過的一切。」
平生第一次，衛沉陸覺得自己的身體不受控制，連他的手都微微顫抖起來。
胸口劇烈疼痛，在這一刻間，他忽然明白了，以為順理成章，一直握在手心的那塊琉璃，已經破成碎片，即將把他的掌心割得血肉模糊。

他一天一天注視著長大的這個女孩子，已經不再屬於他。

他咬著牙，把自己的話從牙縫間一個字一個字地擠出來：「那麼林淺夏，妳愛他，對不對？」

她愣愣地盯著空中虛無的一點，良久，才輕聲說：「對。」

從一開始到現在，中間掙扎過很多次，曲曲折折地走過很多路。無數次她違背自己的心意，倔強地說，是假的，是過去了，是被怨恨埋葬了……

可是最終，她還是只能承認，是真的愛他。過不去，埋不掉，命運兜兜轉轉，讓他們相遇，讓他們離散，又讓他們重逢，就是為了這一刻，她終於承認，她是真的愛他。

無論橫亙了多少時光，無論交錯了多少鴻溝，她的心裡，一直都沒有變過。

即使她再精通偽裝，即使所有人都看不清她的內心，可她自己清清楚楚地看到，她的心裡，最深的地方，埋葬著一個刻骨銘心的時刻。

在高樓長長的回旋樓梯中，他抱著她，一步一步往下走。

沒有過去，沒有未來，她失陷在迷宮之中，沉迷在他的懷抱中。

於是，在父母拋棄了她之後，那層保護著她不受風雨侵襲的繭，如同冰雪般消融。她寧願投入風雨，義無反顧地向著他飛去，不管自己是撲向春天的蝴蝶，還是投向火海的飛蛾，只憑著胸口那一點微溫的悸動，拋棄了自己設定的人生。

那是她的紀念日。

衛沉陸走到淺夏的身邊，俯身看著她：「林淺夏，妳真讓我失望。」

淺夏抬頭看他，神情惘然：「老闆……」

「老闆……哼。」他冷笑著。「我在妳的心裡，就一直只是老闆。」

她愕然睜大眼看他，咬住下唇。

「三年前，妳十六歲，國中畢業的那個夏天，我第一次看見了妳……」

終於逃離了父親的那年，衛沉陸回到國內。

那是個炎熱的夏天，七月初，天空顏色亮得刺眼，蟬聲幾乎從未間斷過。

他一個人在母親的舊居，呆坐了一天一夜，考慮著自己以後的人生。

直到疲憊至極，他終於從家裡出來，驅車去尋找一個可以吃東西的地方。

那個下午，天氣熱得幾乎要將整個世界烤乾。幸好城市的綠化做得很好，沿路都是高大的樹木，他的車在綠蔭中行駛，在轉彎時，夏日的陽光從綠葉的間隙中投下來，直刺他的眼睛。

就在這一瞬間，他看見前面有個小孩子，正從公園門口跑出來。

他背上冒出了冷汗，狠踩煞車。

可車子速度太快，已經來不及了，眼看就要重重地撞上那個小孩子了。

就在這千鈞一髮之時，後面有個女孩子忽然撲出來，將那個孩子一把抱住，往前一個翻滾，撞在對面的行道樹上，避開了車子。

毫釐之差，她險險地從車邊擦過，救下了那個孩子。

好快的反應。他不敢置信，打開車門走下去。

那個女孩子已經扶著那個小孩站起來，生氣地轉頭看他：「喂，前面的警告標誌你沒看到嗎？要小心孩子，你居然還開車這麼快！」

他自覺理虧，只好趕緊道歉：「對不起，哪裡受傷沒有？我帶妳去看看。」

她揉揉自己的手腕，又看看那個毫髮無傷的小孩，說：「沒事，你下次注意點就是了。」

說完她轉身牽著小孩離去，衛沉陸站在她的身後，注視著她。

樹葉間篩下來的陽光，像是被梳散成了一縷一縷，絲線一樣在樹林中隨風變幻，流轉不定。一個個小小的明亮光點，在她的髮上和衣服上跳躍著。

他漫無目的地跟著他們。陰涼的林間小道走到了盡頭，前面是斑駁剝落的石牆。陽光太過熾烈，周圍的一切都被照成了模糊的影跡，她回頭看著他，指指牆上掛著的牌子：「你是到我們福利院的？」

他茫然地點點頭，注視著她。

她這才笑了出來，說：「原來你是好人，來幫忙的嗎？」

那個時候，她穿著舊舊的藍色短裙，顏色淡得幾乎看不出來，在刺眼的陽光下，就像穿著一身白裙一樣。她的頭髮因為缺少修剪，密密地遮住了眼簾，也遮住了她所有的神情。

可她是這樣奪目的女孩子，如同六月晴空。她站在這樣普通的陳舊石牆前，笑容在流轉的陽光下，似乎蒙著璀璨光芒，帶著煙火的顏色。

就像是，每個人都曾經在夢中見過的那些動人場景，即使遺忘了所有細節和顏色，但那種驚心動魄的感覺，卻久久不能忘記。

她還是個十五、六歲的女孩子，她將來會長成更美好的、魅力驚人的花朵。

就在這瞬間，他找到了自己要做的事情，和以後幾年的人生。

他未婚，而且年紀太輕，不能收養孩子，所以他給了福利院捐助，送一批孩子去讀書。在他的全程幫助下，她第一次飛往國外，但去了培訓學校後，因為要求封閉訓練，他就再沒有過問。

他還記得，她畢業典禮時他去接她回來，她在電話裡問他，你最喜歡的明星是誰？他隨口說，瑪琳黛德麗。

在他們約好的地方，他看見靠在牆上的那個女人，她穿著花瓣一樣層層疊疊的白色絲質襯衫，卻被緊身的黑色西裝外套罩住，只洩漏了一點點柔軟的絲綢出來。她穿著長褲吸菸裝，戴著復古的黑色禮帽，有一、兩綹金色的捲髮垂在她的脖子上。

聽到車子開來的聲音，便抬起頭微瞇著眼看他，薄唇，瘦削的臉頰，纖細的長眉下，一雙淺藍剔透的眼睛，是一種鋒利的妖嬈嫵媚。

他呆在那裡，看著眼前這個八十年前的女子，瑪琳黛德麗，活生生地站在玫瑰花牆之前，顏色濃重，比電影上還要迫人。

她卻忽然笑起來，這個冷若冰霜的女子瞬間豔如桃李。

她取下禮帽，蓬鬆的金色捲髮散下來，她全身都是金色的光芒，可她的笑容卻比那陽光照在金髮上的光彩還要奪目。「衛先生，是我呀。」

他聽到她的聲音，愕然遲疑。

「是我，林淺夏。」

她不知道，就在那一瞬間，他的心口，忽然怦的一下，綻放出無數的煙花。

他知道，生命中最重要的那個人，到來了。

他們一起在琉璃社中接受各種匪夷所思的委託，生活比小說和電影還要刺激。她是天生的演員，受訓後身手特出，比他所能想像的還要好。只需要衛沉陸給她鋪設好一個舞臺，她便能嫻熟地來往於各種錯亂糾紛中，擺平種種奇怪的委託，不費吹灰之力。

他就這樣看著她，就像注視著一朵花慢慢開放，等待著她盛開。等待著她有一天，忽然明白過來，這麼久以來，他一直站在她身後是為什麼。

他還以為，她就是安握在他手心的那一塊琉璃，光滑剔透，所有的光彩與瑕疵，都在他的掌握之中，沒人能奪走。

然而他沒有想到，忽然有一天，林淺夏遇見了程希宣。

他卻只能眼睜睜地看著自己掌心的琉璃碎裂掉。

程希宣，毀了他最珍貴的東西。

湧上心頭的絕望與憤恨，讓他怒不可遏，幾乎失去了理智。

他冷笑著，問：「林淺夏，我為什麼要救妳愛的人？」

淺夏從未見過他這樣，忍不住低聲叫他：「老闆……」

「方未艾死不死，一點都不關我的事，程希宣死了，我只有更開心！」

「程希宣對不起我的，已經償還回來了，現在，我都已經準備原諒他了……」她抬頭凝視著衛沉陸，低聲說：「老闆，請你也放下心結吧。」

「林淺夏，妳真是個白痴，無藥可救。」不知為什麼，他低低地笑了出來。「可是喜歡妳這個白痴的我，估計比妳還白痴，還要無藥可救吧。」

就像胸口受了重重一擊，淺夏愕然睜大眼，聲音微微顫抖：「老闆……」

「是啊，我喜歡妳。」他聲音極低，又慢慢說了一遍。「所以，我比妳還恨程希宣，妳可以原諒他，我卻絕不可能。」

他看了淺夏一眼，見她一直愣愣地坐著，不敢置信，無法說出哪怕一個字。

他聽到自己心底的聲音悲愴黯淡。他知道，這麼久以來努力經營的一切，恐怕都已經白費了。他抬起手，輕輕揉了揉她的頭髮，拿起自己的外套，打開門離開。

就在他關上門之前，他看著門內的她，低聲說：「妳死心吧。我希望他和方未艾，最好明天就被我父親幹掉！」

第七章

花

一年的最後一天，淺夏抱著給孩子們帶的禮物，坐在顛簸的公車上，前往福利院。一路上無數的街景從她身邊流過，所有的人都是歡笑開心地準備度過這一天，唯有她愣愣地發呆，一片茫然。

不能不茫然啊，今天……好像是個很重大的日子呢。

程希宣向她表白，老闆也……向她表白。

為什麼自己這麼遲鈍，一直都沒有察覺？老闆是真的喜歡她嗎？可他從來都是漫不經心的樣子，有時嘲笑她，有時挖苦她……這也是，喜歡她的表現嗎？

真叫人，不知如何是好。

她在路上茫然地想著，到了福利院，才抱著東西下車。

看見福利院的牌子，她下意識地先彎起嘴角，露出一個微笑給守門的老伯：「孫爺爺，我回來啦！大家開始包餃子了嗎？怎麼這麼安靜？」

原本應該熱熱鬧鬧的院內，一個人也沒有，寂靜的雪壓在院裡的樹木上，顯得冷清極了。

孫爺爺笑呵呵地說：「哦，今天下午程家的人來了，包車將大家接到一個度假村去玩了，聽說晚上要包餃子放煙火玩通宵，直接在那裡住到後天才回來。孩子們、院長、阿姨……連秋秋都被拉過去了，我是走不開，沒辦法。」

淺夏目瞪口呆：「什麼？那是在哪裡？我現在去找他們！」

「呵呵，這個可不能告訴妳，程家少爺叫人託話，說是希望大家玩得開心，也希望大家能讓妳留點時間給別人……所以，大家都和我說，要是把他們去了哪裡告訴了妳，他們回來後可不放過我！」孫爺爺笑得一臉皺褶，洋溢著八卦。

淺夏在心裡哀號一聲，覺得自己丟臉極了。

程希宣……這等於是把他們的關係昭告天下了吧？她幾乎可以想見秋秋和院長、李姨她們當時的神情了，這以後，她要拿什麼臉來面對他們啊！

孫爺爺笑呵呵，才不管她悲痛的神情呢，朝她一揮手：「程家來接妳的車就停在裡面，妳快走吧，都等妳半天了！」

大年三十，下起了雪。

未艾已經被父母接回賽普勒斯去，傭人和護理師都放了假，管家和保全也故意到外面去了，所以在空曠的宅子中，只剩下了淺夏和程希宣。

雖然已經能下床，但程希宣的身體還不能多活動，所以無法出門。

她和他並肩站在陽臺上，看著無數的花火綻放在夜空中，耀眼奪目。

「對了，我在過來的路上也買了煙花，一起來玩吧！」淺夏興致勃勃地說，翻開自己的包包，拿出裡面的仙女棒來。

細長的煙花在她手中飛嗤嗤地冒著星星一樣的銀色光芒。她笑著揮手，那些奪目的燦爛光芒就變成一條長長的弧形流光，繞著她全身飛舞，像緞帶一樣。

她又給他一把煙花，教他一起畫出大大小小的銀色弧形，要是速度快的話，有時候還能畫出一閃即逝的星星圖案。

兩個人玩得像小孩子一樣開心。她嘲笑他畫的圓像個馬鈴薯，他辯解說，自己畫的，明明是一顆心。無聲無息的明亮弧線，盛開他們周身，又很快逝去。

「我最喜歡這種煙花了。」淺夏看著手中那根即將燃放完的煙花，忽然說：「我在孤兒院的時候，有一年，有一個阿姨過來，給我們送了這個玩……她是煙花廠的女工，很喜歡我，她還對院長說，準備收養我。」

程希宣注視著她，她低垂的側面在煙火的光芒中，顯得有些感傷。

「本來說好過了年，民政局上班之後，就要辦好手續，讓我跟著她走的。」手中的煙花已經燃盡，她鬆手讓它墜落在積雪中。「但那年除夕，煙花廠發生了爆炸，她過世了……後來，我年紀漸漸大了，又是女孩子，也沒有人再願意領養我了，那個阿姨曾給我帶過的這種仙女棒，是我以前玩過的，唯一的煙花。」

「淺夏，以後我們在一起。」他握著她的手，低聲說：「我不會再讓妳一個人孤獨寂寞。」

她仰起頭看著他，低聲說：「好。」

仙女棒燃燒得很快，連最後一根都快要燒盡了。

「你說，它叫仙女棒，劃在空中的時候又這麼像流星，那麼對它許願，會不會也靈驗？」

她舉著手中的煙火，問程希宣。

程希宣微笑：「會。不過這個和流星不一樣，要妳說出來才能實現。」

「是嗎？為什麼？」她還以為真的有什麼說法，用詢問的眼神看著他。

「因為妳說出來，我才能聽到。」

她笑了出來：「難道我所有的願望，你都能實現嗎？」

「至少……妳能實現我所有的願望。」他低聲說著，聲音溫柔纏綿。「如果，妳的願望，和我的願望差不多的話。」

她望著他：「那，你的新年願望是？」

「希望妳愛我。」他眼神深暗，襯在此時忽明忽暗的煙火之中，就像黑曜石的光芒，在暗夜中流轉，動人心魄。

她凝望著他良久，忽然踮起腳尖，吻在他的脣上。

「新年快樂，希宣……你願望成真了。」

對中國人來說，除夕夜是一年中最重要的時刻。即使在比中國晚七小時才除夕的義大利。

然而，在這樣的日子裡，有個人一點都快樂不起來。

大兒子逃離他身邊，至今不曾回家；小兒子成了植物人，靠著儀器維護生命，毫無甦醒的跡象。

衛銘在沉睡的兒子身邊坐了一整個下午，他注視著兒子的面容，這張混血的臉並不像他，更像他那個異國的母親。可無論怎麼樣，這等於是他唯一的兒子。

因為另一個兒子，自四年前走掉之後，就再也沒有和他聯絡過。他倔強地不肯回家，不願意回到自己的身邊。

是恨他這個做父親的吧。他嘆了一口氣，看看窗外，已經是深夜。新年的鐘聲，即將敲響了。他卻一個人孤單地守在自己昏睡的兒子身邊。

而這個唯一留存的兒子，蒼白而消瘦，羸弱地躺在床上，即使怎麼盡力維持，情況也一天比一天糟糕。

今天早上，醫生再一次搶救回心臟已經不再跳動的兒子之後，曾經勸告過他：「衛先生，他的身體已經衰竭，我建議您……還是放棄比較好。」

他掄起手杖，狠狠地劈在床頭上，用盡全身的力氣大吼：「放屁！我兒子，一定要活得比我久！」

可其實，他心裡深深地知道，就這兩天了，是逃不過了。

他的兒子，就要離他而去。

他靠在兒子的枕邊，將臉埋在自己的手掌中，聽著床頭儀器輕微的聲響。

深夜寂靜中，那一點小小的波動，顯得格外響亮。

忽然之間，病床上萎縮的身軀猛然一顫，然後儀器的警報聲急促地響起，在空蕩的房間中，顯得格外尖厲。

他像是從夢中驚醒，猛抬頭一看監控儀，心跳監護已經是一條紅色直線。

他用力地按呼叫鈴，一次又一次，卻始終沒有醫護人員來。狂湧升騰的怨恨與恐懼，讓他站了起來，在空蕩蕩的房間內大叫：「安德雷亞！」

一直站在門外的管家此時卻沒有應聲進來，周圍的煙花也暫時停了下來，他的聲音無人回應，深夜中一片死寂。他恐懼極了，又叫了一次：「安德雷亞！」

門終於被人推開，穿著黑色衣服的人走進來，卻不是安德雷亞。他站在門口的陰影中，一時看不出模樣，就像一個沒有面目的死神。
衛銘怒吼：「他到哪裡去了？醫生和護理師呢？」
那人聲音平靜：「醫生認為已經不必搶救了，所以我讓他們都回去了。」
他暴怒：「你……你敢？你是誰？」
那人的聲音依然模糊：「我是個，能實現你願望的人。」
遠處的鐘樓，遠遠地傳來「噹」的一聲響，在整個城市裡悠長迴蕩。
十二點來臨，新的一年，開始了。
衛銘捂住額頭，呆坐在小兒子的床邊，一動不動。
那人問：「先生，您的新年願望是？」
新年願望，剛剛失去了兒子的老人，新年願望是什麼？
是兒子甦醒，是手刃仇人，還是什麼？
「我要……沉陸回家，我要他回到我的身邊……和我團聚。」他彷彿囈語一樣，喃喃地說。
十二點的最後一下鐘聲停止了，悠長的聲音隱隱地在室內拖著尾巴，最後，消失在空氣中。那人的唇角微微揚起，顯露出一個黯淡的微笑。他摘下帽子，脫掉手套，向衛銘走過來。「新年快樂，先生……恭喜你，願望成真了。」
衛銘如遭雷擊，愕然地呆了許久，然後用不敢置信、以為自己是在夢中的神情，緩緩轉過頭，看向那個走過來的人。
衛沉陸微笑著，站在他面前，說：「爸，我回來了。」
他猛地站起來，雙腳不可自制地有點發抖。

衛沉陸緊緊地抱住他，在新年的第一刻，橫跨了四年之久，他們終於相擁。

良久，等到急促跳動的心終於平復下來，衛沉陸才放開自己的父親，走到病床前看了看自己的弟弟，抬起手探了探他的鼻息，淡淡地說：「他死了。」

衛父用力抓住他的手臂：「沉陸，害死你弟弟的女人，叫方未艾！」

衛沉陸慢悠悠地收回手，拍拍手掌：「她做得好。沉涯一直與我不和，你是知道的，難道你還希望，將來我們之間有一場兄弟鬩牆的戲分上演？」

「難道，你就因此不準備替你弟弟報仇了？」父親暴怒，狠狠地一拳砸向他的臉，歇斯底里地大吼：「即使你再討厭他，他也是你親弟弟！」

他沒有閃避，讓父親一拳結結實實地砸在了自己的胸口。

衛父急促地喘息著，瞪著他，目眥欲裂。

衛沉陸嘆了一口氣：「其實我也有一個新年願望，和父親你的願望有共同點，現在，我們站在同一條線上。」衛沉陸笑了笑。「方未艾將你的小兒子弄成這樣，而她的未婚夫程希宣，將我所愛的人奪走了。」

衛父狠狠地問：「那個女人最近不是已經被查到躲在聖·安哈塔嗎？」

「蝰蛇已經帶著幾個兄弟去了，不過她身邊有一個十分出色的保鑣，很難下手。聽說她在風景如畫的地方過得春風得意，幸福美滿呢。」

衛父咬牙切齒：「之前，他們還請了一個人冒充方未艾，企圖瞞過我們，幸好我們多追蹤了一段時間。無論如何，我一定要讓他們不得好死！」

「對，這就是我的願望。」衛沉陸冷笑著。「如果程希宣真的要和方未艾結婚的話……那麼我們一定要送他們一份，讓他終身銘記的賀禮。」

「沒錯！這份結婚禮物，我們怎麼可以不送？」衛父怒極反笑，在空蕩蕩的屋中，笑聲極其嚇人。「我要他們在最幸福的時刻，眼睜睜地看著一切破滅！」

春天來了，程希宣的身體也漸漸地康復了。梅花開的時候，他還是坐在輪椅上被她推著一起去看的；到垂絲海棠開的時候，他就能和她一起牽著手，慢慢地走去看了。

春天這麼美好，茸茸的青草如同碧絲，那種顏色嫩得幾乎要滴下來。長空中薄薄的雲，襯著頭頂緋紅色的海棠花，鮮濃的顏色染得整個世界如夢如幻。

走了一段路，他們在一棵花樹下坐下。草地上滿是落花，面前的溪水潺潺地流過，帶著雪片一般輕薄的花瓣，變成一條粉紅色的流花河。

要是時光永遠停留在這一刻，那該多好。淺夏在心裡想著，轉頭看程希宣，他也正在凝望著她，微微笑著：「要是時間永遠留在這一刻，那該多好。」

她笑著，輕輕地靠在他的肩上。在這樣的情景中，似乎連時間都慢了下來。

遠遠地，有隻小狗跑過來，在他們身邊繞了一圈，然後忽然跳到淺夏身邊，伸舌頭舔了舔她的掌心。淺夏手心癢癢的，不由自主地笑了出來：「喂，你不會是上次遇見我們的那隻小狗吧？」

程希宣有點詫異：「我失明的時候，曾經吃過我們霜淇淋的那隻小狗？」

「對啊，半年不見，牠都長這麼大了。」她說著，伸手揉了揉牠的腦袋，但是因為身邊沒帶吃的東西，只好對牠說：「抱歉啊，不能給你好吃的。」

「我有帶好吃的哦！」有人沿著河邊快步走過來。

「邵言紀？」程希宣轉頭和淺夏對望一眼。

跟在邵言紀身後的是胖乎乎的陳怡美，她揮著手中的洋芋片，跑過來抱著小狗，笑咪咪地說：「好可愛啊！」

淺夏便把她手中的洋芋片接過去，拿了兩片餵給小狗。

陳怡美雖然和她見過好幾次面，但是因為以前淺夏都是化妝後才和她見面的，所以她並不認識，只是侷促地對淺夏笑了笑，然後轉頭看邵言紀。

邵言紀也不認識她，問程希宣：「這位……是看護嗎？」

程希宣搖搖頭，執起淺夏的手，輕輕地吻了一下她的手背，微笑道：「她是我喜歡的人。」

邵言紀差點咬到舌頭：「是、是嗎？那……那方未艾呢？」

程希宣平靜地說：「你別誤會，我和未艾一直都把彼此當兄妹，沒什麼。」

一袋洋芋片吃完，小狗歡欣雀躍，圍著他們繞了一圈，轉身就跑掉了。

「喂，小笨狗，洋芋片雖然已經沒有了，要不要吃香腸啊？」陳怡美提著包包追了上去。

程希宣看著跑掉的小狗和陳怡美，問淺夏：「要不我們收留牠吧，讓牠不要再做流浪狗了。」淺夏搖頭：「你怎麼知道做流浪狗不好呢？也許牠自由快樂，比在你家好得多。」

「是啊，看起來牠活得也挺開心嘛，到處玩。」邵言紀說著，看了看那邊蹲在路邊餵小狗的陳怡美，又笑了出來。「怡美她啊，每天身上都有很多零食，看來是肯定減不了肥了。」

「她現在這樣是因為藥物荷爾蒙的原因，和吃東西沒關係的，而且我覺得她胖胖的很可愛啊。」淺夏說。

邵言紀點點頭：「是啊，藥物原因……咦，妳怎麼知道？」

淺夏很平靜地說：「哦，因為我以前有個朋友也是這樣，很難減，不過等停了荷爾蒙之後，慢慢也可能瘦下來的。」

「不過相處久了，我也不在乎了，因為我喜歡她。」邵言紀說著，臉上露出幸福的笑容。「她很奇怪的，有時好像身手很靈活，什麼都很擅長，有時候又笨手笨腳的，什麼都不會。偶爾我一恍惚，會忽然覺得她是個雙面人，哈哈。」

程希宣看了淺夏一眼，一臉「看妳造的孽」的表情。淺夏若無其事地說：「是呀，我就是你們的學妹，也覺得陳學姊很讓人驚奇。平時她好像很沉默，但爆發的時候令人刮目相看，只有在關係到你的時候，她才會變成另一個人。」

「難道這就是所謂的花痴的力量？」邵言紀哈哈大笑。

程希宣忽然問：「言紀，你喜歡陳怡美什麼？」

邵言紀轉頭看了看餵完了小狗，正帶著笑容走回來的陳怡美，臉上也浮起了戀愛中的幸福笑容：「她對我這麼好，是發自內心的，毫無保留地愛著我……而且，和她在一起，好開心。」

「和她爬鐵門有關係嗎？」程希宣又問。

「爬什麼鐵門？上次她還因此摔到了腳，我禁止她再爬高了。」

淺夏低微笑，程希宣瞄了她一眼，又問：「和她會不會滑雪，有關係嗎？」

「滑雪還挺危險的，上次未艾還差點出事了，我看以後還是少去好一點。」他說著，抱住走過來的陳怡美，幸福地笑著。「希宣，我們是來探望你的，但現在看來，還是不打擾你們了……那麼，你們就繼續幸福地晒太陽吧，拜拜！」

他們幸福地牽著手離開了，一個高高瘦瘦，一個矮矮胖胖，但那又怎麼樣？只要他們自己幸福就好，無論別人怎麼看，無論一開始，心動的契機是什麼。

他們相視而笑。淺夏見時間已經不早，便站起來，牽著他回去：「吃藥的時間到了，走吧。」

「每天都吃藥，真煩……」程希宣嘟囔。

「這麼大的人了，還像個小孩子一樣，逃避吃藥。」她笑著，拉著他穿過落花慢慢走回去。

花瓣如同碎紙片一樣，隨風輕颺，沾在他們身上。淺夏轉頭看見他頭髮上落了花瓣，便踮起腳，幫他輕輕地撣去。程希宣抬手握住她的手，微笑著看著她。

淺夏嘆了一口氣：「等你身體恢復了之後，我們去一趟聖・安哈塔吧。」

程希宣詫異地看著她：「去那裡幹麼？」

「對方是老闆的父親，老闆一直拒絕與我聯絡，衛家又聲稱永不抹掉這段仇怨，他們在暗，我們在明，根本不知道他們什麼時候會追殺末艾，可是末艾總不能在聖・安哈塔躲一輩子吧？」淺夏挽著他的手，和他踏著落花，慢慢地走著。「我想……我搶走了她喜歡的人，總得賠償她什麼。就讓我把人生還給她吧。」

「別胡說了，妳不能親身去冒險！」程希宣打斷她的話，一口否決。

「那麼，難道你就任憑末艾這樣提心吊膽地在荷蘭的鄉間躲一輩子？」

程希宣神情黯淡下來，不再說話。

「我知道她對你人生的意義，所以，雖然你擔心我，但無論怎麼樣，我一定要補償她，不是嗎？」她抬起頭，看著周圍安靜寧謐的景色，輕聲說：「所以，快點好起來吧，希望我們能盡早幫末艾解決一切。」

聖・安哈塔，荷蘭寧靜的村莊，低矮的教堂，隨丘陵起伏的草地，蔥郁的溼地邊開滿鬱金香。

程希宣和淺夏來到這裡時，正是五月，一直下著淅淅瀝瀝的小雨。

荷蘭陽光不多，所以窗戶一定要闢得大大的。末艾的院子裡有一方池塘，裡面正開滿了淡黃色的睡蓮。她坐在房間內，正往畫布上堆顏料。她濃黑的頭髮像一朵雲一般散漫地垂著，穿著一件簡單的布裙，隨意又爛漫天真。

保鑣在她身後，輕輕敲了敲打開的門：「小姐。」

末艾回頭看了看，把畫筆一丟，赤著腳踩著地板奔過來了。她的腳恢復得很好，幾步就撲了過來，掃了程希宣一眼，然後挽住了淺夏：「咦，怎麼來之前都不說一句？」

「還是小心一點比較好。」淺夏笑道。「我老闆可厲害了，雖然監聽不了我的電話，但我擔心希宣或者你們家人的電話被動了手腳。」

「說得也是。」她說著，拉他們到客廳坐下，親自給他們泡茶。淺夏和希宣看她赤著腳跑來跑去的樣子，不由相視而笑。

「希宣，你的身體怎麼樣？」

「還不錯，一切如常，只是醫生囑咐，半年內不能進行長時間的劇烈運動。」希宣看了看她，反問：「妳呢？腿還好？」

「早就好啦。哎你們知道嗎，我養了兩匹好馬，天氣好的時候，我和阿峰騎著牠們出去，在外面跑一天都不累。」

未艾說著，轉頭笑著看保鑣，保鑣阿峰忠實地站在門口，微微點了一下頭。

淺夏端詳著未艾的氣色，她恢復了以前照片上的模樣，蘋果花一樣嬌嫩的臉頰上，帶著粲然的光彩，真是可愛。

淺夏又轉頭看看阿峰，見他的目光一直屏棄眾人，只停留在未艾的身上，便忽然笑了出來：「他是叫阿峰嗎？未艾，妳上次回國，似乎沒看見他陪妳來？」

「前兩次都是我支使他出去幫我買東西，然後連夜偷跑的，不然的話，我怎麼可能瞞得過做了十年特種兵的他？」未艾笑著吐吐舌頭。「下次不敢啦。」

阿峰瞪了她一眼，臉上卻滿是寵溺的神情。

程希宣似乎也看出什麼來了，和淺夏交換了一個眼神，兩人都微笑出來。

「對了未艾，我們過來是有件事要和妳說。」程希宣說。

未艾握著茶杯，眨眨眼：「什麼？」

程希宣牽住淺夏的手，笑著說：「就是……我們要訂婚了。」

未艾愣了一下，然後才低聲說：「嗯，真是恭喜你們了。」

「是假消息。」淺夏笑著說。

未艾愕然睜大眼。「假訂婚？你們幹麼？」

程希宣有點擔憂地看了淺夏一眼，沒說話。淺夏低聲說：「我老闆的父親說，他小兒子的仇怨，不能不報。圈內一直盛傳妳和希宣馬上就要結婚，他直言，會讓妳的婚禮變成一場葬禮。」

未艾的臉頓時轉成慘白，毫無血色。阿峰在她身後緊皺起眉頭。

「不過，妳不要擔心。」淺夏唇角微微上揚，寬慰她。「我和希宣已經商量過，我會以妳的名義和希宣訂婚……請妳把名字借給我一下。」

「妳……妳要冒充我，和希宣訂婚？」未艾咬住下唇，用力搖頭。「不行！妳不能為了我冒這麼大的險！」

「我和妳不一樣，衛沉陸畢竟曾經是我的老闆，我對他非常熟悉，而且，一旦他發現我，我想……他絕對會對我手下留情的。」淺夏笑微微地看著她，輕鬆地說：「我會說服他的，畢竟他不是壞人，我有把握。」

程希宣看著她，沒說話。

阿峰在後面發問：「到時候賓客怎麼辦？」

「我們是非公開的訂婚，除了雙方父母，不邀請任何客人。事先放出風聲，事後否認就可以，反正只要控制媒體就可以了。」

未艾急道：「可是，萬一淺夏……」

「妳就不用擔心了，只要妳肯再讓我冒充妳一次，我保證這件事，圓滿幫妳解決。」淺夏說道。

未艾猶豫地看著程希宣，程希宣把一直凝視著淺夏的目光轉回來，淡淡地說：「淺夏既然這樣說，就肯定沒事的，相信我們。」

淺夏轉頭對他一笑，然後忽然想起什麼，說：「對了未艾，還有幾個人也和我們一起過來看妳了哦。」

未艾抬頭看去。外面的雨不知什麼時候已經停了，灰白色的天空下，有兩個人站在睡蓮池邊。她一看到他們，便不由自主地站了起來：「爸爸，媽媽。」

方父皺眉點點頭，嚴厲地掃了她和程希宣一眼：「越來越不像話了，妳被人追殺，這麼嚴重的事情，居然沒有告訴我們！」

「是因為……怕你們擔心嘛，媽媽的身體又不好……」未艾低聲說。

「妳要是出個事，難道我的身體就不會有事？」方母過來，緊抱住她，哽咽道。「直到現在，我們才知道妳過去一年活在怎樣的境地中……」

「媽媽……爸爸……」未艾偎依在母親懷裡，眼淚一下子就落了下來。

方父在一旁露出擔憂的表情，口中卻還喝斥她：「幸好有希宣一直護著妳，不然的話，妳如今身在哪裡都不知道！」

程希宣笑道：「沒什麼，倒是有件事要向伯父伯母道歉。其實去年五月，因為擔心未艾的安危，所以和我一起去看你們的並不是未艾，而是這位淺夏，一直瞞著你們，請不要怪小輩們胡鬧。」

淺夏微笑著向他們點頭。方父和方母詫異地對望了一眼，方母遲疑地問：「是她？可……可她和未艾，完全是兩個人。」

「淺夏的化妝很出色，請給她十分鐘，等一下，讓她向你們解釋。」

淺夏向他們笑笑，背起大包包轉身進了盥洗室：「未艾，借我一件衣服。」

不到十分鐘，另一個未艾穿著及踝的白色亞麻長裙，披散著頭髮出來了。

她有著明亮的眼神，耀眼的美貌，雖然有著公主般優雅的氣質，但是因為最近的煩惱，眼神中有一絲恍惚的神情。

和站在室內的那個方未艾，就像鏡子內外，一模一樣。

方家父母和阿峰一起，全都呆在那裡。

淺夏走到還愣然無語的方家父母面前，撒嬌地抱住了方母的手臂。「媽媽呀，怎麼不說話啦？」她的聲音嬌俏清脆，和未艾的聲音並無分別。方母下意識地摸摸她的頭髮，然後又看看站在窗邊的未艾，和方父對視一眼，面面相覷。

程希宣抱住淺夏的肩膀，笑道：「不用擔心，讓淺夏冒充未艾和我一起訂婚吧。我想，淺夏會完美地應付一切的。」

「可是，婚姻怎麼能兒戲？未艾的訂婚典禮，讓別人代替她去完成……」

「我不會和希宣訂婚的。」未艾在旁邊忽然說道。

方父皺起眉，並未理會。方母看了程希宣一眼，見他神情並無異樣，才嘆氣道：「怎麼又說傻話了？妳和希宣是這麼好的一對，以後不要這樣任性。」

「我並不是任性，也不是說傻話，我是說真的！難道你們看不出來，林淺夏才是希宣喜歡的人？」未艾大吼，眼淚一下子奪眶而出。

方父與方母悚然一驚，轉頭看向淺夏。

淺夏抬頭看向程希宣，他低頭朝她笑了笑，收緊了在她肩上的雙手，將她擁在懷中：

「伯父伯母，真是對不起，但我會永遠把未艾當作親妹妹看待的。」

方母氣得差點暈厥過去，扶著方父的手瑟瑟發抖：「你們這樣，讓我們這些人的臉面往哪兒擱？全世界都知道你們終將結婚，你們是天生一對！」

「正是因為你們一直這樣認為，所以就一定要在一起，給了我這麼大的壓力，所以才讓我一直想要掙脫這種固定不變的命運！」未艾大聲說道，不自覺地開始暴躁。「我不想要你們安排的人生，希宣也不要，我們都有自己喜歡的人，可能不如對方完美，但愛什麼樣的人，喜歡什麼的生活，這是我自己的選擇！」

「住口！」方父見方母臉色蒼白，趕緊扶住她，開口斥責自己的女兒：「我們都是為妳好，妳將來總會後悔的！」

「我不會後悔！現在我和希宣都各自喜歡上了別人，這就是證明，證明你們只是自以為是，一廂情願地替我們安排一切，卻從不顧及我們自己的想法！」

「妳！」方父氣得手都發抖了。

「未艾……」淺夏趕緊拉拉她，低聲說：「妳冷靜一點，別這個樣子。」

未艾把氣急漲紅的臉扭向一邊。淺夏拉她進裡面屋子去，程希宣則在外面勸解她的父母。然而他們確實聽不進去，他勸了好久，方母還是嘆氣：「希宣，你們在一起有什麼不好？不要辜負我們的期望。」

「真對不起……可我確實是愛上淺夏了，希望你們不要介意我的任性。」

「唉，你們啊你們……」方父搖頭。

「爸爸，媽媽……」身後傳來低澀的聲音，未艾似乎終於冷靜下來了，垂著頭站在內室門口。

他們都沒理會她，方父還「哼」了一聲。

「我知道，這麼多年來，你們都是為了我好，所以，才想幫我找一個最好的人照顧我，給我一個永遠沒有缺憾的人生……」她聲音低低的，帶著哽咽的哭聲。「可是爸爸媽媽，你們對我很好很好，卻忘了考慮一件事，我是方家的女兒，我這輩子，無論嫁給什麼人，我是不需要擔心生活的。人生對我來說一帆風順，我永遠不會匱乏什麼東西，我所需要的，只是親情、友情和愛情。」

方母顫聲問：「難道我們對妳這麼好，妳卻覺得不幸福？」

「你們對我很好很好，在親情方面我是完美的，可爸爸媽媽，你們知道，為什麼這麼幸福，我還要逃跑，不願意回家嗎？」她捂住臉，努力控制不讓自己痛哭出來。「因為給了我世上最濃烈親情的人，要剝奪我的愛情。」

方父與方母對望著，一時說不出話來。

「我喜歡過很多人，他們和我一樣，縱情生命，恣意人生，和他們在一起，我的人生每時每刻都有不同的驚喜。但你們以過來人的眼光覺得，還是選擇平穩安靜的日子比較好，所以，幫我挑選了世界上最好、最完美的程希宣。可我和程希宣，怎麼能走到一起？你們可以想像羅浮宮展出《美少女戰士》漫畫的情形嗎？即使是沒有生命的物品，也有自己合適的地方、自己相襯的東西……」

她淚盈於睫，用黯淡悲切的目光，深深地凝視著他們。「我是你們養了二十年，有生命有思想的女兒，如果我在一個我不喜歡的人身邊，我在一個我格格不入的地方，要一直生活幾十年，你們覺得我會開心嗎？我真的不想這樣過一生！」

方母的眼淚頓時就下來了，抱住未艾，一時說不出話，只是拍著女兒的背，長長嘆氣。

未艾把臉抵在母親的肩上，聲音顫抖：「如果你們真的愛我……就不會是逼我嫁給我不愛的人，而是支持我，讓我去尋找自己想要的人生……」

方父搖搖頭，嘆了一口，對程希宣說：「有什麼辦法？既然你已經有了喜歡的人，我們還能怎麼辦？總不能硬把女兒塞給你。」

他走到未艾身邊，伸手扶著女兒的背。

程希宣在二老的身後，瞪了一眼那個被他們抱在懷中、含淚的女孩子，用口型無聲地說：「林淺夏，我都佩服妳了！」

她眨眨眼，在眼淚流下來之時，嘴角彎起一個小小的弧度，給他一朵微笑。帶著淚光，這麼彆扭，卻讓程希宣覺得心口湧動，滿心愛意。

「我聽說，你有了喜歡的人，決定不和末艾訂婚了？」

果不其然，剛剛踏入家門，程希宣就看到父親坐在客廳中，一抬眼看到他，立即興師問罪。

程希宣握緊了淺夏的手向父親走去：「父親，我向你介紹，這是林淺夏。」

程父抬頭掃了淺夏一眼，忽然笑出來：「就是之前吃掉了我那條錦鯉的女孩子吧？那條魚的味道怎麼樣？」

饒是淺夏見識過各種大場面，也不由得語塞，良久才回答：「是……廚師的手藝很好，上次還沒謝過伯父招待。」

「哈哈哈，看看妳這模樣，難道妳是預備過來和我做一場轟轟烈烈的鬥爭的？」程父笑著，站起來和她擁抱。「這個兒子，我一直很滿意，也很擔心以後找不到滿意的兒媳，但看見妳我就放心了。」

淺夏趕緊謙遜：「希宣這麼好的人，我也知道自己配不上他，但因為我們都覺得喜歡和彼此在一起，所以就想先在一起試試看。」

「什麼叫試試看？這種事，定下來了就是。我現在就決定了，隨便你們什麼時候結婚，什麼時候生孩子，我一律贊成，絕不阻撓。」

其實一直鬥志滿滿，準備要和程父進行一番不屈不撓的戰鬥的淺夏，這一下又像是開著坦克迎戰，卻發現面前是條毛毛蟲一般，充滿了挫敗感。

程希宣的父親，真讓她覺得無從下手。

「希宣，我要給你的未來妻子一件禮物，你先等等，把淺夏借我一會兒。」他說著，彎起手臂。

淺夏乖巧地挽住他的手臂，跟著他上樓。

他從書房的櫃子裡拿出一個小小的盒子給她，她道了謝，打開來看，是一個古典皇冠，上面是晶瑩剔透的藍寶石，拆卸掉底座後可以做項鍊的款式。

「這件首飾，曾經是三位公爵夫人、兩位皇后、四位公主的珍藏。二十五年前，我和希宣的母親結婚的時候，她就戴著它。」他轉頭對著她說，目光卻落在遠遠的後面，不在她的身上。「那個時候，希宣的母親令所有人驚嘆……希宣繼承了他母親的一部分五官，卻遠沒有她的美麗。」

憑著程希宣的容顏，就可以想像當時他母親的風華了吧。淺夏在心裡想。

「我這個人，喜歡美食，喜歡美景，更喜歡美女。所以，希宣的母親最好的那幾年過去後，我就難以忍受，和她分離了。她後來過得很不好，但我身邊有其他美女了，所以也沒在意她……卻沒想到，她竟然會走到自殺的那一步。」他說著，有點黯然神傷的感覺。「所以希宣一直都和我不親近，小時候他肯定怨恨過我，也對我懷著一種莫名的畏懼。」

「他一直很尊敬您，您畢竟是他父親，他在這個世上的至親。」

她安慰他。

「他什麼都做得很完美，對家族事業很盡心，和我也一直都父慈子孝……但我有時候想，可能別人家的父子不是這樣的。」他嘆了一口氣。「他以前曾經想要念生物工程，過來問我意見的時候，我說，你弟弟不成器，你又是家族長子，如果可以的話，將來繼承家族最好……他回去後，就決定了報考商學院。」

淺夏默然，只能說：「他是敬愛您，所以覺得您的意見重要。」

「他這麼敬畏我，我這個父親又有什麼意思？」他低頭看了看她。「所以，在希宣對我坦承，他已經有了愛人，無論我什麼意見，他都要和妳在一起時，我其實不單單是驚訝，還有點嫉妒妳……妳是我兒子這輩子，第一次即使違逆我，也不會放手的人。」

淺夏低頭笑了笑，沒說話。

「不過，我第一次嫉妒妳是在那之前。希宣去找我家一直合作的珠寶商，讓他幫忙設計一套首飾，還交給他一些小得像米粒一樣的珠子，作為婚禮珠寶的設計主題。設計師很為難，他說自己這輩子都沒見過這麼小的珠子，哈哈哈……」他笑著拍拍她的肩。「我去詢問他，才驚悉他和末艾分手了！我這個從小到大一直完美無缺的兒子，頂著背棄婚約的惡名，竟是為了娶妳這樣一個普通女生。」

「我們不一定會結婚。」淺夏低聲說。

「妳非和他結婚不可。」程父笑著攤開手。「我兒子的個性，我最清楚，我無法反對，因為反對無效。他被妳迷住了，我這個兒子，已經屬於妳了。從今以後，妳是這個世上擁有他全部的人。我愛你們，祝你們幸福。」

「曾與柳子意傳出緋聞的程希宣，近日用實際行動打破傳言，宣布即將訂婚，發言人宣布，對方並不是娛樂圈中人。」

「雖然按照風水師的指點，在結婚之前程家將保密未婚妻所有資料，但種種跡象均表明，他將要迎娶的女孩子，唯一可能的就是方未艾。」

「訂婚典禮將祕密舉行，除了雙方家人，不邀請任何客人。」

「由著名珠寶設計師擔任設計的訂婚花冠款式洩漏，如同水珠一般的米粒珠簇擁著藍寶石花，華美異常，驚豔無比。」

紛紛擾擾的新聞，多的是人關注。

「原來程希宣要和方未艾訂婚了……」秋秋舉起報紙，沒心沒肺地朝淺夏笑道：「喂，傷心不？」

「……很忐忑。」淺夏隨口說。

因為，她即將面對的，不像她對未艾和希宣所說的那麼輕易。

老闆真的會來嗎？婚禮，真的會變成葬禮嗎？如果老闆並不出來見她，只是叫人扛著機槍一通掃射，或者直接讓人把島夷為平地，怎麼辦？

或者……他在知道新娘是自己之後，卻越發憤怒，把他們兩人都幹掉？

即使他真的願意放過她，她能勸他放棄他父親的仇恨，放過未艾嗎？

見她神情不對勁，秋秋趕緊說：「哎呀，淺夏，我是開玩笑的……妳也知道……妳也知道啦，那種人和我們，根本就不是同一個世界的人……」

「我知道。」她低聲說。

「別在意啦，都怪我……哎，今天我們是帶孩子們出來玩的，妳要開心一點呀！」因為是兒童節，她們帶了院裡的孩子到海洋館來看海豚表演。現在，她們坐在最高也是最後一排，孩子們正在嘰嘰喳喳，興奮地等待著表演的開始。

淺夏抬頭朝她笑笑：「沒事啦，我擔心的是另外的事情，和程希宣……基本上無關。」有關也只有一點點，主要重心還是老闆。

秋秋如釋重負：「那就好……對了，妳現在是發財了？居然請所有的孩子上海洋館看海豚表演！妳的錢是哪裡來的？」

「哦，那個……」程希宣給的聘禮錢當然是拿來用的。「是程希宣的錢。」

「分……手費？」秋秋果然又想到不正常的方面去了。

「勞務費……」勉強可以算是，扮演未婚妻的費用吧。

秋秋的臉上明顯地露出了抽搐的表情：「哪方面的勞務？淺夏妳可不能做壞事啊！插足人家夫妻是要天打雷劈的！」

「明明是妳自己想得太猥瑣了。」淺夏自言自語。

前面的孩子們一陣歡呼，海豚在馴養師的帶領下出來了。看著海豚鑽出水面，身子在半空呈現彎彎的弧形，然後像一輪月牙一樣鑽入水中，孩子們頓時興奮極了，小小的海洋館中像開了鍋，叫嚷聲和歡呼聲此起彼伏。

淺夏正在看著，手機響了，她趕緊走到外面的走廊，接起電話：「希宣？」

「在哪裡？難得週末，給我一點時間？」

淺夏聽著他理所當然把自己的時間當成他的時間的口氣，翻了翻白眼：「在海洋館，帶孩子們出來走不開呢，你過來吧。」

「好。」他應著，掛了電話。

不到二十分鐘，他便出現在海洋館，在淺夏旁邊坐下。

秋秋用震驚的眼神瞪了她一眼，然後當作沒看見，把頭轉過去了。

她一定在心裡暗暗地罵自己是小三……淺夏想著，有點想哭，只好遷怒於程希宣，白了他一眼。

程希宣卻甘之如飴，微笑著低聲問她：「妳怎麼知道我今天也想來這裡？」

她托著下巴，瞄都不瞄他：「我只是湊巧帶著孩子們來看表演而已，今天是兒童節。」

「妳小時候的理想是什麼？」他問。

「我知道你是想當海豚馴養師。」她望著下面高高躍起的海豚，自言自語。「我哪有這麼偉大高尚的理想？以前，我們孤兒院旁邊有一個小小的麵包店，每次我經過那裡時，都要看一看裡面的蛋糕，希望自己將來長大了，能吃到那種綴滿了草莓的奶油蛋糕。」

「這只是妳的願望，並不是理想。」他分析說：「要是妳希望將來長大了能開一家這樣的蛋糕店，這才是妳的理想。」

「是嗎？」她歪著頭看他。

「是啊……那麼把那家店買下來吧？」

淺夏丟了一個白眼：「那家小店早就不在了，十年前那裡就已經成了商場。而且我對蛋糕店沒有愛，我是個期望能不勞而獲的人。」

「是啊，妳做的薺菜餅比蛋糕好吃。」他說。

這個戀愛了之後，就連立場都丟掉的男人，淺夏都不想理他了：「你不是覺得噁心嗎？」

「因為我對蔥加雞蛋過敏，所以我也連帶著不喜歡雞蛋裡加任何綠色蔬菜而已，但我已經克服這個心理障礙了，反正眼睛一閉就什麼都能吃下去的。」

淺夏嘴角抽搐：「就憑你這樣的態度，這輩子我都不會再做給你吃的！」

海洋館中忽然爆發出劇烈的歡呼聲，原來是訓練師宣布，節目已經表演完畢，所有的孩子都可以排隊摸一摸海豚，和牠抱一下也可以。孩子們排著隊挨個過去抱著海豚合影，還有些膽大的孩子還親了牠們，個個歡天喜地。

淺夏和程希宣也一起走下來。孩子們在拍照，馴養師拎著手中的小桶，皺著眉頭翻撿著裡面的小魚。程希宣凝視著他，想從他的臉上找出一點歡欣的神情，但是沒有。

淺夏像是看出了他的心意，拉著他走到馴養師的身邊，笑著說：「這場表演真是太精采了，能把海豚訓練得這麼聽話，你真是太厲害了！」

馴養師抬頭看了看他們，無精打采地說：「還好了，反正每天來來去去都是這幾個動作，結束了之後丟幾條小魚……世界上沒有比這個工作更無聊的了！」

程希宣愣了一下，轉頭看著那些唷唷叫著的海豚，和淺夏對視了一眼。

「不過，每天和可愛的孩子們接觸，不是挺開心也挺熱鬧嗎？」

「小孩子最煩了，要是萬一出點事，家長根本不會善罷甘休。」他說著，一臉煩惱地把小魚遞給他們。「要餵海豚嗎？五十塊錢一桶。」

「好呀。」淺夏抱過那個小桶，聽到那個馴養師還在抱怨：「今天都演出十來場了，累得要命，還要餵魚蝦，天下還有比這更苦更累的工作嗎？」

淺夏把裝魚蝦的小桶遞給孩子們，讓他們小心點餵海豚。孩子們歡欣鼓舞，爭著搶著餵海豚吃東西。

秋秋看看時間，說：「等一下我帶他們回去就可以了，妳要是……和程先生有事的話，就先走吧。」

「嗯。」淺夏抱了她一下，然後在她耳邊輕聲說：「別這樣瞪我啦，妳猜錯了！三天後妳就什麼都清楚了。」

秋秋白了她一眼，沒說話。她只好苦笑，轉身和程希宣一起離開。

他們經過海洋館中幽藍的海底世界走廊，透明玻璃甬道的左右和頭頂，全都是各式各樣的海洋生物，海龜在他們身邊緩緩游過，海葵和海草像彩帶般流動，集結成群的銀色小魚在燈光下聚攏又分開，就像一片銀色星塵，光輝點點。

他們從這個生機勃勃卻靜謐幽暗的世界中走過，抬頭一起看著這無聲的美麗世界。站了一會兒，程希宣忽然低聲說：「其實，實現自己年幼時的理想，有時候可能也不是什麼幸福的事情吧。」

淺夏聽到他語氣中淡淡的悲哀，覺得心口有點微微的酸澀湧上來，伸手輕輕握住了他的手，低聲說：「是啊，也許你實現了自己年少時的夢想，真的成了一個海豚馴養員，可是，也許你也會和那個人一樣，一點也不開心吧。」

人生和命運，全都是不完美的，無論得到什麼，可能都會遺憾。

他感覺到她的手握著自己的力度，微微的溫暖透過他的肌膚，順著他的血管脈絡，緩緩傳到他的胸口，讓他的心，忽如其來地悸動起來。

他執起她的手，貼在自己的臉頰上，輕聲說：「不過，現在這樣，就很好……無論我們錯過什麼，有多少曾經想要的東西無法得到，現在，我們走上了原本自己從未想過的那條路，經過重重機緣，被命運指引著，一步一步走到這裡，終於可以在一起牽住彼此的手，這就是命運給我最好的安排，不是嗎？」

淺夏抬頭看著他，微笑，輕聲說：「對。」

無論有多少磕磕絆絆，無論錯過什麼，無論有多少珍貴的東西失去了，但至少他們現在在一起，牽住彼此的手，瞭解彼此的心。

這就是最好的結局。

「啪啪啪。」有人在門口輕輕拍掌，向他們走來：「真是郎才女貌，濃情密意，羨煞旁人。」

淺夏轉頭看去，臉色頓時變了，下意識地推開了程希宣。

那個正向他們走來的人，其逆光中的輪廓漸漸地顯露出來，清俊而略顯凌厲的五官，即使正在笑著，也難以掩飾他冰冷的目光。

衛沉陸。

他向他們走來，彷彿久別重逢的朋友一樣，神情輕鬆愉悅：「好久不見，程希宣，我聽說你已經快要訂婚了，怎麼卻在這裡？」

程希宣不說話，只是握緊了淺夏的手。

「這樣不太好吧，要是被什麼小報記者拍到，是不是有點糟糕？」

程希宣問：「原來衛大少這麼悠閒，每天出來看八卦戲碼？」

「唔……只是湊巧看見了自己以前的熟人，所以過來打個招呼而已。」他說著，嘴角微微上揚，凝視著淺夏。「林淺夏，我畢竟是妳的老闆，給妳發了好幾年的薪水呢，買賣不成仁義在，妳連寒暄都不給一個？」

那脣角的冷笑，像是刺入了她的眼睛一樣，迫使淺夏不得不低下頭，輕聲說：「老闆……好久不見。」

衛沉陸若有所思地盯著她：「士別三日當刮目相看，我以前還真沒想過，我手下能出一個這麼有出息的員工，輕易就俘虜了程少的心，而且，還是從方未艾手中搶來的。」

淺夏低著頭，說不出話。

「只是，一想到我以前看重的人竟然會插足做第三者，我也很難過……」

「衛沉陸，我們之間的一切都不關你的事。」程希宣在旁邊冷冷地說。

「是啊，真難過，我只是個局外人。」他說著，抱臂靠在牆上，一副悠然自得的樣子。「不過我自認我對你們是有價值的，在我收拾掉了方未艾之後，你們之間就毫無障礙了，不是嗎？你們未來的幸福人生，還等著我去鋪路呢……這麼一說的話，我似乎還是你們的恩人。」

「衛沉陸！」程希宣終於忍不住，低吼出來。

淺夏拉住他，示意他別說話。程希宣看看她，硬生生地還是忍住了。

淺夏正視著衛沉陸：「老闆，之前你父親在暗，未艾在明，所以一直都無法交涉，現在，我們可以坐下來，好好地談一談，是不是？我想只要你們雙方願意，事情總會有個更好的處理方式——絕對比以血還血來得好。」

「抱歉，方家是商人，我家是黑道，我們平時基本上沒有利益往來，所以化解仇怨的話，除了給衛家的強硬形象抹黑，對我們沒有任何好處。」他微揚下巴，冷笑道：「以血還血，有仇必報，這是行規，也是我們的方式。」

「可是冤家宜解不宜結，即使方未艾死在你們的手下，你家報了仇，難道方家就不會反擊？難道他們找不到僱傭殺手的方法？」

衛沉陸俯頭注視她，清清楚楚地說：「衛家染血多年，在道上的仇人早就數不勝數，多一個不多，少一個不少。至於暗殺之類的，這條道上的人，每年不遇見十來次，都不好意思跟人打招呼。」

淺夏被他懾人的眼神激得打了一個冷顫，不自覺地退了一步。

每天都笑嘻嘻的、想要逃避這種人生的老闆，為什麼會變成這樣？

過往的一切，他們曾經嬉笑打鬧經歷過的生活，似乎全都是她的幻夢，一陣風吹過，再也不復存在。

而衛沉陸口氣冰冷，語氣平靜：「至於以後方家會怎麼對付我們，我們會關心，妳就不需要了……哦，或許妳需要，因為妳身邊這位程希宣，和那位方未艾關係非同一般，是不是？」

「衛沉陸。」程希宣終於還是忍不住發作。「請你不要隨便猜疑我們的關係，更不要用這個來奚落淺夏。」

「哦，你們可以做，但是別人不能說。」他笑了笑，掃了淺夏一眼。「既然護花使者都動怒了，我也就不自討沒趣了……只不過，程希宣，請一定要記得，你的訂婚典禮上，我會給你們送一份大禮，解決一切。」

「老闆！」淺夏看著他的背影，忍不住叫出來。「請你看在我的分上，這件事……這件事還可以解決得更好，對不對？」

他轉頭看她一眼，伸手碰一碰額頭，做了個告別的手勢：「期待我的禮物吧……我幫我父親轉告你們，有一場婚禮，就必定有一場葬禮，勢在必行。」

愛琴海的五月，海天藍得連成一片，蔚藍與湛藍相交的地方，有一條淺淺的粉紅色的線，出現在遊艇之前。

粉紅色越來越近，漸漸顯出一座島嶼的樣子，這座開滿了粉紅瞿麥花的小島，因為花朵太過茂盛耀眼，顯得整座島就像是粉紅色的一樣，在藍天碧海之間鮮豔奪目。

時隔一年，再次來到這個小島，恍如隔世。

程希宣牽著淺夏的手，登上碼頭。

一襲白色希臘式長裙、戴著白色寬簷帽的淺夏，今天是末艾的妝扮，她稍微抬高帽子，看著這座島嶼。

山腰間，蜿蜒小路通向的那間白色屋子，在橄欖與月桂樹之間，白色的牆壁，白色的門窗，白色的露臺上垂下九重葛長長的枝蔓，繁茂的紫色花朵像瀑布一樣流瀉在牆上。

他們牽著手一起走向那座屋子，夾道全都是瞿麥花，挨挨擠擠地擦著她的腳踝。站在門口迎接的管家，向他們鞠躬問好：「小姐，少爺，請先休息一下。」

「嗯，辛苦你們了。」淺夏很順口地說。

婚禮的陳設已經全部布置好，無處不在的紫紗和粉紅玫瑰裝飾著屋內各處，華美浪漫的舞臺上，即將上演一場不知結局的戲碼。

淺夏和程希宣在露臺上喝了一會兒茶，轉頭遠望這個以曙光女神伊奧絲為名的島嶼。蔚藍海天，粉紅島嶼，海浪溫柔地舔舐著銀色沙灘，銀白色的沙灘就像是嵌在藍色海水與粉色花朵之間的一彎新月。

程希宣忽然覺得自己的心口，有一種不安在湧動，他不由自主地伸手握住淺夏的手，低聲問：「淺夏……我們的計畫，真的能成功嗎？」

「放心吧，如果是末艾的話，當然做不到，但我對這方面很熟悉。」她說著，又看了看左手的戒指，那上面有極細的刺。「這上面有強力麻醉劑，如果沒辦法成功偷襲他的話，那麼也可以用來給我自己裝死，這一直都是我的強項，這種麻藥可以讓我的心跳在瞬間變得極為微弱，和瀕死的狀況極為相似。」

程希宣又問：「那麼在妳假裝未艾死去的時候，我該怎麼反應？」

「沒什麼呀，你痛苦懊惱就可以了，想一想如果我真的死去時，你該怎麼辦。」淺夏微笑道。

他打斷她的話：「別胡說八道！」

「安啦安啦。」她伸手輕撫他的眉頭。「反正你牽引住他，我趁機再攻其不備。我和老闆差不多勢均力敵吧，有你幫忙的話，我相信短時間內制住他應該沒問題。只要他在我們手中，那麼他無論帶來多少人，全都會成為擺設。」

程希宣點點頭：「希望他真的能答應我們的要求，以未艾的生命，和他自己的交換。」

淺夏笑道：「老闆最識時務了，審時度勢的本領天下第一，他怎麼會為了那個一直與他不和的弟弟而讓自己受損？」

程希宣似乎還在遲疑，淺夏無奈地吐吐舌頭：「放心啦，我說沒事就沒事，你只要聽我的就可以了。」說著向他伸出手，笑容燦爛，如同初見時五月的晴空一樣，明淨澄澈。「眼看快要十二點了，雖然我們訂婚典禮上唯一的那位客人還沒到，但難道準新郎不請準新娘跳個舞嗎？」

彷彿被她的鎮定安然所感染，他也微笑著站起來，讓管家去吩咐樂隊準備。

淺夏回房換上禮服，穿過二樓傳統的歐式走廊向下走去。

樓梯的欄杆上裝飾著許多形態各異的小天使，現在每個天使的身邊，都裝飾著剛剛空運過來的嬌豔玫瑰花，用淡紫色的輕紗妝點。兩條分別延伸向左右的樓梯，轉折後又交會在一處，通往大廳。

鮮花簇擁的大廳旁，樂隊正在等待他們。程希宣向她做了個邀舞的手勢，旁邊的樂隊立即奏起了音樂。悠揚緩慢的曲調，適合華爾滋。

她選擇的禮服，下襬剛好輕柔地覆在腳踝上，在被他帶著旋轉時，白色的裙襬如同雲朵一樣飛揚，連同上面綴滿的水晶，光芒閃爍不定，她就像簇擁在半空的冰晶雪花之中，柔軟又燦爛，動人心魄。

他們牽著手，舞步迴旋。這一場旋舞似乎永不終結，旋轉著，若即若離，但無論他們的身體與腳步如何分離，手卻始終握在一起，不曾放開。

彷彿是被她的舞步與姿態吸引，音樂也越發悠揚，就在她的舞步稍緩時，她一側臉，看見了站在門口的衛沉陸。

他真的依約來了。一個人站在門口，抱臂靠在門上看著他們，身邊並無任何跟過來的人。

看見他們停下，衛沉陸唇角微微上揚，隨意地向他們走來，摘掉禮帽，隨手交給程家僕人，說：「真是人逢喜事精神爽，方小姐今天越發漂亮了。」

淺夏疑惑地望了程希宣一眼，低聲問：「他是誰？我們……不是沒有請任何賓客嗎？」

「或許方小姐不認識我，但方小姐一定認識我弟弟……」衛沉陸嘲譏地笑著。「託方小姐的福，我弟弟他今天剛好下葬──我說過，有一場婚禮，就必定有一場葬禮，對不對？」

淺夏和程希宣對望一眼，她裝出一副愕然的樣子。「你……他……」

他的神情卻漫不經心，彷彿他帶來的不是他弟弟的死訊。「他早就死了，和方小姐在瑞士相遇之後，他都躺了一年多了，要是還不死，我都替他累得慌。」

淺夏看著他隨意的笑容，心中卻開始覺得畏懼，覺得自己的掌心微微滲出一點冷汗，戴在手指上的那個戒指，也像是發燙一般，灼著她的手指。

「不談這些不愉快的事情了，我今日是來參加訂婚典禮的，天大的事情也要以婚禮為優先。」他輕輕撇開了那個話題，向淺夏伸出手。「按照婚禮流程，新郎和新娘已經共舞過了，那麼身為客人，我是否能有幸請方小姐跳一支舞呢？」

正中淺夏下懷。但她現在是方未艾，面對仇人的邀舞，她假裝猶豫地遲疑了片刻，然後才慢慢地抬手，放在他伸過來的手掌中。

就在她的手掌微微一側，想要將戒指上的那根細刺對準他的掌心時，他忽然手一縮，抓住了她的手掌。手順勢向下滑去，將她的戒指準確無誤地捏住了。

她愕然，抬頭看向他。音樂已經奏響，站在她身後的程希宣被她的身影擋住，根本看不出他的手勢，也看不到她的神情。

「很漂亮的訂婚戒指……簇成花球的碎珠也很美，如果，沒有花叢中的那一根刺的話。」他緊握著她的手，帶著她旋轉，在她的耳邊輕聲說道：「難道設計師想讓你們的花朵指環間隱藏著荊棘嗎？林、淺、夏？」

淺夏愕然推開他，睜大眼睛看著他。「老……老闆……」

程希宣在旁邊發現了他們這邊的異樣，立即向他們走來。

淺夏一個旋轉，伸手到衛沉陸的背後，輕輕搖了搖手，示意程希宣別過來。

華爾滋舞步華麗，他們左右旋轉，黑色禮服的衛沉陸與白色舞裙的林淺夏，就像雲朵伴雨燕的共舞，優美蹁躚。

「妳以為，我真的不知道今天是程希宣與誰的訂婚典禮？那一天在海洋館，看見你們的一瞬間……我就明白了。」

腳跟和地板形成完美的四十五度，輕盈優雅。他們滑過典雅的大廳。玫瑰與輕紗，粉色與紫色，溶溶洩洩，像是一層夢境附著在他們周身。

「那時我本來也以為程希宣是和方未艾訂婚，所以趕回國內去找妳，想要好好地奚落妳一番，然後……希望我能許妳以比程希宣更好的一段愛。」音樂悠揚，他的語聲又極低極低：「但，我追尋著妳，到了海洋館之前，看著你們在藍色的走廊中相擁，我忽然一下子就明白了，妳很幸福，只是想要製造一個自己被拋棄的假象來欺瞞我……因為你們那種愛，是裝不出來的。林淺夏，即使妳再會表演，再怎麼妝扮，曾經和我演過情侶、演過夫妻，可是，那不一樣，那是我從來沒有見過的，妳真的和一個人彼此深愛的模樣。」

幽藍的海底世界走廊裡她和程希宣相擁在一起。那些撥開水波的巨大海龜，那些變幻的顏色，全都圍繞著他們，安靜無聲。她閉著眼睛，抱著他，唇角的微笑平靜而遙遠，似乎可以一輩子就這樣和他擁抱著，不再分開。

那一刻他忽然明白了，他們是不會離別的。

程希宣不會放開林淺夏的手，林淺夏，也不會再回頭看他。

那一刻，他站在水族館安靜無聲的生物中，覺得整個世界都變成了幽藍一片，耳邊什麼也聽不到，死寂籠罩了他。

在林淺夏拒絕他的那一刻，他的心口長出了一根刺，現在那根刺，慢慢地往更深處扎進去，直到讓他難過得連呼吸也無法繼續。

那是曾在他身邊伸手可及的，世間最美麗的花朵。他一天天地等待著，注視著她盛開，卻是另一個人得到了她，從此之後，他連呵護照顧的機會也沒有了。

「可又有什麼辦法呢？」他深吸了一口氣，低頭看著懷中的她，她低垂的眼睫在旋舞中，微微輕顫，讓他的心隨著那種輕微的弧度起落，無法控制。

她抬頭看他，低聲叫他：「老闆……」

他們曾經在一起多年，每次她有求於他的時候，她總是這樣看著他，用一種小鹿一般瑩潤而溫柔的目光，仰視著他，輕聲叫他：「老闆……」

每次都，有求必應。這一次，也不例外。

他覺得自己的雙腳已經無法支撐舞步了，便停了下來，低聲說：「方未艾沒事了，我已經攬下了所有責任，了結了這段恩怨。」

就在這天早上，出發前往她的訂婚典禮前，衛沉陸去看了自己的父親。

衛父站在弟弟的墓穴前，禮服的口袋中插著百合花。

「去吧，把方未艾的死訊帶給我，你的弟弟就可以安然下葬了。」

他看了弟弟的棺木一眼，慢慢地說：「現在就開始葬禮吧。」

衛父瞪他一眼：「方家的人，從來沒有仇人還活著，死者就下葬的先例。」

「那麼我就開這個先例。」衛沉陸淡淡地說。「父親，如果方未艾沒有殺死他，我也不會回來——因為我早說過，我不會和弟弟共存。」

「你……你要讓衛家蒙羞？」衛銘大怒。

「什麼叫蒙羞？有我在，誰敢看不起衛家嗎？」他抱臂，倨傲地揚起下巴。「所有人都知道——我弟弟的死因，不是方未艾，而是我。他是被我殺死的。」
周圍的人全都停下來，一片肅靜，聽著他說話。
「是我阻攔醫護人員去搶救他，讓他去死。」他冷冷地說著，轉頭看著父親。「那麼，是不是要我，先去死呢？」
「你……」衛父瞪著他，不知道他忽然將弟弟自然衰竭死亡的責任攬到自己身上是為了什麼。
「他非死不可，因為我已經決定接管家族事業，而他成事不足敗事有餘，會成為我的障礙，成為我們家族以後勢力擴張的絆腳石。」
衛父看著他，全身顫抖，許久，那勃發的怒氣終於被強壓下來：「沉陸，你是說……你終於下定決心，要接管家族事業，並且盡心盡力？」
「對，衛家會失去衛沉涯，但是會得到衛沉陸。父親，你覺得對於你來說，是否可以功過相抵？」
旁邊所有人都僵直地站著，不敢說話。
「他不死，我不會回來，也就是說，你選擇他，就沒有我這個兒子。若你一意要替他報仇，那麼，就先殺了我。」
衛父跌坐在椅子上，用極低極低的聲音，模糊地問：「你……為什麼要把這事攬上身？你背上殺害親人的惡名，是為了什麼？」
衛沉陸站在他面前，修長的身體，一動也不動，到最後才說：「為了……我愛了四年的一個女孩子。」
父親瞪大眼看著兒子，聲音微微顫抖：「值得嗎？」

他平靜地呼吸著，聲音也很平靜：「不值得，但我沒辦法，一個人總得聽從自己的心。」

許久許久，幾乎過了一個世紀那麼長，所有人終於在一片死寂中，聽到衛父低低地說：「下葬吧。」

喪禮上的所有人都起身，繞著墓穴走了一圈。

衛沉陸將手中那枝白色的百合花，丟在黑色的棺木上。

黑色與白色的對比這麼鮮明，但隨即，就被傾瀉下去的泥土掩蓋住了。

神父的手按在聖經上，大聲念誦著主的話。泥土，一點一點消弭了所有痕跡，立起墓碑。客人一一向他們致以哀意，然後離去。只剩下父親和他在弟弟的墳墓前站了很久很久。

父親很疲倦，彷彿一場葬禮讓他老了十歲。

直到出發的時間到來，他才拍拍父親的肩，轉身要走。就在他踏上墓園小道時，聽到父親在他身後低聲說：「現在，你是我唯一的兒子了，希望你，為這個家族盡心盡力。」

他站在遮天蔽日的林蔭之下，慢慢地轉頭看向自己的父親。

在衛沉陸的記憶中，一直威嚴而獨斷的父親真的已經老了，他神情黯淡，面容灰敗，鬢邊的白髮也已經顯露出來。

他忽然覺得心口湧起一股莫名的苦澀，他大步地走回來，用力抱緊自己的父親：「爸，放心吧，我回來就不會再走了。以後，我永遠站在你身邊。」

一場葬禮結束，一場婚禮開始。

無論如何華美的婚禮圓舞，都無法永無止境地旋轉下去。

舞步停止，樂隊停止了演奏，程希宣示意樂手們離開。

空蕩蕩的大廳內，只剩下他們三個人。

衛沉陸轉頭看程希宣，抽了抽嘴角，終於露出一個笑容，說：「好吧，在訂婚典禮上喧賓奪主這種混帳事，我怎麼會做？林淺夏交還給你吧……她是我最值得驕傲的員工，若你不好好對她，我不會放過你的。」

「我會。」程希宣緊緊握住淺夏的手腕，看了她一眼。

淺夏向他點點頭，示意自己沒事。

「我弟弟死了，但我們已經宣布，原因不是方未艾，凶手另有其人，所以衛家和方家這筆債，一筆勾銷了。」他說著，接過僕人手中的帽子，向她致意。「林淺夏，別裝成方未艾了，好好用本來的面目和妳喜歡的人舉行訂婚典禮吧。」

他戴上帽子，轉身離開。淺夏在他身後微微顫聲叫他：「老闆……」

他停了一下，終於轉過身，凝視著她：「以後我和妳見面的機會，可能很少了。琉璃社就交給妳吧，以後妳是它的老闆……所以，別再叫我老闆了。」

在看著弟弟被埋葬的那一刻，他忽然覺得那些長久壓在他心口的怨憤與痛苦，在一瞬間瓦解了，煙消雲散。

雖然他本來是因為恨才離開這個家的，也是因為恨所以才離開了林淺夏。

可在海洋館看見他們的一剎那，他忽然省悟，其實她是想要扮成未艾的模樣，來了結這一場恩怨，即使知道自己可能會殺了她，也在所不惜。

她有豁出自己的命也想要守護的東西，而他又何嘗沒有？

那個終結了他漫無目的的人生的女孩子，那朵他花了四年時間注視著它緩緩開放的花。

至少，他獨占了四年。

而他的父親，曾經和哪個女人共處超過四年？

仔細想來，她對他的意義，可能就是讓他終於明白了他的人生。他不可能拋下家族責任，不可能徹底逃離自己的出身，他從哪裡來，就要回到哪裡去。

所以他在對父親說出自己要接管家族的那一剎那，內心忽然安靜下來。

他會掃平自己面前的所有障礙，他會斬斷所有的牽絆，包括自己曾經守護了四年的女孩子。他將要建立的那個世界，會合乎他的所有想像。

這是他要走的路，是他無法避開的命運。

過往一切，就此煙消雲散，如同一場幻夢。

他抬手，碰一下帽簷，轉身離開。

淺夏和程希宣站在大廳之外，臺階之上，目送他沿著開滿粉紅色瞿麥花的小道，走下山坡，走向月牙一般的銀色沙灘。

海風很大，瞿麥花粉紅色的花瓣，片片帶著細碎的殘缺，在海面上瀰漫，像一片粉紅色的雲霧，四下散開，零落在碧海藍天之中。

蔚藍色的海被長長的白色海浪破開，衛沉陸的船離開了這個島嶼，船的速度很快，其後一條雪白曲線飛快蕩開，如同拖了長長一條彗尾。

而他站在船尾，看著後面那個以曙光女神命名的島嶼。

開滿粉色花朵的島上，那兩人攜手站在白色的屋前目送他離開。

他們背後的礁石古舊荒蕪，只有遠處的流雲薄而低地罩在海上，天空異樣的藍，藍到直至琉璃般透明，幾乎與海融化到一起。

夢幻般的島嶼，離他越來越遠，那個曾經在玫瑰花牆之前，對他露出五月晴空般笑容的女孩子，此時在玫瑰簇擁的大廳之中，緊握著另一個人的手。

他回過頭，看向自己去往的地方。西面，那裡有他的父親，有如今交到他手中的家族，有他的命運。

琉璃社已經交給了她，而他為了她，以後要在他自己原本拚命逃離的家庭中，開始截然不同、和她永遠不會交叉的人生。

從此之後，山長水闊，永不再見。

第八章

暖

「砰」的一聲，咖啡杯在地上摔得粉碎。本來一片安靜的辦公室內，所有人都被驚動。經過走廊的人也都轉頭向茶水間看去。

「對……對不起！」茶水間內一個惶惑的女子，趕緊出來向大家道歉。

「阿珍，妳最近幾天都心不在焉的樣子，是不是太累了？」上司皺眉問。

她搖頭：「不是不是，我只是……家裡出了點事情。」

「以後工作之外的情緒，不要帶到辦公室；還有，如果真的有需要的話，妳下班後和我說說，我請妳吃飯。」上司是個年紀比她大了十來歲的中年女子，十分和藹。「今天大老闆要來，妳也知道，我們要展現出最好的一面。」

「是……」阿珍低頭，咬住下脣。

回到位子上，阿珍似乎還沒回過神，愣愣地看著桌上堆積的工作，同事悄悄地問她：「怎麼啦？聽說大老闆就過來看一眼而已，妳緊張什麼？」

「她都有男友了，緊張什麼呀，我們才緊張呢！」辦公室開朗又活潑的小薇撲在隔牆上，握著雙拳一副激動的樣子。「我當初就是衝著老闆才來的呀！那個時候每天看著媒體上他的新聞……可到這裡快三年了，我還沒見過他呢！」

「可是老闆已經訂婚了……」

「唉……」哀嘆聲頓時響起。

「雖然他訂婚了，可是聽說他和他那個未婚妻分隔兩地，也不經常見面啊。依我看，感情可能也不是很好，說不定是政治婚姻，迫於無奈吧？」

小薇神祕兮兮：「可是老闆的前未婚妻是方未艾啊！現在這個女孩子能從方公主手中搶到老闆，那該有多麼雄厚的背景和實力啊！」

「咦，不是聽說，方未艾喜歡上了自己的保鑣，所以才和程希宣分手的嗎？這簡直是現實中的《終極保鑣》劇情嘛！不過真遺憾，居然沒人能挖到老闆未婚妻的資料，她被保護得可真好。反正我不看好這段婚約……」

八卦還在熱烈繼續中，阿珍卻顯得毫無興趣：「也許他的女友是個很普通的女孩子呢？」

「不可能吧，絕對是家世、才華、相貌全都無懈可擊的那種女孩子，才能配得上他！」

阿珍眨眨眼，說了句「我去一下洗手間」，便站起來，向外走去。

因為要迎接大老闆的興奮心情，所以大家也沒怎麼在意她。

不到十分鐘，外面車子駛到，主管們立即奔到門口迎接，偌大的辦公室內立時一片肅靜，大家都假裝努力工作，悄然無聲。

就在此時，阿珍從洗手間出來，穿過空無一人的走廊，向著辦公室的大門走去。周圍的情況讓她覺得有點不對勁，她在走廊上停了一下，有點疑惑地看向樓下大門口。

站在那邊的上司皺起眉，趕緊朝她揮手，示意她進去。她微微一愣，抬眼看見大老闆的車子已到門口，車門被人拉開，車內人走了出來。

程希宣，媒體和不明真相群眾一致稱頌的完美人物。站在她這個角度看，他從頭到腳、從左到右、從內到外，全都無懈可擊，令人眩目的背景，耀眼奪目的容貌，萬人矚目的身分……足以成為天下任何一個女孩子的夢中情人。

她在心裡鬱悶地「嘁」了一聲，趕緊低下頭，準備走人。

然而，那個人卻偏偏抬起頭，向著二樓走廊上的她看了一眼。

大廳的水晶燈光芒耀眼，在他們之間閃耀出一團融融的光暈，在那麼華美的光芒下，他簡直光華無限。而在看見她的瞬間，他似乎微微皺了一下眉。

「不會……這就被認出來了吧？」

她不確定他到底看清楚自己了沒有，但還是立即回頭，快步地離開了。

眾人假裝了一上午的發憤圖強，程希宣卻只在門口瞥了一眼，什麼也沒說就離開了。小薇很傷心：「我期待了三年，終於看見了他，卻只有這麼一眼……」

「不過他確實長得不錯，是不是？」阿珍微笑著問。

「何止不錯？我今晚作夢都要夢見他的！」小薇捧著，一臉花痴，就在此時，周圍忽然安靜下來，她疑惑地抬頭看去，頓時愣在那裡。

本來已經離開的程希宣，忽然又轉身向這邊走來。

小薇捧著臉，呆在那裡。良久，她終於跳起來，侷促地絞著自己的手指，結結巴巴地說：「程……程先生您好！」

阿珍面無表情，低頭看著手中的對帳單。

程希宣將手按在她面前的對帳單上，擋住了她所看的東西。

他的手，白皙修長，連指甲都修整得完美無瑕。而她的手，卻有一大片凹凸不平的燒傷，自袖口延伸出來。

對比還真強烈。

沒辦法掩飾自己的她，只好嘆了口氣，抬起頭看著他：「請問有什麼事？」

周圍所有人都倒吸一口冷氣，面面相覷。

他注視著她的眼睛，低聲說：「出來和我一起吃飯。」

要不是眾人死死地捂住自己的嘴，辦公室內，已經一片譁然了。

她眨眨眼，露出受寵若驚的模樣。「啊……可是我工作還沒做完呢……」

「別裝了！」他低下頭，湊在她耳邊，輕輕地，一字一頓地說：「難道妳今天接的委託是清理對帳單？」

她偷偷瞪了他一眼，然後站起來，用微微顫抖的聲音，惶惑地鞠躬：「多謝程先生，我一定會好好地談一談我入職這些年來，對公司變化的感受的！」

不出所料，程希宣帶著阿珍離開後，辦公室內沸沸揚揚全都是八卦內容。

「難道老闆喜歡的類型，是阿珍這樣的？無法想像！」

「阿珍也算是個老人了呀，她大學一畢業就到了這裡，現在在公司已經八年了呢，可能老闆只是要她談談這些年公司的變化。」

「話說回來，阿珍都三十出頭了，怎麼還沒結婚呢？」

「哎呀，她長得雖然不醜，可是她身上的燙傷……太嚇人了吧。」

「阿珍有男朋友的！」小薇立即跳出來作證。「和她在一起很久了，從大學開始就一直戀愛！反正大老闆和她，是絕對不可能的！」

淺夏在電梯裡鬱悶地冷著一張臉。「你這樣會給我的委託人帶來麻煩的。」

程希宣湊上去討好她，聲音低柔：「誰叫妳亂接任務？我都不知道妳會接到我公司員工的委託。」

她悻悻地說：「我也是剛剛才發現今天要來巡幸的大老闆就是你，可是已經躲不開你了。」

程希宣無奈地攤開手：「我們已經訂婚了，為什麼妳依然不願意留在我身邊，還要一個人守著琉璃社？衛沉陸已經回義大利了，現在妳是我的妻子！」

「未婚妻，謝謝。」她鬱悶地提醒他。

他更鬱悶：「林淺夏，總有一天，我要讓妳死皮賴臉地纏著我，每天想著我，時時刻刻在人群中搜尋我，就像我現在一樣痛苦！」

話音未落，電梯門叮的一聲打開，頂樓餐廳已經到了。

她立即退後一步，低聲說：「我現在有事。記住，你和我不認識。」

程希宣無奈，只能目不斜視地出了電梯。

淺夏出了電梯，慢慢地向已經坐在那裡的一個男人走去，臉上露出討好的笑容：「阿成，等我很久了嗎？」

「妳整天磨磨蹭蹭的，遲到有什麼奇怪的。」那個男人頭也不抬，任憑她在自己面前坐下。

這家餐廳是高級餐廳，用餐的人都衣冠楚楚。阿珍穿著ＯＬ裝，十分老氣，而她對面坐著的男人打扮得一副年輕菁英的模樣，顯得比她優秀多了。

她坐在他面前，似乎很緊張，只好把手中的茶杯轉來轉去。她的袖口向上縮了一點，露出疤痕累累的手臂。

那個男人瞟了她的手一眼，冷笑：「得了，這一頓飯吃完我們也就散夥了，我還有事，妳快點說，把我叫過來幹麼。」

阿珍雙眼中頓時蓄滿了淚水：「阿成，請你不要讓我離開你，我……」

「我煩死妳了，整天纏在我身邊，一副黃臉婆的樣子——我們都還沒結婚，妳就這個樣子了，一想到我將來要和妳這樣的女人過一輩子，我就煩得不得了！」他說著，目光中對她滿是鄙視。

程希宣若無其事，在他們旁桌坐下，看著手中的酒水單。

旁邊的戲碼，依舊在煽情地上演著，阿珍眼中含滿的淚珠，大顆大顆地自臉頰上滾落下來：「阿成，你不能這樣，我們大學開始到現在都十來年了。我畢業之後，你還在讀研究所，家境也不好，一直都是我上班養著你讀書。我們常常一天就吃兩包泡麵，熬過了多少辛苦的日子，才終於有了現在的一切……所有東西都在你名下無所謂，我什麼都不要，可是，至少請你讓我和你在一起……」

阿成對她的眼淚無動於衷：「阿珍，感情的事不能勉強，我根本不愛妳。」

「可你當初口口聲聲說喜歡我！」

「當初我沒見過世面嘛。因為妳對我好，我覺得不要白不要。其實天底下比妳好的女人多得是。妳看看妳自己，現在這種黃臉婆的樣子，配得上我嗎？」男人鄙夷地拉起她的袖子，從手腕到肩膀，一大片燙傷疤痕怵目驚心。「我一看見妳的手，就覺得噁心，妳倒是說說，這樣怎麼過一輩子啊？」

阿珍渾身發抖，顫聲說：「阿成，當年失火時，眼看著窗框倒下來，是我把你推開了，我的手才變成了這個樣子……現在，你卻因此嫌棄我？」

「我現在交往的都是上流人士，像妳這樣連晚禮服都不能穿的女人，我怎麼把妳帶出去？」他抬起手，示意侍者結帳。「買賣不成仁義在，好聚好散吧。」

阿珍激憤地大吼：「好聚好散？你當然好，可對我公平嗎？」

「不錯，公司的本錢是妳家父母幫忙借的，不過幸好我當時留了一手，連妳的錢我都打了借條，不然的話，我的資產不是要分妳一半了？」他得意地笑著。

阿珍氣得淚流滿面：「借條是偽造的！你去年才騙我簽的字！公司本錢是我出的，一開始也是說好一起開的，我和你是合夥人關係，至少有股份！」

他們的爭吵驚動了周圍的人，侍者皺起眉，向他們走去。程希宣示意侍者停下，讓他去拿酒水。侍者無奈地看了那邊一眼，又轉身折回去了。

阿成似乎感覺到在這裡爭執有失面子，所以不打算和阿珍繼續談下去了。

「合夥人關係？股份？放屁，妳有證據？多年前說過的話，空口無憑妳想怎麼樣？現在我手中有妳親筆簽名的借條，還有，我有律師，有錢，妳有什麼？」他趾高氣揚地站起身俯視著她。「阿珍，我是個念舊情的人，妳曾經幫我不少，當年那十萬塊，我原封不動還給妳。這兩年有錢了，我供妳吃好的穿好的，算是對得起妳了。妳把錢拿去做整容手術，把身上的傷疤好好去掉吧，哈哈哈……」

男人得意之極，轉身就要走。

程希宣微微皺眉，在心裡盤算著是不是去打聽一下這個男人的身分，讓他從此之後下場難堪呢？

他還沒考慮好，阿珍忽然一抬手抹去臉上的眼淚，冷笑出來。她把手機往桌上一丟：

「阿成，你剛剛說的話，我都錄下來了。關於你偽造借條的口述，我準備在法庭上放一遍，再給小報記者放一遍，你覺得怎麼樣？」

「什麼？妳……妳敢？」萬萬料不到在自己身邊十來年、一直畏畏縮縮怕事的阿珍居然會這樣做，阿成頓時惱羞成怒，撲上去就去搶那個手機。

阿珍眼急手快，抓住他的手腕，隨手一摺，便將他放倒在地上，他的後背重重地撞在了椅角上。酒店裡的椅子是硬木的，他頓時痛得大叫出來，右手支撐著地面想要爬起來。

程希宣不動聲色地抬起腳，在他的手背上重重踩了一下，於是他痛得哀叫一聲，又倒在地上。

淺夏向程希宣眨眨眼，然後驚慌失措地撲向地上的男人，大叫：「阿成，阿成你沒事吧，你怎麼這麼不小心啊？不得了啦……」

程希宣心裡想，要是她去演戲，拿多少個國際影后都不在話下吧？

阿成正要甩開她，她卻湊到他的耳邊低聲說：「劉先生，便宜你啦，要不是過幾天要開庭，我真想把你打得後半生不能自理。」

她的聲音冰涼冷漠，和剛剛那個顫抖的阿珍完全不一樣。

阿成不由自主地失聲叫出來：「妳……妳是誰？」

「我是誰一點也不重要呀。」她蹲在地上，居高臨下地俯視他，臉上的微笑燦爛無比。「劉先生，多謝你的配合，證實你和阿珍有同居關係、合夥人關係，而且你還偽造證據……那麼劉先生，法庭見了。」

說完，她抬手，狠狠地摑了他兩個耳光，手勁極大，打得他眼前金星直冒。

他還沒回過神，她已經站起來，用穿著高跟鞋的腳狠狠地踹了他好幾下：「放心吧，我只是讓你痛一下而已，去醫院驗絕對只是瘀血青腫輕微傷……我只是把阿珍心裡的痛，讓你嘗到萬分之一而已！」

踢完，她揚長而去，留下痛得齜牙咧嘴的阿成癱倒在地。

傷痕累累的手，在水下沖洗了幾下，然後將一張皺巴巴的皮撕下來，露出如同霜雪的皓腕。那雙手又捧起水，洗掉了臉上枯瘦的妝容，頹唐衰敗的阿珍便完全變成了另外一個人。她進入浴室洗澡，捲曲的長髮和暗黃的膚色便全都消失了。

吹乾頭髮，穿好衣服，她站在鏡子前面端詳著鏡中人。

清揚的眉宇，大而清澈的雙眼，挺秀的鼻梁，帶著微微上揚弧度的雙脣，如同桃花一般的臉頰，黑色的柔軟長髮，還有纖細瘦削的身材。

林淺夏，普通的女生，剛剛大學畢業，現在是琉璃社的社長。

出了浴室，果不其然，看到程希宣正坐在客廳的沙發上看那些資料。她在他身邊坐下，用腳尖踢了他一下：「不告而取是為賊，你又偷偷進我家了？」

程希宣理直氣壯：「我們已經是夫妻了，這裡就是我們的家。」

「未婚夫妻。」她提醒他。

他氣極了：「林淺夏，總有一天我會讓妳神魂顛倒，一步也無法離開我，整天求著我和妳趕緊結婚！」

「好呀，我等著這一天哦。」淺夏不置可否。「讓開一點，我要把今天的資料整理一下。」

程希宣被她的口氣弄得有點鬱悶：「林淺夏，妳什麼時候金盆洗手退出江湖，和我結婚生孩子？」

「我才不要，看看阿珍就知道了。女人沒有自己的事業和方向，把人生全都付給了男人，那多可怕！」
「妳和她情況完全不同吧？我被妳迷得暈頭轉向，整天就在盤算著怎麼把我的全部家產連同我本人雙手奉獻給妳，而妳居然還要追求什麼事業和方向！」
淺夏抱臂，驕傲地看著他：「那麼你說說，是你看著財務報表上的數字有成就感呢，還是我解決了一起又一起匪夷所思的糾紛、經歷著各種不同的人生、幫助自己委託人獲得幸福快樂比較有成就感？」
「……」程希宣頓時覺得自己的人生空虛起來。
「而且，當時明明是我冒充未艾訂婚的，為什麼你要立即對著媒體大肆宣揚你真的訂婚了？其實我是被你算計了之後下嫁的！」
「是……我十分感謝上天給我那個趁虛而入的機會。」
「知道自己該怎麼辦嗎？」
程希宣臉上露出痛苦的表情，好像看到了自己從今之後屈居二線的人生。
「永遠跟隨林淺夏，永遠聽從林淺夏，永遠敬愛林淺夏。」
淺夏滿意地一抬下巴：「讓開一點。」
幽怨的程希宣只能龜縮到沙發的一角，讓出位置給她。
她盤腿坐在沙發上，將手機中的音檔傳到電腦中，然後剪掉和程希宣在電梯裡的對話，去噪提音，一遍遍地聽著那個男人的話，查看資料。
程希宣靠在旁邊的沙發上，凝視著她毫無表情的側面。她微抿的下脣，微皺的眉頭，沉思的神情……真是奇怪，即使這麼嚴肅的表情，他也覺得她真可愛。
心口有點東西微微地湧動，讓他無法抑制自己，於是他悄悄地湊到她身邊，親了親她的臉頰。

正沉浸在自己世界中的淺夏，下意識地抓住他的手腕，程希宣眼急手快，立即伸手抱住她的脖子，輕輕咬住她的耳朵。她的身子頓時一軟，手一鬆，被他壓倒在沙發上。

他制住她的雙手，居高臨下地壓著她，有點得意：「林淺夏，我早已清楚妳唯一的弱點了，妳還想跟我對抗？」

淺夏眨眨眼看他：「既然這麼有恃無恐，那麼，一定要在我這屋裡鋪上雙層加厚地毯的人是誰？」

程希宣覺得自己上次被她摔的背又隱隱作痛了。

「跑去學泰拳，跟教練說，我不需要學會怎麼打人，只需要知道怎麼有效躲避、保護好重要地方就行的人，是誰？」

他覺得自己被扭到的關節又開始不對勁了。

「還有……」

「林淺夏！」他咬牙切齒，俯下身狠狠地用吻封住了她的脣。

她笑著，緊緊抱住他，與他相擁。窗外陽光正好，透過明淨的窗戶灑在他們身上，春日的花朵開得正盛，天地融化在嬌豔的顏色之中，一切都在最美好的時刻。

整個世界，陪著他們迷失在琉璃幻彩的迷宮之中，不肯走出。

番外

燦若夏花

每個人的一生中，都會遇見一次奇蹟。
陳微涼，就是陸申嘉的奇蹟。

一

奇蹟的開始，是陸申嘉被同學忽悠去H國著名的聖誕夜市。

「這……這就是世界聞名的聖誕夜市？」陸申嘉望著面前的聖誕夜市，幾乎無語了——這，這明明就是一群老外在廣場上擺攤做小買賣而已。

「對啊，你們中國也有聖誕夜市嗎？」同學問。

陸申嘉無奈地說：「呃……我們那邊每天都有，名字叫集市。」

雖然很失望，但總不能白跑一趟吧，他就隨手捧起旁邊的一盆瞿麥花，向攤主買了下來。

瞿麥花是春夏之交時盛開的花朵，然而這盆花卻奇蹟一般地在這樣的大雪中開放，雪花落在嬌嫩柔弱的細小花瓣上，讓他擔心這些粉紅和玫紅的花朵會就此被凍僵。

「那我就先回去了，免得花被凍壞了。」他告別了同學，小心地解開自己的大衣，將花盆攏在自己的懷中，用體溫保護著它，往地鐵口走去。

走出廣場的時候，他看著懷中的花，用漢語自言自語地對著花說：「這麼小，這麼柔弱，可不要凍壞了哦。」

懷中的那些小花似乎聽懂了他的話，微微搖動起來。

「真像啊，這麼纖細，這麼美麗，和陳微涼一模一樣……」他望著在他體溫中開得鮮豔燦爛的花朵，笑了出來。「如果她現在也在這裡的話，不知道，變成怎麼樣了呢……」

他一邊說著，一邊抬頭，用誰也聽不懂的漢語，在異國的雪夜裡，望著面前喧鬧紛雜的人群，自言自語：「真冷，真懷念國內……」

「就是啊，好懷念國內。」旁邊有個女孩子的聲音傳來，聲音軟糯清脆，就像水晶在水中的撞擊一般，說的是中文。

在異國他鄉，忽然聽到清澈又純淨的母語，他激動地轉頭看身後說話的那個女孩子。

那是個十六、七歲的少女，她全身裹著厚厚的玫紅色大衣，圍著粉紅色長圍巾，白色厚手套，紅色毛帽子，站在雪夜廣場的燈光之中，全身上下的顏色，和他懷中的那盆瞿麥花一樣，粉紅，玫紅，雪白。

而她的笑容燦爛，在雪花與燈光之中，就像五月盛開的花朵一樣嬌豔美麗。

微涼，陳微涼。

已經消失在這個世界上的女孩子，為什麼又在這樣的夜晚，在異國他鄉，出現在他的面前？

「喂，在這邊看見一個中國人有這麼奇怪嗎？」那個女孩子笑起來，眉宇清揚，脣角淺淺一個酒渦，那麼細微的地方都一模一樣，彷彿和微涼是一個模子裡刻出來的。

他一瞬間恍惚，手中的瞿麥花不知不覺墜落於地。

「哎呀！」她趕緊蹲下去抱住，速度和反應都超出凡人的快，在花盆落地的剎那，將它穩穩托住，抱在懷中，笑吟吟地望著他。「幸好沒摔破。」

簡直是不可思議，和電視裡的武林高手一樣。

他接過她手中的花盆，一時之間說不出話。不敢看她，怕她那張面容會讓自己的眼淚忽然湧出來，他只能低下頭，接過她懷中的花，向她道謝。

「不客氣啦。」她含著燦爛的笑容，對他說：「這是瞿麥花，希臘人稱之為『神之花』，養著這樣一盆花，會得到幸運之神的庇佑的，所以你一定要好好愛護它哦。」

「嗯。」他恍惚地抬起頭，可面前的女孩子已經消失在人海中了，面前是耶誕節的雪花和人潮，五顏六色的燈光照得廣場上所有的人都興高采烈，整個世界似乎只有他一個人沉浸在冰冷中。

微涼，微涼，他一直在遠處靜靜看著的女孩子，他還沒來得及和她認識，就已經如同花朵一樣凋謝的女孩子，在這個異國，居然夢幻一樣，再度出現在他的面前。

和這盆在大雪中綻放的瞿麥花一樣，都是奇蹟。

二

奇蹟遠未結束。

他回家後把瞿麥花擱在暖氣旁邊，擔心會凍壞了它。睡了一晚之後起來一看，它果然開得更加嬌豔，粉紅與玫紅交織的顏色濃豔得幾乎要滴下來。

他開心地撫摸它的葉片，對它說：「早安。」

這個清晨格外安靜，雪後天色異常明亮，有一、兩隻小鳥在樹枝上跳來跳去，他覺得有點不適應，想了想才恍然大悟——學生宿舍的陳設雖然完善，但是因為這個國家一般都是木板房，所以往常隔壁那幾個動作總是很大的學生一大早就會把他吵醒，他曾經向舍監反映過幾次，卻被那幾個學生報復了，只好充耳不聞，可今天居然沒有聲響了。

「我早上有三節課，所以等中午再回來看你哦，你好好地待在暖氣上暖著吧，多開點花。」可能是因為太寂寞，在異國他鄉又沒有人一起說說話，他和面前的瞿麥花說了一大堆話，然後才暗自覺得好笑，收拾好東西出門去了。

就在學校門口，他看見一個女孩子站在積雪之中，仰頭四下看著，似乎在尋找什麼。她身上是鮮紅的大衣，雪白的圍巾，粉紅的手套，一身嬌嫩的顏色，在這樣的雪天裡，鮮豔奪目，讓所有看見她的人精神一振。

她轉頭看見陸申嘉，頓時笑出來，逕自跑到他的身邊，對著他露出燦爛笑容。「你好！我是新來的轉學生，你的花怎麼樣了？」

旁邊有幾個經過的男生在吹口哨。這麼可愛的女孩子，豔麗無匹，卻毫不猶豫就在人群中跑到了陸申嘉的身邊，讓所有男生都覺得羨慕。

陸申嘉抬頭看著這個昨晚和自己在廣場上有一面之緣的女生，結結巴巴：「妳……是妳啊？妳是這個學校的學生嗎？」

「是啊，今天剛剛轉學來，經管系國際班的，你呢？」

他「哦」了一聲，說：「我們是同學。」

「哇，太好了！」她把自己的手套一把扯掉，向他伸出手，臉頰上露出可愛的酒渦。「我是陳微涼。微是微小的微，涼是清涼的涼。」

他覺得自己的心口猛地一跳，有一股溫熱的血液，向著全身慢慢地擴散，直到他的指尖都開始疼痛起來。

一樣的面容，一樣的名字。

他慢慢地伸出手，握住她的手。她的手溫溫暖暖的，指尖纖細，肌膚柔滑，這麼可愛的女孩子，就像清晨盛開的瞿麥花一樣美麗。

她跟著他走進教學大樓，在他的身後摘了帽子圍巾，脫掉大衣，她裡面穿著白色的薄毛衣，上面是紅色的小花，映襯得臉頰更像一朵瞿麥花。花心是粉紅色或鮮紅色的，花瓣是玫紅色的，花瓣的邊上，淡淡一圈白色，瞿麥花和她的模樣，真像。

「好熱啊，對不對？」她一邊走一邊說。

「熱？」剛從這麼冷的外面進來，他完全沒感覺。

「是啊，是不是暖氣太大了呢？好像整個人被烤著一樣。」她用手扇著風，走到門口的時候，伸手拉了拉他的袖子，在他轉頭的一刻，朝他微笑：「對了，你知道吧？花是不能放在暖氣邊烤太久的哦，不然的話，它就會失水打蔫死掉的哦。」

「是嗎？」他恍惚地嗯了一聲，不知道她為什麼忽然提起這個。

直到他們在位置上坐下，他轉頭看著坐在身邊的她，嫣紅的臉頰，看起來真的很熱的樣子，就像暖氣邊開得顏色濃豔的瞿麥花，他才「啊」了一聲跳起來，正走進來的老師疑惑地看他：「陸，有什麼事？」

「老師……我忽然有急事，我申請離開一會兒。」他趕緊說。

依然被暖氣籠罩著，臉頰還是粉紅粉紅的微涼，側著頭微笑著看他，輕輕擺手向他告別。

他一口氣跑到宿舍，打開門一看，放在暖氣上的那盆花果然垂下了腦袋，有氣無力地枯蔫了。

他趕緊把花捧下來放到窗臺上，然後拿水杯給它澆水，眼看著它吸飽了水之後，花葉漸漸有復甦的狀態，才鬆了一口氣，跑回去上課。

坐在他旁邊的微涼，可能是因為漸漸適應了教室裡的暖氣，臉頰也不再那麼紅通通的了，雪白的肌膚上留著淡淡的粉色。聽到他向老師道歉的聲音，她抬起頭，漂亮的面容上，可愛的酒渦淺淺的。

微涼……和他印象中的微涼，一模一樣。

三

陸申嘉和陳微涼，其實從來沒有認識過。

高中的陸申嘉，是學校裡叱吒風雲的學生，成績好家世好，就連體育也很好，是老師們的寵兒；而陳微涼是他們學校的校花，四歲就開始學舞蹈，擁有修長纖細的身材和漂亮動人的面容，從剛入學時開始，暗戀她的男生就有很多。

可是很奇怪，備受矚目的陸申嘉和大家關注的微涼，他知道她的名字，他也偷偷地在關注她。在校園裡他們曾經無數次擦肩而過，但陸申嘉總是只敢偷偷轉頭看一看微涼，想叫她的名字，卻總是在一瞬間，被一種類似於羞怯的心情壓抑了下來。

因為，喜歡他的人那麼多，所以，他很擔心很擔心會被微涼拒絕，怕被這麼多人喜歡的自己，唯獨自己喜歡的人，不喜歡自己。他害怕失敗，害怕一直冷冰冰的微涼，會將他鼓起勇氣表白的心，不屑一顧地丟棄。

陸申嘉還記得，在即將出國的前幾天，他去學校裡收拾自己的東西，在經過學校的舞蹈室時，他聽到房間裡流淌出來的音樂，所以，他透過窗口，往裡面看了一眼。是微涼在裡面跳舞，她的身子像精靈一樣纖細輕盈，她的動作像露水滑過花心一樣流暢優美，令人心顫。

陸申嘉站在即將暑假的天氣裡，聽著蟬鳴聲遠遠近近，狂風捲過他頭頂的綠蔭，嘩啦啦的聲音，將他淹沒了。

音樂聲中，他看見微涼側過臉，看見了他。她那一雙朦朧如瀰漫著晨霧的眼睛，微微詫異地睜大。

他下意識地轉過身，狂奔離開，就像是小偷被抓了現行犯一般，心跳得那麼厲害，緊張不已。

那是他，最後一次看見微涼了。

在他到了國外之後不久，在一次班級群聊天的時候，他看到他們在說起微涼。

「就是那個校花微涼，跳舞非常好的，很漂亮的女生。」

「真是不幸啊，得了絕症，退學去國外治療也沒救回來……」

那是九月的天氣，H國的天氣清爽宜人，微風從敞開的窗外徐徐吹進。陸申嘉呆呆地坐在電腦前，在白色的屋子裡，看著她的死訊被人漫不經心地提起，然後話題轉向別的，有人問他：「申嘉，國外的感覺怎麼樣？」

他沒有回答，他的肩膀和雙手都在痙攣一般地抽搐。他關了電腦，一個人蜷縮在九月的清空之下，讓冰涼從骨縫間漸漸滲出來，全身僵硬。

如同一滴露水滑過花心的那個美好的女孩子，墜落於地，永遠消失了。而他，還沒來得及和她說一句話。

黑暗中，一點晶瑩落地，濺起細碎的亮光，照亮了眼前的世界。

陸申嘉猛然睜開眼，從糾纏的惡夢中驚醒，感覺到全身冷汗。

他曾經暗戀的女生，再一次出現在他的面前，她說，我叫微涼。

這是巧合，還是命運的奇蹟？相同名字和相同模樣的人，在距離故鄉千萬里的地方，忽然出現在他的身邊，世界上，真的會有這麼巧合的事情嗎？

他沉默著，下床去倒了一杯水，站在窗前慢慢地喝著，看著外面的深夜。窗臺上的瞿麥花，開著深紅淺紅的花朵，在黑暗中依然美麗。

「怕冷又怕熱的花，隨時會消失的生命，這個世界上，越是留不住的，越是最美好的東西……」他低聲喃喃著，俯頭親了親花瓣，就像親吻自己遙不可及的夢想一般。

正在此時，他聽到自己的電話鈴聲響起。

「回家吧，何必在國外受那麼大的委屈呢？」不知從哪裡知道了他的糟糕處境，媽媽打電話給他，這樣勸他：「一開始就不應該找這個國家！這個國家是移民國家，魚龍混雜，以後如果你還想留學，我們再找安定一點的國家。」

陸申嘉抬頭，茫然地透過窗玻璃看向外面，昏暗的夜晚，這個國家又開始下雪，和他長大的地方，完全不一樣。從小到大沒見過雪的他，為什麼會來到這個苦寒之地。

「怎麼樣？你先回家吧。」媽媽畢竟是女人，聲音已經開始哽咽。

陸申嘉猶豫遲疑，久久凝望著外面的風雪，許久，才低聲說：「嗯，我會考慮的。」

「盡快吧，我們等你回家。」

陳微涼的笑容，在面前一晃而過。他抬起手，看了看自己手肘上的那道疤痕，遲疑半晌，然後終於說：「媽媽，等我回家的時候……記得給我做番茄炒蛋，我想吃妳做的菜了。」

「你喜歡吃番茄炒蛋嗎？」

第二天下課後，陳微涼捧著一個飯盒，笑吟吟地問他。

「咦？」他愣住了。

「早上啊，我忽然想吃番茄炒蛋，冰箱裡有材料，所以就做了，不過做太多啦。」她有點煩惱地笑著，用手指抓著自己的頭髮。「然後，我想外國人可能吃不慣番茄炒蛋吧，就帶給你嘗嘗看啦，不過我手藝不是很好……」

是夢嗎？他不覺恍惚了，望著自己面前的可愛女孩，還有她手中的那盒番茄炒蛋。在他想吃母親做的菜時，她就知道了他的心情，幫助他實現了。

她做的番茄炒蛋很好吃，雖然沒有媽媽的味道，但讓他在這個異國，深深地感覺到以往生活的氣息。他甚至回憶起自己第一次和微涼見面時的情形，在學校的餐廳，那天的菜是番茄炒蛋，他剛剛吃了一口，旁邊的同學用手肘撞了他一下，說：「你看你看，陳微涼！」

他抬頭看去，在窗口，綠蔭的前面，穿著白色裙子的微涼，在陽光的背後，剛好向他看過來，她的面容在逆光中深深地映進他的心中，背後的樹枝在風中不安地起伏，和他那時忽然跳動的胸口一樣，失去了平靜。

那時融化在口中的味道，和現在一樣，酸酸的，甜甜的，回味時卻讓人覺得一種黯淡的酸澀。

而現在，這個出現在他身邊的陳微涼，又是誰呢？

他幫她洗乾淨了便當盒，準備拿到教室去還給她。就在走到圖書館邊林蔭道下時，忽然有一陣淒慘的狗叫聲，打斷了他的思緒。

他轉頭一看，原來是以前住在他隔壁的那對嘈雜無比的大塊頭兄弟，正在把一隻小狗當球踢。小狗長得很可愛，一身長長的白毛，小小胖胖的，就像一隻小圓球，不知道是被踢暈了，還是因為太小了，牠連滾帶爬地在草坪上逃跑，連走路都還不穩。

他眼看著牠逃到了自己的腳下，然後，牠忽然站起來，用兩隻前爪緊緊地抱住了他的腿，仰起小腦袋可憐兮兮地看著他，就像一個小孩子在祈求幫助一樣。

他看了看前面正走過來的那對大塊頭，又低頭看看小狗，彎下腰把小狗抱起，對著面前身高足有兩公尺，比自己足足高出一頭的兩人賠笑：「不好意思，小狗這麼小，不能這樣……」

「哦，是你啊。」外號鐵塔的大塊頭哥哥斜睨著他。「你不就是投訴我們太吵鬧的那個人嘛，結果害得我們現在只能搬到學校裡快要廢棄的老宿舍。」

弟弟一臉冷笑：「那快要塌掉的老房子，平時根本沒人來，我們都快悶死了，好不容易今天玩隻狗，你居然還要妨礙我們？」

他看著他們的神情，往後退了一步，知道今天大事不妙，於是抱著小狗，轉身撒腿就跑。

正在他狂奔之時，前面忽然出現了一個女生的身影，她蹦蹦跳跳地從拐角過來，差點和埋頭狂奔的他撞個滿懷。

「對……對不起！」他下意識地丟下一句道歉，腳步都不敢停。

沒想到那個女生跑得比他快多了，她詫異地追上他，問：「陸申嘉，你抱著一條小狗跑這麼快幹麼？」
是陳微涼，她看起來一副弱不禁風的模樣，居然跑得這麼快，陸申嘉腦中一瞬間閃過一個念頭──好像自己當年，一百公尺十二秒內呢，她居然能比自己跑得更快？
他指了指身後的那兩個大塊頭，倉促間來不及說話，陳微涼才回頭看了一眼，他們就已經被追上了，那對兄弟哈哈大笑：「唷，中國小子原來會勾搭女生啊？」
「我看，這個小女生倒是挺漂亮的嘛，喂，小妞，不如別理這小子了，跟我們去玩玩吧……」
話音未落，陸申嘉懷中的小狗狠狠咬住了「鐵塔」伸過來的手腕。
在他的慘叫聲中，陸申嘉抓住陳微涼的手，大叫一聲：「快跑！」
她還沒反應過來，已經被他拉著，逃也似的離開了。
後面的兄弟，一個捧著自己的手大叫，一個查看他的傷口，被他們遠遠甩在後面。
他們跑過蔚藍的海岸，一塵不染的道路邊，是略顯陳舊的西歐風格樓房。在宿舍旁邊那家小小的中餐館面前停下，她還沒什麼，他大口大口喘氣，手心微微的冷汗。
她伸手摸摸他懷中的小狗，抬頭看著他，問：「怎麼啦？那兩個人很可怕嗎？」
「妳……妳是沒見過嗎？那可是宿舍裡最有名的兄弟，哥哥外號鐵塔，弟弟外號巨人，他們兩個身材都這麼魁梧，根本沒人敢惹他們！」
「咦，這麼厲害嗎？」她一臉漫不經心。
「應該是……可，可怕吧！」他反問。
她嘴角一彎，沒說話，露出不以為然的表情。
明顯就是不知世事的女孩子嘛……陸申嘉這樣想著，手中的小狗忽然跳下他的臂彎，撒歡地奔向路旁的中餐館。

他們互相看了一眼，趕緊跟了上去。

「要不……陳微涼，我請妳吃飯吧。」

一般來說，國外的中餐都很恐怖，這家也不例外。

本來就不怎麼樣的炒菜手藝，每道菜上還要澆上外國人喜歡的酸甜汁水，簡直是令人痛苦。

「不過，在國外嘛，能吃到中餐就不錯了，是不是？」陸申嘉一邊點菜一邊對微涼說。

她不置可否，支著下巴看著他。「剛剛那對凶巴巴的壞蛋，幹麼要追你啊？」

「因為……因為之前他們住在我的隔壁，後來因為半夜吵鬧，而且每次看見我就嘲笑中國，所以我就向校方投訴了他們，他們就被轉到了舊校舍。」他低聲說，

她坐在他對面，皺起眉看他。「本來就應該這樣啊！是他們自己不講理！」

「所以，每次他們看見我，都要教訓我一頓……」他無奈地趴在桌上。「我對我同學說起過，可能因此被父母知道了，他們昨晚打電話過來讓我放棄學業，回家去。」

「哦……」她靠在椅上，端詳著他。「你真覺得自己在這邊過得不好嗎？是不是可以試著改善一下？」

「不……沒有改善的可能性了。我很想回家，至少，在中國我有很多朋友，我過得很開心，生活也很好，我不知道當初為什麼選擇了到這裡來……」

「這裡也有很多好人，只是你運氣不好而已。」微涼說著，示意剛剛端上來的菜。「先吃飯吧。」

陸申嘉點點頭，拿起筷子吃了一口，頓時被那酸酸甜甜的磨菇搞得一臉痛苦，但還是盡力忍耐。

「這是什麼東西？」陳微涼問他。

他結結巴巴：「可……可能是糖醋磨菇……」

「開玩笑！有這種菜嗎？」微涼把筷子一丟，起身跑到廚房門口，對著裡面喊：「廚師大哥，我們是自己人，求你手藝收斂一點好不好？」

廚師回頭一看是個漂亮的中國小姑娘，頓時笑了：「行行行，給妳做正常的菜！」

「謝謝啊！別給我們再澆那種外國人人吃的酸甜汁水了哦！」她回身在陸申嘉面前坐下，神態自若地說：「你看，你要是不反抗的話，就只能接受你不想要的。」

「我……」他遲疑地看著她。

「不相信嗎？」她皺起眉。

「相信。可是，反抗換來的，可能是更可怕的對待。」他猶豫了一下，然後捲起自己的衣袖給她看。那是猙獰扭曲的一道新疤痕，深深刻在他的右手肘上。

「上個月，在學校圖書館外，我當時還企圖反抗，結果……摔倒時手肘撞在了鐵柵欄上，十公分長的口子，縫了好幾針，如果再偏一點，我這條手臂就要截肢。」

陳微涼皺起眉，自言自語：「混蛋……」

「本來，亞洲人就一直在這邊被人看不起，而且我的英文畢竟沒有歐美人好，所以也沒什麼朋友，大家都嘲笑我是遲鈍的中國人……」

「怎麼會呢！明明你以前是學校裡最開朗最受歡迎的男生，老師和同學都喜歡你！」她衝口而出。

「……妳怎麼知道？」他抬頭看著她，問：「妳以前，認識我嗎？」
她怔了怔，然後低聲說：「我猜測的……」
明明不是猜測的口氣，明明是肯定的，彷彿親眼所見的感覺，彷彿她以前，曾經親眼注視著他、看著他一樣。
還沒等陸申嘉追問，旁邊忽然有個聲音傳來，是從窗外走過的一對母女。「媽媽，媽媽！」那個小女孩纏著媽媽，對她不滿地嚷著：「上次那個玫瑰花精的故事，妳還沒說完呢！」
媽媽無奈地笑著，說：「就是那個，每一朵玫瑰花裡面都住著一個花精靈的故事嗎？」
「對啊！」她開心地說。
聽到她天真的嗓音，微涼忍不住笑了出來，說：「每一朵花裡都有一個精靈，這是只有小孩子才會相信的故事吧！」
陸申嘉不知為什麼，忽然想起了自己買的那盆瞿麥花，不由得笑著自言自語：「不知道瞿麥花，是不是也會有花精靈呢……」
話音未落，他忽然停下來，望著面前的微涼，愣怔在那裡。
天氣晴朗，燦爛的陽光自窗外照進來，由堆在窗外的皚皚白雪反射，四面八方彷彿都是明晃晃的光線，照得他眼前的世界，一時恍惚，連面前微涼的面容，都朦朦朧朧，看不清楚。
所有的一切，都是從他在耶誕節那個夜晚，買下了那盆瞿麥花開始。他懷念微涼，於是微涼就出現了；他把花盆擱在暖氣邊，於是她一身熱氣地出現，埋怨暖氣太大了；他想吃番茄炒蛋，於是她第二天便笑吟吟地捧著番茄炒蛋出現了……

但隨即，他就搖搖頭，否定了自己的想法——太荒謬了，這個平凡無奇的世界，怎麼可能會有一朵瞿麥花，變成一個他想念的女孩子，出現在他的身邊呢？

「喂，你沒事吧？」她抬手在他的面前揮著，他回過神，吶吶地說：「我，我只是覺得，自從遇到妳之後，我的人生，就好像充滿了奇蹟。」

「奇蹟？難道我是田螺姑娘？」飯已經吃完，她笑咪咪地提著包包，和他一起走出小餐館，在綠蔭下走著。

她微笑著側臉看他，在綠意森森的常綠樹之下，白雪與綠葉的光彩，在她的臉上鍍上淡淡的一層淺綠，卻顯得她不染凡塵般的清秀脫俗。

他忍不住說：「以前，我遇到過一個女孩子，也叫陳微涼。」

她「咦」了一聲，詫異地轉頭看他。

「是我的高中同學，很美麗，可是，已經去世了。」

微涼在他身邊，用若有所思的目光看著他，許久，才慢慢地彎起脣角，露出一個勉強的笑容：「陸申嘉，你喜歡那個微涼。」

他沒有回答，站在綠蔭之下，一動不動。

「如果啊……如果你早點對她說，那該有多好……」她說著，用那雙清澈如五月清空的眸子望著他，漸漸的，眼中忽然瀰漫起一層晶瑩的淚光。她原本一直清揚的眉宇，也忽然蒙上暗淡的悲哀，眼看著，就要落下眼淚來。

他詫異地望著她的神情，不由自主地抬起手，想幫她擦拭眼角的淚水。「陳微涼……」

「我……我去追小狗。」她偏過頭躲避他的手，匆匆丟下一句，然後，轉身頭也不回地追著那條小狗跑掉了。

他站在她的背後，怔怔地望著，站在白雪與常青樹之間，疑惑與遲疑，湧上他的心口，讓他茫然若失。

就在此時，他的電話聲音響起。

「申嘉，飛機已經訂好了，你趕緊收拾東西，明天就回家吧。」

「明天？可……這麼急……」他遲疑地問。

「既然已經決定回家了，那當然是越快越好了。」

陸申嘉抬頭，茫然地看向面前。在街邊青綠色的草坪上，穿著白色毛衣的陳微涼，正帶著小狗在奔跑，在陽光的光芒中，她身上的光彩幾近耀眼。

陸申嘉久久凝望著微涼，許久，才低聲說：「嗯，我會回去的。」

放下電話，面前的陳微涼抱著小狗，抬頭看著他：「怎麼啦，心事重重的模樣。」

「可能我，要回家了……」他抱起小狗，低聲說。

她輕輕地揉著小狗的毛，用一雙晴空一般澄澈的眼睛看著他，問：「為什麼？因為害怕，所以……要逃跑了嗎？」

他咬住自己的下唇，沒說話。

她嘆了一口氣，說：「好吧，你走吧……我會幫忙照顧凱撒的。」說著，她把小狗抱起來，親了親牠的額，然後轉身就走。

「陳微涼……」他忍不住叫她。

她停了一下，然後轉身看他。她的神情黯淡，低聲問：「陸申嘉，你會……記得我嗎？」

陸申嘉一時愣住，不知道怎麼回答。好久，他才說：「不會。」

「人一輩子有這麼長，十年後，五十年後，你真的還會記得陳微涼嗎？」她聲音顫抖，眼中蒙著一層淺淺的淚光，在積雪與青松之前，用低弱的聲音，輕聲說：「可是陸中嘉……不要忘記陳微涼，請你……一定要記得我。」

「我會記得妳的。」陸中嘉凝視著她，彷彿誓言一般地說：「陸中嘉，永遠記得陳微涼。」

就像，記得自己年少無知時的夢想一樣，就像記住自己生命中最大的奇蹟一樣，永遠地記得她。

五

「現在發布最新航班消息，因冰島火山爆發，所有航班取消，恢復時間不定，請各位旅客見諒……」

提著大包小包的行李，排著長長的隊伍準備換登機證時，卻聽到這樣的消息，簡直是令人痛不欲生。

旅客們有抗議的，有死等的，有索賠的，只有陸中嘉茫然不知所措。他坐在候機室，呆呆地望著螢幕上的「所有航班取消」字樣，想著，到底是在這裡等回家，還是先回校去。

可是，無論如何，也沒辦法跟老天爺對抗啊……

他拖著行李箱，從機場回家，結果在車上因為緊張與不安，迷迷糊糊居然坐過了頭，直到司機把他趕下了車。

他抬頭看著周圍陌生的環境，欲哭無淚，一個人垂頭喪氣地拖著大箱子，拎著沉重的大包，順著空無一人的街道往前走，四下觀望看看是否能叫到計程車。

忽然，他看到遠遠街道的盡頭，一隻白色的小狗被一個女人牽著，踱向一條小巷子。

他一看見那隻小狗，頓時睜大了眼睛——那隻狗，耳朵尖上兩點黑色，這麼明顯的特徵，明明就是他和陳微涼一起救下的凱撒！

可是，牽著凱撒的那個女孩子，卻明顯不是陳微涼。

到底是……怎麼回事？陳微涼呢？她不是說自己會照顧好狗的嗎？

他拖著大箱小包就追了過去，可手裡拖著東西，磕磕絆絆完全沒辦法跟上。他一咬牙，把自己的箱包一丟，撒腿就追。

轉過小巷，是一個公園，大片的藤本玫瑰盛開在雕花的鐵柵欄上。

那個女孩子牽著凱撒倚靠在燈柱上。她身上穿著花瓣一樣層層疊疊的白色絲質襯衫，被緊身的黑色西裝外套罩住，只洩漏了一點點柔軟的絲綢出來。長褲搭配西裝，復古的黑色禮帽，有一、兩綹金色的捲髮垂在她的脖子上。她微瞇著眼看天空，薄唇，瘦削的臉頰，纖細的長眉下，一雙淺藍剔透的眼睛，有一種鋒利的妖嬈嫵媚。

陸申嘉頓時愣住了，他站在巷子內，許久都不敢走出來。

這個女人，他認得。這是瑪琳黛德麗，有史以來最偉大的女演員之一，當年希特勒很喜歡她，曾經力邀她回到德國，但是被她拒絕了。可她是黑白片時期的女星，一百年前的人，為什麼，她如今還能活生生地站在玫瑰花牆之前，顏色濃重，和電影上一樣迫人？

就在他以為自己穿越了時空，不知今夕何夕時，忽然有一輛車在不遠處的街口停下，一個男人下了車。

那是個身材與氣質都無可挑剔的帥哥，一身黑衣，在看見她的時候，怔了一下，一時遲疑。

那個「瑪琳黛德麗」卻忽然笑起來，這個冷若冰霜的女子，瞬間豔如桃李。

她取下禮帽，蓬鬆的金色捲髮散下來，全身都是金色的光芒，笑容卻比那陽光照在金髮上的光彩還要奪目。「衛先生，是我呀。」
那個男人愕然睜大眼。
「是我，林淺夏。」

林淺夏。
陌生的名字，可是……可是她的聲音，卻是陳微涼，毫無疑問！
陸申嘉不敢相信自己的眼睛和耳朵，差點驚叫出來。他靠在牆上，藉著面前陽臺上垂下的藤蘿隱藏自己的身子，盯著那邊。
那個衛先生也是一臉詫異，衝上去一把扯掉了她的帽子和假髮，瞪著她滿頭傾瀉而下的黑髮，大吼：「林淺夏，妳畢業了？」
「是啊，以第一名的成績。」她得意地笑著。
「妳的畢業作品是什麼？」
「我化妝成一個男水管工進了老師家幫他修下水道，他不但給我付了錢還多給了小費，並且深情讚揚我是他見過最專業最有素質的水管工。」瑪琳黛德麗——不，林淺夏，十分驕傲地說。
「那麼……前幾天聯絡不上妳，是怎麼回事？」衛先生鬱悶地問：「我還以為妳失蹤了，或者攜款私逃了！」
「拜託，你有給我多少錢啊，值得我跑掉嗎？」林淺夏笑咪咪地抱起地上的小狗，說：「我是去執行我人生的第一個任務了，化妝成一個中國女孩子。」
「妳都還沒畢業，哪來的任務？」衛先生翻她一個白眼。

「很簡單的任務啦，不過意外是，讓我收養了這隻狗，我覺得和瑪琳黛德麗的電影很契合，所以就帶過來一起演出啦。」她抱著小狗，陌生的美麗面容上，一雙含笑的眼睛，讓陸申嘉幾乎全身冰冷。他聽到她清清楚楚地說：「這隻小狗叫凱撒，可愛吧？」

衛先生隨手揉了揉凱撒的頭，大喜過望。「好，回國！執行我們的大計，開闢我們的天下吧！」

「走吧！」她興奮地抱著狗跟著他往巷子外走。「回國之後，我第一件事，就是要大吃一頓！我真是受不了國外吃的東西了……」

話音未落，她怔住了。

巷子外的陽臺下，藤蔓的前面，陸申嘉站在她面前，一動不動地盯著她。

她還沒來得及反應，凱撒已經從她的懷裡跳下，衝了出去，傻乎乎地抱住陸申嘉的小腿，興奮至極。

衛先生看了看林淺夏，抬起下巴示意：「怎麼回事？」

林淺夏的臉上露出一個笑容：「不知道怎麼回事……」

「陳微涼。」陸申嘉打斷她的話，叫她。

她吐吐舌頭，無奈地抓抓頭髮，轉頭看衛先生。「不好意思啊，我的第一個任務，因為沒有經驗，我犯了老師說的第一件大忌——不要將帶有自己個人標記的東西帶在身邊。」

「很明顯，狗也不行。」衛先生又翻她一個白眼，指指旁邊自己的車。「給妳五分鐘解決，我在車上等妳。」

陸申嘉沒有看他，他凝視著面前的女孩子，想在她那張嫵媚妖嬈的臉上找出陳微涼的任何痕跡，可是沒有。她和陳微涼，完全是截然不同的人，沒有任何相似之處。

林淺夏嘆了一口氣，把臉轉開了，問：「你不是回家了嗎？」

「冰島火山爆發……所有航班取消了。」他低聲說。

「真是天亡我也……」她喃喃地說著，然後一臉豁出去的表情。「好吧，如你所見，我不是陳微涼，我只是……一個擅長化妝成別人的女孩子，受人所託，扮成陳微涼的樣子，過來騙你的。」

「是誰？」他聲音喑啞，追問這個撕開他內心最深處的傷口的人，到底是誰，為什麼要突然把他的人生攪成這樣。

「那個人的名字，你也知道……」她慢慢地，一字一頓，清清楚楚地說：「她叫陳微涼。」

如遭雷殛，陸申嘉後退了一步，怎麼也想不到，託人欺騙他的，竟然是陳微涼自己。

「妳騙人……陳微涼為什麼會讓妳來……她甚至，不認識我……」

「不，她認識你，而且，你是她一生中，唯一喜歡過的人。」林淺夏打斷他的話，她望著遠處的天空，目光幽遠而平靜，輕輕地說：「我和她認識，是在醫院裡，她已經快要去世了，即使這個國家有全世界最先進的醫術，也救不了她。在最後的時刻，她知道我擅長扮裝，正在一所專門的學校裡學習易容課程，所以她求我一件事……」

陸申嘉呼吸急促，聽到自己的胸口裡，心臟跳得急劇而疼痛。

「她說，她曾經有一個很喜歡很喜歡的人，可是她一直只敢遠遠地看著他，不敢和他認識。可是，等到知道自己再也無法見到那個人了，她才後悔當初的驕傲。所以她請我幫她……」林淺夏輕聲說著，那一雙如同五月清空的眸子，慢慢轉向他，她的眼眶中，含著薄薄一層淚水，就像當初，知道他喜歡的人是陳微涼時一樣，遺憾而悵惘，悲傷的淚眼。「讓陸申嘉認識陳微涼，讓陸申嘉喜歡陳微涼，讓陸申嘉，永遠記得陳微涼。」

因為驕傲而沉默的兩個人，在最後的時刻，也只有隔著窗戶，遠遠對望的那一眼。

那時的陳微涼，她根本不知道，落荒而逃的陸申嘉，心跳得那麼厲害。

那時的陸申嘉，他也根本不知道，站在玻璃那一邊的陳微涼，曾經差點將他的名字喊出來。

如果那個時候他們能說一句話，是不是，故事會不一樣。

然而，陳微涼和陸申嘉，最後的結局，已經是這樣了。

在她去世後，她終於，才得以和他認識。才終於，由林淺夏說出那一句話——

「陸申嘉，你喜歡陳微涼。」

而這個時候，陳微涼早已不在這個世間。

只有陸申嘉，記得自己入學的第一天，代表全校新生講話的陳微涼，在夏末的陽光中，含笑說：「我希望將來，自己能去H國，在世界最頂級的舞臺上，展現自己。也希望，所有的同學，都能實現自己的願望。」

從此，H國成為了陸申嘉的願望，三年後他來到了這裡，遠離了自己四季如春的家鄉，在這個寒冷的國家，過得並不如意。甚至於，想要逃離。

不知不覺，陸申嘉靠在背後的牆上，幾乎要失聲痛哭。

他低低的，哽咽的，卻彷彿發誓一般地說：「我不走了，我一定要在這裡堅持下去……」

面前的林淺夏，用那雙含淚的美麗眼睛凝望著他，低聲說：「陸申嘉，我很抱歉，最後讓你察覺了，我本來……想讓你以為我只是陳微涼在異國的影跡，讓你永遠都記得這個無法理解的奇蹟的，可惜我沒有做到最好。」

陸申嘉沒有說話，只是搖頭。

「我要回國了，在臨走之前，我會送你一份禮物，請你在這個學校，帶著微涼的希望，好好繼續學業。」她後退了一步，這個曾經是陳微涼，現在是瑪琳黛德麗，他自始至終也不知道真面目的女孩子，面容上是淡淡的微笑。「再見，陸申嘉。」

六

陳微涼，不，林淺夏，她的禮物是一個奇蹟。

陸申嘉沒有親眼目睹這個奇蹟，卻被這個奇蹟，影響了一生。

他抱著凱撒回到宿舍，已經是下午了。他呆呆地坐在自己宿舍的沙發上，不知道如何對父母訴說自己要留在這裡，也不知道接下來要如何對付總是欺負他的那一對兄弟。

就在他下定決心，先給父母電話時，還沒按下按鍵，他的手機忽然響了。

是學校？還是老師？是陳微涼，還是壞人兩兄弟？

他用顫抖的手抓起手機一看，是同班的一個巴西女生發來的短訊：「Gerry，你是我們的英雄，我們都愛你！」

他目瞪口呆——什麼啊？

同學一年多，雖然大家都有同班通訊錄，但是有同學發簡訊給他還是第一次，而且，居然還是這樣莫名其妙的話。

他還在震驚，另一條簡訊傳到，這回是個美國男生。

「嘿，哥們，不得不說你實在太酷了！李小龍和傑克・成都是我的偶像，但從今開始你是我心目中的NO.1！」

他繼續目瞪口呆——這又是什麼啊？

緊接著第三條短訊，讓他無語了，居然是導師發來的。

「親愛的Gerry，我會推薦你為本年度一等獎學金得主，我相信考慮到你為學校治安做出的貢獻，一定會得到批准，恭喜你！」

他跳起來，先翻了翻日曆，確定今天不是四月一日，然後拍了拍手機，確定沒有出毛病，然後舉起自己的手掌，義無反顧地咬了下去。

「好痛……」看來不是在夢裡。

他呆站在凱撒面前，和牠大眼瞪小眼，茫然不知所以然。

「嗨，我已經把你的光榮事蹟傳到影片網站去了，關鍵字是H學院國際班經管系傳奇人物，快來看啊！」

他當然立刻跳起來，衝到電腦前，打開網站。上升最快的一個影片，關鍵字正是這個。

他點開一看，頓時目瞪口呆。

這是什麼？在操場上，和那對欺負他的兄弟對峙的，正是他自己！

周圍全都是圍著看熱鬧的同學，還有人對著鏡頭大喊：「快看快看，有人要挑戰全校最令人畏懼的、橫行霸道的巨人兄弟！而且是一對二！來自中國的這個小子比巨人兄弟矮一個頭！我們已經叫好了救護車……哦，天啊！」

隨著一聲尖叫，影片中的「陸申嘉」拔地而起，出手如電，所有人都看不清到底是怎麼回事，那巨人兩兄弟已經倒在了操場上，而他們對面的「陸申嘉」輕鬆地落在地上，攤開雙手，一臉歉意：「不好意思，可能我下手太重了。」

那兩兄弟抱著自己的手勉強站起來，「陸申嘉」幫他們把脫臼的手臂接上，拍拍他們的肩膀，不知道說了些什麼，他們轉身就跑，頭也不回。

舉著手機的人們尖叫著朝陸中嘉追去，他看也不看鏡頭一眼，轉身就走，很快就消失在鏡頭上。

只剩下目瞪口呆的陸中嘉，抱著小狗坐在電腦前，說不出話。

只有面前的瞿麥花，開得那麼好，搖曳綻放。

她曾經說過，瞿麥花是神之花，幸運之神已經讓全世界所有的奇蹟，都降臨在他的身上，只需要，她對著他綻放笑容。

就像第一次見面時，她接住他手中掉落的花朵時，那武林高手一般的速度，令人不敢置信。

三年後，畢業時，他依然是學校名人，全校學生都認識他，連老師頒發畢業證書給他的時候都用力一拍他的肩膀：「唷，神奇小子畢業了，我們學校頓時光芒黯淡了！」

他被老師拍得差點站立不穩，身後同學哈哈大笑，一個美國人跳出來，沒心沒肺地做了個《功夫熊貓》的經典踢腿動作。「嘿，我最喜歡你這小子這一點，就像中國電影裡深藏不露的絕世高人！《功夫熊貓》的師父浣熊大師和烏龜大師！」

「對，雖然是厲害人物，可是平時根本看不出來，這才是最厲害的地方！」在眾人的附和聲中，陸中嘉嘴角抽搐。「喂……浣熊也就算了，我一點都不像烏龜好不好……」

因為太受歡迎，所以他被很多人拉去合照，然後被人傳到網上去炫耀——和中國的傳奇人物陸的合影！

好不容易擺脫了眾人，他帶著已經長得肥滾滾的凱撒，在學校外的那家小餐館，最後點了一次菜。

跑堂習慣性地對裡面喊：「今日例菜——」

他立即接上去：「大哥，不要加酸甜汁水，我要吃正常的菜！」

跑堂回頭朝他一笑：「沒問題，中國人要彼此相親相愛嘛！」

因為熟了，所以跑堂在送菜的時候，隨口問：「畢業之後要去哪裡？準備回國嗎？」

「不，我已經找到工作了。」他給凱撒分了一半的菜，然後說：「是幫助中國留學生的一個基金會，主要工作是維護中國留學生的權利。」

「咦，這個好啊，這樣以後再也沒人像你當年一樣受欺負了。」跑堂大哥做了一個握拳的姿勢。「不過我也聽說你的傳說了哦，你真是好樣的！」

他無奈地笑了笑，喃喃地說：「那不是我。」

「不是你是誰？我都聽到傳說了。」廚師從廚房探出腦袋，朝他擠擠眼。「幹得好，傳奇人物！」

他只好無力地趴在桌上，喃喃地辯解：「真的不是我……那只是，我收到的，一份禮物。」

七

吃完飯他去見基金會的第一出資方。

「程希宣……他才應該是傳奇人物吧。」在地鐵中，他看著對面人手中的雜誌，封面是他今天要去見的人，耀眼奪目的容貌，溫煦優雅的氣質，令人以為他是偶像明星，而不是一個掌控著巨大商業帝國的豪門繼承人。

看雜誌的女孩子討論著他的緋聞，陸申嘉站起身帶著凱撒出了地鐵，來到大樓下面，命令凱撒：「乖乖坐著，我待會兒就出來。」

凱撒坐下來，搖著尾巴看街景去了。

程希宣本人，比電視裡更迷人，即使是對他這樣一個無足輕重的剛畢業的學生，也依然溫和微笑，無可挑剔的風範，真正的世家子弟。

「我認得你，在讀書的時候，華人圈裡流傳著一段影片，我也看了。」程希宣微笑著說：「據說裡面那個人是你。」

他下意識地辯解，雖然從來沒人相信他。「其實那個人不是我。」

「我知道。」程希宣說。

陸申嘉愣了一下，抬頭看見他的微笑，溫柔而帶著一絲隱祕的甜蜜。「因為，那個人我認識。」

陸申嘉還不明白他是什麼意思，祕書已經在外面轉了電話進來，程希宣聽了一下，便站起來，示意自己有事：「真不好意思，無法詳談了，不過我相信你一定能勝任這件事，請多費心思。」

「多謝程先生百忙之中能見我。」他站起來告辭出門，程希宣竟然送他出門，並與他一起坐電梯下去。

電梯緩慢下行，快到底樓，陸申嘉忍不住，終於開口問：「程先生，請問……那個人是誰？」

「嗯？」程希宣側頭看了他一眼。

「我，我是說，影片上的那個人……」

還沒等他說完，電梯叮的一聲，已經到了。電梯門緩緩打開。程希宣帶著他走過落地窗長廊，往門口走去。

隔著高高的落地窗，他看見外面的一個女孩子，她正彎下腰，揉著凱撒的頭，凱撒搖著尾巴，舔著她的手掌，她因為掌心癢癢的，所以不由自主地笑了出來。

那是一個，如同五月清空一般清秀美麗的女孩子，容顏絢爛，迷人眼目。

程希宣的臉上露出笑容，對著她喊：「林淺夏！」

那個女孩子直起身，望向這邊，在熾烈的夏日陽光下，她燦若盛開的神之花，動人心魄。

陸申嘉的身體，陡然僵硬。

林淺夏，三年前，他聽過她的名字，她曾說，要送他一份禮物。

那是他人生中，最大的奇蹟。

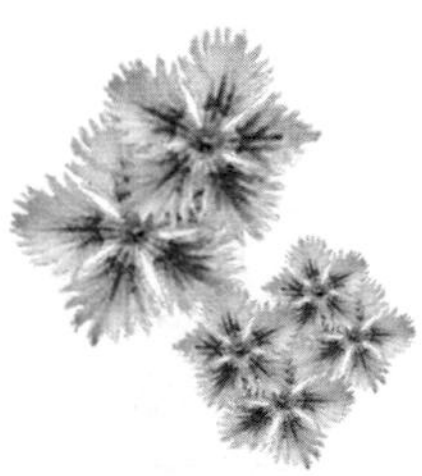

在每次初見重逢。

作　　者／側側輕寒
發 行 人／黃鎮隆
副總經理／陳君平
總 編 輯／洪琇菁
執行編輯／陳昭燕
美術監製／沙雲佩
美術編輯／陳又荻
企劃宣傳／邱小祐
文字校對／施亞蒨
內文排版／謝青秀

國家圖書館出版品預行編目資料

在每次初見重逢 / 側側輕寒作 . -- 初版 . -- 臺
北市 : 尖端 , 2019. 04
面 ;　公分

ISBN 978-957-10-8520-3（平裝）

857.7　　108002397

出版／城邦文化事業股份有限公司　尖端出版
台北市 104 中山區民生東路二段 141 號 10 樓
電話：（02）2500-7600　傳真：（02）2500-2683
讀者服務信箱：7novels@mail2.spp.com.tw
發行／英屬蓋曼群島商家庭傳媒股份有限公司城邦分公司　尖端出版
台北市 104 中山區民生東路二段 141 號 10 樓
電話：（02）2500-7600　傳真：（02）2500-1979
劃撥專線：（03）312-4212
戶名：英屬蓋曼群島商家庭傳媒 (股) 公司城邦分公司
劃撥帳號：50003021
※ 劃撥金額未滿 500 元，請加付掛號郵資 50 元
法律顧問／王子文律師　元禾法律事務所　台北市羅斯福路三段三十七號十五樓

台灣地區總經銷／中彰投以北（含宜花東）　楨彥有限公司
電話：（02）8919-3369　傳真：（02）8914-5524
雲嘉以南　威信圖書有限公司
（嘉義公司）電話：0800-028-028　傳真：（05）233-3863
（高雄公司）電話：0800-028-028　傳真：（07）373-0087
馬新地區總經銷／城邦（馬新）出版集團 Cite（M）Sdn Bhd
電話：603-9057-8822　傳真：603-9057-6622
E-mail：cite@cite.com.my
香港地區總經銷／城邦（香港）出版集團 Cite（H.K.）Publishing Group Limited
電話：852-2508-6231　傳真：852-2578-9337
E-mail：hkcite@biznetvigator.com

版次／ 2019 年 4 月 1 版 1 刷